其实我不喜欢下雨天

但现在

我会无所顾忌地冲进

雨里

姜之鱼 著

九州出版社

目 录

第一章 / 001

第二章 / 023

第三章 / 047

第四章 / 067

第五章 / 089

第六章 / 109

第七章 / 134

第八章 / 155

第九章 / 172

第十章 / 191

第十一章 / 211

第十二章 / 230

第十三章 / 246

第十四章 / 264

第十五章 / 283

第十六章 / 298

第十七章 / 319

第十八章 / 338

第十九章 / 350

彩蛋：蜜月 / 361

第一章

沈千橙意识到秦则崇回来是在躺下半小时后。她刚从宁城来京市，认床，即使这四合院也是她的婚房之一。半梦半醒间，她好似看到了被推开一小半的房门。

屋内是无尽的黑暗，屋外是昏黄的走廊灯，光线被男人颀长的轮廓遮挡，在地毯上落下阴影。沈千橙睫毛颤动几分，男人逆光，看不清面容。

男人单手扯着衬衫领口立在光影里，看着床上被子鼓起的包，看不清脸蛋，只能看到些许凌乱地散落在枕头上的长发。

"她睡了多久？"

"刚刚睡下……先生，您不进去吗？"

"我睡隔壁。"

男人低低的嗓音随后消失，"哒"的一声，关门声轻轻响起。

"太太，燕窝快要凉了。"眼瞅着女主人搅拌了足足一分钟，管家终于忍不住提醒道。

沈千橙回神，收回思绪优雅地吃了一口，问："你家先生昨晚什么时候回来的？"

管家说："十二点。先生最近很忙，四点半就起了。"

凌晨睡，四点半起，"劳模资本家"。

管家的本意是想让女主人心疼，可惜沈千橙是打工人，没心没肺，只给秦则崇贴了个标签。

看来昨晚那还真不是梦。她今早起床没发现不对劲，看到用人打扫次卧才知道秦则崇真的回来过。

异地婚姻结束的第一天，夫妻分房而睡。

搭讪。

乐迪对他可没什么好脾气，拦住对方："瞅哪儿呢，眼珠子给我放稳点儿。"

等沈千橙进包厢里喝茶时，两位富家子弟撞车的事已经在圈子里传开了，同时附带一张照片——沈千橙神色淡淡地站在车边，随手将被风撩起的长发捋到耳边，红唇妩媚，顿时有不少人偷偷打听这是谁。

乐迪一顿饭还没吃完就先被拖走了，心情十分不爽："我怎么这么倒霉，刚说服我爸提的车。"

"旧的不去新的不来。"

"要是真有新的就好了。"

"待会儿我自己打车回去。"沈千橙优哉吃菜，"你也打车回去吧。"

"那可不行，你才来京市，我要是让你自己回去，我姐还不得扒了我的皮。"乐迪挤眉弄眼，"我刚才看见熟人了，可以借车一用。"

沈千橙原以为乐迪说的是他那些狐朋狗友，待那人来了，她才知道"熟人"是谁。

男人戴着腕表的左手垂在身侧，长腿格外惹眼。他站在乐迪对面，比对方还要高出半个头，身上更是有着乐迪完全比之不及的矜贵气质。

表眼熟，戴它的人更眼熟。沈千橙抬眼撞入对方的眼眸中。

秦则崇的目光越过乐迪落在她身上，瞧她半晌，眉宇轻挑，不紧不慢地回了两个字："不借。"

乐迪蒙了："啊？"

这发展不对啊！

京圈有名有姓的几个贵公子，秦则崇岁数上占了第二，但"二哥"这称呼也就几人能叫。乐迪沾了自己哥哥的光，和他算是有点交情，便也能跟着叫一声"二哥"。

他小声说："二哥，我送人女生回家，拜托拜托。"

"那也不行。"秦则崇神情淡淡，慢悠悠地开口，"我不想半夜接交警电话。"

乐迪抓了抓脑袋，他这交情也是蹭自己亲哥的，难道他哥惹秦则崇不高兴了？他眼巴巴地瞅着男人打开手机，像是在发消息，不可置信道："您该不会是在给我哥打小报告吧？"

"嗯。"长指搭在屏幕上，秦则崇声线散漫。

同时，正倚墙看戏的沈千橙听见了包里手机传出微信消息的提示音。

秦则崇："去哪儿？"

006

沈千橙看看聊天界面，又抬眸看看远处站着的懒散男人，他垂着眼睑，也不知道在不在听乐迪说话。

她打字回复："回家。"

秦则崇偏过头，眸光凝在她脸上。沈千橙和他四目相对。他生了一双桃花眼，偏偏容貌冷峻，气质云淡风轻又意外的多了一丝不正经的勾人。

沈千橙被看得有些不自在，想了想，又低头补充："千桐华府。"

千桐华府就是她昨晚住的那栋四合院。当年定下两人的联姻事宜后，因为两人分处异地，所以婚房也准备了两套。

"二哥，您就大发慈悲让我用用吧，我保证绝对不会出现今晚的情况，我肯定会很小心的，别跟我哥告状……"乐迪这么坚持，有个原因就是他已经惦记秦则崇的车很久了，他这辈子估计是买不到了，能开一下也行啊。

沈千橙心想，你这二哥现在是冷血怪。她正想着，秦则崇发来了新的消息："我送你。"

两个人明明面对面，偏偏要偷偷发微信，好好的夫妻像是对地下情侣。

沈千橙："乐迪送我就行。"

秦则崇："他有车？"

沈千橙瞥了一眼气定神闲的男人。白日里才在网上看到他的照片，现在真人就在眼前，无端觉得那几分玩世不恭淡了些。她唇角一扬："你借他，他就有了。"

喋喋不休的乐迪还不知道两个人的私下交流。毕竟沈千橙与秦则崇只是领了证，还没有办婚礼，这事儿知道的人不多。他磨了半天，见秦则崇铁石心肠，只好回到沈千橙身边："要不我打个车，你今晚委屈一下，别告诉我姐。"

沈千橙勾唇："刚刚有人说送我。"

"真假？"

"真的，你先去处理你的车吧。"

天真的乐迪将信将疑，不过他确实得去处理剐蹭事件，还得去面对父亲的责骂。

沈千橙回包厢拿藏品资料，乐迪也跟着进去，进了门胆子便大了不少："千橙姐人在娱乐圈，应该也知道外面那人吧。"

沈千橙手一顿："秦则崇？"

"哎对。"乐迪说，"秦家继承人，秦氏现在的主人，眼光特别准，投资就没失手过。单说你在的娱乐圈，影帝影后满地跑，票房大卖的电影都有秦氏出品。"

"二哥在京市是出了名的贵公子，大方得很，今天也不知道为什么这么小气。"他暗暗揣测,"难道是为了守男德,不让女生坐他的车?"

乐迪没发现沈千橙的表情,自顾自地说:"他英年早婚,结婚早就是不好,成了妻管严。"

沈千橙一脑袋问号,她哪里管秦则崇了?再说,分隔两地,她管得住吗?

外面,秦则崇随手接通电话。

对面的陈澄直接开口:"你来得正巧,我刚打算叫你,都一个月没约了,刚好一起吃顿饭,菜都点好了,阿行也在。"

秦则崇说:"有事,不吃了。"

陈澄"喂喂"两声:"什么事啊,你不是人都到'天然居'了吗?你来饭店不吃饭来逛街吗?"

秦则崇随口道:"逮人的,挂了。"

顶楼包厢里,陈澄听着忙音不可置信道:"他挂我电话!"

旁边喝茶的周疏行漫不经心地说:"又不是第一次了,惊讶什么,让人上菜。"

陈澄哼了两声:"看他这含糊其词的样子,肯定没好事。挂我电话这算事儿吗,说明没把兄弟放在心上。"

周疏行附和:"嗯。"

"兄弟都不值得,还有谁值得?"

"他老婆。"

陈澄:"他老婆来京市了?"

"早间新闻都播了。"

"你说六点的早间新闻?这谁起得来。"陈澄啐一句,"哦,你起得来。"

周疏行扯了张纸巾,悠悠道:"我起不来。"

陈澄无语。行,你有公主,他有老婆。陈澄后知后觉回过味儿来,一小时前,他随意地瞄了一眼乐迪撞车的消息,现在想想,那张图里的人好像有点眼熟。

"哦,老婆跟闺蜜的弟弟吃个饭他就急了,我就说他怎么无缘无故一个人来天然居,秦二少也有今天。"

天然居外人并不多,这里是有隐形门槛的,乐迪也是沾了自己亲哥哥的光。沈千橙看见停在车库里的那辆车,心道难怪乐迪心心念念,确实好看,连她都喜欢。

此时车窗半开,秦则崇手肘搭在窗沿朝她望来。沈千橙眨眨眼,给乐迪发了一条"先走了"便上了车,天然居很快被甩在后面。

"来京市怎么不说一声?"身旁响起男人淡淡的音色。

沈千橙答得一本正经:"太忙了……"

"然后忘了?"

沈千橙琢磨着这语气,难道是老婆来京市上新闻不和他说一声,所以不高兴了?她解释道:"我前天到的时候,你正好在国外。"

秦则崇偏过头,缓缓开口:"我昨晚就回国了。"

沈千橙听懂了,他这话的意思是:异国是借口,昨晚到现在一整天过去了,她也没和他说一声来京市工作的事。

沈千橙莫名想到了乐迪的评价——妻管严。她将视线转到他面上,车内没开灯,外面的灯光不时闪过,映得他轮廓鲜明,侧脸如上天雕刻,冷冽清雅。

瞧瞧,这像是妻管严的样子吗?昨晚他不是知道自己回来了吗?

秦则崇与她四目相接,淡淡道:"什么人的车都敢坐。"

原来是因为这件事。沈千橙了然,自己如果出事,他作为名义上的丈夫,的确会受到沈家的责问。

"没想到会出事,好在那边限速。"沈千橙拨弄了一下头发,倾身过去警告,"你可别告诉长辈。"

秦则崇没理这话,而是从上到下将她扫视了一遍,沉声问:"有撞到哪儿吗?去医院检查一下。"

今天的沈千橙和他以前见到的模样不太一样。在宁城时,沈千橙只是悠闲地做电台小主播,不用露脸,所以穿的基本都是自己那些漂亮的小裙子。今天的她穿着正式的西装,搭配职业裙,露出一截笔直纤细的小腿,优雅又温柔,仿佛摇身一变,从骄纵的小小姐变成了管理家业的大小姐。

沈千橙摇头:"我没事,是乐迪的车被蹭了。"

见秦则崇盯着自己,沈千橙伸手撩起袖子,又掀起一点儿裙摆:"你看见伤口了吗?没有吧。"

秦则崇面无表情地把她的手按了回去。

"没事不要掀裙子给别人看。"

沈千橙无语,她这是为了谁啊。

千桐华府不是真正意义上的四合院,而是融入了古典韵味保留了些许中式合院文化。这地方得名于一棵千年梧桐树。当然了,沈千橙从来没有仔细欣赏过。当初家里还调侃这婚房名字不错,和她同了一个字,要是真种了橙子树,那就是一模一样了。

转眼间已经到家,沈千橙下车前先给乐迪这小子报了个平安,省得他挨骂:

"到家了。"

乐迪秒回："OKOK！"

沈千橙拿着手机，又抱起乐迪给的足有一本书厚的藏品资料，下了车才发现自己包忘拿了。她一回头，看到秦则崇拎着她的包走在身后。仔细想想，与秦则崇见面时他似乎一直为自己拿包。

沈家当初给沈千橙选的联姻对象有好几个，基本都是宁城本地的，因为宁城人不太喜欢跨省跨市婚姻。然而沈千橙这个人是有些反骨和叛逆的，既然躲不了联姻，那就选个离家远的，于是挑了秦则崇。在这之前，她和他并不认识。

两人第一次见面是秦则崇来宁城，当天下午她就昏着脑袋和他去领了证。沈千橙后来觉得自己当时可能是太过年轻，被他的皮相蛊惑了，那个下午不太清醒。事实证明她的推断一点儿错都没有，因为这个男人的皮相确实很符合她的审美。

京市三月的夜还有点凉，屋内倒是暖和。沈千橙洗漱后没看见秦则崇，正奇怪，听见楼下传来细微的动静，便趿着拖鞋下了楼，正好看见男人端着一大碗面去了餐厅。

沈千橙闻着酱香味儿，看碗里肉和黄瓜丝放在一起，色香味俱全，也有点想吃。

"我也要吃。"

秦则崇眉梢一抬："又饿了？"

这叫什么话，说得她胃口很大的样子。沈千橙今晚本来就没吃多少，她吃不惯天然居的菜，她还是比较喜欢甜口菜。

她回嘴："不饿！"

秦则崇了然："是嘴馋。"他说着，给她分了一小碗，免得她晚上吃多不消化。

"嗦胚。"小气鬼。沈千橙嘀咕，用了宁城方言。

耳边音色清清，秦则崇将碗推过去："骂我？"

沈千橙笑容粲然："不是，夸你呢。"

秦则崇不置可否，轻而易举地通过她的神色与此刻的场景分辨出这两个字的意思。他挑眉笑了一下："下次我也这么夸你。"

"……"她才不听。

沈千橙本来觉得分量少，结果一小碗炸酱面搭肉吃下去刚好饱腹，心满意足。

秦则崇洗漱过后，出来看见的是赤着足坐在高脚凳上的女人。一袭吊带连衣裙勾勒出女人纤细的腰肢，白皙的小腿与周围暗色形成鲜明的对比，姿势也颇为不雅，脚翘在小几上，裙纱往腰间落，春色若隐若现。

秦则崇走过去，沈千橙仰起脸，对上他自高而下的注视。他刚沐浴过，黑发微湿凌乱，肆意地搭在额上，看起来比之前要风流许多。

沈千橙撑着小几站起来，也不知道是不是因为坐久了，腿一软就往旁边一歪——跌进了男人的怀里。

秦则崇揽着她的细腰，沈千橙借着他的手臂稳住身体。

"好险。"沈千橙吐出一口气。刚才动作太大，他本就随手一系的浴袍领口被她蹭开一大片。大好景色近在眼前，她原本的打算瞬间被忘得一干二净，然后就被捂住了眼睛。

沈千橙不乐意了，有什么不能看的？还未消散的热度顺着秦则崇的掌心传递至沈千橙的眼周，她下意识扇动的睫毛，像苏醒的蝴蝶。

沈千橙挪不开他的手，下一秒，她就被抱了起来，被他轻而易举地托起，小腿晃在他腰侧，变成居高临下地看他。

沈千橙按着他的肩，掉入男人漆黑的眼眸里，幽深，恣狂，像个狩猎者。

秦则崇拖着她颠了颠，垂头靠近她的颈侧，灼热的气息喷洒在细嫩的皮肤上，引起几不可见的战栗。

沈千橙的耳朵很快就泛上粉色，她稍微躲开，往后仰了一些，男人就顺势在她的颈窝细细密密地吻着。

翌日清晨五点，闹钟响起。

沈千橙拉过绒被盖住脑袋，妄想继续睡下去，还没躺两分钟就听到被子外面有人说话。

"你要迟到了。"

沈千橙含糊不清地回答："迟到就迟到呗，最好辞了不上班。"

下一秒，她猛地坐了起来，自己不是一个人住了，所以刚刚是秦则崇在说话？

外面天色蒙蒙亮，沈千橙用被子裹住自己，看向不远处的男人，这人还真是有精力。前天只睡四个小时，昨晚又半夜才睡，今天还比她起得早。

夫妻之间禁止内卷，沈千橙恶意揣测："你一个老板起这么早，难不成要去监督员工们迟到？"

真是个"变态的资本家"。

沈千橙今天穿的是件浅绿色的西装，精心设计后微微荡开的衣摆搭配包臀裙，周身仿佛带有春天的气息。

她不熟悉京市的路，便问道："你送我，顺路吗？"

秦则崇说："顺路。"

管家欣慰地看着女主人和男主人一起出门，露出笑容。

乐迪的奶奶是20世纪享誉国际的大明星，收藏的珠宝和小玩意儿很多，这次拿出来的几乎都是孤品。考虑到拍卖会不能太冷清，沈千橙十分不舍地只圈了十件自己喜欢的，然后打算再删减一部分。

"画圈的是不要的？"身旁响起一道声音。

"怎么，觉得多了，你买不起？"沈千橙故意顺着他错误的猜测说。

"惊讶你没全要。"

莫不是觉得她是个贪婪的人？沈千橙直接把手里的笔丢过去，没好脸色："起西伐。"

这句方言好似不难懂，秦则崇通过拼音，猜测这三个字的意思是"去死吧"。

面前的女孩子来自江南，无论容貌如何妩媚，也能偶尔散发出娇纯的气质，慢悠悠的温柔，是生气，却更像娇嗔。

秦则崇生长在与之截然不同的四九城里，他嘴角微翘，重新回答她的上上句话："管够。"言下之意便是，全要他也买得起。

沈千橙感觉语言不通还是有好处的，看，自己骂他，他好像也不生气，还这么大方。她自己有钱，但向来言出必行的他这么直接说，她还是很心动的。

沈千橙的音调温婉许多："你见过谁家拍卖会只有十个拍品还能开得起来？"

秦则崇不在意道："都圈了，正好省了去当拍卖师的麻烦。"

"……"真是个好想法。

沈千橙转了话题，陷入选择困难症："我觉得我选的还是多了，得减几件。"

秦则崇瞟了一眼她的指尖，以及来回翻动的那几页。

到电视台大楼时天色依旧昏暗，这个时间点，大部分员工都还在家里睡觉。

沈千橙今天早了十来分钟，上楼都没碰到人，刚到目的地楼层，手机就响了几声。

好友乐欣发来消息："我听乐迪说秦则崇连车都不借，差点儿让你打车回去？这么过分，抠门！"

正主刚刚还说钱管够，沈千橙觉得很有必要替他澄清："不是，你误会了。"

乐欣："所以昨晚谁送你回去的？"

沈千橙："秦则崇。"

乐欣："懂了，'不借'是要自己和老婆一起回家，说明他对你有占有欲。"

沈千橙想了想，这么说没毛病，但应该是巧合，谁让乐迪开车不小心，不借也正常。

"昨天咱们官博被骂了上千条评论呢，主任都没有说她，也太偏心了。"

"之前说她是有关系的，现在想想，可能是真的。"

沈千橙没想到，清早就能听到关于自己的对话，眼波流转，抬脚走了进去。

高跟鞋一落地，说话声陡然消失。两个实习生吓了一跳，谁也没想到昨天还掐着点来的沈千橙今天居然提前了十分钟。

沈千橙捏着手机转了转，动作轻盈地从她们身旁经过，玲珑纤腰和细直小腿，身姿妙曼，分外明艳。虽说是在娱乐圈，但大家对主持人的容貌要求没有对女明星那样苛刻，而单说容貌，整座大楼也没人及得上她。

两个实习生松了口气，这应该是没听见吧。

"沈老师没听见有人打招呼吗？"

刚刚上楼的苏月薇正好目睹这一幕，看着沈千橙快要消失的背影出声道。

沈千橙转身。

苏月薇站在两个实习生旁边再度开口："沈老师这样当没看见，不礼貌吧？"

沈千橙漫不经心地开口："我不觉得不回应背后说闲话的人是种不礼貌的行为，可能苏老师心胸比较宽阔。"她微微一笑，"我这个人，小心眼。"

两个实习生脸色一白，原来她听见了。

苏月薇也没想到还有这一茬儿，转向他俩，看这表情也知道沈千橙说的是真的。她气得扭头就走。

司机转了条路，比以往迟了十分钟回到平日行驶的道路上前往秦氏，路过一盏盏星光似的路灯。

秦则崇开口："把音乐关了。"

司机应了一声，关了音乐，从后视镜只看到这位年轻有为的老板打开平板。

秦则崇靠回椅背，闭目养神，搭在膝上的长指缓缓点动，耳机里传来清灵的女声。

"各位观众早上好，这里是京市卫视的早间节目《早间新闻头条》，欢迎您的收看……"

京市卫视那个主持人又播报杨维的新闻了！

一大早，因为昨天的声明还没脱粉的粉丝们刚起床就从同伴那里得知这件事。

这是抓着她们的偶像薅羊毛吗？！

电视台的官博又遭到了冲击。管理官博的员工经历过昨天，已经没有那么手忙脚乱了，反而有几分热血——总算不用无所事事了。

这一回，上热搜的是沈千橙的大名。

"您火了。"小茶激动地翻着下面的评论，"我看看，路人占据了多数，一半说您好看。"

沈千橙正在整理稿子，漂亮的眼睛微微一挑："才一半？"

小茶笑了笑："另外一半说您声音好听。"她把手机递过去。

沈千橙倾身过去看，和昨天看秦则崇的热搜差不多，满屏的"我的新老婆"和"好好听的声音，我已经循环了"。

"什么杨维，根本没人注意。"小茶语气夸张地说，"才一早上，您已经变成很多人的老婆了！"

沈千橙才没兴趣当国民老婆，一听就不是什么正经称呼。她一本正经地说："我只有一个老公。"

小茶点头："老公只有一个，但您可以有很多老婆呀。"

沈千橙莞尔："小茶，你很懂。"

"二哥送千橙姐回家的？"另一边，乐迪不可置信地看着自己的亲姐，震惊于刚刚得知的这一消息。

拒绝他借车，亲自送女生回家！秦则崇该不会看上沈千橙了吧？

乐欣头也不回："是啊，有什么问题？"

她压根儿不记得自己从来没和弟弟说过秦则崇和沈千橙结婚的事，默认弟弟是知道的。

问题大了，乐迪在心中大叫：姐，已婚男送漂亮女孩儿回家，这还没有问题吗？

他正要仔细问问，乐欣却是一边接电话一边上了楼，留下弟弟一人风中凌乱。

完了，乐迪心目中完美的偶像好像塌房了——他崇拜秦则崇不是一天两天了，忽然就体验到了杨维粉丝的感觉。

乐迪还想挣扎一下，心想二哥这么做会不会只是出于绅士风度，他都说了不借车是因为不想接交警电话，理由也很充分。然而他越想越觉得自己是在给秦则崇找理由。千橙姐这么漂亮，是个男人看到都会心动。

乐迪细思极恐，一整个上午都在抓耳挠腮地想这件事，连饭局都没心思去了。同在京市，圈子里人的行踪向来不是秘密，他下午就有了机会——秦则崇要去京郊马场。乐迪做了充足的准备，去了目的地。他到时，只见男人一身黑色马术服坐于马上，正在碧绿的草坪上悠闲踱步，周身萦绕着仿佛与生俱来的优雅与矜贵，场景宛如油画般唯美。

"二哥！"

秦则崇扫他一眼，马蹄停在乐迪面前。

"借车？"

乐迪脸色一正："不是，我的车已经补好漆了，我今天来是有正事的。"

秦则崇长腿一跨，从马上下来，把鞭子递给一旁的人，慢条斯理地脱下白手套："说吧。"

乐迪其实和秦则崇交集不多。他是家里的老小，在京圈也就当个混日子的富家子弟，而顶头那几位无不事业有成。秦则崇不同，他早早继承家业，不仅是玩世不恭的贵公子，更是商场上的点金手。

"是这样的……"乐迪不敢直接问秦则崇是不是想出轨，于是将准备好的台词报出来，"我奶奶不是最近想拍卖她那些藏品吗？"

见秦则崇抬眼，乐迪冠冕堂皇道："家里把这件事交给我，我也不想让奶奶失望，怕有流拍的。我知道二哥您之前喜欢收藏这些，所以打算提前给您看看藏品，看上眼的可以私下先取走。昨晚和我一起吃饭的那个女孩儿是我姐姐的朋友，就是我请来主持拍卖的，没想到和人撞了车。"

他把资料递过去，这理由可以说是十分充分了。

秦则崇接过，随意翻动几页，唇边扬起些许弧度："私下取走不太合适。"

乐迪的心提了起来："啊？"

"既然是拍卖，当场拍下更好。"秦则崇挑眉合上藏品资料书，不紧不慢道，"邀请函多准备一张。"

乐迪陷入沉默。

完蛋，二哥好像真的有猫腻，听见沈千橙主持还要亲自去，这不就是精神出轨？他的房子好像塌了！

乐迪还想再挣扎一下，万一只是巧合，秦则崇只是想去给他奶奶的拍卖会捧个场，增个面子呢？说不定二哥只是人太好，和自家关系好。

乐迪的"房子"目前属于危房，摇摇欲坠，随时可能崩塌。而且他觉得，就算秦则崇心里有鬼，千橙姐那边也肯定不会有那层意思，所以不至于塌得太彻底。

乐迪一脸心事重重地说："好，我回头给二哥送去。"

秦则崇当没看见他的表情，心情颇为不错："嗯，你哥今天不在，你可以在这里玩玩。"

乐迪想了想，然后摇头。他现在哪有心情玩耍啊！

沈千橙连着播了两次杨维的新闻，热度居高不下，突然之间就出名了，还真有人追问官博她的资料，也有人去其他主持人底下评论。

"知名主持人并不在意,个别没什么名气、还在苦苦煎熬的小主播主持就很羡慕了。"

一来京市就是演播室固定主持,比起半夜,现在早间节目很舒服,直播结束后就没了工作,下班可以很早。

所以一整个下午,沈千橙都在摸鱼。

乐迪奶奶是20世纪的明星,能来拍卖会的粉丝大多出自早就成名的世家,身份不差。沈千橙第一次做拍卖师,务求做到最好,首先礼服便是关键。

对沈千橙而言,高定倒是简单,但是不合适。看来看去,她还是决定穿传统旗袍,一来契合拍卖会的主题,二来也足够大气庄重。宁城家里的长辈都喜欢旗袍,沈家老宅那边也有专门的裁缝,她现在只需要选好花样。

沈千橙联系老宅那边时正巧人都在,老太太笑问:"我听说千橙这两天很火呀。"

沈千橙莞尔:"也没有,就是凑巧,奶奶可别听别人乱说。"

老太太一本正经:"你堂哥说的。"

沈千橙不知道堂哥还有八卦这爱好,无奈道:"堂哥这么闲,不如给我赞助一个拍卖锤。"

话音落下,一道清冽的男声插了进来:"这倒是可以。"

沈千橙随口一说,没想到他答应得这么快:"真的?"

沈经年笑说:"真的。"

"就知道堂哥最大方。"沈千橙开开心心地挂了电话,这样一来,自己那天的拍卖首秀一定会非常完美。

小茶敲门:"沈老师,主任找您呢。"

沈千橙理理头发,去了主任办公室。

阮主任去宁城出差时意外碰见沈千橙录制节目,一眼就看中了她,磨了老朋友好久才成功把人调来。她没想到,沈千橙才来两天,没人关注的早间节目就上了热搜。只要不是丑闻,没有胡说八道,节目知名度上升,足以证明沈千橙将工作做得相当出色,所以阮主任现在看沈千橙哪儿哪儿都满意。

"我之前把你放在早间节目,本来是想着过渡一下,后面有好的档期再安排,现在看你做得也不错,不调也可以。"

沈千橙眨眼:"主任,还是过渡吧。"

阮主任问:"怎么,因为被骂了?"

沈千橙浅浅一笑:"在别的档期不用起早来直播,我很想睡懒觉的。"

"真是实话。"阮主任好笑摇头,"杨维的事儿不用管了,我们只管播新闻,别放在心上。"

这一点沈千橙比谁都清楚,她压根儿就没看官博。

从办公室出去时,刚录完节目的徐清芷路过,好奇道:"主任可严厉了,沈老师没有被责怪吧?"

沈千橙微笑:"没有啊。"

苏月薇也扭头看过来。她原本就盯着早间新闻这位置,谁知被横插一杠。

徐清芷是娱乐综艺主持,接触明星与粉丝比较多,虽然长得温柔,做事风格却很直接。

"说起来,官博被骂那么多条评论,是杨维粉丝太过分,关播新闻的什么事?而且新闻稿本来就是这么写的。"

沈千橙云淡风轻地说:"所以主任夸我了。"

闻言,苏月薇更羞恼难堪,从她身边走过去,一个男主持迎上去,轻声说:"苏老师别在意,沈老师可能没受过什么挫折,比较张扬。"

苏月薇无语地看着他。你是来安慰人的?

她扬起笑容:"没有,沈老师节目做得好,我还得向她学习。"这笑容在别人看来更像是逞强,更让人心疼。

小茶看到人回来连忙收起手机,问:"沈老师,主任说什么了?"

沈千橙说:"没什么。"

小茶哦了一声:"我刚刚看网上,杨维的粉丝好像也不坚持了,估计心灰意冷了吧。"

沈千橙漫不经心地"嗯"了一声,她不关注杨维,那不过是一个新闻里的主人公而已。

"对啦,沈老师,好多人好奇您,您要不要注册一个微博号,别的主持人都有的。"小茶举例子,"就隔壁的苏老师有一百万粉丝呢,平时发发通告和日常生活就行。"

沈千橙随口问:"一百万,还挺多呀。"

小茶脑洞大开,以为她是羡慕,便说:"很简单呢,咱们买点儿粉丝,看上去就很火了。"

沈千橙被逗乐了:"没必要。"她当然是有微博的,学生时代就创建了账号,那时候和同学一起,比较频繁地发日常,现在上得少。

小茶说:"按照您现在这个热度,公布账号后粉丝数说不定会暴涨,起码会有十万吧。"

"才十万，那不公布了。"沈千橙有些失望，见小茶呆呆地看着自己，她继续说，"多寒碜。"

小茶顿了顿，然后说："沈老师，我明白了，有自信是件好事。"

沈千橙乐不可支，不过提起这件事，她想起主任的话，有点好奇地点开官博底下的评论。

"我家维维都发声明了，望某位主持人自重！"

"沈姓主持人别蹭热度了好吗？赶紧拿着律师函回老家播广播去吧！"

而杨维这边，连着两天看自己上新闻，还被不认识的新闻主持蹭热度，气得要死。

"赶紧降热度，这件事过去了就完了。"他深吸一口气，"我没犯法，现在也分手了，粉丝还是会继续粉我。"

助理低头说："我已经和王姐说了，王姐只说知道了。"

经纪人正好推门进来，面无表情道："跟个主持人生什么气？你现在要做的是稳住粉丝。"

"那热搜呢？"

"上面还没动静，你好自为之。"

杨维心下一乱，两天过去公司都没处理这事儿，很可能是已经放弃他了。不行，他不能坐以待毙。

经纪人一离开，杨维便拨通一个电话："姐，我最近遇到了麻烦，之前和您……"

对面的女声不在意道："谁啊？"

杨维咬牙挤出笑："我是杨维，姐最近一定是太忙了。"

"想起来了，这两天也没法看不到。"吴总笑了一下，"没人告诉你别再联系我了吗？"

"姐……"

"我花大力气培养你，是让你到处乱来的?"

杨维低声下气央求半晌，终于得到一句回应："这样，下周五，你来这个地方。"

好歹是自己喜欢过的小伙子，以前可没这么听话，吴姐还是有点心动，决定给他一个机会。

挂断电话，杨维看着"新雨楼"三个字，心中猛地迸发出希望，这可是京市的著名地点，非常人能进，还好爹妈给自己生了副好皮相。她说秦氏那位会去……要是能进秦氏，现在这些事不过是过眼云烟，没人在意。

乐迪把拍卖会邀请函亲自送去秦氏，又送给周家，还有交好的几位。这事儿没隐瞒住，大的小的都要来参与，他一合计，干脆风光大办。好在乐迪人缘不错，有的是人献殷勤，短短几天时间，拍卖会场的设计都安排得妥妥当当。

饶是如此，他也急得嘴角起泡，偷偷和沈千橙打电话："千橙姐，你可得给我稳住了呀。"

沈千橙正在试穿从宁城送来的旗袍，随口答应："放心好了，我还能让弟弟失望？"

镜子里的美人身着一袭白旗袍，旗袍表面暗纹提花，隐隐发亮，宛如月光，衬得她冰肌玉骨，清冷动人。沈千橙决定给这件旗袍起名白月光，简直再恰当不过了。

堂哥送她的拍卖锤更是贵重，而且精巧，明显是考虑到她的手掌大小与力道，绝不会出现锤子脱落的情况。之前有人拍卖就出现过锤子砸到拍卖的花瓶，拍卖师赔偿的情况，虽然沈千橙赔得起，但她更要面子。

"咔嗒"一声传来，门从外被推开，镜面映出男人的身形，缓缓走到她身后，还未脱下的黑色西装与旗袍相得益彰。

"怎么样？"沈千橙从镜子里看他。

秦则崇目光下移："还不够完美。"

他的手落在她的锁骨处，指腹轻轻划动。隔着布料，沈千橙仿佛能感觉到他的触碰与温度，气氛陡然暧昧了起来。

"加条珍珠项链，更完美。"他说。

沈千橙秒熄火："哦。"

"你打算那天穿这件去主持拍卖会？"秦则崇问。

沈千橙点头："合适吧？我看新雨楼的风格也适合中式。"她拍开他的手，"弄皱了还得熨。"

"合适。"

和专业的拍卖会不同，乐迪此次筹备的是私人拍卖会，所属拍品都来自乐奶奶一人，除了流程和其他拍卖会相同以外，更像是一场宴会。

拍卖会当天，乐迪在新雨楼忙得脚不沾地，天色将暗时终于腾出空来："千橙姐，我去接你？"

沈千橙闭眼答："你来吧。"

乐迪可不放心安排别人，而且那也显得自己不重视，到时候可小命不保。为了给这位姐姐涨面子，他特地把哥哥的超跑开了出来，一路敞篷带风，心情美妙，连偶像塌房的事都忘了。

"秦总，听说您也要去新雨楼，一起？"刚结束会议，合作方主动提议。

秦则崇看了一眼天色，笑道："不了，我还有别的事，晚点儿才去。"

合作方离开后，秘书把手机递过去："夫人在做造型。"

沈千橙做完SPA又做好造型，正打算美美地欣赏一下，扭头却猛地看见坐在后面的男人，吓了一跳："你怎么在这？神出鬼没的。"

秦则崇懒洋洋地靠在椅子上，慢条斯理地问她："我的妻子在这里，我在这里很奇怪吗？"他不正经的时候那双桃花眼更好看，搭上那句"我的妻子"，让沈千橙的耳朵都有点热乎乎的。

可能是刚才做SPA的后遗症。沈千橙站起来，转移话题道："那正好一起去新雨楼。"

然而等两人出了门，瞧见路边那辆拉风的跑车和车门边摆造型被搭讪的乐迪，沈千橙才想起自己还答应了别人的邀约。

乐迪也看到了她，还有……她旁边的男人，不禁瞪大眼睛，怎么二哥也在这儿？实在居心不良！

"千橙姐，快上车，今天这敞篷保准全场你最靓！"乐迪不能让二哥得逞。

为了搭配旗袍，沈千橙今天没有穿高跟鞋，她仰脸看身旁的男人："之前他说来接我，我答应了，要不——"

"你确定？"秦则崇垂眼。

沈千橙困惑地眨了眨眼睛，不自知地勾人："嗯？"

"京市和宁城不一样，雾霾重，夜里风大。"男人嘴角微翘，轻描淡写道，"坐他的车，危险且造型会乱。"

乐迪傻在原地，二哥竟然是"绿茶男"？！

震惊之余，乐迪只憋出一句："不是，我可以不敞篷啊！"

然而还没等他想好措辞，又见秦则崇开口。

"他今天，不太完美。"

一句话落音，乐迪都还没明白自己哪儿不够完美，沈千橙的视线已经瞄了过去。

刚才他站在路边，离得远她没看清楚，现在走近一看——这孩子不知道是上火还是太忙，嘴角居然起泡了，怪显眼的。

沈千橙有那么一点儿隐藏的完美主义，尤其是在脸面上，也许是从小养成的习惯，平时上镜对自己的要求都极高。试想待会儿出现在会场，自己的同行男伴却形象不雅，多影响气势。

"乐迪，要不你自己走？"她的声音轻柔婉转，"待会儿我们新雨楼见，姐姐今天鸽你，回头给你一点儿好处啊。"

不，我不要好处！

乐迪目瞪口呆地看着沈千橙上了秦则崇的车，两个人气氛十分融洽，也很登对。一直到车尾气消失他才回神，一个字都说不出来。

平时女生说讨厌什么绿茶，他压根儿不放心上，今天切身体会，明白了有苦说不出的痛苦。乐迪深深体会到网上流传的那句话：讨厌绿茶是因为绿茶茶的不是我。

有什么比自己偶像塌房还要惨的？那一定是偶像不仅塌房了，还茶自己！

沈千橙对此毫无察觉，还有点不好意思，毕竟乐迪来接她也是好心，可怜也是真可怜。算了，自己今晚主持卖力一点儿，把乐奶奶的藏品都拍出高价。

虽然是私人拍卖会，但经过上周的宣传，加上嘉宾的身份摆在那儿，所以知名度并不低。大多数媒体虽然进不来，但也早在外场做了准备，所以新雨楼外便有些热闹。

新雨楼是园林式酒楼，楼名取自李昌符的"浮云横暮色，新雨洗韶光"，拥有百年历史。整个园区共有十八栋楼，每栋楼仅有两层，风景各不相同，这次拍卖会举办的地点是3号楼。

乐迪给秦则崇他们安排的休息室在8号楼，取最好的数字，车也是直接开到8号楼。外人只知是秦总，却不知里面还坐了个沈千橙。秘书也早早地等在这里，见到她立刻问好："夫人，晚上好。"

沈千橙弯唇："晚上好呀。"她心情好的时候声音也极为动听，带着江南的温柔尾音。

刚转过来的侍者没听见前一句话，只听到这句，领路时十分恭敬，心里却掀起了惊涛骇浪。以往从没见秦氏这位和哪个女人单独在一起，今晚居然带了女伴。而且……他不着痕迹地扫过男人手上的女士包包，这位甚至亲自为她拿包。

沈千橙打开手机，看到乐迪早早发来的消息，她今晚是拍卖师，单独住4号楼，离拍卖地点最近。"包给我。"她朝秦则崇伸手。

秦则崇没动，漫不经心地说："还早。"

沈千橙一想也是，有免费的拎包服务，不用白不用。

入楼人便多了不少，她初来京市，并不认识一些中层圈的人，就当没看见。而那些人看到她与秦则崇站在一起，便不时投来目光，八卦心四起。乐迪等在门口，看到沈千橙，只说了句"二哥，我和千橙姐去忙了"就把沈千橙带走了。

秦则崇看着两人的背影，不禁哂笑。

乐迪等的就是这一刻，不能让两个人有单独相处的时间，自己再上点儿眼药。

他问："千橙姐，二哥没和你说什么吧？"

沈千橙看他："没说什么啊。"

"你们怎么认识的呀？"

"有人介绍。"沈千橙琢磨，类似相亲？

乐迪没问到重点，重新开口暗示："二哥虽然一直被传独守空房，但也是结了婚的人。"

沈千橙嗯了一声。

看对方没什么反应，乐迪又暗示道："已婚男人只能喜欢自己老婆呢。"

沈千橙欣慰道："迪迪，没看出你有这觉悟，非常好。"

"那可不，小爷我是道德高尚的人。"乐迪骄傲道，"我让人专门给你准备了休息室，到时间再入场就行啦。"

沈千橙笑眯眯地说："行了，你去忙吧。"

第二章

今天到场的人不只有身份贵重的嘉宾,也有乐奶奶的老粉丝,被安排在5号楼。因此外人都铆足了劲想混进来,若是能搭上哪家的关系,就能一步登天了。至于其他嘉宾,此刻都已在宴会厅里觥筹交错。

杨维能跟着吴总进来正是靠着这层关系,吴总从小就是乐奶奶的粉丝,不然哪里进得来?

吴总来得特别早,之后便只顾着在休息室里联系熟人,随意打发杨维自个儿待着。他坐立不安了许久也没见吴总出门,自觉不能坐以待毙,便打算自己去宴会厅,主动才有未来。

"姐,我出去透个气。"杨维说。

吴总回头警告:"别乱跑,待会儿拍卖会就开始了。"

杨维迫不及待地出了门,直奔拍卖会所在的3号楼而去。长廊蜿蜒,一路上有不少人都在往那边去,和他有着同样想法的人不在少数。

有人认出杨维,咦了一声,这人都能进来?

杨维装作没看见,目不斜视地走着,直到听见身后的声音:"刚才过去的那个人怎么从4号楼出来?"

"长得挺漂亮,不知道是哪个带来的。"

"嘉宾都在8号楼,不是应该是另外一边吗?"

杨维顺着看过去,看清沈千橙的脸,顿时怒火中烧,她怎么也来了?!区区一个主持人,也不知道怎么进来的。

目的地都是3号楼,自然会有最终的汇集点。

"你是怎么进来的?"

沈千橙扭头看见杨维，立刻往旁边退了一步——这人脏。

"离我远点儿。"

这一步和这一句话意味明显，周围还有别人在，杨维脸色瞬间红白相间如同调色盘。

看戏的人不嫌事大，插嘴道："杨先生，这位是……"

杨维皮笑肉不笑地说："京市卫视的主持人，好像叫沈千橙，可能也是来参加拍卖会的。"他最后那句话暗示性很强，令人不禁浮想联翩，一个电视台的主持人，有什么资本参加千万级的拍卖会呢？

当下就有人变了神色，有男人的视线直白地落在她窈窕的身材与漂亮脸蛋上，忍不住开口："沈小姐没有同伴吗？一个人来的？"

沈千橙懒得搭理他们，早知道还不如住秦则崇那栋楼，省得遇上这群人。

"一个人怎么可能来呢？"杨维道，"沈小姐的同伴可能是有事先走一步，也可能是……不小心忘了她。"

拍卖会即将开始，乐迪正打算去接沈千橙过来，刚出门就听见这句话，暗道一声不好，连忙唤道："千橙姐！"

沈千橙把包丢给他，扬唇道："你这拍卖会，邀请函怎么还发给个别道德低下的人？"

清灵的声线在夜风中飘散，乐迪之前还吹嘘自己道德高尚，此时立刻警惕地看向杨维："当然不可能，门儿都没有！"

他招来侍者："进楼的人都给我仔细查看邀请函，无关人员禁止入内。"

其余人大气都不敢出，还好他们没说什么。

乐迪虽然没什么名气，但也是公子哥，还和周秦等家族交情不浅，哥哥也颇有名声。

杨维大脑当机，完全反应不过来。

乐迪转身一副谄媚样儿："姐，快进去，在外头吹风容易着凉。"

随后几分钟内，众人凭借邀请函入楼，唯独杨维被留在原地，接受一波又一波嘉宾的注目礼，难堪不已。早知道沈千橙和乐家关系这么好，他怎么可能开口！

八点整，拍卖会正式开始。

乐奶奶年事已高，没有出席，此次全程由她的小孙子乐迪出面，拍前演讲也是他。

"你老婆不是和你一块来的吗，怎么不在这儿？不乐意和你一起出面？"陈澄吃着桌上的小食，好奇地问。

秦则崇睨他一眼:"她不想见到你。"

周疏行没忍住,笑了一声。

陈澄丢了颗果子进嘴里:"行,怪我长得帅。"

厅内明光璀璨,乐迪慷慨激昂的演讲结束,已经下台,沈千橙缓缓走上拍卖台,无数目光聚焦于台桌后的旗袍美人,眼露惊叹。

沈千橙随意地扫了一眼台下,很容易就看到秦则崇那一桌,无他,这桌的男人们都太过惹眼,有钱有颜。

她收拢心神。

除去自己私下买走的藏品,剩余藏品二十余件,最珍贵的一件是点翠头冠,是件货真价实的老古董,除非乐奶奶的狂热粉丝对打抬价,不然最高也就在八千万左右了。

沈千橙一手执木槌,一手撑台面,微微一笑:"第一件藏品,鸽血红宝石戒指。"

这枚戒指她之前便看中了,因为好的鸽血红宝石难遇,但最后还是把它挪出了自己的收藏列表。她微微提高音量:"起拍价,八百万。"

初初听见她的声音,台下不少人就感觉心神一清,只因那声音实在悦耳。

"九百万!"

"一千万!"

……

价格迅速来到两千万,这时场子便微微冷了下来,这个价格已经是溢价了。沈千橙正要敲锤落音,变故陡生。

"三千万。"一道磁音响起。

"三千万!"沈千橙下意识地重复报价,等她抬手报完这一次,才发现居然是秦则崇出的价。沈千橙看向秦则崇,两人隔着人群遥遥相望。

把价格抬高这么多,当真是有钱任性。在场的人心中的想法无不和她的腹诽相同,暗道这位不愧是玩世不恭的二公子。

沈千橙重复三次价格,而后落槌:"恭喜。"

乐迪开心不已,二哥真给面子。

此后十来件藏品,连最普通的戏服也拍出百万高价,这场拍卖会可以说是非常成功。

倒数第三件藏品,沈千橙道:"六尾金丝凤簪,起拍价,一千万。"

价格飙升到三千万时,秦则崇慢条斯理地举牌:"四千万。"

时隔许久，场内再度陷入寂静。

不少人都在心里嘀咕，这位主儿今晚拍的都是些首饰，难不成是送秦太太？知道秦则崇结婚的人也不少，秦二公子独守空房一年这事儿都快成圈内共识了。他们无不好奇铁石心肠的秦太太是何许人物。

沈千橙淡定地敲锤，宣布秦则崇为赢家。

倒数第二件——

"满绿翡翠镯，起拍价，三千万。"

价格高了，乐奶奶的粉丝们基本都是快乐参与，后面都是那些富豪们的游戏。秦则崇以五千万拿下这枚玉镯。

乐迪从笑得见牙不见眼到一脸懵，他看看台上身姿曼妙的沈千橙，又看看台下神色自若的秦则崇，只觉得牙疼。

怎么瞧二哥都像是在给千橙姐捧场，让她这拍卖首秀一举成功。

春天是到了，但这春心动得一点儿也不对啊！

算上之前的，秦则崇已经拥有三件藏品，还个个是漂亮珠宝，周围人哪里还有兴致出价，都想看这位到底要买几个。

最后一件点翠头冠，起拍价六千万。价格来到八千万时，另一桌的一位看向气定神闲的秦则崇，出声道："秦总不要？"

秦则崇挑着唇笑："对头冠没太大兴趣。"

没有他的抬价，这件点翠头冠最终和那些专业人士的预估价一样，以八千万收尾，被海城一位富豪拍下。

十点整，拍卖会结束，乐迪很贴心地安排了拍后晚宴，正好给了在场人士认识交流的机会。

沈千橙没那个兴致，离开拍卖厅后没回4号楼，而是直接去了二楼的房间里休息。主持拍卖比新闻播报可要累多了，而且伤嗓子。

沈千橙嘴挑，不喜欢润喉糖的味道。

窗扉开着，檐上悬挂的灯笼随风轻荡，昏黄的光照亮楼下的蜿蜒长廊与婆娑树影。

三月夜里微凉，沈千橙关上窗，正捧着茶杯一口一口抿，秦则崇推门进来，手里还提溜着一个保温食盒。这画面怎么说，还怪不搭的。

沈千橙虽然没有开口，但眼神已经透露出调侃——你一个贵公子还在晚宴上打包啊？

秦则崇看她两眼，没说话。

沈千橙凑过去，秦则崇一开盖，她就闻到了那独属于桂花赤豆小圆子的熟悉的甜香味儿。这是她最爱吃的甜品糖水，宁城遍地都是，红豆细腻甘甜，圆子软糯弹牙。早知道宴上有这个，她还上楼做什么，在楼下喝个一大碗多好。

沈千橙眼巴巴地盯着男人的动作，呜呜两声。

秦则崇倾身靠近，眼底带着调笑，忽然伸手捏了捏她的下巴："难不成变哑巴了？"

沈千橙回嘴："怎么，你担心我啊？"

心情好，声音也甜。

"还能说话。"秦则崇收回手。

沈千橙下意识地捏捏被他碰过的地方，说："几个小时而已，我还没有弱到这种地步，就是累。"

秦则崇将糖水推过去，神色自若道："喂你？"

"这么体贴？"沈千橙惊讶地看着他，"当然可以，正好我不想动。"

男人站在她面前，深邃俊美的眉眼因为倾身而近在咫尺。今晚拍卖时与之对视，但隔着距离，看不清他的眼神，如今，她将他眼底的恣意看得一清二楚。直到秦则崇率先移开目光，低头搅拌糖水。

沈千橙低头盯着他的动作，她今晚抬了两个小时的胳膊，手腕确实有点酸，再加上她本身就怠懒，是个被人伺候的性子。

勺子小，一次最多两个小圆子。沈千橙就着他的手吃了两口，门却突然被敲响，乐迪的声音响起："二哥！二哥！"

秦则崇停下动作，勉强耐着性子问："有事？"

乐迪在门外叫："有事！好大的事！"

沈千橙正咬着软糯的圆子，其实不太满意秦则崇的喂速，见状含糊不清道："你出去看看，好吵。"

天知道乐迪这会儿有多急。拍卖会结束后他才发现秦则崇不见了，一问侍者，竟是来了二楼沈千橙休息的房间。至于有什么事——管他什么事，把人叫走就行，让这两人单独在一个房间可不合适。

秦则崇一出门沈千橙就迫不及待端起小碗，刮了一大口送进嘴里，再慢悠悠地享受，开心得眯起媚眼。秦则崇回来时，看见的就是沈千橙鼓着脸的模样。

"用得着这么急吗？"他开口。

沈千橙嘴巴一闭，奇怪地看着他，恢复优雅之后才问："你怎么这么快就回来了？乐迪人呢？他找你有什么事？"

"忙去了，藏品的事。"

秦则崇漫不经心地回答，坐到她旁边，十分自然地擦了擦她的唇边。

乐迪低头给沈千橙发消息："千橙姐，事业为重，远离男人。"

沈千橙收到消息，深以为然，于是拒绝了秦则崇一起离开的提议。

"我可不想明天和你一起上头条。"她在娱乐圈里，而秦氏便是娱乐圈里的帝王，一旦和他们扯上关系，就不会再有人注意到她本人的光环。

"今晚来时我们就应该分开进楼。"想到这里，沈千橙有些懊恼，她推推男人的肩膀，"你先走。"

秦则崇好整以暇地开口："所以你要怎么回去？"

沈千橙答得理所当然："乐迪催我半天了。"

秦则崇笑了。

"我不忙，我闲，很有空。"乐迪接到沈千橙的电话，想也不想就答应了。

沈千橙嗯了一声："那你等我回4号楼拿东西。"

然而运气不佳，她走出长廊之后，又见到了站在半道上的杨维。

杨维在这里吹了一整夜的风，接受了无数人的注目礼，终于等到沈千橙再次出现。

"沈小姐。"杨维开口道，"之前的事是我不对，那些话你不要放在心上……"他不知道沈千橙和乐迪是什么关系，一开始觉得她是乐迪的女人，但听乐迪的称呼又不像，总之不是他能得罪的人。

沈千橙不耐烦在走廊上吹风，没什么耐心地道："能不能不要挡着别人的路啊？"说完她看也不看，从他身旁走过。

杨维脸色一阵红，扭头看见远处灯影中有个男人拦住了沈千橙，沈千橙和颜悦色地和对方交谈。

"先生以为您会忘了拿，让我去取的。"文秘书提着她的包包，手里还拿着一条披肩。

沈千橙拍手，乐得当甩手掌柜："那你直接让他带回去吧，省得我拿了。"

文秘书闻言把披肩递给她。

杨维见沈千橙又转回自己这边，刚往前一步就被文秘书用手挡开。文秘书等沈千橙走了才转头说："你现在可以走了。"

文秘书回了8号楼下。秦则崇正坐在车里，随手把玩着今晚拍到的那枚翡翠玉镯。文秘书当然知道老板是在看自己空荡荡的身后，一本正经地开口道："夫人拿走披肩就和乐小少爷一起走了。"

文秘书话刚说完，就见车窗被关上了，他无言地叹了口气。

您想和夫人一起走就直接说呗，夫人还能拒绝您不成？

沈千橙搭乐迪的车没直接回家，因为路过一家宁城菜馆的时候，她饿了。这小饭馆不大，却有着宁城街头巷尾的味道。

乐迪挂了好几个电话也要陪着她："我得送你回家啊。"

沈千橙莞尔："我自己回去，你去忙呗。"

乐迪认真道："千橙姐，麻烦你对自己的美貌有点自觉，大晚上的，安全吗？"连二哥都动心，更何况别人，他想了想，继续说，"要不我把车留给你，我自己打车回去。"

沈千橙点头。

等沈千橙吃完回到千桐华府已经是夜里十二点，明天是周三，京台有别的早间节目，她的《早间新闻头条》不用播。

屋内灯都关着，沈千橙以为秦则崇已经睡了，决定体贴一回，去了次卧洗漱。她原本想着洗完直接在次卧睡，没想到次卧竟然没铺床，于是只好回主卧，摸黑掀开被子趴上去。

谁知这一趴，就躺进了男人的怀里。沈千橙吓了一跳，手抵在他的胸膛上，耳边是沉稳的呼吸声，鼻尖嗅到熟悉的味道："秦则崇，你还没睡？"

男人轻松桎住她，还能腾出一只手打开床头的小夜灯，反问："我的妻子半夜才回来，你觉得我能睡得着？"

"我一个大活人，又不会丢了。"

秦则崇抬手抚过她的肌肤，轻轻亲吻她的唇。

次日上午八点，卧室门被敲响。

沈千橙这周好不容易睡了一回懒觉，睁开眼时还有点迷茫，一分钟后才清醒。身旁的位置早已冰冷，倒是卧室的小茶几上放着三个盒子，沈千橙猜到几分，打开果然是秦则崇昨晚拍下的东西，近距离看，更让她喜爱。

这三件都是沈千橙忍痛删掉的藏品。她指尖停在冰凉的盒子上，感觉有点巧合。秦则崇正好拍下这三件藏品，是不是看她当时太纠结？

沈千橙想着，叹了口气，又把东西放下。秦则崇可没说是拍来送她的，万一他准备送别人，自己岂不是自作多情？

沈千橙到电视台时，办公区域的主持人们正在聊八卦："听说秦总在昨晚的拍卖会上拍了三件珠宝，花了上亿。"

"真有钱啊。"有人感慨。

苏月薇心神一动,笑着开口:"嗯,秦总不是第一次买珠宝了,上亿不算什么。"

"苏老师知道这么多,那你知道秦总结婚的事是真的吗?"

"我听说昨晚杨维也去了,不过没入场,真奇怪。"

"你也听说了啊,我朋友刚和我说有人长得像咱们台的沈主播呢,沈老师会不会也在?"

苏月薇正打算说什么,看见沈千橙从她们身边走过去,便道:"拍卖会的嘉宾非富即贵,有人和沈老师长得像有可能,沈老师在场就不太可能了吧。"

"你们看新闻,居然有沈老师的名字……"有人惊呼。

苏月薇低头去看——拍卖师沈千橙。

因为没有媒体入内,所以网络上关于拍卖会的消息只有几件。

杨维去了,但没进去,拍卖师是播他丑闻的主持人沈千橙。另外最惹人注目的便是秦氏那位贵公子一晚上拍了三件首饰,赠送人不知是谁。

沈千橙把秦则崇能送的女性都猜了一遍,最后也没找到目标,那大概率是给自己的。但他没说,所以她决定暗示一下。

正巧,秦则崇的妈妈发来消息:"千橙,今晚和阿崇一起来吃晚饭。"

沈千橙回了好,随后灵机一动,改了秦则崇的备注。

从会议室出来,秦则崇随手开了手机,微信的消息提醒响起,两条消息一起跳了出来,皆来自沈千橙。

前一条消息是一张照片,空荡荡的手腕搁在木桌上,白皙光洁。

后一条:"晚上去你家吃饭,你看,这样空着手是不是不合适?"

回办公室的路上,秦则崇一直在看照片,直到坐下才回复。

沈千橙等了许久,终于等到正主的消息。

便宜老公:"不合适。"

便宜老公:"下班后一起去买?"

沈千橙一愣,这人怎么一点儿也不上道?她面无表情地回复:"我今天没工作,提前下班先去,你自己一个人去买吧。"

惹恼佳人在秦则崇预料之内,长指不紧不慢地继续按着:"这样会让他们认为我们夫妻感情不和,不当模范夫妻了?"

这男人还想要有美名。沈千回复:"做人不要追求虚名。"

秦则崇看着这句话,唇边笑意加深,眼睑微垂:"早上出门前没看见桌上的礼物？"

原来他知道，所以之前是故意欲扬先抑呢？沈千橙还没想好怎么回，新消息已到。

"秦太太，现在有一个严肃的问题，请你在家宴之前想出方法，好遮住你丈夫脖子上的牙印。"

沈千橙："……"

上班期间婉拒无关工作哈。

临近傍晚，电视台大楼外的灿金的斜阳也透过落地窗洒进来，在沈千橙的身上披上一层纱。她调回微信界面，仔细看了看秦则崇的消息。在沈千橙有限的记忆里，昨晚自己也没用力，怎么可能一天了印记还在？

沈千橙又忽然放松下来——反正别人也不知道是她干的，与她有什么关系？

秦太太咬的，关她沈千橙什么事？

四点半左右，沈千橙提前下班，回家去戴手镯，而且给婆婆一家的礼物还是要精心挑选的。

小茶虽然是实习生，但作为她的助理上下班时间都是和她相同的："沈老师，今晚下班早，有什么安排吗？"

沈千橙摇头："今晚要去我老公家。"

小茶哦了一声，而后突然反应过来："您老公？"

沈千橙笑了一下，刚要开口，电梯门已经打开，外面站了七八个人，中间的女人穿着礼服，外面搭着披肩。

"明月，你在今天的节目里表现得非常好……"

"电梯来了！呃，有人……要不明月姐等下趟？"

周围几个人都看向电梯内。还没到电视台的下班时间，他们也没想到电梯里会有人，而且容貌的侵略性还如此之强。

沈千橙看向电梯外，隔着几步远的距离，眼眸微微一弯。

展明月的经纪人认出沈千橙，也不由得在心里将对方拿来和自己的艺人比了比，觉得气场不如对方。

小茶本来怪激动，想要个签名或者合照，但看沈千橙淡定异常，只好忍住。

展明月环胸站着，温柔一笑："好巧。"

沈千橙翘唇："真不巧，人多，等下趟吧，小茶。"

最后一个字落音，小茶已经习惯性地按上了关门键。

展明月表情一变。周围几人都有点蒙，不是只有两个人吗？往里让让不就行了，关门是什么意思？

"京台的员工都这个态度？"

电梯门合上小茶才反应过来，刚才千橙姐好像不太待见展明月一行人。

"原来今天展明月在这里录节目，您认识她吗？我听说她人缘特别好，而且好像认识有钱的大佬们，她好像认识你。"

沈千橙漫不经心道："你觉得我会认识大明星吗？"

"不会。"小茶一想也是，千橙姐以前是广播主播，哪里会和大明星们一起录节目？

见到展明月，着实让沈千橙的美好心情受到了一分影响，以至于在回家路上收到秦则崇的消息时回了一句："办法想到了，你换件高领的衣服吧。"

秦则崇笑了一声，回道："这个天气？"

身后的文秘书听见笑声没忍住抬头瞄了一眼，夫妻俩说什么好事呢，秦总都乐出声了。

沈千橙把上回他的理由丢回给他："秦总，夜里风大。"

秦则崇不疾不徐地敲下一行字："现在没有高领衣服。"

沈千橙不信。她去衣帽间里把秦则崇的衣服看了个遍，发现还真没有——主要是这里也没有几件他的衣服，居然是女士的衣服占了大半。

沈千橙之前从来没进过这里，因为她把带来的几件西装直接丢进了主卧。她越想越不高兴，质问："你往我们的婚房里带女人？"

秦则崇："怎么说？"

沈千橙一顿输出："秦则崇，你是不是之前觉得我一辈子都不来这里，不会发现？"

手机这头，秦则崇反而不急着回复了。一直到车从秦氏总部离开他才拨通电话，勾着唇笑："你从哪里得出的结论，我往家里带……女人？"

沈千橙正在气头上，没好气地说："你家里的东西还在呢，还问我，还笑？"

秦则崇想了想，问："你在什么地方？"

"衣帽间。"

他慢条斯理地开口："秦太太，如果你能仔细看一看这些用品，我会很欣慰。"

欣慰个大头鬼。沈千橙随手扯过一件看了看，发现是自己的尺码。

秦则崇靠在椅背上，气定神闲地对电话那头的美人说："今晚的场合，你打算穿上班的正装？"

那头没声。

秦则崇大约能猜到沈千橙的表情："希望我到家之前，你已经换好衣服了。"

沈千橙每天天不亮就离开千桐华府，从来没关注过这栋房子的变化。趁秦则崇没到家，她在楼上转了一圈，衣帽间大半是满的，全都是当季和超季的衣服。除此之外，首饰柜也满了一半。沈千橙挑了几样试了试，是自己的手围。

这便宜老公这么贴心，那自己是不是得给他的牙印想个正经点儿的解决方法？谁让她是秦太太呢？

于是，等到秦则崇踏入门的那一刻，沈千橙已经拿着粉底液和美妆蛋等在了门口。

两人对视几秒，秦则崇问："这么急？"

"秦总可真幽默，不知道之前是谁在微信里要求的。"沈千橙瞄了一眼他的喉结，哪有什么牙印，她收回手，"你蒙我？"

秦则崇淡然地看着她："可能是时间太久，消了。"他哼笑一声，"保险点儿，还是遮住更好。"

他这双桃花眼正经的时候还好，不正经的时候仿佛能把人勾得陷进去。

沈千橙将信将疑："行吧。"

男人抬起下巴，将脖颈露在她面前，他还穿着西装，像只野兽褪去警惕，将最脆弱的地方递给她。沈千橙的注意力无法避免地被他的喉结吸引，放柔力道，不敢用美妆蛋，用指腹一点揉开粉底液。

秦则崇垂眼，这个角度只能看见她的眼睛，睫毛很长。

喉结在沈千橙的指下滚动了一下，秦则崇挪开视线，忽然抬起指尖拨弄了一下她柔软白净的耳垂："没选耳环？"

沈千橙下意识地躲了一下，幅度很小。她敏感的地方不多，耳朵算是一个。

"哇要帮无。"沈千橙习惯性地用宁城话回了一句，娇嗔似的。

不想男人的手指又拨了一下，沈千橙嗔他："没听到吗？"

秦则崇懒懒地笑了一下，拖着腔调答："没听懂。"

"叫你不要碰我。"沈千橙哼了一声，指甲在他的喉骨上轻轻刮了一下，"好了好了。"

等她毫不留恋地转身上楼，秦则崇站在原地，指腹捻了一下她碰过的地方。

出门已经是六点了，沈千橙没看到车上有礼物，问："真临时买？"

秦则崇一丝不好意思都没有："不想买也可以，空手回家也不是什么事，都可以。"

话里的意思好像是想怎么做都随她，然而沈千橙在长辈面前是个周全的性子，

033

睨他半晌，说："存心想让我留下不好的印象？"

两人最后还是在一家宫廷桃酥店外停了下来，沈千橙买了些桃酥。

越靠近秦家，沈千橙越镇定，其实她来秦家也才两三回，订婚后来过一次，往年除夕是在宁城过，今年是在秦家过的。秦则崇家和沈家一样人多，他的父母有好几个兄弟，反而是秦则崇自己是个独生子。

秦家的宅子占地不小，大宅门进去，往里走是好几个相隔一段距离的四合院和小楼园林。秦则崇作为如今的秦氏继承人兼掌权人，自然是住在主宅，平日里是不和叔叔伯伯他们一起的。

下车后，沈千橙还在看风景，秦则崇已抬起手臂，挑眉看向她："模范夫妻？"

沈千橙挽上去，又露出一个职业笑容，嗓音清甜："老公，我们快进去吧。"

秦则崇嗯了一声。

等走过长廊又转过一个月洞门，沈千橙才记起这宅子的构造，白演那么长一段路。她扫了一眼秦则崇，看他侧脸的轮廓，一点儿心虚的样子都没有。

来得早不如来得巧，两人到时刚好可以直接吃晚饭。

沈千橙虽然只来过几次，但熟稔得仿佛是这里的常客，三言两语就逗得秦母笑得合不拢嘴，做主持人的就没有不会说话的。

沈千橙用公筷给婆婆夹菜，收回筷子时停顿了一秒，又给秦则崇夹了一筷子。饭桌上安静了两秒，看着秦则崇把菜吃下，对面桌上的堂弟惊讶地开口道："哥什么时候改口味了？"

"是啊，以前不见阿崇你吃鱼，你小时候嫌刺多，后来就算家里只做没刺的鱼，你也尝都不尝一口。"

沈千橙一愣，她不知道这事。

秦则崇神色自若地说："前段时间，医生说挑食不好。"

于是话题又迅速转到"他怎么看医生了""为什么去看医生"上面去。

晚餐结束，众人一起回客厅，沈千橙和秦则崇落在最后面，沈千橙用手指戳他："你不吃鱼啊，怎么不告诉我？"

秦则崇低头看她："你也没问我。"

沈千橙羞恼："这种忌口的事不应该你主动说吗？我今晚的剧本差点儿就露馅了。"

秦则崇弯腰凝视着她："在你的剧本里，关于我的问题，应该是你主动问你老公的爱好。"

沈千橙想了想，好像也是："下次问。"

饭后是一家子闲聊的时间，不出预料，众人的注意力都在刚结束异地的"新婚小夫妻"身上。

话题从宁城转到京市，又从工作转到生孩子。沈千橙也不晓得秦则崇那几位叔叔婶婶怎么这么关心她的肚子，还"爹味"十足。

"千橙和阿崇结婚也有一两年了，先前分隔两地，现在在一起，有没有打算什么时候要孩子？"

沈千橙笑回："还没想好。"

婶婶掩嘴笑："那可得快点儿想了，也不小了，而且现在工作不忙，正是怀孕的好时候，趁年轻，身材恢复得也快。"

"现在哪里是好时候？"秦则崇将茶杯搁在几上，慢条斯理地说，"我和千橙的二人世界还没过够。"

沈千橙适时"害羞"地看了他一眼。

直到这尴尬又甜蜜的气氛被一个用人的声音打断："展小姐身体不舒服，刚刚叫了医生，老爷子让过去看一眼。"

客厅里顿时安静下来。老爷子没有来参加家宴，谁都清楚其中的缘由，正是因为那位住在那边的女孩儿。几个人的目光转向沈千橙，沈千橙淡定地端着茶杯，还有闲心地吹了吹浮起的茶叶。

叔叔咳了一声："叫医生应该是挺严重，过去看一眼？"

秦母皮笑肉不笑："都叫医生了，我们去看也是占地方。"

放着好好的孙女孙子孙媳不疼，疼个没血缘的女孩儿，真是人一老就糊涂了。她心疼地看向沈千橙，若说秦家有什么对不住孙媳的地方，一定是这一点了。

别看婶婶们刚才还偷偷摸摸挤兑沈千橙，这会儿也都是一样的想法，又坐了下来："大嫂说得也是。"

"估摸着她也不是想看我们。"叔叔更直接，问沈千橙，"你要不要过去？"

沈千橙心底嗤了一声。下午又不是没见到，况且，不是什么人都有资格让她去见的。她觑了一眼秦则崇。他要是敢去，明天民政局见。

用人站在原地，与沈千橙的视线终点相同，从头到尾看的都是她身旁的秦则崇。

秦则崇起身，抽走沈千橙捧着的茶杯放回茶几上，声音不轻不重："走了。"

听到这话，用人眼睛一亮。

沈千橙明知故问："去哪儿？"

"回家。"秦则崇轻笑一声，后一句话十分耐人寻味，"时间不早，该过二人世界了。"

用人的笑脸顿时僵住。

客厅里的气氛陡然一变,"二人世界"这四个字太过明目张胆,沈千橙咳了一声。

站在过道里的用人嘴角的笑容还没坚持两秒就停在了半路上,她有些尴尬,刚刚秦总说的不是去她们那儿……

"秦总……"她嗫嚅道。

秦母挑眉,语气冷漠地说:"你回去吧。"

用人只好低头离开,临走前还看了沈千橙一眼,心中暗道都是因为她。

沈千橙当没看见,起身一一和长辈道别:"那我们先回去啦?"

秦母说:"等等,妈给你准备了礼物。"

沈千橙看了秦则崇一眼,和她一起往里走,远离客厅后,秦母开口:"阿崇爷爷那边,你别放在心上。"

"我没有。"沈千橙摇头。

秦母给她准备了一条珍珠项链,设计很是典雅,沈千橙很喜欢,最后一点儿不愉快也消失殆尽。那又不是她的亲爷爷,当个陌生人就行。

秦母调侃:"好了,快回过去二人世界吧。"

沈千橙有点不好意思,谁知道秦则崇会突然说得这么直接。

离开主宅时走的依旧是先前走过的路,能看到远处几栋亮着灯光的小楼,秦家最高不过二层四合院,却唯有一栋楼稍高一些。

"吱呀"一声,门被推开的同时,床上的人转头看来。

窗边的黑发男人转身,冷声问:"秦则崇人呢?"

小敏小声回答:"秦总和沈小姐一起走了……"

"说了让你不要去——"展明月说着咳嗽两声,"我们在秦家住着已经是天大的恩情了。"

小敏正要说话,身后突然响起老爷子的声音:"这叫什么话,这里就是你们的家!"

"夫妻生活这么隐私的事儿还在人多的时候说,你是一点儿也不害臊。"回到车上,沈千橙咕哝一句。

秦则崇面不改色道:"不正好显得我们感情好?"

"那你今天还要遮什么痕迹。"

"真不遮,你愿意?"

沈千橙又偃旗息鼓了,她还真不愿意。她严重怀疑当初家里把秦则崇纳入联姻对象的范围里，是因为她在娱乐圈工作，虽然和她的想法背道而驰。

沈千橙重新打开秦母送的礼物盒，纤长的手指挑出珍珠项链，饱满的珍珠泛起莹润的光泽。

秦则崇定住目光。

沈千橙头也不抬地说："秦则崇，你家里我只喜欢你妈妈。"

有人的时候叫老公，没人的时候就连名带姓地叫。

秦则崇挑眉："只？"

"当然是只。"沈千橙将珍珠链放回盒子里，抬头和他对视，"你那群叔叔婶婶太啰唆，你爷爷……我不想说。"

秦则崇嗯了一声。

沈千橙蹙眉："我今天还见到展明月了。"

"见就见了。"秦则崇淡淡道。

沈千橙好奇："你说，你爷爷这是什么心态？"竟然会为了初恋的孙辈和自家人闹得不可开交。

秦则崇的目光略过她把玩着珍珠的手指："什么心态？想再成为整个秦家唯一做主的人罢了。"

沈千橙恍然大悟："就像皇帝老了就开始留恋权力了。"

在婚前，她有从亲爸那儿了解一些秦家的事。

几十年前，秦家老爷子年轻时也是纨绔子弟，和初恋的爱情故事就类似于王子和灰姑娘，声势大得整个京市几乎无人不知。最后两人还是分开了，秦家老爷子和秦奶奶家联了姻。本来这事儿到这里就算结束了，然而十年前初恋家里出了事，只留下一对姐弟。老爷子可能是年纪大了，头脑发昏，还要给他们财产，和老太太因为这件事闹得非常不愉快，甚至差点儿离婚。

沈千橙不知道内情，只听她爸和堂哥他们说，那时的秦则崇还是少年，也是从那年起就开始参与秦氏的决策讨论。直到几年前老太太去世，他正式执掌秦氏。

平心而论，她是真的佩服秦则崇的奶奶。老公不行，那就培养儿子，儿子愚笨，那就培养孙子。自己以后有了孩子，如果秦则崇老眼昏花了，她就去父留子女，让他有多远滚多远。

秦则崇眼见着妻子看自己的目光变得冷血起来，一时间有些无奈，不知道她又在脑补什么了。

今晚回来得早，又没有其他事情做，沈千橙洗完澡后打算挑一条裙子来搭配婆婆送的项链。几条裙子换下来，最后连腰带都懒得系，干脆坐在地毯上对镜自拍了半天，发了个朋友圈。

秦则崇过来时，她刚发完炫耀的朋友圈，正打算起来，发现腿麻了。

"你要发多久的呆？"镜子里，她身后的男人问。

沈千橙没动，佯装镇定："我累了，歇歇不行吗？"

谁想秦则崇直接从后面把她抱了起来，本来就随便穿的裙子被这样一扯，滑了下去，像礼物的丝带被解开，顺滑地堆积在地上，如同绽放的鲜花。

沈千橙一愣，立马捂住他的眼睛。

视线被遮挡，触感更显敏锐，秦则崇挑着唇，似笑非笑："又不是没看过。"

那能一样吗？沈千橙献上一记白眼："松手。"

男人非但没松手，反而就这么抱着她转身要走，丝毫不担忧被蒙住眼睛会撞上哪里。眼看就要撞上珠宝台的玻璃柜，沈千橙忍无可忍，小手稍稍下移，报复性地揉搓他的脸。

第二天闹钟响了，沈千橙昏昏欲睡，忍不住推了一下旁边的男人："天亮了！"

她醒了，罪魁祸首也别想睡！

于是京市五点多的清晨，天刚蒙蒙亮，秦氏的保安就发现他们的秦总又已经到了。

沈千橙到电视台时没注意看别的，一路仙女似的飘回办公室，又飘去演播室。一整个早间新闻播下来，她人才清醒。

"我刚刚听他们说花朝节快到了，台里打算做个活动，让人扮演十二花神，不知道会请哪些明星。"小茶做贼似的关上门，"我还听说，台里要有大动作。"

沈千橙没什么兴趣，大动作和她有什么关系？又不给她发奖金——就算发也不够她买个包。

中午，沈千橙决定带小茶去外面吃。电视台也是有食堂的，而且有好几家餐厅味道都不差，不过经常吃肯定会腻味。

两人一到午休时间就下了楼，吃完回来却见电视台大楼外站了一群人，正在和保安吵闹。

小茶瞄了一眼："可能是想硬闯进去做综艺观众的粉丝吧。"

京台的王牌综艺是室内综艺，每次录制都会放出几十张门票，很容易被黄牛高价转卖，买不到的粉丝就会在楼外蹲守。

小茶话音刚落，对面就有人看过来："沈千橙在那儿！"

沈千橙一愣，她现在都有真爱粉了？

直到对面几个人走近扔了一样东西过来，沈千橙察觉不对，眼疾手快地拉开呆滞的小茶。

"向维维道歉！"有人叫道。

沈千橙神色瞬间冷了下来，妩媚的脸蛋肃冷动人，自从来台里，她还是头一回生气，环胸而站，冷冷道："向谁道歉？"

对方也呆了片刻，回过神来瞪着她举着手机拍摄："我家杨维！"

"不认识。"沈千橙套出名字，牵唇一笑，美得妖娆惊人，"小茶，回去了。"说完便转身离开。

被拦住的杨维粉愣在原地，你播的新闻你不认识？

小茶回到楼里才后知后觉，气愤道："是杨维的粉丝！有病啊，又不是咱们让杨维劈腿的！这都不脱粉，关主持人什么事！还好沈老师你躲得快，不然就被砸到了！"

沈千橙冷静道："她们觉得杨维这样只是解决生理需求，不是真对对方有感情。"

小茶目瞪口呆："奇葩，难怪认真谈恋爱明星的脱粉更严重。"

事情虽然不大，却在两人上楼这短短两三分钟的时间里传遍了整个电视台。沈千橙一进办公区大家就齐齐看过来。

"沈老师没事吧？"

"刚才楼下的事我们都听说了。"

"杨维的粉丝也太莫名其妙了，拍卖会的事和你有什么关系。"

沈千橙停住脚步："拍卖会？"她还以为是之前播新闻的事。难怪，她还想说都过去一两周了，这问罪也来得太迟了。

"沈老师还不知道吗？不知道从哪儿冒出来的消息，说杨维不能入场是因为你。"

苏月薇笑着说："沈老师只是拍卖师，怎么可能有权利决定杨维能不能进拍卖会？粉丝太极端，别放心上，在娱乐圈里，这种冤枉事很常见。"

沈千橙挑眉："也没那么冤枉。"关键在于这件事是谁透露出去的，在拍卖会结束后两天才冒出来。

直到她进了办公室众人还没回过神，问苏月薇："她什么意思？真和她有关？"

"二哥，嫂子什么时候和我们一起吃个饭？"

乐迪今天死缠着自己哥哥乐聿风，终于挤进了这京圈顶层公子哥们的饭局里。

秦则崇不疾不徐道："她忙。"

陈澄忍笑:"怎么,你想和你嫂子吃饭?"

乐迪说:"当然嘞!"

然后和嫂子好好暗示一番二哥有精神出轨的征兆,及时把苗头扼杀在摇篮里。他小声嘀咕:"凭二哥这张脸、这家世,只能是因为讨不到嫂子欢心,不然也不至于独守空房一年。"现在还移情别恋,就算换嫂子,也得正正经经地换。

陈澄狂笑:"哈哈哈哈哈哈哈,乐迪这句话说得对!阿崇你就是不会讨人欢心!"

秦则崇抬眸:"你俩嘴闲就多吃几口。"

陈澄:"我不。"

乐迪赶紧扒了两口才放下筷子,不过他不敢再讽刺,又插不进他们的话题,索性掏出手机。他刚一打开锁屏就看到狐朋狗友发来的视频,心急之下直接点了播放,却忘了这是外放。

桌边顿时响起嘈杂的视频音:"今天,杨维粉丝大闹京市卫视电视台大楼,扬言要主持人沈千橙道歉,甚至差点儿砸伤对方,不过沈千橙似乎……"

"我靠有病——"乐迪瞬间炸了毛。

然而还没等他说完,耳边就响起椅子拖拉的声音。乐迪一扭头,看见秦则崇已经起身离开了桌边,拎起衣架上的外套往外走。

他问:"饭还没吃完,二哥要去哪儿?"

陈澄摸下巴:"我猜收拾人去了。"

"去讨欢心了。"乐聿风的答案却相反,"打个赌,小迪,你做证人。"

新晋证人乐迪一头雾水:"什么意思?"

陈澄看他:"完了,乐聿风,你弟弟傻了。"

乐迪挡住他要来探自己额头的手:"我没傻,不是,二哥是去替谁收拾人?讨谁欢心?"

"你刚看的新闻,还用问。"乐聿风夹了一筷子菜,"人走了,我替他吃了。"

乐迪的世界观有些崩塌:"二哥背着嫂子追千橙姐,你们都不谴责,还打赌?"

陈澄一愣,扭过头看他的表情,又转向乐聿风,两人对视间似乎明白了什么,闷笑出声。

秦则崇,你也有今天!

陈澄咳嗽一声:"作为朋友,我们肯定双标啊,只能对不起你二嫂了,唉,是吧,乐聿风?"

乐聿风摸摸乐迪的头:"小迪,阿崇不值得你把他当作偶像,他人品不行,世界上最好的还是你亲哥我。"

文秘书得知网络上的消息,正要汇报时,才知道自家秦总已经先他一步知道了这件事。

"谣言从哪儿传出来的?"秦则崇问。

秦总称之为谣言……文秘书心下有了数,迅速组织好措辞:"还在查,新雨楼那边正在调监控,还需要时间,应该是当晚有人在现场,事后透露了出去,现在网上传言太太背后有人。"

原评论是猜测沈千橙可能傍大款之类的,他换成比较委婉的说法,免得秦总这位大款生气,虽然他现在已经在生气了。

车里,秦则崇长指滑动平板屏幕。视频短短一分钟不到,砸人的东西也看不清,但沈千橙躲避的动作很清楚。

听见一点嘈杂音,文秘书估摸秦总在看相关视频,然后就听到他说:"让公关部处理掉相关谣言,联系京台,加强一下他们的安保系统,查监控。"

文秘书应声:"好的。"

秦则崇关了视频,给沈千橙发消息:"我二十分钟后到电视台楼下。"

"千橙姐,你没事吧?我看到新闻了。"乐迪的电话来得迅速,"有些粉丝就是不正常!我待会儿让他们发声明,不让杨维那王八蛋进去是我吩咐的。"

沈千橙回:"没事,她们靠近不了我。"

乐迪这才放心,又试探开口:"二哥今天找你了吗?"

沈千橙奇怪:"没有,为什么这么问?"

没有?乐迪奇怪,难道真的是收拾人讨嫂子欢心去了?他本来以为二哥是要讨沈千橙的欢心,没想到二哥没找她。乐迪打哈哈:"没有,我没联系上,就问问。"

结束通话,沈千橙赫然发现微信里有秦则崇发来的消息,她回复:"你来这里干吗呀?有工作?"

没听说京台和秦氏有什么合作,难不成是小茶提到的大动作?

便宜老公:"我看到新闻了。"

沈千橙低头,想了想:"她们没有砸到我,我没事。"该不会是来关心老婆的吧……她被这个想法雷到,又觉得很合理,他们毕竟是在扮演标准模范夫妻。

沈千橙:"我下来了。"

她和小茶说了一声,戴了个口罩下了楼,一眼就看到秦则崇的车停在路边,快步从后门上了车。

男人的视线定在她的身上，确定她安好之后还是开口询问："真没碰到你？"

沈千橙摇头："我躲开了，不知道扔的什么，我没去看，保安应该处理了。"她指了一下窗外。

车窗外正好有人过来。见到按下车窗的是沈千橙，文秘书丝毫不见怪，礼貌问好："太太午安。"

沈千橙笑了一下："文秘书，你也午安。"

秦则崇扫了一眼她手指的方向，又收回目光："下次碰到这种事，不用和她们多说，直接报警。"

沈千橙歪头："我一开始以为是我的粉丝。"

见秦则崇眉心跳了一下，沈千橙不乐意了："什么表情，我新闻主播不能有粉丝吗？"

秦则崇淡淡开口："早上六点档的早间新闻主播，才半个月，你觉得会有热爱到追到电视台的粉丝吗？"

沈千橙张了张嘴，他也就……有那么一点儿道理吧。

她气恼道："你难道是来嘲讽我没有粉丝的吗？"

秦则崇没搭理她这茬儿，问："吃了吗？"

沈千橙还没回答，刚坐上副驾的文秘书趁机开口："太太，秦总和陈少他们今天中午有饭局，但是看到您的新闻就丢下他们直接过来了，还没吃几口。"

沈千橙扭头瞧男人，眨了眨眼："那你现在还饿着肚子？"

她往眉眼俊美的男人那边挪了一点儿距离："你都来这儿了，我请你吃饭。"

秦则崇倏地笑了，唇角弧度很浅。

沈千橙小声说："说话呀，笑什么，吃不吃嘛？"

"吃。"他说。

才到京市半个月，只是听过小茶的介绍，其实沈千橙对电视台附近也不太熟悉，干脆挑了自己今天中午吃过的粤餐。

老板娘一看见她就笑眯眯地说："丫头又来啦，没吃饱？"

沈千橙摆摆手："带我老公来尝尝。"

"喔，我还以为帅哥是电视台里的明星呢，就说我怎么没见过。"老板娘说。

沈千橙扭头："你秘书呢？"

秦则崇说："他吃过了。"

沈千橙哦了一声："我今天中午吃的这个，感觉蛮好吃的，你尝尝，要是不合你口味……"

秦则崇打断她的话:"我不挑食。"

沈千橙的记忆在某方面是很好的:"昨天晚上你还不吃鱼!"

秦则崇看她:"我没吃?"

沈千橙没话说了。

她本身胃口不大,又吃过了,所以只是看着秦则崇吃饭。说实话,这场景实在是赏心悦目,一举一动都带着独有的修养。沈千橙胳膊撑在桌上,托着脸就这么看着他,一点儿也没有挪开视线的意思。

秦则崇再抬眼时,对面的女孩儿眼皮打架,睫毛缓慢颤动,一副快要歪倒睡着的样子。他伸手掌垫在桌上,才没让她磕到脑袋。

沈千橙清醒过来,坐好:"吃完啦?"

秦则崇收回手,语气不咸不淡地问:"怎么,和我一起吃饭就这么犯困?"

沈千橙拍了一下桌子:"我为什么犯困,你这个罪魁祸首心里不清楚?"

秦则崇弯唇:"不清楚,要不你描述一下我的罪行?"

用正经的脸说不正经的话,沈千橙白了他一眼。美人就算生气做这样的表情也是漂亮可爱的,和她本身的妩媚形成一点儿反差萌。

"我回去上班了!"

回去的路上,沈千橙关注了一下最新情况。原来在她怼完那些粉丝后不久,这件事就上了热搜,加上了杨维的名字,热度冲得很快,热门微博便是视频,评论已经过万。

"杨维不是塌了?我失忆了吗?"

"杨维还有粉丝啊?"

"美女主持无妄之灾,也太倒霉了,不就是播了个新闻,什么锅都往人家身上推。"

"敢第一个播杨维的丑闻,又不让他入场……这位主持人是有背景的吧?"

沈千橙关掉微博回到工作区不久,小茶凑过来:"姐,你那个事的热搜没了。"

沈千橙一脸茫然,她十分钟前还在看呢。她想了想,这事儿估计不是宁城沈家出手,就是秦则崇做的,也可能两家都帮忙了——不过秦则崇的可能性更大。

她眼尾一挑,给秦则崇发消息:"谢谢老公!"

秦则崇收到四个字和那个波浪号,嗤了一声,一看就是敷衍,每次都是这样。

回秦氏的路上,文秘书接到陈澄的电话:"文秘书,你老板是收拾人了,还是讨欢心去了?"

文秘书瞄了一眼后面看手机的男人,低声说:"都做了。"

陈澄:"哈哈哈!乐聿风你也没赢!"

文秘书默默挂掉电话,真是一群损友。

"新雨楼那边……"秦则崇忽然抬眼。

文秘书立刻回答:"我一定催促关注进展!"他想了想,继续说,"上次在新雨楼,杨维想要搭讪太太,被我挡住了,这次……"

秦则崇的语气不温不火:"这种事还需要问我?"

因为在拍卖会上丢了脸,再加上剧和通告都因为上次的劈腿丑闻而换了人,杨维回去之后便一直窝在公寓里没出门。

经纪人推门而入:"新雨楼那天的事,是不是你说出去的?"

杨维愣了一下:"这么丢脸的事,我说出去干什么?那个主持人又拿我做新闻了?我最近可没做什么事,翻旧账?"

上次因为得罪她,他一直提心吊胆,今天被这么一问,不禁又胆战心惊起来,他得罪不起那些有钱人。

经纪人说:"你的粉丝去她电视台围堵,上了热搜,不过,现在热搜已经没了。"

杨维压根儿不知道这件事,松了口气:"这是粉丝行为,我也管不到,不是我指使的。热搜没了,没水花应该没什么事。"

经纪人用看傻子的眼神看他:"只上了一小时热搜就没了,这你还不清楚严重性?我以前给你撤热搜多费工夫你知道吗?还有,公司那边刚刚决定,让你休息半年。"

谁都知道这半年只是个幌子,真正的结果是无限期雪藏。

杨维蹭地一下站起来:"不是说过段时间就行了吗?吴总不是花钱了?"

经纪人冷声道:"这世界上比吴总厉害的人不止一个,花钱?在娱乐圈,你以为钱是万能的?"

杨维失神道:"我就是得罪一个主持人……"

"是得罪一个不简单的主持人。"经纪人讽道,"在新雨楼那样的场合里嘴上都没个把门,真该说你活该。"

杨维猛地抬头:"是乐家!"

"你看,你连得罪了谁都不知道。"经纪人怜悯地看着他,"事情都到这个地步了,你发个声明吧,道歉和澄清一下。"

小茶把杨维的声明告诉沈千橙时,沈千橙正在思考怎么谢谢秦则崇。

"又发声明了啊。"她随口接道。

小茶道:"这次声明和您有关呢,说他约束粉丝不力,而且拍卖会的事是谣言。"

沈千橙托腮:"其实也不是纯谣言。"但说真的,不让杨维进去的是乐迪。

小茶问:"沈老师,您实话说,您背后是不是真的有人?"

沈千橙一本正经:"是的,我背后有人,不止一个,好多个人都在我后面。"

小茶一时无言,您这说法像恐怖片呀,她找回话题:"刚才外面都在传杨维得罪了人,不然声明不可能发得这么快。"

沈千橙对杨维着实没兴趣,她不喜欢的是今天拦路的杨维粉丝,但秦则崇的处理速度和结果还是让她有点吃惊,原来老公还有这样的用途。不过,她在京市是初来乍到,这是秦则崇的地盘,这么快就能解决问题也很正常。

与此同时,文秘书询问道:"这件事不需要告诉太太吗?太太一定会很感动的。"

见秦则崇睨了自己一眼,文秘书立刻明白过来:"好的,不用告诉,过犹不及,太太这么聪明,一定会自己猜到的。"

秦则崇按了按眉心,懒得搭理他。

公司里的人只知道秦总下午罕见地迟到了许久,一过来就直接开启会议,十分忙碌。

反倒是沈千橙下午很闲。她每天早上坐秦则崇的车去电视台上班,不用自己开车,现在干脆打车去秦氏接人,心里暗道秦则崇一定会很感动。

沈千橙还是第一次来这里,秦氏大厦耸立在不远处,上面的集团标志十分耀眼,她窝在车里给秦则崇打电话。

秦则崇刚回办公室,看到屏幕上的名字挑了挑眉,接通电话。

电话那头女声悦耳:"你下班了吗?"

秦则崇哼笑:"第一次听你这么问。"

沈千橙心虚一秒,又理直气壮起来:"我现在在你公司外面,待会儿一起回家,你回答我的问题,下班了吗?"

"刚结束。"秦则崇走到落地窗前,看着远处的马路,"过来找我还你中午那顿饭?"

"胡说八道。"沈千橙不承认,而后又想起自己的目的,声音放柔,"我是来接你下班的。"

"接我……下班?"男人的声音拖了音。

"不然呢?我来你公司这里做什么?"沈千橙的耳朵被他有些性感的嗓音滋润

了一下,"快下来,别开车了。"

地下停车场的司机已经从文秘书那里得知秦总下楼的时间,结果又收到消息——秦总不坐自己的车了。司机百思不得其解,难道秦总要步行回家?

"这里,这里。"

沈千橙下巴搁在车窗边,冲不远处矜贵优雅的男人招手,巴掌大的小脸在被夕阳洒下一层金黄的暖色。

秦则崇站在车外,弯腰凑近。两人的鼻尖距离仅几厘米,沈千橙能闻到他身上清淡的味道,听见他问:"你让我别开车,然后打车?"

沈千橙眨眼:"不行吗?"

秦则崇哂笑一声,迈步上了车,才坐稳就听沈千橙吩咐司机:"快走快走。"

上了她的车,就别想下车了。

离开秦氏的园区,沈千橙伸出纤纤细指戳了戳男人的手臂:"这是我打的车,你坐了就是欠了我。"

"欠了什么?"

"车费。"沈千橙答得一本正经,然后趁他还没开口说下一句,笑意盈盈地继续说,"不过我不缺钱,不要还钱,你帮我做件事。"

秦则崇听笑了,抬眸好整以暇地注视着她,什么接他下班,不过是借口。窗外车水马龙,远处的夕阳缓缓下落,只留下遍布天空的艳红色晚霞。

"什么事?"他问。

沈千橙音色柔软:"你这么厉害,一定也能让砸我的人明天就来道歉吧?"

秦则崇靠在椅背上,翘了一下唇,慢悠悠地开口:"怎么不直接把期限说成今天?"

"那改成今天。"沈千橙仰起脸,目露崇拜地看他,"你自己说的。"

"得寸进尺。"秦则崇说。

虽然她的眼神百分之九十九是装出来的,但他不得不承认,勾到他了。

第三章

晚饭自然是回家吃的。自从沈千橙搬过来，沈家那边就送过来三个宁城菜大厨，和秦家本来安排的宁城菜大厨撞到了一起。几个大厨都觉得自己最棒，沈千橙每天吃的饭菜都是变着花样的，压根儿不需要去外面。

沈千橙接秦则崇下班也就是多坐一段路的车而已，没有任何损失就能让秦则崇"欠费"，她美滋滋地想，自己一定是天才小橙！

回到千桐华府，沈千橙上楼卸妆。秦则崇去了阳台，文秘书那边得到吩咐，刚一联系警方乐聿风那边就打来电话："怎么，你没找京台？"

"那边太慢了。"秦则崇表情淡淡，"通过警方快一些，本身就应该报警。"

乐聿风挑眉："行，等监控查到人我再通知你，对了，你老婆没事吧？"

"没事，挂了。"秦则崇言简意赅。

"可真无情，我为你老婆看半天的监控，你也不给点儿好处。"乐聿风吐槽。

秦则崇纠正他的话："是为我。"

乐聿风嗤笑一声："没用的占有欲。"

"嘟——"电话直接被挂断。

宁城菜清淡，还有一部分是甜口，京市这边的口味却不是，但沈千橙还不至于一口不尝。她甚至于会去夹秦则崇的个人菜，吃完又点评："还行吧。"

秦则崇抬眼瞄了她一下，没管。

其实沈千橙蛮好奇他的生气点在哪里，因为结婚以来，她好像从来没见过他生气——虽然这里也有他们见面次数少的原因，于是她又夹了一筷子。

秦则崇停下动作，嗓音清冽："要不都给你？"

"那多不好意思呀，我就是尝尝你喜欢吃的味道。"沈千橙嘴上说着，白皙的

047

胳膊却贴着桌面往他那边伸。被秦则崇这么看着，沈千橙反倒不好意思了，乌黑的眼瞳转了转，把自己面前的甜豆虾仁推了过去。

"交换，你尝尝宁城的味道。"

秦则崇看了一眼只剩甜豆的盘子，嘴角扯出一丝笑。

一顿饭吃完，两人回楼上。沈千橙泡澡需要两个小时，所以每次秦则崇都是在次卧洗漱的——除去去年的一次共浴，他们还没有第二次。

等她洗完出来，男人已经上了床。他正用平板看股票，沈千橙最不耐烦这些，从另一边上去，在被窝里玩手机。

好朋友乐欣是模特，回国也有很多工作，两个人就像网恋似的，只能天天在微信里聊天。

乐欣："今天的事，你打算怎么处理？"

沈千橙回复："最快明天就有结果。"

乐欣："这么快？我听说是你老公出手了。"

沈千橙哼了一声："这不是应该的吗？"当然了，这些话她也就是和姐妹说说。

乐欣还告诉了她一个秘密："今天我老板和你们台长一起吃饭，接到你老公秘书的电话，让他加强京台的安保，实在没这个能力就让秦氏负责。哈哈哈哈哈！让秦氏负责，妈耶，你老公真是财大气粗，可劲儿花他的钱吧。"

沈千橙有点惊讶，还有这事？虽然没见到台长，但是台长的脸色一定很不好看，自己电视台居然丢脸丢到这种地步。

和她猜测中一模一样，台长接电话时一头雾水，毕竟底下员工的大部分事都不会到他这里，甚至沈千橙到台里工作他还是从热搜上看到的——人事调动是副台长决定的。不是说秦总和他老婆关系不好，两人分居两地吗？怎么维护起来倒是这么直接？

沈千橙扭头盯着秦则崇看。卧室里只有台灯亮着，男人微低头，面部的轮廓在阴影中变得柔和些许。察觉到视线，秦则崇偏过头，目光落在那张精心呵护了半小时的瓷白脸蛋上。

要男人做事就要学会夸奖他，这样他以后就会知道主动做事！沈千橙深知这个道理，弯唇笑说："老公，今天的事多亏有你。"她缓缓凑近，"你好厉害，真是全世界最好的老公了，我上辈子一定是拯救了世界才能和你……"

耳边声音空灵，秦则崇将平板搁在柜上。

沈千橙正在挤空自己脑袋里的夸人词语，下一秒就被捏住下巴吻住。她猝不及防，被亲得晕头转向，也不知道这男人今天晚上是不是脑袋出了问题，变成了亲亲怪。

沈千橙伸手抵住他的胸膛，嗔怪："干什么？我还没说完。"

秦则崇贴近她的鼻开口，声音仿佛带着湿漉漉的水汽，温热难忍："别说了，都差不多。"

这可就让沈大主持人不满意了，主持人最讨厌的就是说她主持不好和词语匮乏。

电话声突然响起，秦则崇看也不看，伸手按掉。

"今晚的宁城菜我没吃到。"他的目光捕捉到她的视线，而后向下，落在嫣红的唇上。

沈千橙心说和她有什么关系，是他自己不吃，甜豆虾仁没了虾仁那也是有甜豆的。

秦则崇撑在她上方，单手挪开抚上她的腰肢，低沉开口："不如让我尝尝宁城真正的味道。"

沈千橙心跳一快，脸颊微粉，这话暗示性太强，哪有这么比喻，不正经的男人。

"我又不是……"最后一字没来得及说出口，已被吞没。

秦则崇从不吃亏，他是个商人，所以这亏当然要找回来。

打江南来的美人像三月初开的桃花，经历风吹雨打，摘取洗净，最后汇成香醇甘甜的桃花酿。

次日清晨，沈千橙被闹钟叫醒，身边照例没人。也不知道秦则崇怎么那么有精神，她要是老板，绝对不会九点前起床，不过这么一想，五点多起床上班的不爽褪去一点。

沈千橙懒洋洋地靠在床头，打开手机，微信里有秦则崇的未读消息："出差三天。"

好耶！

小茶的电话来得巧："沈老师，你起床了没？快看新闻呀！早知道我昨晚就不睡这么早了，不然就能当场看到那群粉丝的道歉！我还以为这事要不了了之呢，没想到警方那边直接发布了公告和手写的道歉信，我们京市警方办事这么迅速？我丢手机到现在都一年了，也没见警方给我找到小偷……"

"昨晚什么时候道歉的？"沈千橙揉揉太阳穴，没想到秦则崇真的做到了。

小茶说："昨晚十点多。"她们要六点前到电视台，所以她基本八点就睡了，没想到延迟吃瓜。

沈千橙想起昨晚那通不合时宜并被秦则崇挂断的电话，可能是通知这件事的？她啧了一声，美目盼兮，感觉自己今天上班都有劲了，特地挑了件红色西装——喜庆！

电视台二楼是娱乐中心，大大小小的演播室都在这一层，沈千橙播早间新闻时，几乎人人都在讨论道歉的事。

"我真是信了沈老师后面有人，瞧这道歉的速度，以前那极端粉丝可是最嘴硬的，只有接到法院传票的时候才滑跪。"

"一天反转，娱乐圈顶流都没这速度吧……"

"之前传的估计是真的。"

"她的直播也确实流畅。"

苏月薇微微一笑："这是作为主持人最基本的素养，大家不是都能做到吗？不要妄自菲薄啦。"

其他人一听这话，都笑起来，被恭维自然是开心的。

结束早间节目，沈千橙端着水杯往外走，小茶在一旁说："看现在谁还敢不把您当回事……咦，上面发花朝节活动的通知了，和央台共创国风晚会，您也在名单里呢，你是三月桃花，我看看……展明月做十二花神之首，今天来台里试妆做造型。"

沈千橙懒懒地抿了口茶，不甚在意。

小茶说："以她的咖位，我还以为她压根儿不需要来这里试妆做造型……"

话音刚落，两人走过二楼电梯间，就见到了展明月本人。

展明月披着外套，嗓音柔柔弱弱："又见面了，沈小姐，上次没能说上几句。"

听见这称呼，沈千橙眉梢轻挑，上下打量她。这女人来试妆该不会就是为了见她吧？那晚在秦家没见上，这是要补回来？也是，秦则崇不见她，她就只能见他老婆了。沈千橙眼中的意味过于明显，展明月都觉得不对劲，她的经纪人更是眼神不善。

展明月柔柔一笑："我有什么不对吗？"

沈千橙轻笑："展大明星前天还重病卧床到要多人探望，今天就能活蹦乱跳了。"

小茶惊奇，这么严重？经纪人也奇怪地扭过头，她知道自己这位艺人天生身体弱，平时也很小心，但她怎么不知道展明月重病的事？

沈千橙悠悠道："真是医学奇迹啊，该昭告天下才对，为人类医学做贡献。"说完头也不回地进了电梯。

直到电梯门关上展明月才回过神，紧紧地抿着唇，脸色微白。

经纪人扶住她，问："你什么时候重病的，我怎么不知道？你们俩认识？我就说你今天怎么要七点就到这里……"

电梯间来了人，展明月靠在她肩上轻声说："苏姐，我累了，不想多说，回去告诉你可以吗？"

经纪人说："不管怎么说你也是病人，整个娱乐圈都知道，这个主持人也太刻薄了，不知道京台怎么招的人。"

周围几个员工刚好听到这一句，互相交换眼神——刚才离开的只有沈老师吧？

电梯门一关，小茶就频频看身旁的美人。

沈千橙说："有话直接问。"

小茶小声说："您是不是认识展明月呀？上次我就感觉是这样，这次您说话好直接，她是装病吗？那她的人设也是假的？"

沈千橙点了一下她的额头，眉眼弯弯："装多了，人就真病了，懂这个道理吧？"

小茶若有所思："您为什么讨厌她？因为这个吗？"

"你会喜欢鸠占鹊巢，觊觎别人人生的人吗？"沈千橙停顿两秒，"虽然没占成功。"

小茶听得一头雾水，但不妨碍她共情："那我以后也讨厌她！不过我本来就对她无感。"

沈千橙忍不住笑："小茶，你也太没立场了。"

小茶一本正经道："我是您的助理，立场自然是您。"

沈千橙捂心口，妩媚多姿："我的助理竟然撩我。"

小茶瞧着她这动人的模样，心说咱们两个谁撩谁，沈老师能不能对自己有点认知。

沈千橙不知道自己被暗地里诋毁一事，她知道了也不会在意，嫉妒她的人多了去了。秦则崇连着三天不在家，她过得很快乐，可惜乐欣去外地拍杂志了，不然还能见个面。倒是乐迪时不时打探秦则崇有没有找她，千叮咛万嘱咐，已婚男不是好东西，沈千橙忍着笑"嗯嗯"地应着。

三天后下班的傍晚，沈千橙接到文秘书的电话："太太，我是文洋。"

沈千橙奇怪道："你怎么会打给我？秦则崇回国了？"

文秘书认真开口："是的，我们刚到庄园，秦总他病了，今晚可能不会回千桐华府,您要过来吗?"

"病了?"

"是的,那边温度骤降,流感爆发,秦总喉咙不舒服,说话难受,太太如果不去……"

沈千橙立即回答:"他生病,那我肯定是要去的。"好太太的剧本可得演好。

秦则崇的这栋庄园在京郊,有停机坪,所以他是直接回国落地在那里的。沈千橙还是第一次去,为了做到位,特地回千桐华府让人做了份冰糖雪梨,并且不经意间让所有人都知道,全世界都得赞美秦太太的温柔。

虽然是三月,但入春后庄园里的鲜花开了不少,一进去便被花香扑了满怀。

用人带沈千橙往楼上主卧去,沈千橙温柔地让她先去忙,推开房间门,发现想象里躺在床上的"病弱美人"在开线上会议,一副拧着眉的冷漠模样。

这么正常,怎么就不能回家了?

秦则崇偏过眼,从她的脸看到她手上的食盒,最后又移回电脑屏幕上。

"会议先暂停。"他开口,嗓音微哑。

秦则崇合上笔记本,转向沈千橙:"你怎么来了?"喉咙不舒服,他连说话都开始能少字就少字,语速比平时慢,有种独特的腔调。

这人嗓子哑了都这么好听。沈千橙坐在他对面,打开食盒,莫名想起新雨楼那晚,这男人给她送桂花赤豆小圆子的情景。这么一想,她温柔起来:"文秘书说你病了,喉咙不舒服,我是你老婆,不得过来看看?"

秦则崇没说话,视线追随她纤长的手指。

"冰糖雪梨,快喝,不然冷了。"沈千橙催促,又抽空安抚得知消息的秦家人,形象再上一层。

糖水甜腻,入口绵柔。沈千橙坐在他对面,撑脸看着:"真佩服你,出差能把喉咙闹出病,还好没得流感。"

汤匙碰撞间,秦则崇低声问:"怕传染?"

当然有这个原因,但也不是全部,而且这话说出来多伤人,沈千橙狐狸眼直勾勾地看着他:"怎么会?夫妻同心,你病重,我肯定难受……"

男人无声哂笑。

沈千橙今晚住在这,趁他喝糖水的时间去洗澡,出来时秦则崇刚结束方才的会议。乌黑的长发披在身后,被吹起一层层波浪,颈间被烘得发热,沈千橙将浴袍敞开一点。秦则崇不错眼地看着。

沈千橙吹完头发扭头对上他的视线,顺着看向自己敞开的浴袍,眼尾一摇,风情万种地走到床边，故意倾身弯腰撩拨他。

"好看吗？"这个角度，着实妩媚勾人。

男人深深看她两眼，简略回答："美。"

连夸都只剩一个字，沈千橙莞尔："喉咙还痛不痛？"

秦则崇目光上移，清清嗓子："疼。"

沈千橙耳朵一痒。痛就说痛，说什么疼，这男人是不是在对她撒娇？对于南北两地的用词差异，她并不知晓。

她调侃又故作遗憾地说："本来一日不见如隔三秋，可惜你是病人，要早点休息，我就是再好看，你今晚也不行。"

"不行"任何时候都不可用于男人身上，没有例外。

秦则崇牵唇轻笑："只是嗓子疼。"此时的暗哑更像是以往沉浸在暧昧中时的音色，他望着她，缓缓接道，"行的事，不需要我开口。"

一语双关。

沈千橙的手触碰秦则崇的黑发，柔软的短发从她的指缝溜出去。她听不见秦则崇说话，耳边尽是肌肤与绒被相互摩擦和长发被揉乱在枕间的声音。她视线里的场景如同莫奈的画作，波光粼粼，不甚清晰，朵朵睡莲在水面安眠又轻轻摇曳，花心的黄像炸开的烟花，拥有一瞬间耀眼的璀璨。

京郊的温度要比市区低，院中栽种了几棵早樱，夜风吹散枝头的花瓣，散落一地。二楼的卧室温暖和畅，纱帘阻挡不住如水的月光，缓缓铺在地板上，延伸至床尾。

沈千橙此刻好像院中那棵树枝头将落未落的早樱。她发了会儿呆才重新去看身侧的男人，他的睡衣被她蹭开，凌乱的领口露出线条流畅的胸膛。沈千橙视线上移，发现他正单手撑着脑袋看自己，桃花眼里带着戏谑，唇边微挑，像是在笑之前的对话。

沈千橙睫毛扇动两下，视线的落点缓缓停在他的唇上，她稍稍仰起下巴去吻。男人迟疑一瞬还是躲开，那吻便落在了他的脸侧。

什么意思？沈千橙一下子清醒了！

察觉到身边美人倏地变得凌厉的眼神，秦则崇抿唇，唇间简短地吐出两个字："传染。"

虽然目前没有感染流感的迹象，但可能在潜伏期，有万分之一的可能他也不想让她生病，更何况她还需要主持节目。难得她主动，他却错过。

听听这可信度高吗？沈千橙有种难以言明的羞恼，翻身卷起绒被。以后休想她

053

再主动亲他，果然联姻夫妻就是没有甜蜜度，再怎么装模范夫妻也是假的。

在沈千橙的观念里，亲吻与其他不同，是项很有仪式感的行为，代表她不抗拒对方的接近。她从来没有主动吻过秦则崇，秦则崇倒是经常会，谁知他今晚居然拒绝了她。沈千橙本身就有些累，胡思乱想之余没过多久就睡着了，压根儿没管背后的男人。

沈千橙平时基本和秦则崇一起醒，以为今天也是，没想到直到她下床，这男人还在床上。

资本家终于醒悟，不起早了？沈千橙还记得昨晚的事，哼了一声。

她起床后半小时秦则崇才缓缓睁开眼睛，揉着太阳穴轻叹了口气，慢悠悠地下了床。

庄园里养了只金毛犬，是之前乐丰风办案时收留的，他家遗传性地对狗毛过敏，干脆送给秦则崇。秦则崇对狗没兴趣，又送到这里养着，所以这狗不认识他，也不认识沈千橙。

这条金毛犬脾气好，每天会出去遛自己，回来让庄园管家打理得很干净。

沈千橙第一次知道秦则崇养狗，实在难以想象。她这个人对毛茸茸的动物没有抵抗力，吃早饭时它就在餐桌边躺着，爪子搭在她的拖鞋上。

"张嘴。"沈千橙给它扔吃的，等金毛犬吃完，又夸道，"你比你主人听话多了。"

"你也是它的主人。"餐厅门口传来秦则崇哑沉的嗓音。

说他坏话被听到，沈千橙丝毫没有尴尬感。

金毛朝男主人摇摇尾巴，沈千橙摸摸它的脑袋，柔顺的触感让她想起昨晚手指拂过秦则崇头发的感觉——果然是狗男人。

"它叫什么名字？"沈千橙问。

秦则崇皱眉头，他从来没给它起过名字，问倒他了。

这模样落在沈千橙眼里就是不乐意告诉她，她勾起唇角："哎呀，秦总该不会是哑巴了吧？"主持人记忆力好，把一周前他说过的话丢回了他身上。

昨晚的事她气到现在，秦则崇反而不急了，悠悠地在她对面落座，看着她鲜活的表情忽然笑了。

沈千橙被他笑得无语，只觉得这男人病疯了。

早上五点半，京市已经开始了一天的忙碌。寂静空寥的京郊高速上，宾利像一颗流星划过，逐渐驶入城市中心的喧闹里。

今天是文秘书带司机一起过来接人的。文秘书能够从千军万马里脱颖而出，凭借的自然是高智商和高情商以及敏锐的观察力，一眼就看出这对夫妻的氛围不大对，有些别扭。准确来说，这种别扭是单方面的，因为他看到秦太太漂漂亮亮地走在前面，高跟鞋踩得啪嗒啪嗒响，秦总走在后面，视线就没离开过前者。

文秘书发挥自己的作用："太太昨晚来这里，辛苦了。"

沈千橙翘唇道："哪儿呀，不如某人辛苦。"

听这嘲讽，文秘书不知道秦总是怎么得罪她的，来探病前还是好好的，一副温柔可人的模样。他轻言："我跟秦总很多年了，很少见他生病，我听说病人的情绪都是反复的……"

听见沈千橙哦了一声，文秘书没话说了，沉默地拉开车门。

秦则崇昨晚睡得迟，又醒得早，加上生病，听他叽叽歪歪，不禁捏了捏眉心。沈千橙则在看小茶发来的消息。

京台和央台的花朝节活动一共邀请了十二位女士，包括三位主持人和九位明星，其中京台只出一位主持人，这个名额落在了沈千橙的头上。早在名单出来的那天，京台内部就议论纷纷。这可是一个面向全国的活动，还是在央台这样的舞台上举办，她沈千橙凭什么呢？才来半个月不说，还是一个六点档的早间主播，资历哪里比得过苏月薇？

小茶是众多实习生中的一个，早早就加入大群和好几个小群，压根儿没有暴露过昵称，所以群里偶尔讨论花神人选时为苏月薇惋惜，他们都不知道她能看到。

沈千橙回了小茶一条语音："瞎子一辈子也看不到本小姐的美。"

副驾上的文秘书乍一听还以为这是在内涵秦总。他往后视镜瞄了一眼——觉得这话还真可能是说秦总，因为秦总在车上补觉，双眸紧闭，确实像"瞎子"。

到电视台大楼外时，秦则崇醒了过来。沈千橙下车时听见身后车里男人慵懒低哑的嗓音："晚上来接你。那只狗没名字，你可以起。"

秦氏门卫已经习惯看见秦总早到，深深感慨，这外面的哪个公子哥像他们秦总，优秀还勤奋。而勤奋的秦则崇刚进办公室就吩咐："所有事宜推到两小时后。"

文秘书无言地看着他走进里间休息室，所以您起早来公司还要补觉，只是为了陪老婆上班？

进演播室准备的时候，沈千橙还在思考之前秦则崇那话是什么意思。金毛都这么大了，怎么可能没名字？该不会是秦则崇为了哄她，把人家狗狗原来的名字抹了吧？

沈千橙表情怪异。小茶凑过来替她整理衣领，小声说："沈老师，您今早的状态好像不太一样。"

沈千橙望着摄像机后面的工作人员，唇瓣微动，说出来的话却十分清楚："小茶，要是一个人跟你说他养的狗没名字，让你来起是什么意思？"

小茶说："怎么可能没名字？我室友养猫，猫还没接到家，名字已经起了七八个。除非您说的人特别不喜欢那只狗，可是不喜欢狗就不会养吧，肯定是为了追人。"

追人？她和秦则崇都结婚了。沈千橙琢磨，这是秦则崇给他自己安排的台阶，毕竟他们是表面夫妻，台阶给到这种程度也差不多了。纠结太深也没什么意思，好吧，她原谅秦则崇了，晚上还要坐他的车呢。

直播结束后，沈千橙回办公室美美地补了个觉。下午两点，所有花神都得去央台安排的摄影棚化妆做造型，然后拍摄一个官方的宣传海报。

这间摄影棚在娱乐圈很有名，乐欣是模特，在这里拍过许多顶尖杂志的封面与品牌广告。

十二个人来的时间都不同，她来得早，竟然是第一个。工作人员看到她愣了半天，给她安排了第二个化妆间。

"前两个化妆间是有窗的。"

"第一个是谁的，展明月？"

"是的，给展老师安排的。"

沈千橙挑眉，收回目光。她这个化妆间还可以，意外的宽敞干净。虽然出身优越，其实她没那么大架子，之前在宁城，许多人甚至都不知道她的家境。她会去价格高昂的餐厅，也会和同事去吃好吃的苍蝇馆子。

小茶负责和工作人员联系，看了下时间安排："沈老师，我们先去换衣服？然后过来化妆做造型。"

试衣间在另外一处，因为是国风活动，所以花神们穿的都是价格不菲的汉服。沈千橙扮演桃花花神息夫人，穿的是以粉白为主的诃子裙，外搭浅透的渐变粉大袖，仙气飘飘，绣花精致，两条浅绿系带将盈盈一握的腰肢展现得淋漓尽致。落地镜里的美人肤白貌美，如桃花含露，娇艳欲滴，还未做造型的如墨乌发披在背后，慵懒如刚苏醒的娇蕊。

小茶看得如痴如醉："谁选的人，太有眼光了，沈老师，你现在就是花神下凡。"

沈千橙弯唇："嘴甜。"

两人一起回化妆间，经过走廊，不论男女，所有的工作人员都回头看了又看。

"这是哪个明星？"

"我天，以前怎么没见过？"

"是京台的沈千橙啊，前几天上热搜的那个，生图视频都美呆了好吗？"

"请让我为仙女服务。"小茶说着，殷勤地去推门。

门却从里被打开，一个矮矮的圆脸男人正扭头对里面的人说话："现在去试衣服刚刚好。"说完他转头看到门外的人，目光呆滞。

小茶蒙了："你是哪位？怎么在我们的化妆间？"

沈千橙个子比他高，漂亮的眼眸往里面扫了一眼，对上一张略微熟悉的脸，是最近正火的杨蕊楚。

"这是我们的化妆间。"圆脸男人红着脸开口。

小茶叉腰："胡说，我们之前就来了！"

男人为难，回头前还忍不住看了一眼神色淡淡的沈千橙："蕊楚姐，您看——"

"我们来的时候，里面没人。"杨蕊楚走过来，看向小茶，"一定是你记错了。"

沈千橙唇角扬起："不敢苟同，一个主持人的记性没这么差。"

小茶很感动，她的毕生梦想就是成为最厉害的主持人，沈老师为她辩解，这句话说到了她心坎里："我的包都在里面……"

杨蕊楚抬头看向沈千橙。她最近的剧正火，热搜都是一扫而过，也听下面的助理们说起过有个主持人逼着粉丝道歉了。杨蕊楚本来不喜，然而看到她长得这么好看，眼睛一亮："沈老师，我刚刚也用了，搬来搬去麻烦，可以将错就错吗？实在不行，那我……"谁让这沈千橙这么漂亮呢。

沈千橙倒没想到杨蕊楚态度这么好。

围过来的人越来越多，一道纤弱的女声从不远处响起："沈小姐何必咄咄逼人？今天人多，出现错误也很正常，蕊楚以为没人才进去的。"展明月不知何时到了摄影棚，被好几个人簇拥着站在走廊上，柔柔地笑。

沈千橙轻笑："既然展小姐这么说了，那我换个化妆间。"她转向小茶，"第一间也是空的，我用没问题，去吧。"

小茶立刻从圆脸男人和杨蕊楚旁边挤进去，把自己的包从角落里拯救出来，进了第一间化妆间。

苏姐脸色一变："这间是我们明月的！"

沈千橙袅袅婷婷地走进去才偏过头看她们："怎么会？我知道没人才进来的，现在这是我的了。"把同样的逻辑还给她，恶心人谁不会呀？

057

展明月刚来，听到这话差点儿没有维持住人设："沈千橙你故意……"

"展小姐怎么如此咄咄逼人？"沈千橙浅浅一笑，红唇开合，"小茶，关门。"

"好！"

围观的工作人员和几个明星的助理都目瞪口呆。杨蕊楚愣在原地，不知道事情怎么会发展成这个样子。展明月靠在经纪人的肩上，蹙着眉轻轻喘气。经纪人苏姐拍了拍她的胸口，看向杨蕊楚："杨小姐，我们明月身子弱，化妆间有窗对她更好，可以和你换一下吗？"

杨蕊楚看了看周围，这里有这么多人，展明月刚刚还替自己说话，肯定不能拒绝，说不定传出去还得被展明月的粉丝骂。杨蕊楚只能同意交换，看着展明月进去，自己则进了一间无窗化妆间，直接摔了桌上的瓶子。

本来沈千橙都没说什么，她们说不定还能化干戈为玉帛，加个微信什么的，偏偏展明月跑过来帮倒忙。哪有帮忙的人反而占了被帮人的房间的道理？比起有理的沈千橙，她现在更讨厌展明月。难怪沈千橙回怼展明月，杨蕊楚忽然冒出这个想法，感觉自己好像知道了什么。

小茶贴在门上，这化妆间的门不隔音，外面的对话被她听得一清二楚。

"展明月进隔壁了诶。"她回到化妆桌前，"刚刚还帮杨蕊楚，转头就占了她的化妆间。"

沈千橙正捏着一根簪子观察，随口回："她的惯性操作。"

小茶这回是明白了。

造型师来时显然是知道了之前化妆间争执一事，看沈千橙连展明月都敢得罪，所以一句多余的话都不敢多说。因为沈千橙是扮演花神，所以造型师在她的眼尾乃至脸侧勾画出一枝盛开的桃花。

小茶惊艳不已，用手机拍下来发给沈千橙。

"沈老师，您的侧颜配上桃花真的绝了。"

"技术不错。"沈千橙很满意，欣赏半天，把照片发到了自己的微博上，当个小花絮。

她的微博没几个粉丝，毕竟是私人号，从没公开过，只是以前发了些美食和美景，被宁城同城人关注过。

"二哥，我今天找您是有正经事要说的，您怎么当着我面玩手机，太不给我面子了。"乐迪愤怒，当然也只敢小声抱怨。

秦则崇漫不经心地嗯了一声，长指点开图片。与以往不同的妆容虽然夸张，却把沈千橙的妩媚最大化，嫣红的眼尾延伸出一枝盛放的桃花，仅仅一个不清晰的侧脸，就足以看出她桃夭柳媚。他点了个赞，保存了照片。

乐迪实在受不了二哥如此心不在焉，隔着距离瞄秦则崇的动作，发现他竟然在刷同城美女，还点赞保存！

乐迪惊了，没想到二哥不止有二心，还有三心！

"二哥！"

秦则崇按了息屏，桃花眼弯起很浅的弧度，终于回应他："行了，你要说什么事。"

乐迪激动道："你个花心大萝卜！"

花心大萝卜？秦则崇视线斜过去，这词儿和他有关系吗？莫名其妙。

"然后？"

好冷漠，乐迪想。殊不知秦则崇是因为嗓子不舒服，不过吃了药后，今天好了不少。

乐迪冷静了下来，有点怵他，又很难憋住，连敬称都没用："我刚刚不小心看到了，二哥你都结婚了，刚刚的行为一点都不正经……"尽管他平日里吊儿郎当，但上面的哥哥姐姐对他管教很严，所以他从未做过违反法律和道德底线的事，性格单纯，深得年长者的喜爱。

"我理解二哥你欣赏美女的心，平时我自己也会看一些美女的照片和视频，但是看就看了，点赞就点赞了，还保存照片是什么意思？"乐迪唉声叹气，不死心地规劝，"对得起二嫂吗？"

秦则崇抬了一下眉梢。看他有一点回应，乐迪的表情又放松不少："您和二嫂都结婚了，该一心一意才对，怎么能这么花心！"

"我花心？"秦则崇嗤笑一声，他还从没想过这个词儿能被安到自己头上。

"对啊，要是位置互换，二嫂保存帅哥的照片，您觉得合适吗？"

秦则崇冷笑一声。乐迪被这声冷笑噎住——这人还搁这儿双标呢，你自己看美女还不准二嫂看帅哥？他忍不住叹了一声，别看秦则崇长着一张颠倒众生的俊美面容，再优秀的男人也是有缺点的。

秦则崇的手机响了起来。文秘书打来电话，他修长的手指随意按了接通又退回桌面，打开相册里的照片，将手机举到乐迪面前。

"秦总，王总已经到公司了，现在正在休息室里……"

电话那边文秘书的声音和秦则崇的慵懒语调同时响起。

"我是看了……同城美女。"秦则崇说到后两个字时，语气停顿了一秒。

乐迪瞪大眼睛，没想到对方承认得这么坦然。然而下一刻，他便被照片中沈千

059

橙的美貌攻击弄蒙了。

"你好好看看这是谁。"秦则崇拎起一旁的西装外套，迈步离开前低笑一声，"今天的饭记我账上。"

哪能让弟弟请客。

原来不是同城美女，是沈千橙啊——不对，乐迪忽然清醒。他今天请客的目的是劝说二哥别追千橙姐了，闹了个乌龙后，反而确定二哥还是对千橙姐贼心不死啊！他纠结地想，难不成传说中的独守空房，其实是这对联姻夫妻互不干涉吗？

乐迪的父母很恩爱，但他知道，这圈子里表面夫妻可是不在少数。二哥他可以不管，但千橙姐这么优秀，他绝不能看着她陷入泥沼！

化妆间一事传到摄影师那里时，摄影师惊讶道："她就这么抢了展明月的化妆间？"展明月是这次活动里咖位最大的一个，所有人都没想到她会被一个新晋主持人抢了风头。

听工作人员解释完事情的原委，摄影师道："虽然说出来不好听，这不是展明月自己找事吗？"

"展老师身体不好，也不是故意的吧。"工作人员小声反驳，"本身就和她没关系。"

摄影师笑了一声："年轻啊。"娱乐圈里的弯弯绕绕这么多，这都算摆在明面上的事了。

"沈老师，您看看？"

造型师将最后一朵流苏桃花插在她发髻，轻轻出声，仿佛不忍打扰这位沉睡的花神。沈千橙眼睫微微颤动，缓缓睁开眼睛，好似初春来临，眼尾的桃花也骤然苏醒绽放。

"呜呜呜，太美了。"小茶凑过来，"沈老师，你不知道你睡着的这段时间，我心动了多少次。"

沈千橙从镜子里看她："别心动，我已婚。"

小茶无言以对，真是煞风景！

造型师也有些惊讶，她被安排负责沈千橙的造型，做过初步调查，却不知道她已婚。

沈千橙抬眸："没问题，就这样。"造型师这才离开。

工作人员很快进来，说十二花神的造型都已经做好，单人拍摄也完成得差不多，可以一起去拍摄宣传海报了。

沈千橙到时，那边已经站了十个人，造型各不相同，但一眼就能看出是什么花神。

"桃花和沈老师还真是契合呢。"央台的主持人被簇拥在中间,称赞道,"之前听人说起过,今天第一次见你。"

沈千橙笑了笑,走到她身边。其他几人心里不知道怎么想,但也都让开了位置。

展明月扮演的是梅花花神,红梅点缀在发间,配上她病态白的脸色,清冷味十足。她因为单人拍摄时间太久而姗姗来迟,此时大合照的拍摄站位已经安排得差不多了。

沈千橙身边的一个女明星本来站"C位",犹豫半晌主动让出位置:"展老师快来这里。"

正合她意,展明月走过去,用几不可闻的声音说:"今天的事,我记住了。"

沈千橙对她的"狠话"没有丝毫兴趣,然而她越没反应,对方反而越急躁。

杨蕊楚早就在探头观察她俩之间的氛围。摄影师正在调试镜头,看到她这吃瓜的表情,提醒道:"杨老师,您站好可以吗?"

杨蕊楚近期刚火,和其他人都不相识,所以站在第一个。被摄影师一提醒,她趁机开口:"我刚刚看展老师代表的是梅花,一月是十二月之首,应该站在第一个。"

她穿着大袖长裙却动作迅速,咻地一下站到展明月身后,用巧劲儿推她往前走了一步。

"展老师快去那里!"杨蕊楚俏盈盈站到沈千橙旁边,将演技发挥到极致,一副恭敬的模样。

唯一突显出来的展明月脸上的笑容瞬间凝固,暗道杨蕊楚是不是有毛病,然而碍于自己向来温柔不计较的人设,她很快收拾好表情:"谢谢蕊楚的建议。"

沈千橙笑了一声,声音不大,杨蕊楚却因为离得近,听得一清二楚。她个子娇小,不禁抬头瞄向沈千橙,再次暗暗感叹沈老师还真是生得国色天香,无论是脸还是声音。她正看得入神,视线却冷不丁地对上了那双桃花眸,连忙收回视线。

拍完合照海报,沈千橙才开始拍摄单人海报,拍完天都已经黑了。沈千橙最近还没这么加班,打工人颇为不乐意,拆了发包换了衣服,妆都没卸就要回家。

还没离开的几位发出邀请:"待会儿一起吃个晚饭?"

沈千橙笑吟吟地拒绝了:"家里人来接我了。"她到摄影棚外面,看到了秦则崇的车。秦则崇早就看到了沈千橙,她乌黑的长发随风轻荡,风情万种。

沈千橙上车前叮嘱:"小茶,我们送你回去。"

小助理对着那辆豪车眨了眨眼,万分震惊,沈老师的老公真是大老板?

"让文洋送。"车窗缓缓降下,男人开口。

天色昏暗,路灯照不到最里面,小茶只能听到磁性微哑的嗓音,看不到人。

沈千橙想了想,说:"也行,文洋,你可得把人送到家,有问题我找你算账。"

文秘书利落应好。

车里,沈千橙看向旁边的俊美男人,问:"你怎么知道我在这里?"

秦则崇道:"娱乐圈没有秘密。"他望着她,没了复杂的发型和仙气的服装,点缀着桃花面妆的女子更显慵懒随性,更惹人眼。

"看什么?"沈千橙摸了摸脸。见秦则崇挑眉不语,沈千橙想起他是病号,也不和哑巴生气,毕竟他多看,说明她现在也是很美的。

"拍摄遇到了展明月,真是扫兴。"她随口道。

秦则崇的声线依旧低沉:"惹你了?"

沈千橙嗯了一声。

秦则崇说:"吃亏了?"

沈千橙弯唇:"当然,她吃亏了。"

一句"报仇"没机会出口,秦则崇没再说什么。

沈千橙毫无所知,打开手机,查看微信里成堆的未读消息。

首先是乐迪的小作文,真长。这孩子以前写作文一定没拿过高分,沈千橙最不耐烦看小作文,只认真看了第一句和最后一句——秦则崇没安好心。

她回复:"好,我知道了,谢谢小迪。"

沈千橙奇怪地看向身旁正在看股票的男人,暗道他是不是得罪这孩子了,居然偷偷摸摸说他坏话。不过她有个好习惯,从不出卖别人,所以什么也没说。

微信上还有杨蕊楚的好友申请,沈千橙也同意了,对面一直在输入中,消息却半天没发过来,她失去了耐心,发了个问号。

杨蕊楚不知道第一句话该怎么说。她是明星,对方是新闻主持人,差别还是蛮大的,今天唯一的共同点大概就是看展明月不爽了,但用讨厌的人开启话题好像又不太合适。

杨蕊楚之前没有粉丝也没有经纪人,角色还是自己去争取的,最近火了,终于有了经纪人和助理。她看向刚走出大学的圆脸男助理:"小成,和一个女生最快熟络起来的话题是什么?"

男助理思考片刻:"帅哥?没人能拒绝八块腹肌的帅哥照片或者视频吧?"

杨蕊楚觉得很有道理,于是她搜索了当前短视频平台热搜榜上最热门的一个帅哥变装视频合集。完美!这里面总有沈老师喜欢的那一款吧?

杨蕊楚把视频分享过去，配上一句话："我刚刷到的，好多人看，沈老师看过了吗？"

也不知道是不是为了拍出完美的画面，造型师还给大家都喷了香水，沈千橙身上带着若有若无的桃花清甜的气息，很好闻。

沈千橙收到杨蕊楚憋了半天才发来的消息，不禁有点好奇心，这姑娘加自己是要分享什么八卦吗？她点开视频，人声猛地冲出屏幕。

"快叫你的姐妹来看帅哥们光剑变装！"导语过后，迅速响起激情的背景音乐。

秦则崇偏过头，视线向下一扫——短短几秒，他看见一个又一个不穿衣服的男人出现在他妻子的手机屏幕上。

实话说，屏幕光线太暗，又闪得快，沈千橙都没怎么看清到底是怎么变的，倒是红蓝两根光剑很清晰。她也没想到杨蕊楚发的是这种视频，她平时很少看短视频，自然也不会刷到这类视频。关键是一个人看就算了，现在身边还有秦则崇，她还开着外放。

虽然沈千橙不觉得自己不可以看这个，但当着丈夫的面，还是有点尴尬。她停在手机侧边手指快速将声音按到最小，同时瞄了一眼身旁的男人。男人在用平板看股票，表情很正常，可能因为太专注而没有听到，前面的司机大气都不敢出。

沈千橙镇定下来，给杨蕊楚发消息："我是你的姐妹吗？"谁刚加微信就发这种视频啊！她顺手转发给了乐欣。

杨蕊楚本来还在担心助理的话是不是有用，看到这消息，打字回复："沈老师觉得不是吗？"

消息发送后她夸助理："小成，你还是有用的，以后我和沈老师的交流，你多提提建议。"

小成想了想，说："她喜欢什么就投其所好呗。"

沈千橙发了个问号，心说这人是不是自来熟啊，然后她看到杨蕊楚又发了个视频过来。

沈千橙怀疑这个视频也和男人有关，想了下白天杨蕊楚挤兑展明月做出来的事，怀疑她有一点缺心眼，忍不住弯唇笑。生活里难得遇到这种单纯的家伙，乐迪也算一个。

秦则崇的心思从头到尾都不在股票上，关闭平板，转头凝视笑盈盈的桃花美人，平静道："什么事这么高兴？"

"今天认识了一个有点可爱的人。"沈千橙怕秦则崇看到杨蕊楚发的两段视频的封面，点击息屏。

在秦则崇看来,这是心虚。他薄唇一抿,淡淡道:"多可爱?"

沈千橙觉得这话哪里不对劲,但还是回道:"就最近火起来的杨蕊楚,聊起天来缺心眼得可爱,感觉很爱分享。"

秦则崇哦了一声:"好东西?"他眯起眼睛,想到乐迪白天的那句话。刷同城帅哥和看擦边视频没有区别。

沈千橙不知为何被他这三个字噎住:"女孩子之间分享的小秘密,男生是不能看的。"

她的小秘密等于看裸男?秦则崇轻哂,幽深的目光望进她的眼底。

和他对视,沈千橙竟然产生了一种被看透的感觉,一定是错觉。

"夫妻之间也是要有私人空间的。"她义正词严。

秦则崇倏地笑了。沈千橙正好也累了,干脆以要睡觉为借口结束话题,至于杨蕊楚那边,她回了个表情。

接下来一路都很安静,蓦地,秦则崇感到肩上重了一点。他稍稍偏头,下颌触碰到她的发顶。

回到千桐华府已经是二十分钟后。沈千橙认床自然也认车,所以睡得不沉,轻微的动静就能让她醒来。她一睁眼,原本还有些迷糊,视线的角度令她回过神来,抬头时擦过男人的侧脸。秦则崇不知什么时候也睡了。

沈千橙每次睡得都比他早,还是第一次这么近看他的睡颜。平心而论,秦则崇的五官是极其优秀的,闭着眼睛时眉眼却不再那么勾人,反而十分清俊雅正,难怪是京圈出名的贵公子。沈千橙很满意他这张脸,她正看得入神,那双闭着的桃花眼冷不丁睁开,漆黑的眼瞳如同深海诱她深入。他们两个,一个化着桃花眼妆,一个生着桃花眼,倒是十分般配。

四目相接,沈千橙重新坐好,率先出声:"你怎么也睡着了?"

肩上的温度骤然消失,秦则崇竟有些不习惯,他方才闻着那点桃花香,竟然不知不觉也睡着了。

"我是病人,困倦正常。"男人的声线带着苏醒时的懒意,加上生病的喑哑,落在沈千橙的耳朵里,别样暧昧。

沈千橙咕哝道:"你只是喉咙病了。"

车早就停了,司机也不敢出声叫醒两人,还好他们自己醒了。

沈千橙下车,头也不回就走。司机提醒道:"太太,您的包。"

拎走包包时沈千橙没想通,这家伙难道是因为生病恃宠生娇,连给她提包的服务都没有了?以前从来没有过。

进门后，小茶正好给沈千橙发消息报平安："沈老师，我已经到家了！"

沈千橙打字："嗯。"

小茶秒回："沈老师，您老公真是大老板！呜呜呜，我以为您是骗我的！我认识的大老板都是啤酒肚地中海……您老公的声音那么好听，应该不会……"

沈千橙一抬头，看到了秦则崇挺拔的背影，他居然不等自己。

她打字回复："他确实不行！"

小茶发来一个感叹号。又是美女与野兽的故事吗？

其实不提包也没什么，但沈千橙就是不太乐意，因为从刚认识那天起，秦则崇就很绅士地为她拎包。她习惯了，习惯了就会觉得理所当然，所以现在才会觉得不自在。不过秦则崇如今是病号，再加上是第一次，沈千橙很自然地给他找了个理由——他生病脑子混沌，忘了。

沈千橙觉得自己很温柔，于是又心情不错地哼着歌上了楼，卸妆之后美美地泡了个澡。她洗完拉开浴室门，视线正前方是洗手台前只围着浴巾的男人，身后聚集许久的水汽朝外逸散，为她的眼睛蒙上一层柔和的滤镜。

秦则崇看了她一眼，又转回去，慢条斯理地刷牙，动作娴熟而淡定。

沈千橙眨了眨眼，没反应过来。今晚他怎么在主卧刷牙？以前不都是在次卧洗漱好才过来吗？不过，这线条真优越啊。男人单手撑在洗手台上，微微弯腰，背部的肌肉纹理非常漂亮。

沈千橙挪动步子，目光难以从秦则崇的身体上移开，经过他的时候脚下不禁停顿了一秒。偌大的镜面，男人斜眼瞥了她一眼。

沈千橙再次抬脚时正好看到他看过来，故作淡定地按了按头顶的发帽："你快点，我待会儿要吹头发。"

这人就是个狐狸精。

沈千橙吹完头发回到床边，就看到这人一直在窗边看风景。他在这房子住了这么久，还有什么好看的？

沈千橙一边腹诽一边关了主灯，留下小夜灯，一瞬间竟然觉得眼前这一幕有点像她看的变装视频，而且比起网络视频更清晰。可惜他是病号，而且昨晚才拒绝过她。

沈千橙拉过绒被："睡觉了。"美色当前，她居然要做柳下惠！

秦则崇在远处深深地看了她一眼。

也许是昨晚睡得早，第二天沈千橙醒得很早，闹钟没响就睁开眼睛。昨晚的事被她忘到了脑后，现在都在想新闻稿的事。

目送她捏着新闻稿进入电视台大楼，秦则崇收回目光："查一下杨蕊楚。"

文秘书最近对这个名字也略有耳闻。秦氏的主要产业本来就在娱乐圈，更何况现在是信息化社会，一个人火了，整个圈子里便铺天盖地全是她的新闻。难道秦总想把杨蕊楚挖到秦氏来？

很快，文秘书就将一份文件摆到了秦则崇的办公桌上。

"杨蕊楚今年二十二岁，出生在京市郊区的小村里，从小父母就很溺爱她……"

"重点。"桌后的男人冷声道。

文秘书重新汇报："杨蕊楚五年前因为一张艺考现场照上了热搜，然后被心娱签了下来，之后就一直没有什么曝光，也没有什么演绎经历。去年，她自己试镜了一个网剧，一个月前，这个网剧意外热播，她也因此火了，不少人评价她有点呆。"

文件上的资料更详细。杨蕊楚的艺考成绩中等，签约的公司是圈内知名吸血公司。那个网剧角色是青楼花魁，播出前女三号因为漏税被查，制作方立刻将剧情大幅删减，同时把她变成了"新的女三号"。吸血公司一看，觉得她好像很有潜力的样子，就给了她一些资源，还帮她要来了扮演十二花神中石榴花神的机会。

文秘书看来看去也没觉得杨蕊楚有什么特别的优点，难道秦总慧眼独具，看到了别的优点？他深感自己的不足，秦总可是点金手，眼光从未出错，她的违约金秦氏也支付得起。

文秘书认真问道："您是觉得她有潜力吗？"

秦则崇拨通乐迪的电话："你觉得看同城帅哥和看擦边视频有什么区别？"

乐迪向来不到十二点不起床，此时正在床上睡觉，接到电话一下子整个人都清醒了。

"啊？"这是什么问题？二哥为什么要问他这个？

"这个这个……呃，同城帅哥是有机会见面认识的，擦边视频里的人大部分只可能看看，一般接触不到。"

文秘书一开始还以为这话是在问自己，正要回答，却发现办公桌后拧着眉的俊美男人在打电话。文秘书低下脑袋。

秦则崇哼笑一声，挂了电话，对文秘书吩咐道："行了，你出去。"

文秘书退出去才想起，关于杨蕊楚的事，秦总还没给他答复呢。

乐迪一头雾水地倒头继续睡，三秒后从床上蹦了起来——难道二嫂看擦边视频了？他的第一反应竟然是：报应啊。

乐迪挠挠头，完蛋，他不该对二哥这么幸灾乐祸的。

第四章

"沈老师,昨天的拍摄,展明月那边的预告好美,你的造型什么时候给我们看看呀?"

沈千橙的直播结束,便有人问她。

"今天。"她随口回道。今天两大电视台会发预告,到时候他们想看的都能看到。

小茶气冲冲地进了办公室:"展明月的粉丝也太让人无语了,什么意思啊,别人都不如她?"

她说着,给沈千橙发去好几张截图。沈千橙随意地瞄了一眼,还真看笑了。

"明月好美!这就是真花神吗?绝对当得起花神之首。"

"不知道其他几个花神是什么样子,好期待最后同台啊,一定很惊艳。"

"听说明星不少,还有那个谁,沈千橙?"

"怎么哪都有她?也不怕被比下去。"

小茶又发来视频。视频是展明月的工作人员拍摄的,像素不高,时长只有三秒,也没有露出别人的脸,只露出了发型。

沈千橙说:"没事少看这些没营养的东西。"

比起淡定的沈千橙,杨蕊楚在公寓里狠狠地翻了个白眼。在娱乐圈里攀比很正常,拉踩也很正常。但要说脸,展明月也不是最美的那个,偏偏她的粉丝觉得她是娱乐圈第一美。

下午一点,宣传方询问沈千橙:"沈老师,您的微博账号吗?我们需要@您。"

两点,央台与京台的官博同时发布了一张多人精美海报,并@了十二个人的微博ID。几乎是瞬间,无数粉丝涌进转发区和评论区,一眼看去全是展明月粉丝的控评。

同时，几个热搜出现在榜上。

"花神 国风"

"展明月艳压"

"花朝节 花神"

展明月的粉丝这时候才有空看海报，这一看可好，他们的女神居然站得比较靠边。

这不可能！他们女神哪次不是站"C位"？合照的站位本身就是有讲究的，这次的"C位"居然被一个名不见经传的主持人抢了，一定是她作妖。

路人点进话题，冷不丁看到一张没怎么见过的仙女面容，立刻在评论里询问。

"第四位是哪个啊？脸上的桃花太绝了呀，好美。"

"@沈千橙，这个。"

"就是上次上热搜那个……视频里也是神颜。"

"他们是不是开始宣传了？"另一边，展明月笑着问助理。

"是的。"助理点头，没敢告诉她热搜上的事。

他这犹犹豫豫的样子让展明月心生怀疑："怎么了？"

"没什么。"

"给我看看。"展明月夺过手机，屏幕上正是自己的热搜，一眼便看到热门微博里的热评，甚至还有黑粉冲了上来。

"中间那个女生是谁啊？我心动了。"

"是沈千橙！"

"哈哈哈这热搜怪好笑的，艳压谁了？"

阴魂不散！展明月笑容一淡，把手机丢回给助理。

网上的事沈千橙一点也不在意，因为涨粉太快，她连微博都不登了。小茶看得津津有味，实时给她汇报："好奇怪啊他们，站第一个就是咱们故意抢位置，她站'C位'就是实至名归，什么话都让他们给说了。"

她义愤填膺地在热搜里发了一句："谁先来谁站'C位'呗。"

对方立刻追到她的微博评论："我们明月一向尽职，身体不好都强撑着拍摄，你黑也要有个度！"

小茶憋屈，展明月就是最后一个到的。她关了手机，说道："沈老师，您怎么这么淡定？"

沈千橙借着落地窗的阳光看自己粉润的指甲，漫不经心地说："这种事有什么好争执的？我就是站了'C位'又怎样。"

"您都上热搜了！"

"我又不是第一次上。"

娱乐圈里捧着粉丝，也捧着明星，沈千橙倒好，明星得罪，粉丝也得罪。

"您现在可是在别人的热搜里火的。"小茶忍不住开口，"展明月这热搜白买了，大家都是有眼睛的。"

沈千橙瞥了她一眼，她又不是买不起热搜。

小茶本以为沈老师会开心，没想到沈千橙却摆了摆手说："晦气。"

到傍晚时，沈千橙已经涨粉五十万，或许今天她可以涨粉百万，涨粉速度羡煞旁人。沈千橙的微博几十条，都是以前的个人博，分享生活和美食，甚至还有吐槽领导不干人事的，想她加班，下辈子吧。账号都公开的也不隐藏删除，这事儿他们可不敢，打工人狠狠共情。人美还接地气，谁不喜欢呢？

"秦总明天有没有空？"下班前，京台台长拨通了一个电话。

秦则崇握着钢笔的手停在文件上，饶有兴趣地问："白台长今天怎么有空问我？"

"哈哈哈，怕你没看到消息，花朝节国风活动你太太也参加了，你要不要来现场看看？"

白台长知道沈千橙是秦太太之后就一直记着这事儿，他和秦氏的合作还在洽谈阶段，当然要热情一点。谁不想成为卫视里的第一？秦则崇就有能力帮他做到这一点。

"我听说小沈是从宁城调来的，你们夫妻平时见面少，相聚没多久，你要是来看她的节目，女孩子嘛，肯定高兴，今天打扮得这么漂亮。"话是这么说，白台长却没怎么抱希望，毕竟今天是工作日，这工作狂……

对面的男声清冽："好。"

经历过大风大浪的台长也不由得愣了一下："那就这么说定了，明天给你安排绝佳位置。"

挂断电话，秦则崇拨通内线："明天的行程推迟。"

文秘书不明所以，询问确认："明天的行程是您上周定的，确定要通知推迟吗？"

"嗯。"

文秘书通知下去，几分钟后收到新的通知，更新了明天的行程——去电视台看表演。

下班后，沈千橙坐上秦则崇的车，十分正经地问秦则崇："我现在火了，是不是不该坐你的车了？很容易暴露诶。你天天坐这辆车，别人认识你，车停在我这里次数多了，别人肯定会产生联想。"

秦则崇睨她："每天换一辆？"

沈千橙的关注点却在别的地方："你嗓子好得这么快。"

"吃了药。"秦则崇言简意赅，"没有流感。"

沈千橙捡回前一个话题："我的意思是，以后我们分开走，你也不用来接我下班。"

秦则崇看她一眼，许久开口："行。"

沈千橙对车没什么特殊爱好，但新环境新心情，已经在琢磨着坐什么车上班比较酷了。她询问身边男人的意见："如果我坐跑车，是不是太嚣张了？会被扒……还是要低调。"

秦则崇听她喋喋不休了半天，声音犹如那百灵鸟清脆悦耳，不禁挑唇一笑："有个车适合你。"

"什么？"

"共享单车。"

沈千橙愣了一瞬，露出招牌官方笑容："你骑吧，我坐后座，夫妻同心嘛。"

秦则崇提醒："共享单车没后座。"

"好可惜啊。"沈千橙装模作样地指着窗外，"那个好像可以，秦总应该会骑吧，我们可能会成为这座城市里最美的风景线。"

正好他们的车在等红绿灯，车旁的非机动车道有骑共享电动车的，两个人坐在上面。秦则崇顺着她手指的方向看过去，下一秒，交警就过来抓人了。

坐在副驾上的文秘书忍笑。

秦则崇收回目光，落在她的脸上，悠悠开口："是挺美的。"

沈千橙睁眼时，卧室内天光大亮。

浴室门被拉开，沈千橙侧目。秦则崇刚洗完澡，浴巾随手系在腰上，还未擦干的水滴沿着人鱼线流入腰腹。睁眼就看到这么活色生香的画面，她一时间分不清自己是在昨夜，还是在今早。

男人似有所感，嗓音落下："今天是周三。"

沈千橙漂亮的眼眸眨着，看着秦则崇从衣帽间里出来，穿着斯文的西装，礼貌地和她道别："下午见。"

沈千橙休息到中午才去电视台做造型。央台给他们十二个人每个人都安排了宽敞的休息室,还有水果盘,这回不用闹出摄影棚的事了。

"沈老师今天比上次状态更好,正合桃花花神。"这回造型师胆大了许多,敢聊天了。

沈千橙没看出来:"哪里好?"

造型师认真道:"气色红润,眉眼透露出一丝风情,哪里都好。"

造型做好了,造型师刚出去,小茶就匆匆忙忙地推门进来:"央台的室内演播室好大!"

"所以人家是央台。"沈千橙打了个呵欠。

小茶叉了块哈密瓜送到她唇边:"我刚从那边过来,来了好几个大佬,咱们台长相陪呢。"

沈千橙嗯嗯两声。

"我只听见一句秦总就被别人挤开了。"小茶吐槽,"我还想看看秦总本人是不是和新闻上一样帅呢。"

沈千橙咬着哈密瓜,想起秦则崇离开时说过一句下午见,难道是指这里?

小茶还拍了个视频,沈千橙就着她的手点开看。她没到秦则崇,只看到镜头里攒动的后脑勺,嘈杂的环境音里传出细碎的话语。

"花朝节这么个小活动,秦氏那位居然有兴趣。"

"我刚刚看到展明月的助理过去了。"

"啊,这么说是特地放下工作来看展明月的?好有心。"

沈千橙看到这里,心想秦则崇能去看展明月,她就能把那枝假桃花道具吃下去。别逗了,他最讨厌的就是家里姓展的那两人了。

"您还笑呢,原来展明月才是真的背后有人。"小茶担忧地看向椅子上的美人,沈老师得罪她两次了,不会被穿小鞋吧。

沈千橙想到展明月和她的弟弟,哼笑一声:"背后有狗还差不多。"

小茶:"啊?"

演播室大厅里,秦则崇漫不经心地听着电视台领导们说话,耳朵好像忽然开始发热。

休息室里,展明月听见自己弟弟连着打了两声喷嚏。

大佬们聚在一起聊天,旁人自然不能靠近,只能远远观望着,时不时地瞥上一眼。秦则崇的拇指与食指指腹捻了下耳垂,暗道奇怪,这热度来得有些突然。

"秦总怎么不说话?还指望你给我们提提建议呢。"白台长忽然将话题转到身

071

旁的男人身上。

秦则崇收回手,微微一笑,端方有礼道:"我哪有什么好建议,抬举我了。"话是谦虚,可别人都知道他的厉害。

趁着话题转开,身后的文秘书上前一步低声询问:"您耳朵不舒服吗?"

"发热。"秦则崇微拧眉心,"流感?"

他本以为自己没感染流感,若是感染了,昨晚与沈千橙胡来一夜,她也可能会被传染。

文秘书迅速搜索之前查询过的流感症状,摇头:"没有见过这种症状,除此之外,您还有不适吗?"

"没有。"

文秘书思考半天,试探着开口:"那个……会不会是有人在想您?老话说,耳朵发热是有人想。"

秦则崇:"嗯?"

文秘书说:"肯定是太太在想您,她知道您来了,在念叨您呢。"

秦则崇:"哦?"

文秘书心说,您都快笑出来了。

"感冒了?虽然现在是初春,但温度还没升上来,别穿那么少,你是不是没听?"展明月关切地看向打喷嚏的弟弟展明昂。

秦老爷子的初恋是他们的奶奶,自然长得不差,展明月的容貌和奶奶有八分像,所以秦老爷子十分宠爱她。他们两人虽然是姐弟,但长得只有五分像,展明昂更像父亲,所以在秦老爷子那里,他只是被爱屋及乌的那个。纵然如此,那是够了。人老了就会越来越怀念年轻的时候,无论秦老爷子年轻时多厉害,如今也不例外。

展明昂扔了手里的纸巾:"听了。"他不想继续这话题,转而说,"我来的时候看到秦则崇了。"

"是有工作吧。"展明月神色怏怏。

展明昂皱眉嘲讽:"别自欺欺人,他就是来看沈千橙的,你跟我都很清楚。"

展明月叹气:"他们是夫妻,就算他来看她,那也是正常的。"

"是她抢去的。"展明昂说,"本来该是你和秦则崇结婚才对,谁知突然冒出来个外地的。"

秦老爷子一直想让秦则崇和展明月结婚,展明月自小也很喜欢秦则崇。她本以为秦则崇就算不愿意,有长辈压着也不得不从,没想到秦则崇突然和沈千橙领证了,这消息还是领证几个月后的新年,沈千橙来京市见秦则崇父母时她才知道的,这就好像本该是自己的私有物突然变成了别人的东西。

展明月正出神，听见展明昂问："你和沈千橙打过交道，这人是个什么性子？"

"她很骄傲。"展明月蹙眉，"不喜欢我，怼了我好几次，可能也有嫉妒我待在秦家的缘故吧。"

展明昂也不虞："上次杨维的事秦则崇居然会出手，没想到他还挺护着她，两个人才见几次面？"

听他这么说，展明月这才知道上次的事有他的影子："你怎么这么冲动，他知道是你吗？"

"应该不知道，我只是让人透露拍卖会的事而已，别的事与我无关，他挺上心。"

展明月说："现在说什么都迟了。"

展明昂却笑了："姐，这话就不对了，人结婚还有离婚的时候，谁又说得准谁是最后的赢家呢？"他说的是秦则崇的婚姻，也是他自己。

"您现在还有心情调侃展明月背后是人是狗啊。"小茶恨铁不成钢道。

沈千橙不仅有心情，还喝了口茶。这里的茶比京台的高级，不过比不上自家和秦家的。

"怎么没有？做人就是要开心呀。"她点了一下小茶的额头，"没事少拍虚假视频。"

小茶道："哪里虚假了？我拍的，不是合成的，秦总都来给展明月撑面子了！"

沈千橙眉眼一弯："谁跟你说他是来看展明月的？思想开放点，他就不能是单纯来看表演，就不能是来看我的吗？"

小茶目瞪口呆："沈老师，我第一次知道您这么幽默。"

还看你，你俩认识吗？

沈千橙乐不可支："我这么漂亮，他来看我很奇怪吗？"

小茶想起秦则崇已婚的传闻，也不知道是真是假，毕竟她距离那个圈子太遥远。她昨晚听见的声音与今天病好的秦则崇的声音不是很相似，所以联想不到。

这次的花朝节活动是两大电视台共同打造的节目《春日花会》，采用直播的形式，所以这会儿蹲守在线直播的人很多。

三点时，工作人员来敲门："沈老师，待会儿就要彩排了。"

沈千橙嗯了一声，玉指捏起桌上的那枝桃花，缓步出了休息室，步步生莲莫过于此。

彩排是不允许外人观看的，所以展明月一直等到彩排结束才等到自己的助理告知结果:"秦总刚刚在演播室外。"

她提起裙角:"我现在过去。"这边人都还没走,展明月又是当红明星,时刻有人注意着,她一离开,就有人看见了。

展明月一出演播室就看见走廊外站在窗边的男人,扬起一抹笑容:"则崇哥。"

演播室门后,有工作人员偷偷蹭过来。

秦则崇转过身,神色淡淡。

"则崇哥,你今天能来,我真的很高兴。"展明月嗓音温柔,缓缓走过去,病态白的脸上出现羞涩。

见秦则崇迈步过来,展明月有些惊讶。难道是沈千橙让他不舒服了,他开始回心转意了?不想男人却目不斜视地从她身旁走过,低沉的嗓音在她身后响起:"白台长。"

"没想到突然来电话,害你等这么久,怪我怪我。"白台长摆手,又看向他身后的红衣背影。

展明月僵硬地转过身。

白台长露出奇怪的表情,秦家的那档子事在圈子里不是秘密,他自然也知道展家姐弟。他咳了一声:"秦总,刚刚央台主任也到了,不如我们去楼上聊,茶已经备好了。"

秦则崇颔首。

远处演播室门边,几个工作人员看领导经过,飞速躲到门后,等脚步声走远再探头,眼前便只剩下展明月一人。

"展老师,您好像心情不太好。"

展明月柔柔一笑:"没有。"

在她重新进入人堆里后,几人不禁面面相觑。

"秦总不是来看展明月的吗?刚才怎么一句话都没说?"

"何止是没说话,压根儿就没看她。"

"会不会是吵架了?她还叫则崇哥呢。"

"叫是叫,秦总也没应啊,吵架是这样的吗?这是单方面让秦总不高兴了吧,都无视人家了。"

"我怎么感觉两个人很陌生呢。"

五点时,春日花会开始。

第一个登台的是展明月,她手执一支红梅,笑着出了后台,舞台灯光齐聚,她看到台下的男人。

秦则崇敛目，没看台上。

展明月刚刚被他无视，目光难免幽怨，秦则崇从不见她，也从不去老爷子那里。她的注意力下意识地停留在容貌俊美的男人身上，接到主持人的暗示才没有走错位置。

央台的直播频道里，弹幕满天飞。

"我明月好美！"

"怎么感觉刚刚走得不对？"

"不可能，这可是央台，怎么可能走错。"

"应该是安排好的吧。"

直到展明月走完一圈，摆了造型站好，也没见秦则崇抬头望过来一眼。

"沈老师，到你了！"小茶小声提醒。

舞台上有舞美营造的微风，沈千橙上台时，裙摆与大袖被吹得飘起，如同仙女。她微微侧身，垂眼侧脸，将桃花枝立在耳旁，衬得天鹅颈修长而精致，纤长白皙的手指在灯光下仿若白玉。

"哇！仙女！"

"这才是花神啊！"

"沈千橙不当明星可惜了，这脸也太完美了！"

"我撂句话：今天的颜值天花板。"

观众席上，白台长还是第一次见沈千橙本人，惊艳不已，转头夸道："秦总的眼光真是好。"

秦则崇搭在膝上的手点了点，唇角勾起："运气好。"

白台长笑说："是运气好，娶了个天仙老婆。"

秦则崇轻笑一声，玩世不恭里带了点正经。他见过她更像天仙的时候。这一幕正好被镜头捕捉到，仅仅一秒，就足以让屏幕前的众人被迷住。

"现在的观众都这么帅了？"

"他是秦则崇！秦则崇啊！"

"秦二少这张脸真的好优越，这笑是来勾引我们的吧！"

台上，沈千橙缓缓抬起眼帘，不经意间看向台下，与早上才见过的绅士狐狸四目交接。

主持人开始介绍："来自京市卫视的主持人沈千橙，今天扮演的是桃花花神息夫人，息夫人原本……"

随着舞台背后的屏幕与灯光变化，沈千橙走过的地方，上方洒落一片片桃花瓣，美轮美奂。她缓缓走到自己的位置上，等待其他花神入位。沈千橙垂眸，这要不是舞台，她高低得瞪他一眼，可惜现在只能微笑。

秦则崇听见身后不知是谁开口说道："感觉那位桃花仙女是在朝我们这笑。"

他一扯唇角。公开舞台就这点不好，每个人都感觉台上的人是在对自己笑。

今天的春日花会第一个环节便是所有花神归位，而后是她们一起玩飞花令。当然了，导演组提前透露了大部分，以免直播出现事故。所以观众们看到花神们在想诗词时露出苦恼、欣喜等表情，其实都是演出来的。

沈千橙装模作样起来比谁都到位。秦则崇第一次看到她脸上有这么多表情，怪可爱的，也不知私下怎么做才能让她也这样。

文秘书一边看，一边在网络上搜索沈千橙的相关信息，递给自家老板看："太太今天被夸上天了。"因工作与娱乐圈相关，他也有娱乐论坛账号，还给秦则崇转发了一个春日花会的帖子。

因为还有别的环节，沈千橙退回后台。

秦则崇正觉百无聊赖，随手点开帖子一目十行地往下滑，看到某一处时，眉心折起。

"你们有没有注意到观众席上的秦总？我姐妹的同学的嫂子在央台工作，说展明月好像认识他，听说秦总就是来看她的。"

"还有这种事？难怪展明月从不'炒CP'。"

秦则崇嗤了一声，按下锁屏，冷声开口："文洋，剩下的节目你别看了。"

文秘书委屈："为什么？"老板怎么能这样，他也想看太太的绝美舞台啊！

"你发的帖子，你不检查？"秦则崇拧眉扫他一眼，"如果节目结束前还没查到展明月又造了什么谣……"

文秘书有一瞬间感觉自己都要卷铺盖回老家了，立刻保证道："我一定查到并解决！"瞧瞧秦总这用词，"又"字用得很灵性，恐怕展明月都不知道自己在秦总这里的印象这么差吧。

沈千橙回到后台后，小茶递过来手机。她随手把桃花枝道具往发包上一插，空出手打字："秦总来看大明星啊。"

"是的。"秦则崇回复，"欣赏了大明星秦太太今天的表演，完美无瑕。"

因为这一茬儿，沈千橙成了后台里最后一个离开的花神，回休息室的路上一点也不急，待会儿还要去央台的四楼吃晚饭呢。

推开门后，小茶率先进去倒茶。沈千橙慢悠悠地走着，突然被身后的人叫住。

"你的花掉了。"一道男声响起。

沈千橙转身抬起漂亮的眼眸，看到了一个年轻男人，长相有几分眼熟，但她记忆力这么好，竟然不记得在哪儿见过对方。而且，这个人让她感觉不是很舒服。

"秦总是要去找小沈吗？"白台长笑眯眯道，"有没有兴趣向我介绍一下你的太太？"

沈千橙虽然在他的电视台工作，但她是主持人，他若是叫她去办公室，在这个人多眼杂的环境里，还不知道会传出什么奇怪的新闻，所以两人至今没说过话。

秦则崇笑："当然。"两个人一同往楼上去。

白台长年纪稍大，是个唠叨的性子，秦则崇虽话不多，但也每句都回应。

"之前听说你独守空房一年，怎么瞧都不像。"出了电梯，他乐呵呵地继续说，"张主任跟我说在406——"

406门口，一个男人背对着他们侧站在那儿，和沈千橙面对面，手里还拿着沈千橙之前表演用的桃花枝。他的声音比他的脸清晰："可以加个联系方式吗？"

善谈的白台长罕见地卡了壳。没想到来得这么巧，居然碰上沈千橙被别人追求。

因为背对，白台长没认出对方。他瞥了一眼身侧的男人，开口道："小沈这么优秀，不知道她已婚的人欣赏她也很正常。"

秦则崇笑了一下，眼神冰冷："可惜他不是正常人。"

两分钟前，沈千橙听到那句"你的花掉了"，她摸了摸发上，之前随手插的道具花果然掉了。

"谢谢。"沈千橙伸手。

这是要还回去的道具，丢了不合适。她本想接过来，对方却往旁边避开了，沈千橙头顶差点儿冒出一个问号。什么意思？捡了不还，就给她看看？

"沈老师，你今天的表演很好看。"展明昂露出笑容，"你可以把我当成你的粉丝。"

沈千橙瞄他，秀眉微不可见地挑起。这个人是看上她的美貌了？

沈千橙看人准，面前这男人虽然穿得价值不菲，气质却和秦则崇那种与生俱来的贵气不同，更像是刻意营造出来的。人是要靠衣装，但也不是人人都能装。

"好的，花给我吧。"沈千橙又状似无意地问，"我以前应该没见过你，新粉？"

"没有。"展明昂将花枝缓缓递过去，"可以加个微信吗？"

沈千橙一句"不私联粉丝"的绝佳借口还没来得及说出口，就感觉好像听见了秦则崇的声音。

怎么可能？沈千橙一侧眼，看到不远处的两道人影，忽略京台台长，旁边的男人淡着一张英俊的脸与她遥遥对视，不是秦则崇又是谁？

沈千橙眨了眨眼睛。老公看到自己被追现场？自己又没出轨，丝毫不虚！美女在外，有欣赏自己的人多正常，而且这人还是自己的粉丝，虽然他看起来很不像。沈千橙十分坦然，还冲秦则崇抛媚眼。

跟在最后的文秘书察言观色，默不作声，心说太太就是太太，这等场面也稳如泰山。跟随秦总多年，他很清楚，秦总能够容忍展家姐弟并无视他们的唯一缘由，是老爷子只有几年寿命了。哪个男人想看到自己的老婆被厌恶对象追求？

"沈老师，你听见我的话了吗？"展明昂没得到回应，又问了一遍，顺着她的目光看到了秦则崇。

白台长咦了一声，他认出展明昂，面色古怪，展家两姐弟是互相看上秦则崇和沈千橙这对夫妻了吗？

展明昂冷静下来，故意问："沈老师的朋友？"

沈千橙不想和不认识的人透露自己和秦则崇结了婚，免得别人说她靠他上位。她模糊道："我家里人。"这话也没问题。

秦则崇缓步走到沈千橙身边，没看展明昂。

"抱歉，我不加粉丝。"沈千橙正好开口。

展明昂笑着说："他不允许？"

秦则崇竟是笑了，揽住沈千橙的腰，轻而易举地将她转了个身，轻轻一推将她送进休息室。

"不允许。"秦则崇薄唇微启，抽走他手里的桃花枝，随手把玩着，"我这个家里人管得严。"

展明昂的笑容在他接下来的动作里消失殆尽。秦则崇随手一丢，将桃花枝砸向了他，他迅速躲开。桃花擦着展明昂的脸形成一道漂亮的抛物线，准确无误地落在对面墙边的垃圾桶上。

展明昂怒目沉沉。桃花枝由铁丝缠成，在他脸上留下一丝痕迹。

文秘书露出敬佩的目光。秦总也太聪明了，提前预料到展明昂的动作。他的躲避反应与被桃枝打脸的结果，共同构成了最完美的嘲讽羞辱。

秦则崇嗤笑一声，音色冰凉："再招惹我妻子，就不是打脸这么简单了。"

沈千橙扭头看到秦则崇的行为，忍不住开口："你就这么扔了我的道具！"

"赔你。"秦则崇抬了一下唇角。

直到休息室的门被关上展明昂才反应过来，脸色铁青，眼神阴鸷地盯着面前的门。

秦则崇他敢！如果他敢对自己出手，秦老爷子一定会将他逐出秦家！

文秘书看了看和自己一样被关在门外的白台长，轻咳一声："白台长，秦总今日不方便，抱歉。"

白台长心里有数："改天再介绍也可以嘛，就不打扰小夫妻单独相处了。"他一个电视台台长，可不想掺和进秦家的事里。

"待会儿记得让你家秦总和太太去楼上吃饭。"

"好的，我一定传达。"

文秘书没进406，站在原地盯着展明昂，看他准备站到什么时候。

展明昂从他身旁经过时冷笑道："不过是一条狗而已。"

文秘书依旧微笑："反正不是丧家之犬。"

"你认识他？"沈千橙刚才就想问了。

"姓展。"秦则崇说。

一听到这个字沈千橙就明白了，立刻和老公同仇敌忾："我就说为什么我看他不舒服！"难怪觉得眼熟，敢情是因为和他姐展明月长得像。沈千橙摸了摸胳膊，一想到自己和这么个垃圾男说话就恨不得时光倒流。

秦则崇挑眉看她。

"一定是我和你心有灵犀。"沈千橙一本正经道，"要不是他捡了我的花，我才懒得搭理他。"

这边在打情骂俏，小茶却在角落里瑟瑟发抖。刚才她听到沈老师和别人说话，还以为只是普通聊天，没想到后面变化这么大！

进来的人一转身，小茶看到那张新闻上出现过的脸，整个人呆住。居然是秦总！他看起来还和沈老师很亲密！小茶整个人都要眩晕过去，脑袋里各种想法挤作一堆——沈老师说秦总是来看她的，妈呀，居然是真的！这两个人什么时候勾搭上的？沈老师的老公怎么办？秦总和沈老师居然双双出轨！或者……秦总是不是沈老师的老公？

沈千橙说了几句后，记起休息室里还有小助理在，唤了一声："小茶。"

小茶看了一眼休息室里气场强大的男人，屏住呼吸，小声念出之前收到的通知："沈老师，她们都到餐厅了，杨小姐说有国宴大厨！有八宝鸭、松鼠鳜鱼……"

沈千橙眼睛一亮，这两道是江南名菜，八宝鸭满堂皆香，松鼠鳜鱼外脆里嫩，累了一下午，肚子都饿了。

"八宝鸭、八宝鸭呀。"她转向秦则崇，"吃饭要紧，其他的事晚上回去再说。"

想起小茶之前拍的视频，沈千橙又提醒道："你今天来这里，别人都说你是来看展明月的。"

秦则崇话里隐笑："我不介意澄清说是来看你的。"

沈千橙眉眼飞扬，怂恿道："你可以说你十分仰慕我，但是不能说我们结婚的事。"

"十分？"秦则崇挑出一个词。

沈千橙笑得明艳："突然觉得十分少了，还是万分更好。"

两个人最后是分开去的。京台的食堂都有好几家餐厅，更别提央台了，而且央台的餐厅很出名，聘有知名大厨，所以才会在这里宴客。

沈千橙在电梯里时，好奇秦则崇说的"在处理"是什么意思，特地搜索了一下。看到好几个帖子飘在首页，她随意点进去一个，看到的便是猜测展明月和秦则崇的关系的小作文。

"展明月出道的时候，我记得是带了保镖的，好像来头不小，后来才没有了。而且狗仔也拍到，她之前每个月都会回一个地方，那个地方普通人进不去。现在想想，说不定展明月和秦总是青梅竹马。刚听到的消息，今天在央台参加节目，展明月亲口称呼秦总的名字，叫得很亲密。"

底下吃瓜群众迅速跟上，有人问："我骂了展明月这么久，她不会把我怎么样吧？！"

"小心秦总冲冠一怒为红颜。"

沈千橙还打算看有什么离谱内容，拉到最新，看到一句"假的，秦总没理"。

其他人一看ID，发现说话的人居然是论坛坛主，这句话瞬间就变得耐人寻味起来。他们是不是可以认为，展明月的确叫了亲密称呼，却只是单方面的热络。

谁能想到还能反转。大家正打算问，发现帖子没了，首页出现了一个硕大鲜红的全论坛通知——秦总和展明月没关系，再传谣封号。

吃瓜网友一头雾水，这是正主辟谣吗？这么直接？

小茶凑过来："秦总是有男德在身上的，我为我之前的恶意揣测道歉呜呜呜。"

"没骨气。"沈千橙弯唇。

"秦总怎么来得这么迟。"包间里已坐了几位央台的人，都是娱乐圈里有名有姓的大佬，看见男人出现，开口调侃。

白台长没把之前的事往外透露，他们自然也不知晓。

秦则崇如谦谦君子，笑道："有事耽搁了。"

这家餐厅的厨师长是国宴级别的，所做菜品从烹饪手法到口味无不是教科书级别的。

整个餐厅分为包间和外厅，中式隔断，从包间可以看到外面，当外面满座时，从里面看，影子便像是一幅水墨画，所以是央台这边最受欢迎的餐厅。

待他落座，白台长低声问："小沈没来？"

秦则崇回："她比较害羞。"

白台长忍不住笑，亏他说得面不改色。

"说什么悄悄话？"

"也不和我们一起说。"

秦则崇抬眸，笑了一声："听说这里的八宝鸭和松鼠鳜鱼很出名？"

张主任点头："王大厨本来要退休了，台长磨了许久才把人从江南请来。他最拿手的就是八宝鸭和松鼠鳜鱼，他一天只备三只鸭、五条鱼，多的免谈，真是有脾气。秦总今天可是有口福了，台长特地让王大厨留的。"

"没有了？"沈千橙刚到餐厅就听到这句话，杨蕊楚比她还失望。

娱乐圈里对于央台的伙食那可是交口称赞，几乎每个来央台录节目的明星都要吃上一顿，杨蕊楚等一下午了。

央台的主持人解释："这两样菜每天都只有几盘，一般是等不到晚上的，更何况今天领导也在。你们第一次来，可以尝尝别的。"

"来之前好像看到秦总的身影了，他们肯定能吃上，羡慕。"杨蕊楚提了一嘴。她本想和沈千橙坐一边，正好聊聊今天她傍晚那会儿听到走廊上有说话声的事，却迟了一步。

展明月与沈千橙正好面对面。

服务生一一上菜，直到一样菜被放到桌上，揭开盖子。杨蕊楚盯着那饱满肥美的鱼，欢呼一声："不是说没有了吗？怎么又突然有了？"

旁边的乔雅君娇笑着猜测："指不定是大厨看来了这么多仙女，多准备的。"

服务生适时开口："是那边的领导让我送过来的。"

桌上瞬间纷纷议论起来。

有人开口："我记得里面除了电视台的领导们，还有秦总吧？难道是送给展老师的？"

另一人搭话："展老师好像很喜欢吃鱼。"

展明月有点狐疑地看了一眼沈千橙，发现对方竟然没说话，这岂不是说明不是送给她的？于是她低下头，脸上浮现一抹红，摇头轻声说："我是喜欢吃鱼，不过这可能是巧合啦。"她这副模样，反倒让大家更相信这个猜测了。

沈千橙听她们聊来聊去，也不插话，自顾自地开吃。杨蕊楚是个吃货，一边害怕得罪展明月，但一边又控制不住，比她吃得还多。

十二花神里除去三位主持人，其余都是明星，深知秦则崇在娱乐圈里的地位，等大家恭维完，发现鱼肉竟然已经少了大半。

展明月掩唇笑："沈老师肯定是饿了吧。"

乔雅君惊呆了："沈老师，杨老师，你们两个吃得也太快了吧，明月都还没有吃到几口。"

"我又没不让你们吃。"沈千橙奇怪地看着她们，"菜上桌还不让人吃吗？规矩真多。"

杨蕊楚出声："我吃得多……"沈老师吃饭斯文，细嚼慢咽，也才吃了几口而已。

乔雅君看到的却是沈千橙伸筷子，没忍住道："吃可以，也不能肆无忌惮吧，明月都还没吃。"

沈千橙反问："我让她不吃的？"

"你不知道这是给明月的吗？"

"不知道，说了吗？我怎么没听见。"

乔雅君当然也没听见，半天憋出来一句："反正你就是不能这么自私……"

正说着，刚才上菜的服务生又过来了。这回放在桌上的是八宝鸭，鸭腿上卤汁流淌，空气里都弥漫着香味。

"居然全送过来了。"乔雅君捂着嘴看向展明月，又想到什么，盯住沈千橙的手，"沈老师这回可不能吃独食了。"她伸手就要给展明月夹鸭腿。

真当她没脾气啊。沈千橙放下筷子，银筷子搁在桌上发出清脆的声音，让乔雅君的手一顿。沈千橙勾唇和服务生说："麻烦你去问问里面的领导，这菜是送给谁的。"

展明月有一瞬间的慌乱，柔声开口："不是多大的事，待会儿被领导们听见多不好，大家都吃……"

"事不大，可我不爽。"沈千橙似笑非笑地往椅背上一靠，"没听到答案之前，今天谁也不准吃。"

乔雅君怒道："你凭什么？"

沈千橙说："凭我会掀桌子。"大不了谁都别吃，她还装上瘾了。要是今天秦则崇不好好回答，回家她就把他做成八宝鸭。

杨蕊楚哑巴哑巴嘴，好凶，好酷，好美。

包间里，两样名菜被端走，桌上倒还不至于显得萧条。不过也因此，几人都知道秦则崇一定是看上了外面的哪位仙女，今天来的十二位都是两大电视台精挑细选出来的。

有人调侃："秦总这是要先征服对方的胃？"

"投其所好。"秦则崇言简意赅。

白台长作为唯一知情人深感拥有秘密的快乐，想要守住秘密，当真是一件不容易的事。

服务生敲门，张主任问："有事？"

服务生说："外面的客人让我过来问问领导们，那菜是送给谁的。"

秦则崇从容不迫，当着众人的面说："你这么说……"

外面，桌上安静许久，服务生的再度出现终于让气氛出现了变化："请问哪位是沈老师？"

杨蕊楚立刻指过去："这位。"

服务生转向沈千橙："沈老师，里面那个很年轻的领导说，他万分仰慕您，所以送来您的家乡菜，希望沈老师吃好喝好。"

所有人都看过去，只见沈千橙手托着脸，眉眼弯弯："你可以再说一遍吗？多少分仰慕我？"

服务生还没听过这种要求，不过沈千橙生得实在妩媚动人，她很难拒绝美人的要求，于是笑着重新开口："万分。那位领导说，万分仰慕您……"

沈千橙的指尖搭在眼下，正好点在绘出的桃花上，轻轻一笑，犹如春临。

"那你帮我谢谢那位领导。"

在座几人都惊呆了，从来没想过事情的发展是这样的，但更令她们错愕的是秦则崇竟会如此直接地表达对沈千橙的欣赏。

秦则崇是谁？秦家现任家主，秦氏的最高话语者。所以一听说他是来看展明月的，她们就忙不迭地恭维展明月。但她们没想到沈千橙什么都没做，居然就能得到他的青睐。

杨蕊楚惊讶地大声说："原来是送给沈老师的啊。"

乔雅君终于回过神来，眼里满是不可置信，又转向旁边的展明月："这……"

"我刚刚说巧合嘛。"展明月露出恍然的表情，语气依旧柔柔，放在桌下的手却揪紧了裙子。他非要这么直接吗？就这么给沈千橙面子？

乔雅君张了张嘴，想说那我刚刚和沈千橙争论，你也没反驳啊，敢情是她自作多情？

083

在座的人里除了杨蕊楚最近才火以外，都是在娱乐圈里混了多年的老油条，谁能不清楚这里面的猫腻？

沈千橙现在开心了。秦则崇还挺上道的嘛，让澄清就澄清，还真的用了她指定的词。

"吃啊。"她招呼道。

其余人尴尬地笑笑，桌上再没有之前的热闹，也没人再伸手去夹那道八宝鸭。

杨蕊楚眼巴巴地看向沈千橙，小声撒娇："沈老师，我可以吃一个鸭腿吗？就一个。"

这桌人沈千橙就看她顺眼，弯唇道："你吃两个我也没意见。"

杨蕊楚可不吃两个，那可是秦总的心意。她之前因为传闻还想叮嘱沈千橙别太得罪展明月，现在不用了，沈老师也背后有人了。

包间里，听完秦则崇的话，几位大佬都罕见地露出奇异的笑容，看着对面的清贵公子哥。他们从未想过秦家这位还有这一面。

张主任福至心灵，问道："要不叫沈小姐进来聊聊，喝杯酒？"

在他看来，没有人会拒绝秦则崇，而秦则崇大抵也不会拒绝，沈千橙若是聪明人，会知道该怎么做。

他该成人之美才对，想到这里，张主任直接对服务生说："去请沈小姐……"

"不用。"秦则崇打断了他的话，慢条斯理道，"在舞台上欣赏就够了。"

张主任惊讶，秦总居然还是走纯欣赏流的？白台长看到他的表情连忙喝了口茶，才能忍住不笑出来。

因为吃饭时的插曲，沈千橙她们这顿饭吃得特别快，吃完大家也纷纷找借口各回各家。

展明月吃得少，走得最早，都不需要借口，她的身体就是最好的理由。回休息室整理后，去停车场的路上，电视台里的工作人员都在和她打招呼。展明月还在想刚才的事，只是随意应着。助理跟在后面，欲言又止。

"我弟呢？"她随口问。

"展先生很早就走了，好像有什么事。"

早在被秦则崇打脸之后，展明昂就没再在央台多停留。对他而言，这是羞辱。

到保姆车前，助理拉开车门，展明月终于发现他的表情不太对劲："我脸上有东西？"

助理慌乱道："没有。"

展明月看穿他的掩饰，收回上车的脚，声音虽然轻柔，语气却不弱："有什么事就直接说。"

助理深知她的本性,沉默片刻,一股脑地把知道的事说了出来:"我刚才听见那些工作人员说秦总不是来看您的,他们还说秦总亲自辟谣说和您没有一毛钱关系!"

几句话下来,展明月的脑海空白了一瞬,她不信!

展明月回神,死撑着说:"他不可能亲自说这些。"

助理犹豫着要不要把网上论坛的截图发给她,如果不是秦总,谁还能让管理员发那种置顶通知?可看展明月惨白的脸上尽是冷漠,他不敢多说。

展明昂早在几小时前回了秦家老宅。秦老爷子正在喂鱼,看见他过来,问:"回来了?明月今天的表演怎么样?"

展明昂说:"还算完美。"

"还算?"

"则崇哥在那里,她有些心不在焉。"

秦老爷子收回丢鱼食的手:"怎么还想不开?那小子都结婚了,想着有什么用?"他搁下鱼食站起来,展明昂去扶他。

秦老爷子瞄见他脸上的痕迹,问:"这是怎么回事?"

展明昂不在意地解释道:"我在后台捡了嫂子掉的道具,则崇哥看到误会了。"

秦老爷子不虞:"这有什么好误会的?我看他是成心的。"

展明昂说:"真是误会,我相信则崇哥。"

他越说,老爷子越相信自己的猜测。十年前,那个天资出众的孙子开始疏远他,如今只有逢年过节会捎来问候,轻易不回老宅。他老了,孙子翅膀硬了,掌控着秦家,不怕他了。

展明昂搀着老爷子,望着一草一木都极尽奢华的园子,无声地笑。

奶奶,您可真是时时刻刻都在帮忙啊。

沈千橙和小茶回到休息室后,小茶决定从今天开始变成沈老师和秦总的"CP粉",认真严肃地说:"沈老师,您上次还说秦总不行!哪里不行!秦总可太会了!您真是胡说八道!"

沈千橙回忆了一下,说:"我又没说他一直不行。"

小茶说:"秦总多给您撑面子啊,恕我直言,就没几个人能做到这样,把自己的位置放低。"

沈千橙说:"我都说了谢了。"

小茶无语:"您就谢得这么简单呀?"

沈千橙随心道:"这不是很合理吗?"澄清谣言是他该做的。

小茶觉得她说得好像也有道理，转了话题："那您待会儿和秦总一起回去吗？"她还想看夫妻俩见面呢。

沈千橙拒绝道："他还不知道要应酬到什么时候，我当然是要先回家泡澡。"

等文秘书知道的时候，她已经坐上了回家的车。文秘书默默地看了一眼男人，因为今晚喝了些酒，男人姿态散漫，即使是背影也流露出几分骄矜慵懒。

手机铃声突然响起，看到上面的备注，秦则崇的神色冷了几分，接通电话。

"你今天打明昂了？"对面劈头盖脸地直接问。

"没有。"

秦老爷子质问："明昂脸上的伤不是你弄的？"

秦则崇哂笑，语调平静道："如果那叫伤，那您就当我揍了他，免得他做小三，玷污了您的初恋。没有别的事我就挂断了，您保重身体。"

挂断的同时，秦老爷子脱口而出："你是不是咒我早死！"

沈千橙泡澡差点儿睡着，听到秦则崇回来的动静才忽然惊醒，穿上睡裙出了浴室。

"你喝酒了？"一眼瞥到他好像不太高兴，沈千橙思来想去也没想明白什么事能让他不高兴，难道是展家姐弟白天做的事？

"嗯，一点。"秦则崇酒量很好，不至于醉。

沈千橙今天被他满足了虚荣心，决定做个温柔体贴的秦太太，叫来管家吩咐准备一份醒酒茶。

"你今天澄清的方式，我很满意。"

秦则崇随手将外套丢在小沙发上，单手去扯领带："没感受到你的满意。"

沈千橙轻盈地绕到他面前，仰脸说："怎么没有？我都让人转达感谢了……我帮你解。"

秦则崇敛眸，漫不经心地说："我万分仰慕你，你不说万分感谢，起码得有十分。"

沈千橙理直气壮："我是万分感谢啊。"

"没听到。"

"你要用心感受。"沈千橙说着，手按在他的心口。

秦则崇低头与她对视，因为那通电话而起的烦躁，这一刻忽然消失不见了。

沈千橙问："感受到了吗？"

"没有。"秦则崇忽然一勾唇角，捉住她的手腕，反手将她抱了起来，"我要这样感受。"

花朝节活动的热度还在。沈千橙连挂两天热搜，微博粉丝数量直接超过了一些三四线艺人，而且都是活粉。不过她觉得没什么用，无非是多了一些夸她或骂她的人。

反倒是展明月忽然低调起来，热搜竟然只上了一个，还是在中段。论坛只说不能造谣秦则崇和展明月有关系，没说不能单提展明月，况且他们还可以用其他称呼代替。

沈千橙压根儿没关注这件事。依旧每天打卡上班，到点下班，绝不在电视台多浪费一分钟私人时间。秦则崇出差的时候，她一个人自由自在，不出差的时候，就陪他过点精彩的夫妻生活。

三月的最后一周，临近下班，在办公室里摸鱼看小说的小茶惊呼一声："楼下录节目出事了呀。"

沈千橙侧目："在室内出事？"

小茶点头："刚刚群里说的，徐老师节目录了一半摔了，本来以为没事，十几分钟后脚踝都肿起来了，疼得厉害，刚刚送医院去了。"

"这么严重。"

"是啊，杨蕊楚现在还在演播室呢，估计要推迟录制，不然就重新找主持人，这节目周五定期要播的。"

话音刚落主任就进了办公区，问女主持人们："小徐的脚受伤了，你们谁有空，替她把这期节目后面的部分录了？"

"主任，我倒是想，但我从来没录过娱乐综艺，很容易搞砸。"

"我背台本估计要花一段时间，主任要是不急，我明天可以帮忙。"

小茶打开办公室门，给沈千橙听信。

"杨蕊楚他们一剧组的人都还在演播室，明天还得重新布置。"阮主任蹙眉说着，随后转向办公桌后的沈千橙，"小沈，你空着吧？"

苏月薇待会儿要去录制别的栏目，所以阮主任没有考虑她，听见问沈千橙，她开口："沈老师也没录过娱乐综艺吧。"

沈千橙倒不太想加班，不过阮主任对自己不错，徐清芷为人也热心，便道："有台本可以。"在她看来，只要是工作就没有区别。

阮主任露出笑容："行，你准备一下。"

阮主任前脚刚走，后脚办公室里的一个男主持就玩笑似的开口："上次沈老师可是干脆拒绝帮我，说胃不好不能加班，这回得带病加班了。"

沈千橙淡笑道:"今天胃好了。"她乐意。

对方嘻了一下。

因为剧组和节目组都在等人,所以沈千橙看完台本就直接去了楼下娱乐中心。这一来一回,已经快到六点。好在剧组是小剧组,因为一部剧火了也不敢摆架子,众人也没有抱怨。看到沈千橙捏着台本进来,男一号、男二号和女三号的演员眼睛同时亮了起来。

搭档的两个男主持是京台的老主持,和沈千橙也是上班能说几句话的同事。

"小沈待会儿可以减少一些环节,递到我们这里,不影响的。"他们也怕节目录制耽搁到很晚。

因为大部分有难度的部分徐清芷已经录制过,所以沈千橙的工作很简单,多数属于捧哏。

导演看着摄像头,副导演在一旁低声道:"沈千橙太惹眼了,站在那儿不说话,我们的目光都能追随过去。"长得漂亮,仪态好,气质优雅,无论哪一项都挑不出毛病来,这种人天生适合舞台。她的耀眼,不是一开始夺走所有人的目光后就趋于平静了,而是每时每刻都在引人注目。

电视台大楼外,夜幕低垂。

文秘书又看了一眼时间,已经七点了,太太还没有任何消息。

秦则崇按下车窗,阵阵凉风吹进来。路旁走过的行人瞥见车窗上搭着的手,修长的手指在车身上极有节奏地敲击着,瞬间被吸引住目光。树影婆娑,在他的手臂上留下一点阴影。

文秘书从后视镜里瞄了他一眼。那张出众端方的面容上眉心微微折起,不知何时多了几分冷峻,随着时间一分一秒过去,低气压愈发严重。

文秘书正琢磨着要不要找小茶问问情况,身后忽然响起动静。他向后看去,后座上的男人已经下了车,他只来得及看到一个矜贵冷漠的背影。

一道低沉的声音传来:"不用跟过来。"

第五章

节目录制还真不是件简单的事，沈千橙本以为很容易，没想到比她播新闻还麻烦。

节目一录完，小茶立刻递过去一杯水："可算录完了。"

沈千橙润润嗓子，含糊不清道："要不是我优秀，得录到明年去，必须给加班费。"

小茶没想到沈老师一开口居然是这个，不过这话说得没错。沈千橙脱稿都能播复杂的新闻，更何况是随时可以更改台词的娱乐综艺。

沈千橙正打算直接下班回家，刚才加了节目组每个人微信的男主角李衡走了过来："沈老师，能加个联系方式吗？"

"没带手机。"沈千橙还真没带手机，因为急着下楼来得匆忙。

"小茶，走了，回楼上拿东西下班。"任何耽误她下班的事都不可原谅，人也不行。

李衡眼睁睁看着那张艳如桃李的脸消失在演播室里。男二号演员走过来："没加上？我就知道她不会加，所以没要。"

杨蕊楚看得一清二楚："别想了，人家的追求者一个顶得上一万个你们。"他们是小剧组火的，所以说话都随心所欲。

李衡说："你说十个我还信，一万个，怎么想的？"

杨蕊楚摇摇头："所以说你无知。"一个小演员，有什么资本和人家秦总比呢。

沈千橙回楼上时走得又快又飒，小茶在后面都快跟不上了："沈老师，我真的感受到您想下班的心情了。"追到一半，她又匆忙扭头，"沈老师，我手机落演播室了,我先下去拿,待会儿再上来。"

办公区内没人,沈千橙开了一盏灯,壁钟上面显示时间刚过七点。她想起秦则崇天天来接她下班,今晚应该也会,不过应该不可能等这么久吧?她没回消息,他应该能懂她在忙,除非他是傻子。

高跟鞋落地的声音在安静的环境下很明显。沈千橙刚推门进去,灯就亮了。同时,办公室的门也被关上,一道阴影遮住了她面前的光。

办公室里有别人!沈千橙没看清,这个念头刚起就要往后退,鼻尖熟悉的味道却告诉了她这个人是谁。

"退什么?"熟悉的清冽嗓音自头顶落下。

沈千橙的心落回原处,性子上来,忍不住嗔怪:"吓我一跳,你做鬼啊,在这里干什么?"秦则崇垂眼凝着她:"我的妻子没有按时下班,还两个小时不回电话信息,你觉得我在这里做什么?"

沈千橙没想到他真的等了两个小时。她气短一秒,声音也跟着轻柔起来:"我又没让你等,你自己先回去就是了。"

秦则崇听笑了,真没良心。

这男人一定是等得不耐烦了,沈千橙想,不过换作她,她也会生气。两人距离太近,她甚至听得见他的呼吸声。

"好吧,我应该提前告诉你。"沈千橙决定哄哄他,万事有撒娇,她自小就懂得,"对不起啊,老公。"

她抬手捧住男人的脸,凑上去亲了一口。

门外的脚步声越来越近,小茶的声音响起:"沈老师,您还没走啊,居然等我,我好感动!要不我们待会儿一起去夜市吃东西吧,我最近发现了一家好好吃的米粉店……"小茶推了一下门,没推动,随即又改敲门,扬声道,"沈老师,您怎么啦?在里面吗?奇怪,怎么没声儿?"

办公室内,秦则崇腾出一只手,越过沈千橙的肩膀撑在她脸侧,按住了门。沈千橙没法说话,用手去推他。

小茶敲了十几秒,门里面都没动静,心下担忧,沈老师该不会在办公室里出意外了吧?她左看右看,正打算去找把椅子砸门。里面忽然传来沈千橙语速略显缓慢的声音:"小茶,你先回去吧。"

"沈老师,您没事儿吧?"小茶放下心来,"刚才怎么敲半天不开门呀,我还以为您出事了呢。"

沈千橙扯了个借口:"没事,我在修改新闻稿,太入神了。"虽然没什么可信度，但也不是完全不可信。小茶没多犹豫，很快离开。

沈千橙松了口气，还好门没被推开，不然小茶一进来，什么都看见了。

沈千橙回过神来："回家吧，你不是等很久了吗？"

秦则崇手插回兜里，凝视着她漫不经心地答："两小时，也没有太久。"

"哦。"沈千橙调侃，"刚才一进门就质问我的人一定不是眼前这位秦总吧。"

沈千橙突然想起来京市与他重逢的那天他和乐迪的对话。她抓起手机和新闻稿，催促秦则崇，又取出一个口罩："戴上。"

秦则崇瞥了一眼带绣花的精致口罩，眉心跳了一下，目光落在她露出的两只眼睛上。

"戴上就不会有人认出来了。"

"掩耳盗铃。"秦则崇吐出四个字，戴上了口罩。

沈千橙认真打量他，这样看他这双桃花眼着实勾人，更像只狐狸了。

现在办公区空无一人，连保洁阿姨都已经离开，但夜间工作的主持人还在楼下的娱乐中心。

有人去电视台大楼外不远处的美食街吃东西，现在正是回来上班的时间。电梯到达这一层，电梯门缓缓打开。

"刚刚徐老师在群里报平安了，要休养两星期。"

"那两期综艺录制都得找人顶上。"

"今天不是沈老师吗？不知道录得怎么样……"

对话声从隔壁的电梯里传出，如果被他们看到秦则崇，再加上前段时间央台的事，这事儿绝对会传出去。电光石火之间，隔壁的电梯门开了，秦则崇倾身圈住沈千橙的手腕，拉着她迅速走入电梯，另一只手按了关门。

"刚刚那是不是沈老师的裙子？"刚从旁边电梯里走出来的一个女主持人疑惑道。

"沈老师？"大家都走了出来。

"我怎么好像看到有人拉着沈老师……"刚刚那个女主持人怀疑自己看错了。

有人说："可能是小茶吧，这实习生和沈老师关系好，平时都不怕她。"

"可是看那手臂，好像是个男人……"

"男人？"

"沈老师那性格，怎么可能让男人拉她？除非——"那人顿了一下，继续道，"传言是真的。"

他们都清楚沈千橙来京台时的小道消息，说她是靠人上位的。

"我可能看错了。"女主持连忙摆手,相处一个月,她也算熟悉沈千橙的性格,不敢胡乱造谣。

有人开口:"和咱们台里的领导相比,我觉得是个人都会选秦总吧?秦总那么欣赏她。"

文秘书在楼下等了许久,先等来了小茶。

因为每天都能看到他来接沈千橙,小茶认识秦则崇的车,让她"嗑CP"的心幸福得直冒泡泡。不过今天已经这么晚了,没想到秦总还没走。

小茶捂住嘴,小声问站在路边的文秘书:"秦总还在等?"

"上去找太太了。"文秘书说。

小茶连忙问:"什么时候?两个人不会错开吧?"

文秘书说:"二十分钟前。"

小茶头顶冒出问号:"从这里到沈老师办公室最慢十分钟,我怎么没看到秦总?"

文秘书猜测:"秦总没进过京台,走冤枉路也正常。"

文秘书继续问道:"你一个人下来的?今晚是加班了吗?怎么都不提前说一声?"

"沈老师在办公室里忙工作呢,我就一个人先走了……"

说到这,小茶停住。之前在办公室外那种奇怪的感觉重新回到脑袋里。沈老师是个绝不加班的性格,居然会在加班后又自觉加班修改新闻稿!她就从没看过沈老师改新闻稿,当时办公室里该不会有人吧?完蛋,她敲了那么久的门,秦总会不会想杀了自己?小茶一想到这,也不敢在这多待,生怕待会儿沈千橙和秦则崇手拉手一起下来。

"文秘书,我先走了啊,拜拜!"

文秘书开口:"我叫人送——"

小茶已经哧溜一下跑了,仿佛有鬼追她,跑得跟兔子一样。

"文秘书,看什么呢?"

沈千橙戴了口罩还走得飞快,把秦则崇丢在身后,装作两人不是同行,也不认识。

"您的助理刚走。"文秘书转身回答,却发现太太已经上了车。他再抬头,看到自家老板时沉默了一瞬。这么可爱粉嫩的口罩竟然会出现在秦总的脸上,居然还不违和。

回到千桐华府时,管家早已等候多时。

沈千橙早就饿了，往院子里走的时候还在嘀咕："我下次再也不会加班了！"

秦则崇说："是不应该。"

沈千橙好奇地看向他："你的公司会隐形要求加班到几点吗？"

"自愿，有加班费。"秦则崇挑眉。

次日，沈千橙到电视台，小茶在办公室里整理架子上的杂志本，趁机问话："沈老师，昨晚秦总进楼没和您没错开吧？"

"没。"沈千橙神色自若。

"秦总昨晚等您那么久，还挺好呢。"小茶跑到桌边，"其实我怀疑秦总是恋爱脑。"

沈千橙笑了："恋爱脑？他？你还差不多。"

她哪里恋了？小茶无语，她才不恋爱脑！她只是"CP脑"！她信誓旦旦地点头："真的，我真这么觉得，而且秦总还吃醋，他肯定喜欢你啊。"

"他不喜欢我才怪，我这么完美。"沈千橙莞尔，决定好好提点小助理，"他只是晚上没有应酬，无事可做，顺便等我而已，央台那天，那是仇人和占有欲双重作用叠加，我是他老婆，他吃醋本来就正常。"联姻夫妻有爱情，那百分之九十是不可能的。

小茶啊了一声："沈老师，您也太清醒了吧，未必呀，您这么优秀，对您有好感多正常。"

"当然。"沈千橙手放在桌上，正经道，"没有一点好感，我们也不可能相处得这么平和。"

秦则崇若是对她没好感，那是他眼瞎，现在他是慧眼识珠。

小茶竟然无力反驳，她不允许自己的"CP"是这样的："秦总会用心给您准备礼物吗？会事事报备吗？"

沈千橙答得毫不犹豫："当然，这些多简单。"她在宁城时，每个节日都能收到他送来的礼物，他是她的丈夫，送礼物是应该的。至于报备，他出差甚至会说几天。

小茶认真道："那您觉得怎么才算有爱情？"

沈千橙想了想，没想出来。她又没谈过恋爱，都是别人带着各种各样的目的追她，或家境或容貌，而且没一个成功的。

"等哪天他愿意为我纡尊降贵，甚至不怕死，再说吧。"过了许久，沈千橙只想出这个回答。她和秦则崇没有任何感情基础就结了婚，可能只是像父母一样搭伙过日子吧。平心而论，他是个很好的伴侣，别人恐怕也做不到他这样。

离开办公室前，小茶说："我觉得秦总未必做不到，沈老师您太绝对了，秦总做的那些，很多现实中的情侣都做不到。"

沈千橙又想象了一下秦则崇这样的贵公子为自己纡尊降贵的画面，扑哧一声笑了出来。还蛮想见的呢。她微微一笑："我没说不可能，但在没有见到之前，作为女孩子，得多为自己想一点。"

小茶一时间陷入纠结，难道自己真的是恋爱脑？！不行，还是秦总恋爱脑比较好，这样她的"CP"才会天长地久。

小茶离开后，沈千橙撑着脑袋，半歪着头看桌上的笔筒。现实中的情侣能做到什么地步？她的圈子不太能接触到。沈千橙坐正，拿手机搜了一下。

男朋友该做的事？

一个合格的男朋友会做的事有：秒回、公开、陪伴、送礼和服软，还有撒娇……

这些秦则崇好像大部分都会做……

沈千橙一直觉得秦则崇说疼是撒娇，即使当时他的表情一点也不像。至于女朋友该做的事……她的眼睛只看到"查岗"这两个字。她还没查过秦则崇的岗，今天试试。

秦氏，一场会议到接近末尾，各位高层不敢作声，等待主位上神情冷淡的男人开口。今天的策划案出了问题，秦则崇发了火，导致会议延迟，就算是现在即将结束，气氛也凝固得厉害。

文秘书递来手机，低声道："太太发了消息。"

秦则崇接过来手机，解锁果然看到微信上沈千橙一分钟前发来的消息。

"老公，在公司里吗？"

鲜少见她这样，必然有事。

秦则崇回复："嗯，不然在哪儿？"

沈千橙从网上学来了一个套路："那你现在手指比个'V'，查岗。"

为表真实，她还配了个"开门，查岗"的表情。

这是第一次。秦则崇挑眉，告诉她："地点不合适。"

沈千橙："男人永远有借口，我就知道。"

文秘书看自家秦总好像忘了宣布会议结束，和太太聊了起来，但也不敢开口提醒。

秦则崇扫了一眼会议室里低头的众人，半晌，在会议桌上摊开掌心比了个"V"，拍照发过去。

实则偷偷观察上司的众高层一头雾水。秦总这是在做什么？卖萌？突如其来的状况让今天挨了训的他们都有一点忐忑，其中一位高层询问："秦总，您这是……"

秦则崇神色自若地按了息屏："太太查岗，有问题？"

在场众人无不想倒吸一口凉气。

太太？查岗？当然没问题！您有太太查岗，谁敢说有问题？几分钟前秦总还在发怒，几分钟后就因为太太查岗而顺从地拍照比手势，这对比，这差距……秦总一向以工作为重，他们的会议可还没有宣布结束，这也算开小差了吧？Boss带头开小差，就问谁家是这样！

更让他们无法置信的是"太太"二字。早就有秦总已婚的传言，甚至有说他独守空房一年，在没有实证的情况下，他们其实都没信过，就算是信也只觉得是联姻。可谁会对联姻太太这么听话？大家齐齐摇头。

秦则崇扫了一眼他们眼睛里藏不住的对八卦的渴望，气定神闲地宣布："没问题就散会。"他率先起身，挺拔的背影很快消失在会议室门口。

会议室内，一众高层罕见的没有离座，而是面面相觑，聊八卦的欲望空前高涨。

"刚才，你们都听见秦总的话了吧？"

"耳朵没聋，听得清清楚楚，秦太太查岗。"

"啧啧，大白天这么突然，秦总居然一点都没生气，还在会议时间回复。"

"我觉得吧，刚刚秦总把我们支走再回复也是可以的……秦太太这岗查得是有多急？"

"你们说，要是秦太太提别的要求，比如拍在场的人，或者自拍，秦总会拍吗？"

高层们忽然安静下来，想象了一下发完火后严肃的秦总举着手机比V自拍——啊，有点可怕！这个问题注定得不到答案了。他们现在也好奇秦太太到底是何方神圣，能把他们如此优秀的大boss晾了一年。

今日的事成了秦氏最神秘一事，午间员工们去餐厅吃饭，有人说："你们听说了吗？今天上午秦总开会的时候，秦太太查岗了。"

周围三桌的人瞬间都凑了过来："怎么查的？"

"让秦总拍照，比了个耶。"

"比耶……秦总在我心里高冷神秘的形象崩塌了。"

"比起这个，我更惊讶的是原来秦总真的结婚了啊，那独守空房一年这事也是真的了。"

"我听说两个人是异地，所以才这样吧？但是现在交通这么发达，能有这结果，肯定是联姻。"

"联姻还需要查岗啊，不是都各玩各的吗？"

"那是别人，秦总可是洁身自好。"

可惜没人知道秦太太长什么样、是什么性格，若不是秦总主动透露，他们都不一定知道秦太太是真实存在的。

关于秦则崇的形象，秦氏内部发生了巨大的变化。作为时刻掌控公司内部风向的秘书，文洋不止在一个群里看到了boss的影子，但他都装作没看见。既然秦总直接在会议室里公开说太太查岗，一点也没隐瞒的意思，那么应该也不会在意员工们小小的八卦之心吧。

收到秦则崇的照片，沈千橙忍不住笑。

他还真拍。照片上男人宽大的手掌搁在会议桌上随意比V，深木色与他的肤色形成鲜明对比，简直是手控的福利。

沈千橙喷了一声，回复："收到，过关。"

秦则崇："谁教你的？"

沈千橙立刻将秦则崇的备注改成"听话小狗"，感觉顿时清新许多。

她坚决不承认是从网上看来的套路："你少管，以后我会不定时查岗。"

听话小狗："怎么个不定时法？"

不行，这备注配上这个问号好像太反骨。

沈千橙一时间没忍住笑了出来，葱白指尖点击屏幕，打字回复："告诉你，你就能骗我了。"

推门进来的小茶狐疑道："沈老师，什么事这么开心？"

沈千橙一秒收回笑容，故作淡定道："大人的事，小孩少打听。"

小茶无语。我就是问一下，您这样子好像很心虚啊。

秦太太的风在秦氏吹了一天。直到傍晚，作为风暴中心的主角之一，秦则崇出现在电视台大楼外。沈千橙今日准时下班，心情畅快，在车上忽然听见秦则崇说："你今天查岗时我在开会。"

沈千橙迅速扭头与他对视："你怎么不告诉我？"会议还没结束，那岂不是满会议室的人？他在会议桌上拍照是个人都能看到！饶是沈千橙再淡定，也觉得社死。

秦则崇淡淡道："我告诉你了。"

沈千橙回翻聊天记录，看着"地点不合适"和"男人永远有借口"这两句话说："你这叫告诉我？不能直接说在开会吗？说地点不合适，谁猜得到你在开会？"

秦则崇眉梢一抬，语调严肃道："会议是公司机密。"

你就直说你是故意的吧，说一句在会议室都是机密了。沈千橙的心已经死了，破罐子破摔道："你说吧，你的员工们看到了多少？"

秦则崇弯唇道："看到我拍照。"

沈千橙一秒复活，你拍照被看到和我秦太太有什么关系？

"起西伐！"沈千橙嗔视正在挑唇笑的男人，用方言骂他，"故意吓我，秦则崇，你今晚睡客房吧。"

笑容消失，秦则崇回了四个字："客房没铺。"

这话沈千橙听过好几次了，微微一笑："回去就让阿姨铺，今天一定让秦总睡上。"

"阿姨今天不上班。"

"我说上就上。"

"不上。"

"上！"

司机与文秘书闭口不言，这对夫妻是幼稚鬼吧。

"我给阿姨发工资。"秦则崇望着她的眼睛说。

沈千橙答得理直气壮："我们已经结婚了，是合法夫妻，你发工资的钱是夫妻共同财产，所以我有权调整阿姨的上班时间。"

秦则崇抬眉道："很有道理，但她今天还是不会上班。"

沈千橙凑近，忽然勾唇笑，妩媚妖娆，声音也柔："要不你直接说，你就是想和我睡觉。"

她突然靠近，秦则崇丝毫未退："我想和秦太太同床共枕，有问题吗？"

这男人真直接。沈千橙飞快地瞄了一眼前座的两个人，伸手捂住他的嘴："不知道小声点？"

男人的薄唇贴着她的手心开合："我们是合法夫妻，不需要害羞。"

沈千橙回嘴："你才害羞！你全家都害羞！"

秦则崇笑得斯文："千橙，我全家也包括你。"

文秘书当自己是聋哑人。天哪，自己今晚是有多想不开才搭boss的车回家。

阿姨兢兢业业地忙了一天，突然收到带薪放假一周的消息，都不用问，十分懂事地连夜回家。

第二天清晨，沈千橙刚播完早间新闻就收到了秦则崇为期一周的出差通知，同时附上他的出差留言。

097

"一周后，秦太太可以用热情的吻欢迎我回家。"

许久之后，走下私人飞机的男人收到了来自妻子的问候。

"你要不别回来了。"

飞机下早有一行人在等候，见到端方矜贵的男人看着手机，唇角勾着浅浅的笑意。

周五，沈千橙替徐清芷录制的综艺节目播出。徐清芷受伤不是秘密，当天也有观众，她自己也在微博上告知了粉丝们，还为沈千橙宣传。有人觉得没问题，也有人无法接受。

"她从来没录过综艺啊。"

"怎么哪儿哪儿都能看到她，好好做个新闻主播不好吗？"

"美女录节目，哇，一定很好看！"

"不是吧，什么热度都要蹭，我们《公子不可》刚火就来了。"

"清芷姐姐才是最合适的，别的人上综艺不会只是为了表现自己吧？"

面对粉丝们的质疑，沈千橙的粉丝理智地劝住不高兴的"橙子"们一致对外："别贷款骂人，到时候看正片，效果一目了然。"

结果就是这期节目有无数人在等待观看，沈千橙出场的那一分钟收视率飙升。和播新闻时穿着西装正裙不同，节目上，她穿的是一件自己的连衣裙，十分低调。当然，衣服低调不代表人低调。就连剧组主演粉丝们的目光也不由得落在她身上，不得不承认，这脸是真的漂亮，身材是真的好。

"沈千橙虽然没表现出来，但脸上好像写着：太好了，又不用我说话了，哈哈哈哈哈好可爱！"

"拍得挺好啊，出乎我的意料。"

"没看大家眼睛都快盯她身上了吗？综艺就不应该找这么妖娆的主持！"

"一时间不知道你是在夸还是在贬。"

一晃眼，节目已经结束。早前被怼正主蹭热度的"橙子"们总算理直气壮起来："我们千橙职业素养绝佳！用事实说话！"

小茶实时给沈千橙汇报："沈老师，您的粉丝好酷。"

"可能随我吧。"沈千橙丝毫不谦虚，"仙女的粉丝和仙女本人是一样的。"

小茶瞠目结舌，第一次听见这种别具一格的自恋发言。

杨蕊楚适时打来电话："沈老师，我们剧组打算举办庆功宴，您也过来吧！"

沈千橙婉拒："不去。"

好冷漠。杨蕊楚锲而不舍："您真的不来吗？沈老师不来，我也不想去参加了。导演会发惊喜大红包呢！"

沈千橙正直道："我是缺红包的人吗？"

小茶点头，就是，杨小姐不要白日做梦。

"徐老师也来参加，而且那天可以不上班。"

"那我勉强去一下吧。"

小茶无言以对，您为了不上班也是费尽苦心。

"好！"杨蕊楚兴奋道，"时间在本周末晚上六点，您可以早点到，多吃点好吃的，反正导演付钱。"

沈千橙对这个没兴趣。她想了想，有必要为自己正一下名："去看看红包有多大，不是不上班，别误会。"

杨蕊楚在那头笑得不行，嘴上义正词严地附和："当然，您是京台最合格的员工。"

妈耶，沈老师怎么这么可爱！

沈千橙很满意这个回答。

《公子不可》这部剧拍摄时，从导演到演员没有一个是有名气的，小成本网剧变热播剧，甚至确定了会上星，导演直接定了京市出名的大酒店，包下一层来举办庆功宴，不仅如此，还请了一桌媒体。

庆功宴当天，热搜挂了好几个。

秦则崇连续一周在国外，沈千橙过得太自在，俨然把他回国的时间忘了个一干二净。她去的路上，秦则崇刚回国。彼时接近五点，司机听到他吩咐："去京台。"

文秘书之前与小茶加了微信，方便互通消息，便发消息询问："Boss要去接太太了。"

怎么这么巧！小茶偷偷看了看今晚千娇百媚的沈千橙，作为助理和"CP粉"，助理心中的天平开始倾斜，于是，文秘书收到了回复。

他看了一眼她发来的消息，迅速上网搜了一下，还真是今晚六点整举办庆功宴，还有营销号发布了出席人员名单，沈千橙的名字赫然在列。

文秘书偷偷瞄了一眼后座上闭目养神的俊美男人，还没收回目光就被抓了个正着。

秦则崇语气淡淡地道："有事就说。"

文秘书一口气说完："您应该不用去接太太了，太太今天没上班，去参加杨小姐剧组的庆功宴了！"

秦则崇闻言轻笑："她又没参演。"去凑什么热闹。

文秘书小声道:"是杨小姐剧组发大红包引诱太太过去的。"他也觉得这事很离谱,还想说您包个更大红包也许就能把老婆再勾引回来。

秦则崇轻哂,她缺这点钱?他打开微信,恰好收到一条娱乐新闻推送——《公子不可》庆功宴,导演透露男女主演们将角色互换,大秀身材,爆笑重现青楼花魁竞选名场面!

秦则崇眉心紧皱,这是什么不正经剧组。

与此同时,文秘书尽职询问:"您现在要回家吗?"

"掉头。"

在前方路口转弯掉头,文秘书正打算问问小茶现场的情况,就看见了手机自动推送的新闻,难怪秦总直接吩咐掉头。

文秘书暗示小茶:"你们到现场了吗?今天的庆功宴有什么流程?"

小茶:"我们还在路上呢,我也不知道。"

文秘书幽幽叹气。去参加庆功宴的太太还不知道流程,秦总都知道了!

今天的新闻说多不多,说少不少,《公子不可》庆功宴刚好是热门话题之一,主演们这段时间涨起来的粉丝这会儿已经开始团建。沈千橙翻了翻今天受邀的嘉宾,导演可能很膨胀,邀请了许多圈内人,比正常剧组庆功宴要热闹许多。自然,这些圈内人基本不可能是咖位大的明星们。

"今晚刘导红包都得发出去不少吧?"小茶也在网上看风向,忍不住惊叹,"真大方。"

"赚得更多。"沈千橙随口道。

现今的娱乐圈,一部剧的热度很难维持几个月的时间,往往播完没多久就连带着主演在网络的洪流里销声匿迹,若是能多点话题,自然也不亏。

庆功宴刚刚开始,该来的人都已经提前到了。等在酒店门口的媒体正打算进去入座,看到一辆车停下,便将镜头对准车门:"现在还有人刚到?"

等车门打开,长裙美人进入众人的视线,手握摄像机的媒体都失了一秒神。

"《公子不可》剧组里有这个人?"

"没看前段时间的新闻吗?这是京台的主持人沈千橙。"

"她到这里来,难不成是要开始拍戏了?"

"别说,这张脸要是出战演艺圈,小花们都得着急了吧。"

还未离去的剧组主演们的粉丝们原本在酒店外刷着超话里的消息,一抬头看到沈千橙。大家都是追星无数的人,见过顶流也见过糊咖,还从未见过这样样貌三百六十度无死角的人。

沈千橙进门给杨蕊楚发了一条消息。

和杨蕊楚一同来的还有李衡，笑着问她："沈老师过来怎么不叫我去接？"

小茶瞬间提高警惕，一看就是拆我"CP"的人！

"我又不是路痴。"沈千橙笑了一下。她压根儿没加这位男主角的联系方式，就算有，也不可能让他来接自己。

杨蕊楚瞥了一眼李衡："需要接也是我来接嘛，现在来刚刚好，马上就要开始了。"

一个硕大的长海报和舞台搭在宴厅的正前方，杨蕊楚给沈千橙指路："沈老师坐这里，和我们一起，我去给你拿点东西垫垫肚子。"

她刚走没一分钟，宴厅门口就响起惊呼，嘈杂声四起，不少刚坐下来的媒体抓着自己的工具跑了过去。

沈千橙没怎么注意那边，直到小茶抓住她手腕："秦总来了！"

"谁？"沈千橙还以为自己听错了。

小茶伸手指向前方："秦总！秦总啊！"该不会是来找老婆的吧？她的"CP脑"又要爆发了！

沈千橙顺着望过去，正好看到人群自发地为矜贵雅正的男人让出一条路，导演刘建忠笑得见牙不见眼，不知道在说什么。瞥见那张熟悉的英俊面容，她愣了一下。几乎是同时，隔着一段距离，被人群簇拥的秦则崇抬眸望了过来，目光与她交接。

《公子不可》这种小成本电视剧估计永远都不可能被送到秦则崇面前。秦氏经手的电视剧哪部不是大制作？而且部部有口皆碑，就算是扶持新人导演，那也是从电影开始。但现在，他来了小网剧剧组的庆功宴。

导演刘建忠从未想过，自己有一天会与秦氏当家人见面。天知道，刚刚他得到工作人员的通知，跑出宴厅时差点儿把鞋给跑掉。见到那张新闻上出现过的脸时，他更觉得如梦似幻。

在场的媒体激动得头脑发晕，已经想好了今晚的新闻标题——秦则崇现身小剧组，疑似下一步投资计划。他们来今晚这庆功宴血赚！

这些媒体和娱乐圈的博主们都有自己的群，此时不约而同在群里发了一条消息。处于惊喜中的他们心中也冒出疑惑：秦总来这里做什么？难道这个刘导真是天才？

刘建忠咧嘴，已经看到了自己的光明未来，把自己的位置让出去："秦总，您坐这里，这里！视野绝佳！"

他朝副导演他们使眼色。这一桌原本是他和主演们坐的，现在嘛，大家都一边站，谁都想坐在男人旁边。

沈千橙在人群里，漂亮的脸蛋格外淡定。好在大家的注意力都在男人身上，并未注意到她。

秦则崇的视线在他拉开的椅子上瞥了一眼，嘴角噙着一抹极淡的笑："不必如此。"

"应该的应该的！哪能让秦总坐别的位置。"刘建忠立刻把自己的座位牌席卡扔到一边。

全桌的人都站着，女主角吴嫣然眼神都挪不开，眼里迸发出巨大的惊喜，她就在这个座位的旁边。

秦则崇手搭上去，修长的手臂越过一个座位，慢条斯理地拾起男主角的座位牌，声音清冽："这里风景更好。"

刘建忠一口应下，当然任由大佬挑选。

原本处于兴奋中的李衡好像被泼了一盆冷水——他在几分钟前央求导演，安排自己与沈千橙坐一块，为此还让原本坐在这儿的男二号让位，花了代价，现在座位没了！

秦则崇悠悠坐下，姿态散漫，也没看人群中的沈千橙，好似只是随意挑选了一个位置。吴嫣然脸上顿时露出失落的表情，她还以为自己可以近水楼台先得月。

文秘书轻咳一声："刘导，让大家就座吧。"

小茶激动道："沈老师，您还说秦总不是恋爱脑，这么垃圾的剧组都来，还故意坐您边上，把男主角挤走了。"

沈千橙说："这不正常。"

因为这一突如其来的插曲，原本庆功宴的开始时间愣是延迟了十五分钟。主桌这边，沈千橙装不认识他，若无其事地坐了下来。秦则崇看她这副装模作样的表情，心里哂笑一声。

"你来这里干什么？"沈千橙几不可闻地询问他，"什么时候回来的？"

秦则崇淡淡提醒："我有说过，出差一周。"

谁一天到晚记这个呀。这是重点吗？重点是你来这破剧组的庆功宴干什么。沈千橙在桌下摸索，摸到他的大腿，然后碰到手，掐他的手背。

"你故意坐我旁边，是不是想让我上新闻？"最后三个字加了重音。

"嘶。"男人缓缓出声，顿时，一直在关注他的本桌所有人都看了过来。

沈千橙保持微笑。又故意！这男人怎么这么坏！

刘导紧张地问："您怎么了？"

秦则崇轻笑一声，眉眼慵懒风流，语速缓慢："没什么，有蚊子咬。"

桌下，他反手抓住沈千橙还未收回去的手捏了捏。"蚊子"没能拽回自己的手，这里人多眼杂，她也不敢太用力，免得被看出来。导演一直在喋喋不休，加之宴厅里在播放音乐，所以就连杨蕊楚都没能听见他们的对话，她小声说："沈老师，快吃这个，待会儿他们聊完天反应过来就没了。"

沈千橙只好向秦则崇服软，用圆润的指甲挠挠他的掌心。

秦则崇侧过眼，看她眼巴巴地盯着那甜点，这回没为难她，松了手。

沈千橙今日化了妆，格外明艳。而远处媒体与博主那一桌人纵然不敢直接拍，也小心地在录视频，这可是一飞冲天的好机会。

"你们有没有觉得，秦总和旁边那位仙女之间的气氛不太一样？"

"秦总好像看她好几次了。"

"那个沈千橙看都不看秦总，装也装过头了吧，这是欲擒故纵吗？"

"这么看两个人真的很般配，男帅女美。"

"有没有一种可能，秦总和这位沈主播曾经发生过什么，所以再见面沈主播就很冷漠。"

其他人陷入沉默，你很异想天开啊。

"秦总，这是我们今晚庆功宴的流程，您有什么建议吗？"刘建忠递过去一张流程表。原定的计划是他先进行演讲，然后是主演们的心路历程，与发布会相似，也有提问和娱乐环节，最后还有合影。说真的，他到现在都不知道秦总为什么来参加庆功宴。

秦则崇不疾不徐地接过来，在他期盼的目光下随意问了一句："听说剧要上星了？"

刘导唉了一声，骄傲道："正在洽谈中。"

文秘书深知自家boss的深意，一本正经地开口："恭喜刘导了，面向全国观众，有些时候还是要谨慎一些。"

刘建忠没听明白，小声问："我剧里的某些情节不行？"

文秘书高深莫测地低声提醒："当然不是，您今晚的流程安排，个别环节不太行，有点……"

见他欲言又止，刘建忠心领神会，立刻想到了自己为搞笑和博取流量而公布出去的流程单。

"多谢秦总。"他十分感激，立刻把上面"角色互换演绎脱衣名场面"一行划掉。

沈千橙将这些听得清清楚楚，暗自摇头，那些被卖了还替别人数钱的笨蛋里一定有这位刘导吧。一个庆功宴，环节都很普通，哪能影响那么多。

小茶坐在另一桌，一直看着这边，发现沈千橙和秦则崇除了一开始好像说了话，后面一句话都没说。她"嗑CP"的热情依旧高涨。庆功宴要持续几个小时，秦总都能追到这儿，她就不信他还能忍住不和沈老师卿卿我我。

刘建忠拿着话筒上了台，沈千橙送了一块哈密瓜进嘴里，轻声问："秦则崇，你就这么骗刘导，合适吗？"

"骗？"秦则崇挑了挑眉梢，"你说说，我怎么骗的。"

"你和文秘书一唱一和。"沈千橙说。

"文洋说的话，你安到我身上。"秦则崇勾着唇，"怎么，你喜欢那环节？那很可惜。"

沈千橙一点也没听出可惜，却故意道："有点。"

男人的语速不疾不徐，很平静地落音："秦太太可以提议把它重新加上。"

这么叫她，警告味儿十足。

沈千橙唱反调："真的？"

明显听出她的语气，秦则崇薄唇上扬，慢条斯理地开口："只要导演听你的。"

有他在，导演能听她的才怪。沈千橙其实并不在意那个大尺度环节，主要是秦则崇太气人，面上还那么道貌岸然。

她现在要是对他做什么，以他的人设肯定也没法反抗。沈千橙忽然来了恶作剧的心思。她这回不用手了，太容易被反制住，又比不过秦则崇的力气，还容易被吃豆腐。

圆桌下，沈千橙的脚尖挪了几分，抵上男人的皮鞋，缓缓抬起，顺着脚踝往上蹭着他的西装裤。

没了原来的位置，李衡只能坐在沈千橙的对面，圆桌中间还有一盆装饰花，他连看沈千橙都只能从花丛缝隙里瞄到一点。趁导演演讲，李衡想和女主角吴嫣然换位置，吴嫣然一看他那里会被遮挡视线，死也不换。

座位没换到，筷子还不小心掉到了地上，李衡弯腰去捡。圆桌铺着一层大大的桌布，桌底漆黑一片，他打开手机手电筒，瞬间视野明亮。然后，他看呆了。

沈千橙今日穿的是双由无数颗碎钻组成的绑带高跟鞋，几条碎钻缠绕在精致的脚踝上。然而现在，这双高跟鞋与它的主人一起在男人的西装裤上摩挲，含着暧昧与勾引。

李衡倒吸一口气。沈千橙旁边坐的是秦总，也就是说，她在勾引秦总？！李衡揉了揉眼睛，他一定是看错了！等他再度睁开眼睛，看到的还是同样的场景，瞬间连筷子都不想捡了。他没想到自己这一次心动，居然塌房了。

吴嫣然问："你捡筷子捡到西伯利亚去了吗？"

李衡终于拾起筷子，重新坐正，他望向对面，隔着巨大的鲜花装饰，看不清沈千橙的脸。

秦则崇却能将他脸上的复杂和失望看得一清二楚。秦则崇轻哂，看向一无所知吃东西的沈千橙，音色低沉："好玩吗？"

沈千橙哼哼两声，不理他，免得被有心人注意到他们关系不一般。

"秦总刚才看这边了。"吴嫣然喃喃，脸上浮起一点红晕。她知道秦则崇是随意看过来的，可万一呢？

身边又传来筷子掉到地上的声音。

"你今晚筷子掉两回了。"吴嫣然一下子回过神，"不就是看不到沈老师，也不至于这样啊。"

李衡弯腰捡了两次筷子，第一次看到沈千橙用脚蹭秦则崇，第二次看到两个人的腿挨得很近。

他心里苦，还揣了个大秘密说不出口："我换座位不行，捡筷子还不行啊？"

吴嫣然说："秦总在这里，注意形象。"

什么形象现在都没用了，原来沈老师也是个不能免俗的人，还这样大胆，在满座的宴厅里勾引秦总，李衡的心都碎了。

吴嫣然想了想："随你。"他吸引人目光也行，说不定秦总就多看这里两眼。

庆功宴按部就班地进行，即将结束，李衡作为男主角一直不在状态，但也没有出错。大家都当他是太高兴了。

最后一个合影环节时，刘导谄媚道："秦总赏个脸？"

秦则崇拒绝了。沈千橙借口自己不是主创，也拒绝了。于是，整张桌子边就剩下沈千橙和秦则崇坐在那里，她在吃饭后的水果。

李衡在舞台上一晃眼看过去，幻视婚席快结束时宾客尽散，新郎陪着饿肚子的新娘吃饭。他一定是脑袋出了问题，居然产生这么离谱的联想！

小茶露出慈爱的目光，沈老师和秦总真是夫唱妇随。

轮到导演发红包时，刘建忠和副导演陷入纠结："你说给秦总发多少合适？发钱是不是太俗？"

副导演认真思考："秦总哪缺咱们的钱？他什么都不缺，要不，你在里面放一张你的名片？"

刘建忠心动："会不会太直接了？"

副导演说:"那你把我们的联系方式都塞进去,人一多就不尴尬了。"

刘建忠:"你小子是想趁机一步登天吧?"

副导演摊手:"谁不想啊!刘导,我要是发了,一定不会忘记您今晚对我的恩情。"

"恩个屁!"刘建忠骂,"滚。"

沈千橙收到一个蛮厚的红包,捏了捏,顺口称赞了一句:"刘导真大方。"

她瞥了一眼秦则崇的红包,好像还没自己的厚,刘建忠不可能少给,难不成直接塞了卡?

"想要我的?"秦则崇薄唇溢出一声。

"什么你的,你的就是我的。"沈千橙道。

庆功宴结束后,文秘书挡住无数想要过来采访的媒体:"不好意思,秦总累了。"

直到男人的身影消失,沈千橙优哉游哉地落在后面,收到了一条消息:"停车场。"

李衡装模作样地和杨蕊楚打探:"秦总和沈老师认识吗?"

杨蕊楚没说太细:"他们见过一面。"

李衡的世界观塌得更快。只见过一面,今晚那就是第二面,沈千橙就这么做了。

"沈老师原来是这样的人……"

杨蕊楚疑惑:"哪样的?"

李衡摇头:"如果你坐在秦总边上,你会勾引他吗?"

"不会啊。"杨蕊楚一本正经道,"没坐旁边,只能这么说。况且,我就算勾引也没用,秦总又对我没兴趣,白费功夫。"她认真提醒,"我之前就说过,沈老师不是你们能追的人,要有自知之明。"

李衡一头雾水,他还看到沈千橙勾引秦总呢!

杨蕊楚扬声:"沈老师!"

沈千橙莞尔:"叫这么大声。"

杨蕊楚说:"我们一起出去吧。"

"今晚不方便。"沈千橙婉拒,她跟着一起,岂不是能看到秦则崇,"下次。"

李衡一听这话,眼神怪异。怎么个不方便法?联想到今晚桌下的情况,该不会是沈千橙今晚要和秦总一起吧……

从宴厅里出去,沈千橙问:"小茶,你有没有觉得李衡的表情很奇怪?"

小茶想了想:"有一点,像便秘。"

沈千橙扑哧一声笑:"不太聪明的样子。"

小茶说:"可能是今晚男主角的风头都被秦总抢了。"秦总那容貌、身形与地位,一出场就秒杀全场男性,什么男主角,他才是最佳男主角。

上了电梯,沈千橙给秦则崇发消息:"今晚好多人拍你,我不去你那里。"

看到对方发来一个问号,沈千橙很想把他的备注改成十万个为什么。

听话小狗:"坐你的车。"

其实那也是秦则崇的车,只不过今晚是沈千橙开过来的而已,放在家里很久都没见过外面的世界。

沈千橙:"那你的车?"

听话小狗:"让文洋送你助理。"

小茶得知自己要坐秦则崇的车,不禁张大嘴:"啊,那我今晚要坐的就是你们平时坐的位置?"

沈千橙点头,并告诉她不能坐副驾,容易被拍到。

快到停车场时,沈千橙突然听到背后忽然有人叫她:"沈老师!"

李衡应该是小跑下来的,阳光男孩的脸上出了一点汗,倒是显得青春有活力。

"有什么事吗?"沈千橙奇怪地问。

李衡欲言又止。

小茶警惕地看着他,这人又想拆她"CP"了。

李衡拐弯抹角地问:"沈老师,你是开车来的吗?自己回去?"

沈千橙还没回答,小茶已经开口:"是啊,不然我们来停车场干什么?"

李衡松了口气,看来秦总没有理会沈千橙,面对美人他很难说出重话,半晌道:"沈老师,下次你小心一点吧!"让别人看到可不会像他一样瞒着。

沈千橙一脸莫名:"小心什么?"

李衡不想直接说出来,免得让她尴尬,摇摇头离开。

小茶小声道:"他是不是不太正常?我听说有些男的就是喜欢自己幻想剧情,演戏演多了。"

"可能。"沈千橙转身,对上男人的目光。车窗半掩,秦则崇靠在后座上,也不知道看了多久。

沈千橙当然不心虚,上车后看到他闭目养神,说道:"不知道你往这里跑是做什么。"出差回来应该在家休息才对。

未料男人平静道:"我也想问,秦太太一个新闻主持为什么来参加剧组庆功宴？不知道的还以为秦太太出演了十分重要的角色。"

沈千橙对他扬起明媚的笑，娇嗔道："谁让我这么受欢迎呢，人见人爱。"

秦则崇弯唇轻笑。沈千橙见他笑得懒散，直觉不对，但看看车的四周好像没有媒体，一切正常。

第六章

从停车场出去时,一大堆媒体等在外面。

原本除了这部剧的粉丝外,没多少人在意今晚的庆功宴。但中途不知道谁爆出"秦则崇出现在《公子不可》的庆功宴现场"这一消息,一时间所有人的目光全看了过来。

"早知道就让导演开直播了!"

"秦氏有投资这部剧吗?我怎么记得没有。"

"没有投资,秦氏哪看得上。"

"那秦总去那儿干什么?"

讨论得正热闹时,一段高清视频传了出来。

本来刘建忠就允许受邀的媒体与博主们带拍摄设备,因为可以宣传他们剧组。结果没想到秦则崇来了,他当然也没想起来提出禁止拍摄,所以今晚注定没有秘密。

视频里,秦则崇慵懒地坐在主位,俊美的面容带着淡淡的笑,世家公子气质跃屏而出。

"《公子不可》要是秦总去演就好了。"

"清醒点吧姐妹们。"

"没人注意到秦总旁边的仙女吗?"

大约是因为怕被秋后算账,所以视频拍摄并不长。视频是竖屏拍的,男人在最中央,左边是刘导的后脑勺,右边是一个低头专注吃东西的女生。大家本以为是吴嫣然,直到视频结尾那个女生抬头,娇艳妩媚的脸蛋瞬间映入所有人的眼球与心脏。

"这不是沈千橙吗?"

"这脸好美啊,@博主,能不能拍个全脸!"

"这已经是我第二次看到沈千橙的视频了,真是三百六十度无死角啊。"

"貌美主持人和清冷贵公子,浅嗑一秒。"

"沈千橙坐秦总旁边,只知道吃,这么淡定?"

"这座位怎么安排的?"

博主评论回复:秦总自己选的座位,之前是男主角李衡的位置。

网友们头顶冒出问号:那原来男主角又为什么和沈千橙坐在一起?难不成沈千橙对如此英俊优秀的秦总无动于衷是因为喜欢李衡?

"刘导给你包了什么?"沈千橙还不知道网上的事情,拆了自己的红包,里面有一千块钱,又好奇起秦则崇的红包里有什么。久没得到回应,她转头却看到男人好似睡着了。

沈千橙腹诽,让他出差回来不回家,落地又参加热闹的庆功宴,现在蔫了吧。

男人的桃花眼紧闭,外套早已脱了,领带松松垮垮,衬衣领口开了两颗纽扣,一派玩世不恭的模样。红包从他另一边的西裤口袋里露出一角,沈千橙探身过去拿。前方的车闯红灯,司机骤然踩了刹车。沈千橙猝不及防,才刚摸到红包的角整个人就猛地往旁边歪又歪回来,一来一回,整张脸都埋到了他腿上。

她脸有点疼。沈千橙头顶忽然落下一道沉声:"我没想到,秦太太已经等不及了。"

沈千橙按着秦则崇的腿抬起脸,揉了揉左脸与鼻尖,看着他道:"你什么意思?"

说完她又飞速地瞄了一眼前面,不知何时,隔板已经升了起来。司机今晚自然是什么也听不见的聋子。

车内光线昏暗,朦胧中更添几分灼热的氛围,安静得只余两人的呼吸声。

"疼不疼?"秦则崇抬手,长指捻过她的脸侧。

"不痛。不要道歉,赔偿就可以了。"沈千橙转移话题,"红包。"

她直接伸手去扯出他兜里的红包,秦则崇靠在后座上也没拦的意思。

沈千橙从红包里拿出来好几张纸,还有两张名片以及一封手写的感谢信,其中一张纸上写着主演们的名字以及联系方式。

"毛遂自荐。"她晃晃名片,"秦总行情真好。"

秦则崇薄唇一撇:"不如秦太太行情好。"男主角都倾心。

沈千橙怀疑地看他,怎么觉得这话有一点嘲讽呢?她把自己红包里的一千块钱取出来，拿在手上拍了拍男人的胸口。

　　天亮得越来越早。
　　沈千橙还没完全醒，身旁的男人还在睡，眉眼清隽安静。
　　"猪。"沈千橙小声嘀咕，撑起上半身，捏着他的脸哼了一声，这才下床去洗漱。
　　今天是家里司机送她，她好像还从未在秦则崇在京市的时候一个人去上班。当一件事养成习惯，突然发生改变，就会开始不自在。
　　沈千橙刚到电视台就被不少人围住。
　　"沈老师，昨天你去的庆功宴，遇上秦总了？"
　　"你和秦总坐在一起，是偶然吗？"
　　"没想到沈老师人缘这么好，徐老师受伤损失可大了，不然她应该也能去。"
　　沈千橙停下脚步，勾起嘴角顺着道："是啊，可惜徐老师运气不好。"
　　对方哽住，这么直接？
　　沈千橙玩弄了他们一波，回了自己的办公室。
　　徐清芷今天来上班了，她其实也收到庆功宴的邀请，知道沈千橙会去和自己没关系。苏月薇过来安抚道："徐老师，沈老师的话别在意。"
　　徐清芷说："没在意。"
　　苏月薇叹气："沈老师得了便宜还卖乖。"
　　徐清芷："不是的……"
　　苏月薇："徐老师还帮她说话！"
　　徐清芷无奈扶额，沈老师你给大家留下的什么印象啊，怎么感觉像是会随时发疯。殊不知这种人设的好处就是没人敢得罪她。
　　"沈老师，你和秦总都有'CP粉'了。"小茶抱着手机看得津津有味，"从此我不是一个人了。"
　　沈千橙惊奇道："我看看。"
　　昨晚的庆功宴到现在还挂在热搜上，位置却不是很好，因为更往上的是秦则崇与沈千橙。
　　两个人的名字并排在一起，话题阅读量高达十亿，热门微博是当晚现场博主拍摄的动图。两个人明明没看对方，却又好像在互相牵扯。评论区惊叫一片。
　　"麻烦偶像剧导演看这里好吗？好的'CP'不亲密也能火。"
　　"叛逆主持人和掌握娱乐圈的总裁，这不妥妥的娱乐圈小说人设吗？"

沈千橙仔细看了看，手指顿住——这拍摄时间好像是她勾引秦则崇那会儿……

小茶哇哇叫："大家都是有眼睛的，呜呜呜，真夫妻当然有张力了，真夫妻就是最好嗑的！"

沈千橙轻咳一声："现在是上班时间。"

"沈老师，平时就数您摸鱼最多，今天还好意思说我。"小茶一点也不怕，"展明月今天刚宣布一个品牌代言，都被您和秦总压在下面了，她粉丝不行啊，比不过咱们。"

"他是不是故意的？"展明月看着手机里的热搜，还有那张动图。

经纪人苏姐哄道："网友们'嗑CP'你还不懂，一人一猴，跨物种他们都能嗑起来，你看他俩压根儿就没看对方。"

展明月垂眼道："则崇哥以前从来不去这种应酬，不可能为她去吧，肯定是因为这个剧组火了。"

"沈千橙一个主持人哪比得上明月你？秦总不过是图新鲜，你们还有青梅竹马的情分呢。"苏姐真怕这小祖宗又发病，她身体这么弱，可受不了刺激。她知道展明月在秦家居住，却不知道沈千橙和秦则崇是夫妻，只以为是沈千橙夺走了秦总。

"而且你看热搜第三，她和李衡今天就传绯闻，秦总肯定不喜欢这样的。"

早晨秦则崇罕见地没有陪沈千橙去电视台，而是在她走后又睡了一会儿，吃早餐时，秦则崇状似随口问道："太太今早心情怎么样？"

管家回忆："很是轻松愉悦。"

秦则崇捏着汤匙的手顿住："出发也是？"

管家想了想："也是。"

文秘书早就将广播改成了今天的早间新闻头条——当然，是录播。伴随着沈千橙动听的播音腔，他适时开口："秦总，今天有一个好消息和一个坏消息，您想先听哪个？"

秦则崇懒洋洋道："你是皮痒了？"

文秘书决定先说好消息："好消息是昨晚庆功宴的图传到网上，有很多人都在嗑您与太太的'CP'，而且，目前有个征集活动正在进行。"他把链接发过去。至于内容，文秘书欲言又止，觉得还是boss自己亲眼看比较合适。

长指在屏幕上一点，秦则崇便看到了具体内容。

"姐妹们，今天我们欢聚在这里，是因为我们嗑了同一对'CP'，现在，让我们为这对小情侣起个名字吧，点赞最高的当选。"

秦则崇垂眸,饶有兴味。他点进评论,只见屏幕上的热评第一:

"咱们'嗑CP'就要嗑得要死要活,所以我想了个名字:橙则为王,败则为贼!"

见秦则崇神色淡淡地按灭手机,文秘书小声试探:"需要让公关部那边暗中操作,拟几个一看就长长久久的名字吗?其实我也想了几个……"

秦则崇反问道:"要不调你去公关部?说你的坏消息。"

文秘书可不想失去七位数的年薪,立马改口道:"坏消息是太太今天爆了绯闻,男方不是您。"

车内的广播正在播一条民生新闻,沈千橙的语调十分清脆,播的新闻却是两人在街头打架,与现在的环境着实不搭。

"李衡?"男人的音色清冽。

"您怎么知道!"文秘书惊讶道,"秦总料事如神。"他见自家boss原本面无表情的脸上扯出一丝笑,有点后背发凉,怎么看都觉得是气笑的。

文秘书低头把链接发过去,充当聋哑人坐好。链接是热门微博,配图两张,沈千橙与李衡面对面站在地下停车场里,正在说什么。

秦则崇神情淡漠地扫过评论。

"沈千橙美是真的美,绯闻也是真的多,一次出俩,但是李衡比不过秦总啊!"

"也不是不能一起嗑,反正都没结婚。"

"秦总传言的已婚,有没有知情人透露真假。"

"我感觉沈千橙表情怎么像是嫌弃啊哈哈哈哈哈,李衡在说什么?"

"某主持人能不能别蹭热度啊,播新闻就好好播,天天在这和男人配不配的。"

"粉丝一边去,别耽误我'嗑CP',小奶狗和御姐绝配好吧!"

"小奶狗和御姐……绝配?"秦则崇缓缓念出来,慢条斯理地问,"文洋,你说呢?"

文秘书哪里敢说,立马开口道:"当然不配!御姐就得配秦总这样的,强强联合,那才是绝配!"

秦则崇轻笑了一声。

文秘书说:"而且太太在您面前也不御呢,娇俏可爱,那些外人只见过那公事公办的一面。"

大约是这句话取悦了自家boss,文秘书直觉自己的年终奖有增加的希望,笑眯眯地继续道:"热搜已经在降了,马上就会消失。太太连李衡的联系方式都没加,网友们看见一张图就嗑得要死要活……"

他嘴巴一停,意识到好像自己也扫射到boss的"CP"了,立刻挽救:"'嗑CP'

113

也要看是什么图，您和太太那张神图没有互动都能自己上热搜，那才是最佳'CP'，这才该嗑。"

不知boss听没听见，神色如常，文秘书叭叭一通，又问："李衡那边？"

秦则崇阖上眼，声线平静："他会有自知之明。"

秦氏高耸的大楼映入眼帘，日出后残留的光散在空中，男人的眉眼被衬得愈发鲜明。

"名字的事，让他们去拟。"

话题跳跃性太强，文秘书硬是过了十来秒才反应过来这是在说"CP"名的事。

"你这是上升期，怎么这么不小心！刚火就曝出绯闻，粉丝要是脱粉你就和以前一样了！"经纪人一大早就冲进李衡的公寓，把还没睡醒的他抓起来就是一顿训。

李衡一头雾水，才知道自己和沈千橙在停车场说话被拍了——关键是……他们的对话很不合适"嗑CP"啊！

"这个沈千橙，不说是不是真的勾引你，借你上位的心太明显了。"经纪人蹙眉，"你也是！还三番两次想和她走近！"

李衡又想起昨晚桌底下看到的一幕，长叹一口气："我还达不到她勾引对象的Level。"

怪不得她连自己的联系方式都不加，因为从一开始就没看上自己。

经纪人道："行，公司那边会准备给你降热搜，你联系她澄清。"

李衡小声道："我没她联系方式……"

经纪人突然有点同情他了。她正打算自己找关系要沈千橙的联系方式，对方却告诉她："热搜消失了。"

"公司这次的动作这么快？"

"公司压根儿就还没来得及，是秦氏。"

经纪人记得热搜第一是沈千橙和秦则崇，便道："秦氏撤他们的热搜和我们又没关系。"

对方答："怎么没关系？撤的是李衡绯闻那个热搜，秦总的热搜搜索量还在增多呢。"

一天连出两条绯闻，沈千橙本人没当回事，反倒是办公区的同事们比她这个当事人还要上心。看着李衡的绯闻热搜消失，他们猜测："应该是李衡那边公关了，上升期传这个太影响事业。"

"应该和沈老师这边商量过吧，撤得这么快，嗖地一下就消失了。"

有人疑惑:"秦总那个……为什么不撤啊?"

上次展明月的瓜大家都吃到笑死,全论坛辟谣的事已经传遍了粉圈。

"急什么?秦氏的辟谣不是普通辟谣,说不定秦总那边还打算起诉呢。"

"肯定不是起诉沈老师哈哈哈哈。"

小茶端着一杯水路过,心里冷哼:等着吧,等到下辈子秦总都不可能起诉自己老婆。

沈千橙和阮主任请了一下午假,约了正在休假的乐欣去喝下午茶。

乐欣是模特,足足一米七八的身高,在国际舞台上的形象英姿飒爽,风格多变,粉丝众多。粉丝都知道她有个美女富婆朋友,两人经常一起去度假。大家一直以为这个朋友是素人,禁止去扒素人信息,殊不知这人就是沈千橙。

沈千橙叫乐欣来本想两个人一起聊聊开心一下,没想到这人比她还丧,喝一杯茶的时间叹了三口气。她没好气道:"我传绯闻都没烦,你跟我吃下午茶就不乐意了,不是刚从寺庙里回来?看来佛祖不想收你。"

乐欣搅拌着咖啡道:"就是因为去寺庙。"

沈千橙调侃:"怎么,想出家了?"

乐欣撩了一下头发,声音空灵缥缈,一本正经道:"我上个月不是在国外和一个国人约会嘛。"

沈千橙知道这件事:"我后来忘了问你,怎么样?"

"人是不错,不过……"乐欣越说越丧,"我上周回国去寺庙住了一段时间,见到了一个和尚。"她母亲礼佛,与寺庙的主持是好友,她经常被母亲押着去寺庙里小住,美其名曰修身养性。

"这个和尚就是我在国外约会的那个男人!"

"噗!"沈千橙没忍住,忙咽下甜点震惊道,"他没剃光头吗?不吃斋吗?你们不是去吃了烛光晚餐?"

乐欣白了她一眼:"俗家弟子,俗家弟子知不知道?有头发的,不是光头,也不是只吃素!"

"哦。"

乐欣眨眼:"实话实说,我们约了今晚见。"

沈千橙道:"我还以为你要去做尼姑,和他来个'CP'搭配呢。"

乐欣摆摆手:"哪比得上你啊,和老公上热搜,还和小奶狗传绯闻,比不过。"她八卦道,"秦则崇这人也怪,把你的绯闻撤得一干二净,你和他的热搜挂在第一他管都不管。昨晚是不是去抓你的?"

115

沈千橙想了想:"很可能。他这个人别的不说,占有欲蛮强的,有时候还会发疯。"

乐欣吃惊道:"啊,怎么发疯?看起来挺正常啊。"

沈千橙神秘兮兮地把上次他发疯那回告诉她。

乐欣无语,这是发疯吗?这是吃醋吧。

"所以,他不撤热搜肯定是因为那张图是我在私下勾引他,故意不撤的。"

"我只能说你的逻辑学满分,秦则崇就算是恋爱脑碰上你也得瞎。"

这已经不是沈千橙第一次听恋爱脑这词与秦则崇搭上了:"我那个小助理说他恋爱脑。"

乐欣说:"说不定还真是隐藏款恋爱脑。"

沈千橙脱口而出:"他要是恋爱脑,我就是……"

"你是什么?"

"没想到合适的词,反正不可能。"

正聊着,服务生敲门道:"沈小姐,乐小姐,外面好像来了一些粉丝和偷拍的人……"

"拍我还是拍她?"乐欣问。

"呃……可能两个都有?"服务生不太明白,这是重点吗!

乐欣说:"车在外面,没法坐了,这家店有后门,就是出去后得走很长一段环湖小路才到路边。"

沈千橙不想动:"干脆在这里吃晚饭吧,我不要走路吹风。"

半天后,乐欣发了一条信息,打了一通电话。信息是给自己的弟弟乐迪,只有简单的两个字:"接我。"附送位置信息。电话是打给秦则崇的,一接通直接开口:"秦总,快来救你老婆。"

彼时秦则崇正在办公室里听下属的汇报工作,乐欣的嗓音不小,落在办公室里格外清晰,汇报的下属都停顿了,悄悄瞄了一眼办公桌后的男人。

秦则崇蹙眉压低音量:"报警了吗?"

乐欣答:"观湖咖啡厅,超级多的狗仔把你貌美如花的老婆围堵了耶。"

下属正想继续汇报,发现上司已经起身,经过他身旁时丢了一句:"不用汇报了。"

秦则崇抬手看表,四点半。太太翘班了,还被狗仔抓到了。

乐迪接到姐姐的消息,直接鸽了自己的狐朋狗友们往咖啡厅去。他从正门绕了一下,嚯了一声,车窗按下一些还能听见外面的声音。

"沈千橙真在这儿？"

"我有线人亲眼看到的，待了差不多有两小时吧。"

"你说是秦总还是李衡，还是别的男人？"

乐迪合上窗，给姐姐打电话："人真多，你和千橙姐是不是带男人进去了？"

"小迪啊，你姐我藏了一百〇八个男人玩叠罗汉。"乐欣一秒冷漠，"你看这店装得下吗？就你废话多，赶紧来后门。"

因为绕路，乐迪便迟了一分钟，待他从环湖路过去时，发现后门被一辆陌生的豪车占了。他不禁狐疑地想，姐姐她们真藏男人了？乐迪只能停在另一边，他对车情有独钟，一边给姐姐发消息，一边走近那辆车左瞄右瞄。真好，可惜不是自己的，京市里还有人开得起这车？

车窗降下，一张熟悉的俊美面容出现在他面前。

乐迪瞪大眼睛："二、二哥？"

原来是二哥的车，那没问题了。

秦则崇嗯了一声，随口问："接你姐？"

见到他的震惊太大，乐迪反应迟钝地点了一下头："是啊，二哥你在这儿做啥？"

等等，我姐和千橙姐在一起——他一瞬间智商回归，大脑却又当机在男人的下一句话里。

"等你嫂子。"

乐迪脱口而出："我哪个嫂子？"

乐迪话说出口就觉得自己完了。司机很想去看后面男人的表情——不是来接太太的吗？难道接的是别人？

秦则崇的神情反而玩味起来："你觉得是哪个嫂子？"

有那么一秒，乐迪觉得沈千橙与二嫂是同一人，但是因为这话又迅速打消。他十分纠结，平心而论，沈千橙与他关系好，他怎么可能会把她当成……乐迪总觉得自己任重而道远。他长叹一口气，心情沉重地给姐姐发消息说到了："让千橙姐和我们一起吧！"别坐渣男的车！

过了一会儿，两道窈窕的身影出现在花廊上。

乐欣小声说："你老公来得还挺快。"

沈千橙没觉得，拎着盒甜品道："和乐迪差不多吧，正常速度。"

"真没有浪漫细胞。"乐欣搭上她的肩，"过两天再给你分享我的约会细节。"

说起这个沈千橙可就来兴趣了："别过两天，就今晚吧，今晚约会当然今晚说。"

乐欣点了一下她的脑袋:"今晚姐妹没空,况且,指不定你今晚比我还忙。"

乐迪招手:"千橙姐,我送你回去吧!"

乐欣叫秦则崇来就是让他接沈千橙,这小子凑什么热闹?她掰下他的手:"你送什么送,送我。"

乐迪还在挣扎:"千橙姐坐二哥的车多不合适,姐,你怎么这样,二哥都结婚了……"

乐欣越听越怪:"结婚怎么了?"

沈千橙已经上了车,听乐迪胡言乱语,跪在后座上从秦则崇身上探过身子,趴在车窗上。

"结婚怎么了?姐你居然说得出这种话!你怎么能眼睁睁看着千橙姐跳火坑!你俩是真闺蜜吗?"

"你出门是不是脑袋被门夹了?"乐欣伸手去揪他的耳朵。

沈千橙扭头看身侧的男人:"他说你是火坑,你做什么了?"

秦则崇笑了一声,靠在椅背上闲闲开口:"你觉得呢?"好似真想听她怎么回答。

沈千橙还真像模像样地观察起他来。这个姿势太别扭,她胳膊被车窗框硌得难受,又不想错过乐迪挨打,便催促秦则崇:"你去坐那边。"

秦则崇没动,"不去。"

沈千橙瞋视,男人不为所动。于是她就直接在他腿上坐了下来,对窗外的姐弟俩说话:"别打了,孩子要被打傻了。"

乐迪一扭头,瞪大眼睛道:"千橙姐,二哥……你们到底什么时候勾搭上的,都不避讳了?"

沈千橙一愣,身为主持人的职业素养让她顿时将所有线索连在一起,明白了他这话的源头是什么。难怪乐迪之前经常和她说已婚男不是好东西——原来是在暗示秦则崇?

沈千橙没忍住笑,忽然靠在秦则崇胸膛上道:"避讳什么,迪迪,你还小。"

乐迪瞬间感觉他不光是塌房,连世界都一起塌了。

秦则崇捉回沈千橙伸出去的手,吩咐司机:"走了。"

一直到车尾灯消失在路口乐迪还在发蒙:"姐,你就没劝劝千橙姐?插足别人的婚姻是不道德的。"

乐欣问:"插足谁?"

乐迪道:"二嫂,虽然人家是外地的,你们也不能这么对她吧。"

乐欣想了想:"我没和你说过你千橙姐是你二嫂吗?"

"我从没见过的二、二嫂是她?所以千橙姐和二哥是夫妻,二哥和千橙姐结婚了?千橙姐是已婚?"他咆哮,"你什么时候说过!你从没说过!"

乐欣哦了一声:"我以为我说过了,问题不大,现在知道也不迟。"

乐迪崩溃地想,他现在回娘胎里还来得及吗?

乐欣说:"你又没问我。"

乐迪下辈子也不想再见到二哥了,二哥明明知道自己误会,刚才还故意逗他!上回他亲哥乐聿风和陈澄哥打赌还让他做证人,刚刚千橙姐还装——毁灭吧,他很难在这个地球上活下去了。

乐欣拍了他一下:"别丧,送我去见你姐夫。"

乐迪更崩溃了:"我什么时候又多了个姐夫?"

"你真没和他说过?"进入环湖路后,湖边已经起了雾,沈千橙十分好奇。

秦则崇漫不经心道:"我以为他知道。"

沈千橙说:"我也是啊。"

所以是所有人都以为乐迪知道这件事,结果谁也没告诉他。

"好惨。"沈千橙心生同情,但并不妨碍她刚才作弄他,"秦则崇,你也是故意不说的吧?"她一双狐狸似的媚眼看着他。

秦则崇轻轻哂笑。

从环湖路转回大道上时,还能看到停在咖啡厅正门前的车,沈千橙身在娱乐圈,一眼就能认出哪些是狗仔的车。

她蹙眉道:"我有什么好拍的。你来接我也很危险,我们俩的新闻还在热搜上呢,让司机来就好了。"

"这要问你和你的闺蜜。"秦则崇侧目,薄唇轻启,"一开口就是叫我来救人。"

沈千橙当然不会承认是自己的错,倒打一耙:"你听不出来是在开玩笑嘛,而且后来都说了是被狗仔围堵,还有,你为什么只撤别的新闻,不撤我们的新闻?"

秦则崇挑着眉梢直直地瞧着她,待她一通话说完才不紧不慢地回答:"撤真新闻是浪费金钱。"

听起来有点离谱,但想着他资本家的身份,沈千橙忽然就觉得正常了。刚才他放下工作来接自己时产生的感动瞬间消失殆尽,她露出公式化的笑容:"不愧是秦总,精打细算。"

秦则崇一点也没被嘲讽到，反而勾着唇角看她那双璀璨的眸子："不然怎么养得起秦太太？"

沈千橙反驳："哪里需要你养了？我又不是没钱。"

秦则崇懒洋洋地开口："我是你丈夫，给你花钱是正常的。"

傍晚，路灯已经亮起，车窗半开，忽明忽暗的光线从窗外落进来，映出他优越的轮廓。

沈千橙一听，理直气壮地伸手拍拍他的胸口："老公，你很有觉悟，别的男人都不如你。"

虽然是表达崇拜，但这次似乎很敷衍。秦则崇捏了捏眉心："你不想夸可以不夸。"

沈千橙眼眸清亮，嘴巴甜甜："哪里不想？你看，我还特地给你买了甜品，犒劳你来接我。"

秦则崇见她提起那盒榛果巧克力小蛋糕。

他一挑眉："犒劳我的？"

见沈千橙点头，秦则崇长指勾过蛋糕，不疾不徐道："既然如此，想必秦太太一口也不会吃的。"

沈千橙只好心痛地让出自己的甜品："当然。"

秦则崇缓缓拆开盒子，她眼不见为净，干脆低头打开手机，一下午没看，也不知道新闻发酵成什么样子了。

果然，自己和秦则崇的大名还挂在热搜上。

沈千橙点进去，发现里头的内容变得不一样了，不仅如此，实时里还带起了一个"心橙则灵"的话题。哦，这是她和秦则崇的暂定"CP"名。她又搜了一下自己与李衡的新闻，发现营销号发的那条消息已被删除，剩下的都是粉丝发的。

"其实吧，沈千橙这么漂亮，'CP'多几个怎么了？什么李衡、秦总，都是嗑糖工具人罢了，以后还有更多的工具人。"

耳边忽然有人念出这话，沈千橙差点儿没拿稳手机，一扭头，看到秦则崇的脸近在咫尺，连呼吸声都清晰可闻。

"你怎么能偷看我手机？"

秦则崇抬眸，重新将刚才那句话念了出来，语气如背诵课文般缓慢而正经，令她有种奇异的羞耻感。

"现在没看了。"他说。

沈千橙叉过一块小蛋糕堵住他的嘴："嘴巴这么闲。"

看着秦则崇咽下蛋糕，沈千橙发现他的唇边沾了一点奶油，有点可爱。

她提醒道："你嘴唇上有奶油。"

闻言，男人抬手。

"不是，另一边。不是这里，是——"

"帮我。"

沈千橙的话被他打断，吃了她的蛋糕还要她帮忙，顿时不乐意道："不要，你自己动手。"

"知道了。"秦则崇的语气波澜不惊，"毕竟我只是你众多'CP'里的一个工具人罢了。"

秦太太很想把这句话从他的脑袋里删除。半晌，沈千橙抬手，秦则崇叉了一块蛋糕送到她唇边："张嘴。"

她就着他的手咬住蛋糕，眼神询问：你不吃了？

秦则崇又喂了她一口，拖腔带调地答："工具人怎么敢多吃。"

真是够了。

蛋糕不大，除去开头两口是秦则崇吃的，剩余都进了沈千橙的肚子。她本就和乐欣吃了不少，所以到家吃饭时一点也不饿，单看着他吃，她给乐欣发消息。

收到沈千橙的消息时，乐欣刚到约会地点。乐迪正在马路另一边盯着这头，他倒要看看这男人是个什么东西，也配做他"姐夫"。

乐欣约人的地点是一家主题酒店。乐迪自觉不是姐控，看到那酒店名也眼前一黑，颇有种自家白菜被猪拱了的感觉。

乐欣回复："即将开始，勿扰。"

沈千橙："好的。"

沈千橙没再打扰好姐妹，而是抬头望向对面用餐一举一动都无比斯文优雅的贵公子。

秦则崇放下筷子，又用纸巾擦了擦嘴，问："上楼吗？"

沈千橙一顿。

秦则崇在她身边停下，笑着说："多谢秦太太陪我用完这顿晚餐。"

沈千橙腹诽，才没有陪你。她跟在秦则崇的后面一起上楼。今晚秦则崇在这边洗漱。

男人没穿浴袍，宽肩窄腰搭配流畅的肌肉线条，十分赏心悦目。

头顶开着昏黄的阅读灯，沈千橙思绪朦胧，眼前仿佛蒙着一层雾，只有男人的轮廓。她戳了戳他，声调软绵："秦则崇，以前是怎么过的？"

男人俯身看着她，眼底映出她的影子与情绪。

她恍惚听见一句"现在有你……"却又不甚清晰。

次日，沈千橙在闹铃声中醒来，翻身看到秦则崇沉睡的眉眼，不知为何突然想起昨晚未听清的那句话。

"早。"沈千橙正出神，男人出声道。

沈千橙吓了一跳："早。"

四目相对，她小声问："你昨晚最后是不是说了什么？"

秦则崇起身，漫不经心地问："说了什么？"

沈千橙也跟着坐起来，追问道："你还问我，什么人呀？"

床边的男人转身看她，突然想起了什么："今晚回家里吃饭，傍晚我去接你。"

沈千橙哦了一声。

今天是愚人节，她刚到电视台就有同事开口："沈老师，你升职啦。"

沈千橙说："谢谢，你也是哦。"

两个人一个都没升。

办公室里，小茶捧着手机问："沈老师，今晚你和秦总有约吗？这边新开了一家店，有愚人节活动呢。"

沈千橙叹气："今天不巧。"

小茶笑眯眯道："真好，我的'CP'天天都在一起。"

中午时分，沈千橙终于收到了乐欣的消息："我又活了！"

沈千橙咂巴一下嘴，吃瓜的心顿时就起来了："怎么说？请你完整复述，务必一字不落。"

乐欣："我现在在寺里，说这个合适吗？"

沈千橙："你去那儿干什么？"

"还不是我妈，天一亮就打电话催我过来，正好让他送，现在三个人一起在礼佛，他在诵经。"乐欣回复，"话说回来，他诵经的时候好正经。"

乐欣拍了张图片过来。

显然是抓拍的，而且被拍对象也发现了她在拍他。

照片里，男人穿着僧袍，眉目清秀，手里拿着一卷经书，抬眸看向镜头，有警告乐欣不要开小差的意味。

沈千橙忍笑："姐妹，好好拜佛，洗涤一下你的色心吧。"

对面没回复。

沈千橙猜测，怕是被盯着，不敢玩手机了吧。

早在上午，秦则崇便回复了老宅那边，晚上会和沈千橙一起回去，秦母早早就安排准备菜品。

虽与沈千橙见面次数不多，她却很喜欢这姑娘，难得一起吃饭，自然照顾儿媳的胃口。

"夫人，刚才那边派人过来说，要晚上去那边吃。"用人从外面进来，为难地开口。

秦母说："就说这边已经准备好了。"

用人点头。

过了会儿，用人又回来："老爷子说，说那他来这边吃。"

秦母听笑了："行啊，来呗，别的人就不用来了。"

她一个小辈，还能拦住公公不一起吃饭吗。

傍晚，展明月被叫回秦家，见老爷子坐在那里喝茶，抬手去捶肩。

"你这身体，还帮什么哟。"秦老爷子阻止她，"快去换件衣服，待会去那边吃饭。"

展明月收回手，露出笑容："听秦爷爷的。"

一想到待会儿能看到秦则崇，她上楼的脚步都不由得轻快起来。

秦母收到沈千橙的消息，心情不错，只是止在用人来汇报，说和老爷子一起来的还有展明月。

她顿时头疼，都不住在一起，就不能做到互不打扰吗，人不能有一点眼力见吗？

秦母走出门外，看着院子里远远走来的人："去扶老爷子，送展小姐回去。"

家里的用人们自然同仇敌忾，一个去搀扶秦老爷子，一个是扶展明月，把两人分开。

展明月开口："秦爷爷……"

秦老爷子皱眉："做什么做什么！"

秦母说："今天是家宴，外人来做什么。"

秦老爷子说："明月早就等于是我们家的人了。"

秦母扯笑："她是您小家里的人，不是我家里，您过来，我欢迎，旁人就算了。"

秦老爷子指着她："我是你长辈！"

"长辈要有长辈的样子，公公。"秦母咬牙，"我容忍您，就因为您是我长辈，她又不是。"

123

秦老爷子拐杖打到用人身上："明月，过来。"

展明月连忙小跑过去，小声道："秦爷爷，要不……我还是不去了吧……"

秦老爷子拐杖敲在地上，开口："这秦家你哪儿不能去？我说了算，我说你可以你就可以！"

秦母冷眼吩咐用人："只准老爷子进来，不然你们就领工资回家。"

秦老爷子呵斥："上回则崇打明昂的事，我还没好好教训他，兄友弟恭，这么冲动，怎么能管好外面，我早说他娶的那个媳妇不行！"

闻言，秦母说："阿崇怎么没打死他呢。"

这句话把秦老爷子气得吹胡子瞪眼。

展明月也柔声开口："秦姨，我弟弟的事情是则崇哥误会了，您这样说……"

"有你说话的地方吗？"秦母只说一句，转向老爷子，"阿崇该给您初恋的孙子让位，我儿媳也该给展小姐让位，您才满意是吧？"

傍晚五点，沈千橙准时下班。

怕电视台外面也有狗仔蹲守，她装模作样半天，才上了秦则崇的车，他今天又换了一辆陌生的车。

"你停在这边的时候，有发现偷拍的吗？我下次还是自己开车，火了就是麻烦。"她皱着脸，"快走，早点去早点吃。"

秦则崇瞥她眼："没有。"

沈千橙有点小失望："这才过去一天，昨天那么多人，今天就没人拍我了。"

话音刚落，她听见身旁的男人音色清洌："刚才你上车的时候，后边有人在用手机拍。"

沈千橙大惊失色："那你还说没有！"

秦则崇逗她："刚想起来。"

沈千橙问："没看到你吧？"

秦则崇正要继续逗弄，手机铃声响起，电话那头的内容令他原本温和的表情陡然生冷。

沈千橙坐在旁边，也不知道是不是对面的人太激动，还是嗓门太大，她听见了一句"夫人在医院"。

往后的内容便听不见了。

夫人……应该是她婆婆吧？

沈千橙不知道发生了什么，侧目，秦则崇已经挂了电话，吩咐司机去医院。

"出事了吗？"她问。

"嗯，妈在医院，被气的。"秦则崇折着眉，肃冷着张脸，"具体情况等会儿过去再问。"

沈千橙没再说话。

她以前和秦则崇刚领证的时候，还在宁城，知道他是父亲早逝，和母亲奶奶一起生活长大，后来奶奶也去世。

沈千橙有过担忧，他会不会是妈宝男，又或者，他的妈妈会不会掌控欲很强？

后来见了人才发现，婆婆很开明，不管他们。就连他去世的奶奶，也是一个极其强大的女人。

秦则崇说是被气的……能气到她的，大约就是老宅那边的几个人了。

沈千橙的脸又皱起来，真是烦人。

到医院时，文秘书已经等在外面，他到了有几分钟，心惊胆战，一边提着东西一边描述："老爷子来参加夫人这边的家宴，还带上了展小姐，夫人不允许展小姐进，和老爷子发生了争吵，便被气到医院来了……"

沈千橙被秦则崇拉着往里走，直到进电梯，都没听见秦则崇说话，连一句"嗯"都没有。

婆婆因为展明月和老爷子争吵，其中不说本身厌恶，自然也有沈千橙是她儿媳的缘故。

沈千橙开口问："展明月自己不走？"

文秘书无奈小声："您还不懂吗，说走又不走，老爷子又犟着，非要她一起。"

沈千橙嗤笑一声："我觉得，还是太惯着了。别人家里是家有一老如有一宝，你家是家有一宝，如有一贼。"

拿他们沈家来说，沈家老宅管事的是沈老太太的儿媳，但大方向上是老太太决断。沈家几个儿媳都不大聪明，唯一的长媳又爱礼佛，老太太才是定海神针。

沈千橙的哥哥沈经年只需管好沈氏与小家，从不用担心老宅那边的问题，从不用烦心家里会给他闹出什么事儿来。

文秘书心底非常同意秦太太说的话，可他作为总秘，自然不能说boss的家人。

说话间，已经到了目的楼层。

秦则崇往里走，又停住脚步，目光向文秘书看去："你不用过来，去买点吃的。"

文秘书："好的。"

因为是私人医院，所以从电梯厅转过走廊，这一层都很安静，沈千橙看到了外面坐着的展明月。

听到动静,展明月抬头,站了起来:"则崇哥……"

秦则崇仿若没看见她。

沈千橙好整以暇看着,可惜,没看几秒,就被秦则崇拉着进了病房里。

展明月目光落在两个人牵着的手上,咬了下嘴唇,上前要跟着进去,门却在她面前合上。

她差点儿被门撞到,下意识后退一步。

展明月没想到自己被关在了门外。

病房里只开了一盏灯,不是很亮。

秦母躺在床上,闭着眼,表情不太好看,正在打点滴,旁边是顾妈在陪着。

顾妈是秦母娘家那边的用人,秦母年轻的时候,她就被请来照顾秦母,后来秦母嫁到秦家,她也跟到这边来工作。

她也算是在秦家这里养老了,也不需要她做什么活,只是陪着秦母,不至于寂寞。

秦则崇轻声:"顾妈。"

顾妈抬头,唉了声:"你妈妈早醒了。"

秦母睁开眼也不说话,之前气得她头疼。

顾妈作为后面才去现场的,也只知道后半截:"我到的时候,蓉蓉已经和老头……爷子吵起来了,老爷子说了句重话,蓉蓉气得不行,头疼发作。"

她差点儿当着秦则崇的面称呼错。

蓉蓉是秦母的小名。

沈千橙却莞尔。

她不信秦则崇没听见,他估计也不在意。

秦则崇给母亲掖了下被角,示意顾妈去外面说。

顾妈给秦母摆摆手,关上门后,才冷冷开口:"老爷子说,蓉蓉是克星,克死了你父亲。"

秦则崇听笑了,眼神却是冷的。

"荒谬。"他吐出两个字。

沈千橙都表情一顿,这是什么话,什么年代了还封建迷信。

顾妈当然站秦母这边:"老爷子是长辈,蓉蓉再怎么也不可能动手……"

"我拦了秦爷爷……"身后突然响起柔弱的声音。

沈千橙转过身:"哦,你拦了,没拦住。"

126

那不等于放屁。

展明月压根儿不看她:"则崇哥,秦爷爷是气上头了才说这话的,不是故意的。"

秦则崇目光从未分给过她,现在却居高临下看她:"展小姐,秦家的事,需要你来解释吗?"

他语气平静,仿佛在和陌生人说话。

展明月不可置信:"我、我……"

半天也没能说出话来,她的眼眶红了。

秦则崇已收回目光,顾妈白了眼:"争执的源头便是展小姐,要是展小姐有自知之明,就不会发生今天的事。"

展明月没想到一个顾妈都敢这么说自己。

沈千橙嗯了声:"现在是我们的家庭问题,展小姐可以离开我们的视线吗?"

等文秘书从转角过来,差点儿迎面撞上一道身影,迅速让开:"还好粥没洒。"

然后才注意到,刚才跑过去的是展明月。

"我只是觉得可笑。"秦母没胃口,拒绝喝粥,按着太阳穴,"哪家有这种头脑发昏向着外人的长辈?"

秦则崇去和医生交谈了,沈千橙在病房里哄着她:"喝点吧,就一咪咪。"

她最后"一点"用了宁城方言,软糯温柔,还带着点俏皮的可爱。

秦母也没忍住笑:"本来还想着今晚给千橙做点好吃的呢,现在也没吃上。"

沈千橙说:"那您快点好起来,给我补偿回来,一顿得补成两顿三顿才可以。"

她将粥送到秦母嘴里,柔声说:"别的话,不用放心上的。"

秦母说:"要是他奶奶还在就好了,千橙你放心,我是不可能接受展明月的。"

秦老爷子怼不过她。

沈千橙说:"我哪儿能不知道呀。"

所以她才放心接受秦家。大约秦老太太生前就像她奶奶沈老太太,睿智聪颖,在一大家子里如定海神针一般。

秦则崇回来时,粥已喝了小半,他停在病房门外,看沈千橙和秦母一问一答,眉眼温柔,偶尔娇笑。

秦母率先看见儿子,说:"你去吃点东西吧,我睡会儿。"

沈千橙点头,扭头看见秦则崇,她关上门,问:"怎么样,没什么大碍吧?"

"嗯,休息就可以了。"秦则崇言简意赅,将病历给文秘书,"吃点儿东西。"

沈千橙来之前叫着要早点儿去秦家吃东西,刚想说不饿,但是看到文秘书带的食物，又饿了。

私人医院不像公立医院，护士医生都知道秦则崇的身份，也看见他身旁的女人，私底下交流。

"戴着口罩的也不知道是谁。"

"刚才展明月在外面坐了好久，走的时候好像哭了。"

"豪门关系真乱。"

"可是现在这个女生，我刚刚都听见秦总秘书称呼太太了……我的天！"

"秦总真结婚了？"

沈千橙虽是主持人，但没有多少年轻人能起得来看六点档的节目。再加上现在穿的是私服，平时直播早间新闻穿西装，很难会被认出来。

所以，护士们只知道秦太太年轻貌美，身材很好，眉眼动人，却不知具体。

沈千橙一边吃一边打算和乐欣吐槽秦老爷子的奇葩行为，听见对面清冽的嗓音："待会儿送你回去。"

她下意识回："我回去干吗？"

秦则崇凝着她："你明天不用上班了？"

"哦……"沈千橙第一次觉得六点档新闻直播真不是个好差事，"那你呢，今晚留在这？"

"嗯。"秦则崇声音有些沉。

沈千橙想了想，没再问，秦老爷子那边，她估摸着，他应该会处理好吧。

至于展明月，她压根儿没管她跑哪儿去了。

沈千橙不关心，却有人关心。

展明月是当红明星，一举一动都引人注目，她到秦家老宅后，狗仔自然无法拍摄。

但是收到消息说，展明月独自一人在医院，狗仔顿时察觉，应该是有大新闻，秦家叫救护车了。

"展明月和秦家关系就不一般。"

"说不定早就结婚了，为了事业才说自己是单身的。"

"秦夫人住院，她过来，这不是准儿媳吗？"

狗仔们大多认识，聚在一起互相交流。

文秘书走在最前面，一出门便察觉不对劲，后退一步猛地关上门："外面有媒体！"

"你确定？"沈千橙问，"他们怎么知道来这里？今天开的车都是之前没出现过的。"

文秘书："太太，我以我的工资保证。"

打工人的工资多重要，沈千橙顿时坚信，揪住秦则崇的衣角："不能走这里，要不然走后门？不然明天早上再走。"

真是天真的秦太太，秦则崇哂笑："你确定等明天早上？到时你直接走不了。"

那可不行，她明天的早间直播是固定的，不能迟到，否则电视台就变成笑话了。

沈千橙正琢磨着怎么蒙混过去，身旁男人已动作迅速地脱下西装，兜头蒙住她。

她眼前一黑，手拨弄了半天才露出小半张脸："这样挡着可行吗？"

"你别这样就行。"秦则崇慢条斯理地合上那缝隙。

沈千橙嗅到的全是他的味道，声音从西装外套里传出，有些瓮瓮的："那我看不见路了，除非你当我的导盲狗……"她及时改口，"不是，是导盲杖，拉着我走。"

文秘书心想，把"导盲狗"的"导盲"二字去掉才是太太的心里话吧？

秦则崇直接无视这一句，微微弯腰，将她打横抱了起来："那样太慢，这样更快。"

沈千橙视线全黑，却觉得天旋地转，西装外套从她的脑袋上滑落，露出一双漂亮眼睛。

只有他能看得见。

她的眼睛里也只有他。

沈千橙毫无察觉这浪漫的氛围，咕哝道："你可得抱好了。"

秦则崇低头，垂眼望她："怕就搂住我。"

瞧这夫妻俩氛围甜蜜，文秘书斟酌时机，小声询问："现在要开门吗？"

蹲守的媒体已经做好了等待一夜的准备，却没想到，才过七点，就看到了秦总的秘书。

"秦总什么时候过来的？没看到他的车啊。"

"难道和展明月一起过来的？"

一瞬间，门又关上，众人失望。

没想到，一分钟后，那门又开了。

文秘书身后仅着衬衣的高大男人出现在他们的镜头里，深邃的五官在夜色下格外冷肃。

最重要的是，他的怀里抱着个女人！

对方上半身被西装外套遮住看不见，唯独曲在男人臂弯处的一双小腿露在外面，细直白皙，与高跟鞋一起在空中晃荡。

"这……什么也拍不到啊。"

狗仔们也没想到包裹得这么严密，这就算是展明月她妈复活了都不一定能认出是不是展明月吧？

但并不妨碍他们拍了无数张照片和视频。

反正能出新闻。

沈千橙上车之后便催促秦则崇回去，多待一秒就多一丝风险，而且医院那边也需要他。

狗仔们拍到大新闻，都打算离开了，见到俊美男人去而复返，瞬间停住。

"不是一起走吗？"

"只是为了送她走吧，这么点路都不想她走，真爱。"

沈千橙还在回家的路上，小茶的消息一个接一个，最后直接打电话过来："沈老师！"

"什么事这么着急？"

"您还问我，秦总和展明月都上热搜了！"

沈千橙心想，她老公什么时候和展明月同框了？

小茶说："展明月还真是见缝插针，秦总妈妈生病关她什么事啊，要去也是您去呢，而且秦总是不是真的和她这么亲密啊！"

沈千橙通着话，屏幕切到了网上。

只见现在热搜上正写着"公主抱展明月"六个字，往上，还有秦则崇妈妈住院的话题。

这几个话题全是"爆"，可见秦则崇的话题度。

沈千橙点进展明月那个话题，入目便是一段夜色下的视频，长达一分多钟。

视频里，秦则崇公主抱着女孩从医院里走出，神色淡漠，看也没看远处，走得快却优雅。

一眼看过去，十分轻松且和谐。

原来自己这么小，沈千橙明明感觉自己不矮，都有一米七呢，偏偏缩在秦则崇怀里，被他衬得娇小。

秦则崇抱着她走进了远处的黑夜之中，消失不见。

随后视频第二段，秦则崇与文秘书出现在镜头里，狗仔在一旁标注——猜测不想让她多走路。

热门评论里十分热闹。

"哇，不是明星的话，压根儿不用遮挡脸吧？"

"好有偶像剧的感觉，拜托导演们学习一点好吗？秦总穿着衬衫，都能看出身材优秀。"

"真是展明月吗？"

"之前不是传闻秦总辟谣和展明月没啥关系吗，怎么又搞到一起了？辟谣都不能信了。"

"都一起去医院看妈妈了，不是在一起谁信啊。"

"这个视频拍的好甜啊，我不喜欢展明月也想嗑。"

"好宠啊！这么短的路都要抱着走。"

"展明月好像确实很娇气。"

展明月的粉丝前段时间因为辟谣一事被嘲，现在翻身做地主，开始评论占地。

"瞎吗？"沈千橙只觉得离谱，"我老公抱的是我好吧，他们连自己的偶像都认不出来？"

小茶说："秦总太帅，蒙蔽了他们的双眼。"

沈千橙同意："也有道理。"

"没事了。"小茶一秒恢复正常，"我就说嘛，秦总不是渣男，眼睛也不瞎。"

"烦死了。"沈千橙看着这新闻就不爽，要不是展明月，她也不至于离开的时候包裹得这么严密，秦则崇的西装外套还披在她的身上呢。

沈千橙给秦则崇发消息："赶紧去澄清绯闻。"

"明月，你现在在哪儿呢？"

"我在医院。"

经纪人苏姐一愣："你不是被秦总送出医院了吗？"

展明月没听明白："送出？"

经纪人却反应过来："秦总公主抱的人不是你吗？"

展明月一头雾水，直觉不对，等看完经纪人发来的新闻后，攥着手心。

"不是你？现在新闻上都说是你。"经纪人语速很快，"咱们按兵不动，就看秦总澄不澄清了。要是没有，那对你还是怜惜的，要是澄清了，那……"

她还没说完，展明月挂了电话，给展明昂打电话："明昂，现在新闻上的事，我怎么办？"

展明昂回复:"你别动,到时候就说你不知道,不行就给秦爷爷打电话。"

收到沈千橙消息时,秦则崇正在病床边。

瞥见那一句话以及发过来的链接,他放下苹果和刀,点进微博内容里,眉心微皱。

同时,文秘书推门而入:"秦总,现在网络上……"

秦则崇已起身,对秦母说:"您先休息,我有事处理。"

秦母说:"去吧去吧。"

出了病房,文秘书声音稍稍大了一些:"现在您和太太的视频全网都是,他们认错成展明月了。"

秦则崇拧眉:"瞎吗?"

"是的,他们都是瞎子。"文秘书一本正经地附和。

即便沈千橙当时没有露脸,但无论是身材还是气质,展明月哪里比得上他们太太啊?

"这些已经在撤了,误会需要澄清。不过因为还要保护太太的隐私,公关部那边给了几个方案……"

走廊尽头,灯光照不到窗外。

男人站在窗边,只穿着件单薄的衬衣,音色如夜色一般低凉:"用最直接的。"

文秘书一肚子话都被堵回去,重新开口:"最简单的,直接说不是展明月。"

秦则崇颔首,瞥他不动,薄唇一掀:"还不去做,在这里等着我给你发奖金?"

文秘书询问:"我以为您要用自己的微博,这样最直接。"

秦则崇神色一顿。

"不用也行……"文秘书直觉不对,立刻闭上嘴,猜测莫不是秦总账号里有什么不可见的秘密。

公关部那边关于方案与文案模拟了无数个,只等boss一声令下,就选择一个发布出去。

秦总会选哪个,他们都不知道。

直到文秘书带来最新的消息:"方案选最直接的。"

部门经理问:"文案呢?"

"澄清两条新闻,第一条是澄清展明月探望夫人,选你们最直接的文案;第二条澄清公主抱那个……我发给你们。"

132

文秘书发过去。

部门经理低头，看清内容后喔了一声，震惊："这样的澄清文案，秦总这是……一点情面也不留了？"

文秘书微微一笑："这话说的，秦总什么时候留过，对方是什么身份，配吗？"

第七章

　　七点多的时间,热搜上的"爆"还没褪去,大家刷新榜单,发现又多了一个新话题,而且是空降。

　　点进去后,热门微博两条全是秦氏官博发的。

　　"夫人住院为真,探望人只有秦总与秦太太,无其他无关人员(特指展姓明星)"

　　吃瓜群众喜闻乐见。

　　"这个括号里的内容就很灵性了,哈哈哈哈哈虽然有点损,但是这种辟谣就很好。"

　　"和点名没啥区别了。"

　　"好直接,我喜欢。"

　　"呜呜呜,秦总每次的辟谣都能深入我心!"

　　"你们关注的重点呢!重点是秦总和老婆去探望,他有老婆了!"

　　大家正激动着,发现秦氏集团的官博又发了一条新微博。

　　"秦太太倾国倾城,比明星更璀璨,承蒙关心,祝各位前程似锦,好事成双,心想事成。"

　　评论区瞬间火花四射。

　　"没想到公开结婚是这样的。"

　　"我心目中的贵公子居然英年早婚啊!"

　　"哈哈哈哈哈两条微博连着看,好有喜感。"

　　"无关人员指展姓明星,秦太太比明星璀璨。"

　　"省流总结:抱的不是展明月,比展明月好看。"

"希望以后各位澄清都有这个速度,有这个直接好吗!"

"官博是哪个在管理啊,祝福咱们的四字语都是好事。"

"总觉得每句话都不是白写的,但看上去又好像是正正经经的祝福唉。"

"回看视频,秦总好宠老婆,上车那么点路都要抱着老婆走,贵公子和娇气花,好嗑好嗑。"

"真倾国倾城的话,嗯,忽然理解了秦总独守空房一年还没离婚的传闻,我也愿意啊。"

"只有我一个人想知道能让秦总心甘情愿寂寞一年的老婆到底长什么倾城样吗?"

"你不是一个人,我也是。"

"现在是又辟谣了,又夸了老婆,秦总太帅了。"

"秦总是不是住在网上,每次辟谣飞快。"

"那么问题来了,上次和沈千橙的新闻为什么不辟?"

杨蕊楚偷偷摸摸上网,用小号转发:"展明月能不能不要每次都蹭秦总啊!人家名草有主!"

助理叹气:"蕊楚姐,你也不怕得罪展明月。"

杨蕊楚说:"不怕,我有沈老师,沈老师背后有人。"

想到这里,她突然停住动作。

沈千橙背后的人不就是秦总吗,秦总都结婚了,这是不是不太合适啊⋯⋯

杨蕊楚思来想去,又觉得好像秦总也没有和沈千橙怎么样,也许只是沈千橙的粉丝而已。

毕竟结婚也不能剥夺秦总追星的权利。

杨蕊楚想开之后,又开始冲锋陷阵,并且给沈千橙发消息,一条接一条。

因为第二天要上班,沈千橙睡得很早。

次日一觉醒来,手机里全是小茶和杨蕊楚发来的消息。

杨蕊楚不知秦太太是她,只是幸灾乐祸:"沈老师,展明月翻车了哈哈哈哈哈!"

"秦太太知道秦总追星,而且追的是你吗?"

"秦太太真的倾国倾城吗?"

"沈老师,秦总虽优秀的,但您一定要把持住。"

看到这句话,沈千橙哼了声,她当然把持得住,秦则崇对她把持不住还差不多。

135

连乐欣都打来电话："可以啊，千橙，你老公嘴还挺甜的。"

即使是过了夜的新闻，但热度丝毫未减，只不过这回"公主抱""展明月"变成了"公主抱""秦太太"。

这样就顺眼多了。

沈千橙揉了揉眼，打了个呵欠："动作还蛮快，公司文案写得不错，工资没白发。"

乐欣说："说不定是秦总自己想的呢。"

沈千橙想了想："怎么可能，他要是自己想的，能不自己发微博吗，后面几个四字祝福语是他想的还差不多。"

她目光定在微博的发布时间上。

沈千橙昨晚给秦则崇发消息时，是七点半，而澄清微博发布时间是在七点三十五。

五分钟时间，他便处理好了一切。

乐欣说："秦则崇有微博吗，我怎么不知道？管他谁想的，目的达成就行，展明月现在不知道在哪儿哭呢。"

沈千橙也不知道，她从来没问过秦则崇有没有微博，默认是有的，毕竟他可是娱乐圈的大佬。

乐欣问："不过你老公打算怎么处理其他的事，我听说，是他爷爷气得他妈进医院。"

沈千橙一边下楼，一边回答："以我对他的了解，他从没将展明月他们放眼里，应该先会管他爷爷，他爷爷……诶，老老头脑子瓦特啦。"

老公不在家，又是和姐妹聊天，她说话无所顾忌，吐槽秦老爷子脑子坏掉了。

话音刚落，楼梯口传来脚步声。

身形颀长的男人出现在台阶之下，与她间隔仅仅三层台阶，他的大长腿，只一步之遥。

乐欣的笑声从手机里传出来："我好喜欢你骂人嘞，可可爱爱，不要被秦则崇听见就行，毕竟是他长辈。"

好像已经听见了。

沈千橙心念一转，反应过来，反驳乐欣："我哪有骂人，我从不骂人的，我是个温柔的新闻主播。"

还好自己刚刚那句说的是宁城话，一般人应该听不懂。

沈千橙挂断电话，跳下两层台阶到男人面前，正色脸："我只是……"

"嗯,没骂人。"

秦则崇抬手稳住她的身体,垂眼看她安睡一夜后的肤色白里透红,没克制住,捏了捏她脸颊。

"你只是实话实说,说我爷爷脑子坏掉了。"

秦则崇的动作并没用力,沈千橙被捏得微微嘴巴撅起一点,若是平常,她会挥开他的手,现在,惊讶让她分神。

"你怎么知道?"沈千橙说话不是很清楚,眼睛睁大,"你能听懂宁城话吗?"

他居然懂!那她以后岂不是不能骂人了?

不过,他为什么能听懂?外人都说宁城方言难。

秦则崇松开手,云淡风轻地回答她:"这句话并不是很难理解,字面意义上听懂,有什么问题吗?"

沈千橙狐疑:"是吗?"

好像刚才那句话确实不太难理解。

但是,秦则崇没生气,那就没问题。

"我是看不惯你爷爷才说的。"沈千橙搂住他,一跳,像树袋熊一样挂在男人身上。

秦则崇一手按在她背后,一手托住她的臀,声线漫不经心里带着嘲弄:"我爷爷确实糊涂了。"

沈千橙诶了声,想起来重点:"你现在这么早回来干什么,怎么不在医院休息?"

秦则崇往楼上走:"今天有工作。"

他说话时,带起胸腔震动,沈千橙感觉得最清楚,骨传声显得更为磁沉低音。

她反应过来:"我要下楼!"

秦则崇侧目,与她对视:"没看出来。"

她都下到最后一层台阶了,还看不出来?

家里的楼梯不陡,但沈千橙被秦则崇抱着,这种角度看楼梯着实有些吓人。

她在他耳边呼来唤去:"秦则崇你稳住啊!摔下去咱俩就没了!我可不要这么个死法。"

谁知,这句话过后,秦则崇停下了。

沈千橙以为要落地了,没想到他的大手托着自己的臀颠了两下,颇为悠闲。

"……"

救命,这男人变幼稚了。

不远处的阿姨望着夫妻俩的身影，认真思考了下，估计他们一时半会不吃早餐，等会儿再摆吧。

经过秦则崇回来这么一打岔，沈千橙今天出发的时间愣是迟了十分钟，还好她今天起得早。

快到电视台大楼时，她问："现在你爷爷那边，你打算怎么办？"

秦母被老爷子气住院，他作为长辈这样做本就不合适，居然从头到尾都没出现。

沈千橙着实不喜欢这老爷子，还好不是自己的公公，平时也不用面对，不然她会控制不住骂人。

"该怎么办怎么办。"秦则崇淡哼。

沈千橙怪好奇，可是自己现在要去上班了，只能说："那你到时候带上我呀。"

秦则崇看她："带你去骂人？"

沈千橙不承认："我才不是这种人，请你不要诋毁一个有着大好前程的新闻主播，好吗？"

秦则崇无声弯唇。

电视台大楼内已经开始忙碌，只不过人还没到齐。

沈千橙直奔楼下演播室而去，巧的是，今天的新闻稿里增加了秦则崇母亲住院的新闻，但没有展明月的相关内容。

即便是有，沈千橙也会正常地播出来，她不喜欢是一回事，职业素养又是另一回事。

早间新闻结束后，沈千橙没急着上楼。

小茶早就忍不住，凑过来给她捏肩："沈老师，你就大发慈悲，告诉我点细节吧！"

沈千橙莞尔："要听什么？"

小茶说："昨天的新闻啊，秦总澄清得可以说是非常标准了，展明月以后再想蹭都不行了。"

毕竟，娱乐圈里没有几个姓展的明星，也没有和秦家有某些关联的展姓人士。

沈千橙捧着水杯，轻描淡写："澄清假消息而已。"

展明月在医院，那是因为老爷子人不在，她过来，无非是想见秦则崇，况且，秦母住院，也有她几分"功劳"。

至于文案，唔，她喜欢。

如果能直接写出来无关人员特指展明月，她会更喜欢。

不过，点名道姓对于一个官博来说显然不合适，而且也容易被人非议，反正大家都能意会就行。

小茶问："秦总这么酷，沈老师有没有给奖励？"

"奖励？"沈千橙只记得自己骂了他爷爷，"我帮他骂了罪魁祸首。"

小茶："这是奖励吗！"

沈千橙据理力争："怎么不是！"

小茶生无可恋："好吧。"

她还以为有什么不可描述的事情可以听呢。

沈千橙点了下她的额头，问："你听得懂'老老头脑子瓦特啦'这话是什么意思吗？"

小茶点头："一听就是说人脑子坏了。"

小茶都能听懂，天南海北出差的秦则崇能听懂很正常。

看来以后她还可以用宁城话吐槽秦则崇。

回到楼上，还没到上班时间，这会儿办公室里的人正在聊天。

"秦总竟然就这么公开了。"

"昨天那个公主抱真的少女心，我来回看了十几遍！秦总走路都还不忘低头看。"

"看腿就能看出来身材好了。"

"秦总应该是联姻吧，但是这有什么好挡的，除非娶的是真爱，不想暴露。"

"我之前以为秦总欣赏沈老师是男女意义上的，现在看，可能是真正的艺术欣赏。"

说话人看向沈千橙。

上次央台的事儿在内部传开后，他们都以为沈千橙可能会一飞冲天，没想到现在冒出了个秦太太。

秦太太再大方，也不可能允许别的女人插足自己的婚姻吧，难怪上次庆功宴时，两个人明明坐隔壁，却一副互不认识的状态。

同事安慰："沈老师宽心，优秀男人还有。"

沈千橙心说，当年秦则崇还是靠皮相引诱她早婚，不然她现在的追求者满世界都是。

沈千橙微微一笑，到自己的办公室前时，她停下，回身灿烂一笑："你们为什么会以为我单身？"

整个办公室都安静了下来。

139

"沈老师什么意思？她不是单身？"

"沈老师好像从没说过她是不是单身吧？"

"我去，大美人居然名花有主！"

"那秦总和沈老师就绝无可能了，是咱们思想龌龊了。"

"啊我好像之前碰见过下班有人来接沈老师，应该就是沈老师的男朋友吧。"

"见过什么样吗？"

话题瞬间转为八卦沈千橙的男朋友。

而网络上，秦太太的公主抱新闻还在，只是，网友们搜索了一晚上的相关，也没能知道秦太太是哪家的千金。

仅仅露出来的一双小腿，也足够让人浮想联翩。

"这腿型是真的完美，我喜欢的模特也就和这差不多。"

"侦探网友呢，这能查出来吗？"

"狗仔肯定不会拉身高，所以从小腿长度初步估计秦太太身高有一米七左右。"

"秦总都说比明星璀璨了，肯定是素人吧，哪家的名媛千金没跑了。"

"就不能关注视频本身吗，秦总这么点路都舍不得秦太太走，秦总他超爱的！"

"秦总他超爱！"陈澄念出这一句话，又用怪异的调子学着那最后三个字。

一盒纸巾准确无误地砸到他头上。

陈澄抓住纸巾："恼羞成怒了，恼羞成怒了，大家给我作证啊，秦则崇恼羞成怒了。"

乐聿风认真开口："今天你要是被打死了，与我无关。"

陈澄喝了口茶："不过说真的，我觉得这新闻上说得很有道理啊，这么点路都不让你老婆走。"

乐聿风随口说："所以你是单身，他都独守空房一年了，现在可不得每天亲密亲密。"

陈澄望着秦则崇那俊美的面容，着实不理解，京市这么多名媛，他怎么会突然和一个江南千金结婚，开展一段异地婚姻。

周疏行溢出一声轻笑，慢条斯理地开口："没关系，再独守空房三四年，秦总也能忍。"他意有所指，"是吧，阿崇？"

陈澄呦了声："有秘密！"

秦则崇看都不看他，起身："走了。"

陈澄说："这就走啊，我下午去医院看看阿姨。"

秦则崇从旁边拎起西装外套，睨他眼："你还是不要去了，会吵到我妈。"

周疏行叫住他，挑眉："你家里怎么办，分家？"

秦则崇眉眼沉静："今晚会结束。"

侍应生进来添茶，出去时心头还忍不住乱晃，一次能看到这几位传闻中的公子哥，也是大饱眼福。

五点下班时间，沈千橙上了秦则崇的车。

也不知道是不是因为秦则崇昨天直接公开已婚，都想拍秦太太，所以现在没人来拍她了，于是，他们就这样错过了秦太太本人。

车内男人神情淡漠，正在通话，眼睑敛住，半晌只"嗯"了一声，结束了电话。

沈千橙对司机说："走吧。"

走了一段路后，她发现，这不是回千桐华府的路，也不是去医院的路，而是去老宅的。

"现在去你家？"她问。

秦则崇偏过眼看她："不是说要带上你？"

沈千橙没想到他还真听了，心里很感动，凑近一点："我还以为要等两天，没想到现在就过去。"

秦则崇淡淡道："没什么好等的。"

沈千橙估摸着，这回秦母住院，老爷子真是惹怒他了。

她问："那不先去吃晚饭吗？"

秦则崇唇边勾着笑，眸光聚在她脸上："待会儿你会更有胃口，你觉得呢？"

被说中心事的沈千橙正色脸："我才不是这种人。"

到老宅时，夕阳正在西沉。

秦宅很大，到了步行区域，外面停着几辆车，人来人往地在搬东西。

文秘书走近："秦总，人都到了。"

沈千橙看着这些戴着安全帽的工人，搬的工具也很繁杂，甚至还来了一辆水泥搅拌车。

老宅这边房子塌了？要修缮了？还是秦则崇已经生气到打算把秦老爷子住的院子给拆了的地步？

正想着，一个安全帽被搭在了她头上。

沈千橙下意识抬头，眉眼清隽的男人站在她面前，把安全帽的绳带扣住她下巴，动作轻缓。

"干吗呀？"她回神。

"安全。"

沈千橙问："那你怎么不戴？"

安全帽对她而言有些大。

"不需要。"秦则崇望着她的巴掌脸，收紧绳带后，捏着她的下巴左右晃晃。

沈千橙严重怀疑他是不想被影响帅气。

还有，她发现秦则崇好像很喜欢捏她的脸和下巴。

沈千橙从来不戴帽子，更别提还有点重量的工地安全帽，她眼珠子转了转，声音妩媚："不行，不安全，我给你戴，文秘书，快给我一个帽子。"

一旁的文秘书眨眨眼，听话地递过来一个安全帽。

他本来以为一来就能看到大型狗血场面，现在发现，看的是大型撒狗粮场面。

一字之差，天差地别。

沈千橙招招手："低一下头。"

对视几秒后，秦则崇倒是顺从地弯腰，俯身。

难得她主动，他为什么要拒绝？

然而，放在他头上的第一样东西并不是安全帽，而是秦太太柔软无骨的手，揉着他的头发。

好舒服，沈千橙没忍住又多摸两下，像摸大狗狗。

她轻咳一声，掩饰自己的快乐："安全最重要，你要是出事了，我可不会为你守寡。"

秦则崇眸色深邃，语气却平静："这么绝情的事，秦太太没必要告诉我。"

沈千橙扑哧一声，唇角扬起弧度。

她给他套上安全帽，扣系带时，碰到秦则崇的下巴，能摸到剃过后的胡茬根，有些硬硬的。

好奇怪，明明不是舒服的触感，却一点也不排斥，还挺好玩的。

"等等，我要拍下来。"沈千橙捧住他的脸，拿手机要自拍，"不愧是我，这样都如此美丽。"

远处忽然有人惊慌叫了声。

秦则崇直起身。

沈千橙同时按下拍摄，听见那叫声，只看了成片两秒，随即发朋友圈的手速都加快了。

"包工头和他的天仙老婆。"

配图一张。

沈千橙按灭手机，急于吃瓜，却忘记给这条朋友圈设置同事分组不可见。

电视台大楼外的一条美食街里。

几位主持人与编导们正在聚餐，冷不丁一人叫出声："快看沈老师朋友圈！沈老师发她男朋友了！她男朋友……呃……"

"说啊！"

夏之桃一句话没说完，卡在了喉咙里，但是整桌的人都盯着她看，等着下一句。

她表情怪异："你们自己去看……"

早在她们说话时，韩维就点开了沈千橙的朋友圈。

照片上，沈千橙戴着一顶黄色的工地安全帽，笑容明媚，在她的脸侧，有个被拍到的虚影，同样戴安全帽。也许是因为对方个高，只拍到了下颌线。

沈千橙依旧是美的。

旁边的人是糊的。

一桌子的人都安静了。

"沈老师男朋友……是搬砖的吗？"

"这种安全帽也只有工地上才有吧，她文案都写了包工头，不是玩梗吧？"

"这个时间点，工地没下班也正常，我一个叔叔在老家，经常忙到天黑的。"

"不是，沈老师条件这么好，怎么眼光……"

"其实，我看这轮廓也不是很差，可能……长得不丑？"

沈千橙的性格在电视台也算是独一份，但大家都公认一点——沈千橙的容貌与嗓音没得说。

夏之桃不敢相信沈千橙的男朋友居然是个包工头，勉勉强强道："其实，搬砖赚钱不比咱们少嘞。"

其他人插嘴："可是我有刻板印象，这简直是鲜花插在牛粪上，咱们电视台的哪个主持人不比这好啊。"

"破灭了。"

"这和秦总比，简直是一个天一个地，再不济还有李衡啊，小奶狗呢。"

"沈老师该不会是被迷了心智吧？"

夏之桃认真想了想："或许她男朋友真的有优点，这图模糊，但是沈老师一米七，她男朋友这角度起码有一八几，而且看下颌线也不胖，指不定真是个大帅哥，咱也不能工作歧视是吧。"

"难怪沈老师天天下班比谁都及时。"韩维心碎了，他叹气，"也不知道现在这个时间点，沈老师是不是和她的包工头男友在工地里吃盒饭。"

沈千橙现在丝毫没有吃饭的心。

143

他们站在两座园林的交界处，从这里，可以通往秦老爷子所在的宅子。

刚才叫出声的用人便是之前和沈千橙有过一面之缘的小敏。

沈千橙对她还有一点印象，问："她是专门照顾展明月的？"

秦则崇漫不经心答："应该是。"

沈千橙扭头看他，工地安全帽并不轻，有一点限制了她的抬头动作。

似乎是猜到她的眼神，秦则崇悠悠说："没关注过那边，我不是什么都知道。"

沈千橙满意这个回答。

不过展明月肯定不满意这个回答。

小敏被雇来秦家已经有五年的时间，一直负责照顾展明月的生活，平常的活动范围也只在小楼这边。

最近是春天，园子里的花都开了，展明月每天都要给秦老爷子送去一瓶，但是剪花的都是她。

今天展明月一整天都在房间里，傍晚才叫她，没想到，她一出来就看到月洞门外一大群人，都是没见过的陌生人，而且来势汹汹。

秦家怎么可能有这些人！

小敏下意识就叫出声了。

工程队负责人是第一次接这个活，拒绝不了如此丰厚的报酬。来了之后有点紧张，生怕哪里不小心碰到了就得赔偿，这园子里的一棵草他说不定都赔不起。

他不敢多看秦则崇，找到文秘书："现在开始吗？待会儿天黑了会影响速度。"

文秘书见夫妻俩闹完了，上前询问。

秦则崇看着前方，神色冷漠，沉声："开始吧。"

工程队负责人连忙吩咐底下人干活，心里也不理解，这么好的园子，居然要这么粗暴地堵起来。

沈千橙站累了："端几把椅子过来，嗯，再切点水果。"

院子里有石桌椅，她不喜欢。

用人不仅搬来椅子，还搬来了小木桌，准备了瓜果与甜点。

眼见这群人开始工作，搅拌车也开始运作，小敏终于回过神来，往回跑。

"展小姐，外面有好多人！"

展明月皱眉："也许在招待宾客，别大呼小叫。"

小敏摇头："不是，他们好像要对房子做什么。"

展明月今天因为热搜上的澄清，丢了面子，一整天没出小楼，感觉全世界都在嘲讽自己，听到这话，心里有种不好的预感。

她推开窗往下看。

不远处园子的入口处，十来个工人正在那里搬砖，同时已经有人开始砌墙。

展明月看得瞠目结舌。

什么人敢对秦家的宅子动手！

她下意识不愿去想是秦则崇，目光却不由自主落到小道上的男人身上，他在和身旁的女人说话。

就连安全帽都戴的同色。

展明月心里一慌："我去找秦爷爷。"

去正厅的路上，她给展明昂打电话："则崇哥今天带了好多人来，要把那门给砌上。则崇哥这次是真的生气了。"

展明昂冷静："他要砌，也得看他爷爷同不同意。"

说是这么说，他心里不太乐观。

秦老爷子知道的时候，正在悠闲地喂鱼，从没想到有一天，他的孙子会把他的房子筑道高墙。

听展明月说完，他气得吹胡子瞪眼，鱼食碗一放，就往那边走："他敢！"

到了目的地，墙已经砌了一半。

秦老爷子蒙了。

他当年也是呼风唤雨，但从来没遇到过这样的事。

最令他嘴唇哆嗦的是，罪魁祸首竟然坐在那儿喝茶吃水果，无比悠闲。

展明月从一半的砖墙往外看，沈千橙正叉着块西瓜，扬声："再快点，天黑前弄好。"

"不肖子孙，不肖子孙啊！"秦老爷子大叫一声，"秦则崇！"

不远处灰尘起。

秦则崇站起来，迈步过去，看着一墙之隔的老人与自己有些相似的眼睛，充满对自己的愤怒。

"看不出您意见这么大。"秦则崇冷眼，"您要是想安度晚年，就省点儿心，正巧您也不想见到我们，一举两得。"

沈千橙端着水果碗过去，眨了眨眼："咦，秦爷爷，您孙子不是展先生吗？"

"沈小姐，这是秦爷爷和则崇哥的家事，你可以不要多管吗？"展明月开口，"则崇哥，伯母的事，真的是意外，不是故意的……"

沈千橙打断她："侬搭错点？"

神经搭错了吧，什么身份，来质问自己。

展明月没听懂这句话，依稀猜出是不好话，便往秦老爷子那边靠，朝秦则崇露出懵懵无辜的表情。

男人压根儿没看她。

文秘书一本正经："我们秦总和太太与长辈在说话，展小姐一个外人可以不要插嘴吗？"

展明月张了张嘴。

秦老爷子手指着："你、你是要气死我吗！"

有他在，工程队这边的人也不敢再动，生怕把人气出什么毛病来。

秦则崇直视秦老爷子，薄唇掀起嘲讽的弧度："您少说几句，能多活几年。"

"咒我死是吧？"秦老爷子脸都涨红了。

沈千橙还真就来了脾气，她最烦为老不尊的人："我说的哪里有问题，秦爷爷上赶着给别人养孙子养孙女，还记得自己有亲孙子呀，长辈不慈，还怪小辈不孝。"

她一张嘴，就停不下来。

"还封建迷信，照这么说，秦奶奶比您先走，怎么不说是被您克死的呢？"

秦老爷子被沈千橙的话气得直抖，连展明月都惊呆了，忙拍着老爷子的后背帮他顺气。

文秘书瞅了眼自家boss越来越沉的表情，赶紧小声让家庭医生过去看看。

幸亏他早就料到了。

不过，现在只能翻墙过去。

可惜，家庭医生过去后，直接被秦老爷子挥开，展明月在一旁柔声劝，当真是和谐的一幕。

沈千橙看着在心里叹了口气。

她不明白，初恋的存在这么强吗，可以仇视自己的亲人？

沈千橙想起秦则崇之前的话，或许展家姐弟只是秦老爷子对自己权力的寄托。

他年轻时被家里棒打鸳鸯，现在不忿，就能给别人施加痛苦吗？

天色逐渐暗沉，院子里开了灯。

秦则崇站在光下，朦胧的暖色光却暖不了他周身的冷。

"继续。"

一道低沉的声音落地，所有人都安静下来。

唯有工程队负责人战战兢兢地上前。

秦老爷子怒视："小兔崽子翅膀硬了，我住在这都碍着你们眼了！"

沈千橙说："确实有点，所以才砌墙嘛。"

秦老爷子哪里遇到过会回怼的小辈，就连秦母不待见他也不敢如此张扬。

沈千橙俏皮道："其实不砌也行，要不然，去养老院也可以。住养老院就不会看见糟心的我们了，而且养老院里有很多和您差不多的人，还有人服侍您，比展小姐专业多了。"

秦老爷子气疯了。

他秦家是什么家庭，在京市数一数二，他居然要被送到养老院去，说出去简直是笑话。

"你、你个不孝——"

沈千橙弯着唇，一脸无辜状："我又不是您亲孙女，我不孝不是很正常吗？"

秦老爷子手指着她半天说不出话来。

他得意了一辈子，如今却连个小辈都怼不过，现场这么多人，让他面子扫地，恼怒至极。

在场的人都低下头。

文秘书心说，太太这话听起来还真有点道理。

秦则崇无声弯唇，他敛着的眼里冷色难掩："早在十年前，您就该清楚我有多忤逆不孝。"

这话仿佛勾起秦老爷子最不想回忆的事——他当时还正值壮年，就被妻子和孙子夺走了权力。

在他看来，自己做的有什么错？别人养小情人，他没有，只不过是把初恋的孙辈接过来抚养而已，妻子和小辈却都不支持。

十年前，他面前这个孙子还是个少年，就能冷漠地对他说："爷爷您该颐养天年了。"

十年后，同样的场景再现。

秦则崇神情温和，却透着淡漠："从今天起，这座院子分割后与秦家再无干系，您愿意和他们住多久就住多久。"

语调平静，却一声一声割在秦老爷子的心上。

与秦家再无干系，自然指的是住在里面的所有人。

展明月心头慌乱，扶着秦老爷子，小声地叫着秦爷爷，忍不住落泪，像极了她奶奶。

人到晚年，回忆以前越清晰，秦老爷子看着她，就想到自己的初恋，那时候他还春风得意，是京市最轻狂的公子哥。

秦老爷子蓦地盯住秦则崇。

秦则崇平静地回视。

他面前的爷爷就一头垂垂老矣的狮子，再挣扎，也无任何重振雄风的可能。

周围寂静下来，只闻风吹树叶的簌簌声。

和沈千橙吃瓜的清脆音。

半响，秦老爷子的声音才终于响起："既然你们都不想看到他们，让他们搬走就是。"

一旁的展明月错愕地瞪大眼。

沈千橙看得想笑，比起秦则崇，秦老爷子这才是真的杀人诛心吧，说抛弃就抛弃，自私自大。

秦则崇眉眼沉静，声线平静，慢条斯理地开口，今晚第一次尊称："爷爷。"

"我是在通知您。"他说。

院子里是死一般的寂静。

文秘书瞄了眼秦老爷子的神色，认真思考几秒，示意工程队继续砌墙。

天色已晚，还得吃晚饭呢。

工程队这边负责人早看清对面是纸老虎，大老板也是个冷硬的性格，搓手就开始工作。

叮叮当当的声响瞬间让整个园子热闹起来。

秦老爷子望着半墙之隔外的秦则崇，和他的长子如出一辙的面容，却截然不同的性格。

他的长子温和、绵软，甚至于懦弱，他的长孙却是锋利、冷酷的。

他以为退一步可以算作妥协。

可他没想到，从一开始，秦则崇就没准备给他选择。

秦老爷子露出颓然的表情，这个秦家，早就不是他当家做主的秦家了，是秦则崇的。

他早该认清才对。

展明月面上茫然无措，眼神复杂："秦爷爷……"

刚才秦老爷子那句话的意思不言而喻，是要把他们都赶出去吗？

她来到秦家这样的高级园林四合院已有十年，从一个破落的地方来到这里，每天锦衣玉食，有最新鲜美味的食物，最漂亮舒适的衣服，有用人差遣，谁还会想再回到破的地方？

十年来，她早已把自己当成秦家人。

若是……展明月目光投向对面神情淡漠的男人，若是他也是自己的就好了。

"你长大了……"秦老爷子终究开了口,咳嗽几声。

沈千橙眨眨眼,决定还是不刺激这老头了,免得他气出病来,说不定会上新闻。

她在秦家的好形象还是要保留的——虽然之前已经毁了一小半,但没关系,可以说是为老公出头,是爱秦则崇的表现。

沈千橙给自己之前怼长辈的行为找好了理由。

秦则崇看了眼腕表的时间,拧起眉,眸底很快平静下来:"该付的赡养费不会断。"他的腔调变得懒散起来,"除此之外,除了您,没有其他人可以再享受秦家的一切待遇。"

秦老爷子蓦地松了口气,还没绝情到一定地步。

他怀着复杂的心情看了眼秦则崇,嘴上却还是不想承认自己输得一塌糊涂:"你对自己的亲爷爷都能冷情到这种地步……"

秦则崇轻笑:"是,不如您多情。"

秦老爷子哼了声:"你这辈子也注定是孤寡的命。"

沈千橙刚才还想着不怼他,现在一听不乐意了,这话什么意思,诅咒自己早死还是会和秦则崇离婚啊?

她把水果碗往文秘书怀里一塞,然后挽住秦则崇的手臂,亲昵地贴上去:"爷爷,怎么这么说呢,我和阿崇肯定恩爱一辈子——包括下辈子的!"

她从来没这么称呼过秦则崇,清甜的嗓音如同在说甜蜜的情话。

沈千橙又叹气:"不过,您肯定看不到啦。"

这句话简短,却一语双关。

文秘书低头忍笑,太太真是什么都敢说,秦老爷子怕是从没遇到过这种克星吧。

一听她咒自己死,秦老爷子刚平静下来的血压又升上来了,嘴唇哆哆嗦嗦。

秦则崇轻轻拍了下沈千橙的帽子,声线不疾不徐:"李医生,检查一下。"

墙已经砌了一大半,秦老爷子的身高不够,很快就看不到了,只余下园子的景色。

沈千橙今晚看得心满意足,想起来拍了张照片,发给秦母。

医院里,秦母正在和顾妈怀念以前,顺便吐槽一下公公,收到照片,眼睛一亮。

顾妈笑眯眯:"还得是阿崇厉害啊,少夫人还能记得拍这个,一看就是把您放心上。"

秦母欣慰:"是咯。"

她越想越开心,儿子贴心,儿媳也是。

婆媳关系自古以来都是个难题,顾妈可不想出现这种情况,正打算再夸夸,发

149

现秦母掀被子。

"哎哟哎哟,快躺下。"

"我又没病,感觉现在好了,赶紧回家住吧。"

沈千橙给秦母发完照片,发现自己的微信里有几十条未读消息和点赞,心里一咯噔。

她点进朋友圈。

只见点赞头像好几行,从家人到朋友,到电视台的同事,全部都有。

评论也是。

来自京市电视台的同事——

"沈老师官宣啦,恭喜恭喜。"

"沈老师下回拍个高清的,一定很帅吧。"

"沈老师好美!"

来自宁城电视台的同事:"千橙你去京市就恋爱了?"

还有家里人不明所以:"和则崇玩什么呢?"

甚至还有乐迪的:"和二哥角色扮演吗?"

沈千橙深吸一口气。

没分组。

她仔细观察了照片,还好,秦则崇当时刚好站起来,没拍到高清的脸,反而她是美的。

官宣了,又没完全官宣。

沈千橙心落回原地,冠冕堂皇地回复同事们。

秦则崇敛目瞥了眼,正好瞧见她噼里啪啦打出一句话:"他不上镜。"

他捏了捏眉心,看笑了。

当工程队的人开始刷水泥时,展明昂终于从外面赶回来,他望着那堵还没干的墙,半天说不出话来。

他觉得荒唐,还能有这种事。

秦老爷子与展明月早回了正厅。

对于在月洞门那里,秦老爷子说让他们搬出去的话,两个人不约而同地装作这句话从未被说过。

展明月安抚了一下秦老爷子,借口去看粥好没好,离开了正厅,一出门就碰上展明昂。

展明昂拉住她,皱眉问:"到底怎么回事,秦则崇怎么突然发这么大火?"

展明月心里也烦躁:"秦爷爷和则崇哥妈妈吵架,伯母气病了,然后则崇哥就突然带那些人……"

"在这种关键时候——"展明昂停住话头,重新开口,"现在是什么情况?"

"则崇哥的意思是,从今天开始,这边就是秦老爷子住的地方了,不再和那边有任何关系。"

"明昂,怎么办啊?"展明月心里焦急,"我们以后再也不能去那边了,而且秦爷爷差点儿让我们搬走……"

展明昂冷静下来:"墙砌了,还能推,秦老爷子再怎么都是秦则崇的爷爷,他不可能不管。"

话是这么说,他却很烦躁。

姐姐抢不到秦则崇就算了,还惹得那边发火,简直在拖后腿。

他嘲讽:"你要祈祷你的则崇哥不会处置你。"

展明月捂住心口:"不可能的……"

发生这么大的动静,隔壁园子的叔叔婶婶全都跑来了这边,看着新砌的墙啧啧不已。

"早该发火了。"

"则崇就是太惯着咱爸了。"

他们不仅欣赏,还美其名曰怕那边来捣乱,非要留下来吃晚饭。

秦则崇没耐心,但也没直接拒绝,所以叔叔婶婶们厚着脸皮坐了下来,让沈千橙描述事情经过。

沈千橙闲着也是闲着,一口播音腔,像是在播别人家的新闻似的,有头有尾。

几人听得津津有味,不时发出追问。

秦则崇没作声,耳边叽叽喳喳,他按了按太阳穴,看沈千橙生动的表情,也没打断。

一直到秦母回来。

秦则崇皱眉:"您怎么回来了?"

顾妈直接说:"还不是听说家里的事,躺不住了。"

两位婶婶们和秦母做了二十来年的妯娌,还不懂她的想法?直接捂嘴笑:"大嫂也是的,还是要爱惜身体。"

秦母一本正经:"我知道。"

"要是阿宗他们也在,今晚就人齐了。"二婶开口,"有千橙在,还真是热热闹闹的。"

三婶则说:"要是我家阿愈像千橙这样能说会道就好了。"

沈千橙虽然没怎么见过两位堂弟,但是知道他们,秦宗比较忙,而秦愈在娱乐圈太有名了,天才歌手。

秦家好像没有庸庸之辈。

沈千橙又想到自己的两个不懂事的纨绔侄子,非常嫌弃,沈家也就自己和堂哥沈经年最聪明。

她给自己贴金一点也不羞。

二婶又笑:"话说回来,千橙今天那个朋友圈发的,哎哟,还真是甜蜜呢。"

秦则崇侧目。

沈千橙轻咳一声,故作害羞。

文秘书今晚留在这里,看到朋友圈文案,又偷偷瞄了眼自家boss,这位怕是最帅的"包工头"了。

吃完晚饭,叔叔婶婶们很快离开,沈千橙与秦则崇今晚在老宅过夜。

秦母早让顾妈给他们备好了房间,和沈千橙单独一起时,开口:"和那边断了也好。"

沈千橙问:"爷爷他和奶奶一点感情都没有吗?"

她不太明白,但凡秦老爷子对秦奶奶有一点感情,也不至于将妻子的面子落到这种地步。

秦母放下手头的东西,道:"或许有吧,阿崇的奶奶不仅做事有主见,还很漂亮,对家人又温柔体贴,我想没人会不喜欢。"

"但阿崇的奶奶出身很好,是大家闺秀,比较讲究,规矩为重,老爷子是个能做出来和初恋私奔的人,你觉得能循规蹈矩到哪儿去?"

沈千橙挑了下眉。

就和小说里写的一样,想反抗家族的人,连带着看自己的联姻妻子也不顺眼。

当初沈家打探到的消息是,两人最初相敬如宾,甚至有过恩爱的时光,直到十年前,展家人的出现。

可惜,她和秦则崇结婚时,秦奶奶已经去世,没能见到,否则,她一定会很喜欢这位厉害的老太太。

顾妈敲门:"粥煮好了。"

秦母问:"要不要去喝点豆浆,顾妈煮豆浆很好喝的,以前阿崇小时候天天都喝。"

沈千橙没拒绝。

只是到楼下才发现，她平时喝咸豆浆，这边喝的却是甜豆浆。

顾妈拍了拍脑袋，按她的说法调了碗咸豆浆，但是因为没提前准备油条，所以只用了虾米、紫菜和葱花。

"我们这边很少喝咸的，阿崇前几年有一次出差回来，不知道怎么回事，让我做了一个月的咸豆浆，天天喝。"

沈千橙来了兴趣："然后呢？"

顾妈说："皱着眉喝呗，看出来是真不喜欢。"

听得沈千橙乐不可支。

清晨闹钟响起，身旁已经没了男人的身影。

沈千橙左思右想半天，下床洗漱，下楼后发现秦则崇已经在楼下，正和顾妈在聊天。

顾妈笑着说："今天准备了油条，大的小的都有，你想吃什么就加什么，吃得饱饱的。"

沈千橙瞥了眼餐桌旁的男人，截了用人端着的甜豆浆："等等，他今天不喝这个。"

一碗加料的咸豆浆被放到秦则崇的面前，他抬眸，对面是秦太太温婉的笑容："老公，我特意为你调的。"

秦则崇喝了口，面无表情："挺好的。"

"喜欢吗？"沈千橙扬声，"顾妈，再调一碗！"

"……"

秦则崇轻哂，唇角翘起。

顾妈还真的又端来一碗，看着小两口，露出欣慰的目光。

沈千橙完全忘了自己昨天发的朋友圈在电视台引发的地震。

没有她联系方式的人也都从其他人那里得知消息，那张照片传遍整个电视台。

沈千橙一结束早间直播，回到楼上，同事们全都围了过来："沈老师，什么时候有男朋友的？"

"还以为你单身，想给你介绍呢。"

沈千橙公式化地笑："一年了。"

"那你男朋友是跟着你来京市打拼了？真爱你啊。"

沈千橙不想解释太多，随口丢下一句"他是京市人"，便回了办公室打算补觉。

办公室外，却开始讨论。

"沈老师是宁城的，要是和京市人结婚了，过些年以后就能拿到京市户口。"

"我觉得不至于为了一个户口这样吧……"

各种猜测胡乱飞，但唯一公认的是——沈千橙的这个男朋友一定不会丑。

仅仅从一张模糊照片里的下颌线就能看出来。

第八章

　　小茶在茶水间里听了一茬儿关于包工头的猜测，回到办公室里，等中午时分沈千橙睡醒，才开口："沈老师，你的传说又增加了。"
　　沈千橙揉了揉眼："啊？"
　　小茶说："有人猜你是不是为了京市户口。"
　　沈千橙："我差这一个户口？"
　　"确实有不少人为了户口不管经济条件找京市人。"小茶说，"不过，您肯定不需要啦。"
　　沈千橙打开微信，看到好多条未读消息。
　　杨蕊楚的在最上面，她昨天也看到了朋友圈，可惜是半夜，消息到现在才被看见。
　　"沈老师！我想知道，你老公是何等帅气，才能骗到你这么个大美人啊！"
　　沈千橙想起秦则崇那张妖孽的脸，托腮回复她："确实有那么一点吸引人。"
　　杨蕊楚："我昨晚跑通告到半夜，李衡在我旁边，正好也看到这张照片了，倍受打击。"
　　李衡一直以为沈千橙和秦总搅和到一起去了，结果发现，居然只是个包工头。
　　他一个正当红的明星，哪里不比包工头好！
　　杨蕊楚被迫听了半小时的破防发言。
　　沈千橙听着只当个乐子。
　　乐欣问道："昨晚秦家那边的事，我都听说了，你老公挺利落啊。"
　　沈千橙嗯了声："谁让他爷爷为了个外人气他妈妈。"
　　乐欣问："那展家人呢？"

"他没告诉我。"

"你不能问吗?"乐欣说。

"我问这个干吗?"沈千橙说。

乐欣结束了这个话题:"今晚一起吃个饭,我下周要去时装周。"

沈千橙应了,给秦则崇发了条不用接她的消息。

秦则崇:"嗯,我今晚也要晚回,九点。"

沈千橙一听开心了:"加班?"

秦则崇:"幸灾乐祸?"

沈千橙:"哪有,我是关心。"

多数普通人对于国际模特还是不太了解的,所以乐欣出游比明星要自在许多。

泡完后,她们在楼上的旋转餐厅用餐。用餐结束后,沈千橙打算回家,电话还没打出去,乐欣就打断她:"那儿就是你老公的公司。"

沈千橙顺着看过去,落地窗外,不远处耸入云端的高楼,如同地标建筑一般,泛着时尚与凛冽的光。

"这么近?"

"嗯,坐车十分钟不到的路程?"乐欣是京市人,很清楚路况。

沈千橙想到秦则崇今晚要九点才回,现在是八点,大约还在公司里,她还从来没去过秦氏。

沈千橙收回手机:"那秦太太我勉为其难去查个岗吧。"

到秦氏大厦外是十五分钟后。

乐欣摘掉自己头顶的棒球帽,搭在她头上:"我可进不去你老公公司里的地下停车场,你得自己从大门走进去了。"

沈千橙原本脸就小,被这么一遮,更显可爱,一整个青春大学生的感觉。

乐欣忍不住捧住她脸,怂恿:"快去迷死秦总,让他无心工作,努力一下,做个娱乐圈妲己吧。"

沈千橙翻了个白眼,给文秘书打电话:"我在你们公司楼下,找个人来接我吧。"

文秘书大惊失色:"现在?"

"嗯哼。"

"稍等,马上!"

因为今晚的加班是和国外出差回来的人开会,秦总的手机都在他这里,他立刻通知秘书室:"现在立刻,来个人去接太太上来。"

秘书室的群里炸锅了。

"太太？"

"我去！"

"我也去！"

"大家一起去才能显得我们很重视！"

那可是从未露过面的秦太太，秘书室的几位秘书一下子就精神起来。

文秘书打破他们的幻想："一个人就行，小白你去，另一个人去准备些奶茶和水果。"

秦氏大楼里有各种风格的餐厅，占地面积极广。

秘书室里，白小小回复收到，然后朝众秘书们得意地笑："运气好，没办法。"

其他人露出嫉妒的目光。

白小小手机又响，是文秘书发来的消息："太太今晚戴了顶白色的棒球帽。"

白小小到楼下时，沈千橙正捧着杯在秦氏对面的奶茶店买的奶茶喝。

白小小看到沈千橙的第一反应是，boss不会娶了个还没毕业的大学生吧！

"沈、太太？"

沈千橙眨眼："你也是秘书？"

白小小习惯性地介绍自己："是的，我是秦总的第五个秘书，目前主要负责……"

两个人边说边一起往里走。

沈千橙第一次来秦氏，只觉新鲜，这么晚的时间，还能见到不时有明星从大门口进去。

明星在外被簇拥，到了这里，不再特殊。

沈千橙的打扮反而成了特殊的那个，吸引了不少目光，可惜看不到脸。

"白秘书。"一个人叫出声。

前台处人来人往。

白小小停住，看向萧云："有事吗？"

萧云不动声色地看向沈千橙，但她只能看到棒球帽和口罩之间露出的一双明艳的狐狸眼。

她笑说："我那个合同今天签了，我听说秦总还没下班，现在是在忙吗？"

沈千橙挑眉。

同在娱乐圈，她自然知道这位去年夺得影后的萧云。

白小小心里大呼完蛋，面无表情回答："是的。"

萧云开口："那我晚点……"

白小小立刻打断她的话：“这种事不需要和秦总说，你的经纪人会联系经理。”

言下之意，萧云还不够格向秦总直接汇报。

萧云还没受过这样的冷脸，偏偏又不敢生气：“好吧。”

她目送沈千橙进了总裁专梯，问经纪人：“这个人也是我们公司的艺人吗，还能喝奶茶？”

经纪人是人精，早猜到几分，叮嘱：“别管，她就算是喝秦总的茶，都不用你操心。”

同时，前台处议论开。

"刚才过去的是谁？"

"没见过。"

"乘秦总的专梯……是去找秦总的！"

电梯壁透亮如镜子，映出一个穿着雾霾蓝色连衣裙的纤细身影，沈千橙勾下口罩，喝了口奶茶莞尔道：“你们公司美人真不少。”

白小小眼皮一跳：“是的，不过这些艺人都是由下面人签约把关，秦总从来不过问。娱乐产业只占据秦氏产业的百分之十。”

沈千橙弯唇：“我随便问问，不用紧张。”

白小小心想哪敢不紧张，万一太太误会了秦总，那她这个负责接待的人饭碗可就得丢了。

她走在前面，小心翼翼地引路：“太太您放心，秦总那边普通人接触不到。”

沈千橙笑出声，音色清脆悦耳，换了个话题问：“你们秦总加班的时候多吗？”

白小小点头：“去年比较多，今年秦总下班时间很准时，不知道为什么。”

因为要接老婆下班，沈千橙在心中回答。

"到了，您走这边。"

电梯门打开，转过角，空寂的长廊出现。

这一层很冷清，沈千橙不是很习惯，因为电视台的通道每时每刻都有工作人员，很热闹。

她正想着，前面出现几个人。

"太太晚上好！"

齐刷刷的声音落在这走廊里，十分清晰。

沈千橙有种自己是来上早朝的皇帝的错觉，神色自若地招手：“同志们辛苦了。”

她只是想来查秦则崇的岗而已，不想见这么多人！

沈千橙绷着一张妩媚的小脸，心想文秘书怎么回事，一点都揣摩不到她的内心想法。

沈千橙示意白小小接过他们准备的奶茶，便飞速溜进了秦则崇的办公室里，留门外众人面面相觑。

沈千橙是第一次进秦则崇的办公室。

和她想象得差不多，符合一个贵公子的形象，风格简约，没什么多余装饰。

她的到来，成了办公室里最亮眼的色彩。

沈千橙坐在秦则崇的位置上，拨弄了一下桌上的摆件，连他的钢笔都要拆开瞧瞧。

她还发现这边有一扇隐形门，里面是休息室，落地窗大到似乎可以看尽京市的夜景。

真会享受，沈千橙感慨。

趁着boss还在开会，秘书室的人找足了借口敲门进来，送茶的送茶，送水果的送水果，还有来问她累不累，需不需要按摩的。

每个人都近距离欣赏了秦太太的美貌。

沈千橙很想问问，是秦则崇发的工资多到大家愿意给秦太太提供额外服务吗？还是"资本家秦则崇"剥削太多，他们习惯了？

正想着，办公室的主人回来了。

秦则崇进门，便看到沈千橙纤白的腿搭在椅子把手上，在那里转着椅子玩，俨然把他的椅子当成了旋转木马。

他提醒："坐好。"

沈千橙不听，眉眼弯弯，把桌上的奶茶推过去，嗓音清甜道："给你，加班辛苦了。"

秦则崇瞥了眼，面无表情："如果我没记错，这是秦氏内部餐厅的奶茶。"

沈千橙哪里知道，上面也没写"秦氏"两个字，她只是喝饱了，喝不下去这杯了。

"你管它是哪里的，你喝就是了。"沈千橙一秒恢复原样。

秦则崇听笑了，他迈步到桌边，将手里的文件一放："我还需要十分钟处理一份文件，你可以在这里玩一会儿。"

"必须今天吗？"被乐欣赋予"娱乐圈妲己"称号的沈千橙眨着眼问道。

男人一手撑在桌上，一手将椅子转过来，与她面对面，弯腰靠近，音色清冽低沉，带着丝玩世不恭："不是很必须。"

沈千橙觉得他的脸上明目张胆写着——你如果勾引我，我就不工作了。

沈千橙有点小得意，回神，故作正经："这样不太好吧，我可以等十分钟。"

秦则崇开口："挺好的。"

他直起身，单手扯松领口。

沈千橙抓起自己的包包，往他那边一扔，秦则崇利落避开。

包砸到门，又落地。

秦则崇目光回落，漫不经心将领带抽掉，搁在办公桌上，不疾不徐道："想谋杀亲夫？"

沈千橙哼一声，强行索赔："刚才你不接着，你起码要赔我十个包包，嗯，二十个更好……"

"赔偿的事后面再说。"

正在走廊里打算去乘电梯下班的文秘书一行人，听见不远处总裁办的门哐当一声。

文秘书目不斜视，催促："快走快走。"

次日，秦氏这边难得热闹。

秘书们一早过来上班，趁着boss没到，开始和人打听boss昨晚是什么时候下班的。

很快，群里有了答案。

"据悉，十一点左右办公室的灯才关了。"

"有人加班晚，看到秦总抱着太太去停车场的。"

"那天庆功宴还装不认识，后来有太太的绯闻，秦总怕是醋缸都打翻了吧，难怪只撤李衡的绯闻，不撤自己的哈哈哈哈哈。"

这个秘书小群里没有别人，所以谈话无所顾忌。

"别说了，小心咱群被封了。"

"秦总进电梯了。"

两条消息同时发出。

文秘书立刻按灭手机，一抬头，看到不远处的电梯口已出现男人颀长的身形。

文秘书汇报完今日的行程，正打算离开，冷不丁听见boss淡定地说：

"列个包的品牌清单。"

"好的。"

这周，徐清芷可以录制节目了。

她回到电视台，从别人嘴里得知沈千橙男朋友的工作，也是吃了一惊。

她也不是觉得对方搬砖就不优秀，可再怎么说，人也很难改变对工作的刻板印象。

"上次你帮我代班，综艺收视率还上涨了呢。"徐清芷说，"不过，我没法给你新闻代播。"

这不是一般主持人就会的。

她很佩服沈千橙以前是广播主持人，做新闻主持竟然这样容易就上手，还从不出错。

沈千橙摆摆手："没事。"

徐清芷还是没忍住，问道："沈老师，你以后发私生活，还是把没必要的人屏蔽吧。"

沈千橙挑眉："你是说我前两天发的那条？"

徐清芷嗯了声："娱乐圈里的人最爱踩低捧高，私生活也很容易被传到外面去，万一闹得沸沸扬扬就不好了。"

"我知道了。"沈千橙轻笑，"不过，正经谈恋爱，再沸沸扬扬，也没什么。"

说到底，是因为秦则崇的身份没暴露。

如果现在公开，那可能只会有百分之一的人会觉得他们是爱情，其余百分之九十九的人都会觉得她是靠他当上主持人的。

徐清芷说："恋爱都能搅和分手呢。"

沈千橙说："结婚了呢？"

"那离婚有点困难。"徐清芷下意识回，忽然反应过来，捂住嘴，"沈老师，你……"

沈千橙莞尔，没说话。

徐清芷觉得她是默认，咽住其余的话，最后只说出一句祝福："长长久久就好。"

看沈千橙平时情绪那么好，说不定男方提供的精神价值很高呢。

一周后，沈千橙在娱乐中心里碰见展明月。

自从秦则崇把秦老爷子那边的一切待遇恢复到正常水平后，展明月的优渥生活水平就下降了很多。

昂贵的食材只送秦老爷子的份，换言之，除非秦老爷子主动省下来给展明月他们，否则，他们是没有这些的。

161

秦老爷子给一次可以，给两次可以，天天给，他便不可以了。

他年轻时可以和初恋吃苦，现在人老了，再也无法忍受那样的生活。

对于在秦家生活了十年，被供养得娇生惯养的展明月来说，亦是种慢性折磨。

但她还不想离开秦家这栋宅子，或许等则崇哥气消了，就能回归原本的生活。

今天展明月来录制一档室内的对话综艺的，是苏月薇邀请的，同录节目的还有另一个主持人邓山。

录完节目后，邓山邀请两人一起去吃饭。

展明月正要拒绝，看见了环形走廊对面的沈千橙。

苏月薇也看到，随口说："沈老师今天也不知道怎么有空下来，她平时都待在自己的办公室，从不去别的地方，我们电视台最闲最有空的人就是她了，一下班就走。"

"说起来，秦总那么欣赏她，她居然找了个在工地上班的男朋友。"苏月薇喷了声。

展明月听到这，停住脚步："在工地上班？"

邓山插嘴："对啊，她男朋友是个包工头，你还不知道吧，那天真把我们吓一跳，沈老师也不挑。"

他们电视台哪个不比工地上班的好，沈千橙倒好，平时都不正眼看他们，他之前献殷勤，她还敷衍。

展明月的心猛地一跳，难不成沈千橙脚踩两条船？

"这么好奇我的私生活，不知道的还以为你对我有什么心思。"沈千橙的声音从不远处传来。

苏月薇笑说："沈老师这话说的，大家都好奇你男朋友呢，可惜你不拍正脸。"

邓山掏出手机："沈老师朋友圈的图片我保存了，展老师想看，我可以发给你。"

沈千橙勾了下唇角，看了展明月一眼。

展明月被她看得难受，直觉有问题。

原本只想看，不想加邓山微信的，一个普普通通的主持人，加他做什么。

但是现在被沈千橙一说，她又改变了主意，要是把照片发给则崇哥看……

展明月露出笑容："沈老师说笑，都发了，还怕我看吗？"

等她收到照片后，直接沉默了。

因为照片上的男人她见过，而且是亲手将她生活打入地狱的人。

沈千橙学着"绿茶"的语气："展小姐，你怎么看我男朋友的照片都能看这么久啊？"

苏月薇和邓山都惊呆了："沈老师，你、你……"

这是恋爱脑发疯了吧？

沈千橙茶言茶语地恶心了他们一把，心情不错地踩着高跟鞋，哒哒哒地走了。

苏月薇安慰展明月："别听她胡说，你可是大明星，怎么可能看上她男朋友？"

"以后咱们离她远点，上次她还要掀桌子，沈老师发疯的时候太可怕了，以后还是不要得罪她。"

展明月无言，她要是真疯才好，秦家就不会要一个不正常的媳妇了，可惜她不是。

沈千橙把这事说给乐欣听的时候，乐欣笑得停不住："你在你们电视台的人设还挺新颖啊。"

沈千橙悠闲地喝着咖啡："蛮好的，没人敢得罪我，以后也不会找我借钱，让我加班。"

乐欣摸着下巴："我应该和你学习的，这样我就能少接点走秀和杂志了，展明月斗不过你。"

乐迪今天要接送姐姐，提早到了，趁机加入姐姐们的茶话会："展明月我不知道，听说展明昂的公司出问题了。"

展家靠着这姐弟俩和秦老爷子的钱搞了个公司，真不是一般的厚脸皮。

"什么问题？"沈千橙问。

"资金链断了呗。"乐迪挤眉弄眼，"二哥断了老爷子的零花钱，展明昂从哪儿薅？"

年初展明昂打算大展宏图成就一番伟业，结果现在摊子铺开了，没钱去折腾了。

有故事听，沈千橙就不急着回家了，十分无情地给秦则崇发了条"晚归"二字。

看到屏幕上的两个字，秦则崇神色淡淡地望着堆了一客厅的礼品盒们。

他不紧不慢地发出去一句话。

秦则崇："你的二十个包包，延迟签收？"

看到这句富有诱惑力的话，展明昂的垃圾故事也没了吸引力，沈千橙当即决定回家。

乐迪都准备了瓜子和茶，现在一肚子的长篇大论被堵回去，不满地抱怨道："千橙姐，你刚刚还想听。"

163

沈千橙说:"现在没空听了,要去拿我的赔偿金。"

乐迪问:"多少?"

"二十个包包。"

"才二十个包?"乐迪脱口而出。

沈千橙觉得他说得有道理,又坐了下来,给秦则崇发了条语音:"才二十个包包也要我亲自签收?搁家里就是了。"

"不是,我……我不是这个意思。"乐迪回过神来,欲哭无泪,感觉自己可能未来几天是黑暗的了。

二哥不会知道是他说的吧?一定不会的!

他寻思两秒,随便掏手机看两眼,抓了把瓜子就溜:"千橙姐,我兄弟被打了,我去救他,下回再说。"

乐欣摊手。

沈千橙只好回家。

一进门,便看到屋子里摆放整齐的品牌礼盒,一眼看过去,绝对不止二十个包包。

秦则崇还是蛮大方的嘛。

说起来,结婚这么久,收他礼物的时候,不论是在这里,还是在宁城,沈千橙从没失望过。

人不在,礼物也会准时。

管家在楼下,笑眯眯说:"先生在楼上。"

"哦。"

现在谁管他?

沈千橙兴致勃勃地拆完包装,除去赔偿她的包包以外,剩余的是超季的裙子,性感的、优雅的、温柔的,应有尽有。

她拎着几个包包去楼上试背,她出众的容貌与姣好身材,背哪一款都相得益彰。

书房里亮着灯光。

老婆不在家,男人只能孤零零地在书房,可怜。

这一刻很快乐的沈千橙脑补后有了个决定,她穿上秦则崇送的裙子,打算展示给他看。

沈千橙婷婷袅袅地往书房走,一把推开门:"Surprise!"

房间里亮如白昼,书桌后,男人衣着整齐。

沈千橙倚着门摆了个矫揉造作的姿势,嗓音娇媚。

"老公，我穿上了你亲自挑的小裙子，别看电脑了，电脑有你老婆好看吗？"

一瞬间，只在几秒内。

笔记本电脑的另一头，看到秦总那头陡然关闭的麦克风，众人陷入沉思。

有什么他们不能听的惊喜！

早在一小时前，秦氏的众高层就收到通知，将原定于明晚的会议提前到今晚。

除去一位高层有事以外，其余人都能到齐。

这次会议的前半小时还是十分正常的。

直到即将收尾时，他们突然听见门被大力推开碰到墙壁的声音，高层们脑海里"地震了还是怎么了"的想法都刚刚冒出来，就听到一个娇媚的女声。

一声"surprise"过后，字字都是爆点。

可惜，一句话尾音的"吗"字还没说完，听筒里就安静了下来，秦总关了麦克风。

摄像头画面里，男人抬眸看向别处，神色自若。

早在半小时前，秦则崇就知道沈千橙已经回来了，他也没在意，只是任他再聪明，也难以预料她的行为。

秦则崇瞥了眼笔记本电脑屏幕上数十个小画面里的面孔，径直起身离开书桌。

妲己一勾就成功啦？

沈千橙凹的造型还没坚持几秒，就看到秦则崇大步朝自己走来。

他停在她面前。

沈千橙挑眉挺胸："是不是比你的文件好看？"

好看是好看的。

"你怎么确定我在看文件？"秦则崇嘴角噙笑，慢条斯理地反问。

"什么意思？"沈千橙心里有不好的预感，下意识往他背后的书桌瞄了眼。

麦克风关闭，但听筒是开的，电脑里传出细细碎碎压低的说话声。

秦则崇低语："十秒。"

众高层正讨论着，冷不丁男人的俊美面容再度出现在镜头里，他们立刻闭嘴。

麦克风也被重新打开。

男人冷言："会议结束。"

沈千橙还呆在门口，十秒的时间都不足让她从一切里回过神来，直到被秦则崇拥着出了书房。

走廊上，沈千橙终于反应过来，揪着秦则崇的西装，呜呜乱叫："开会你不告诉我！你居然一声不吭，还叫我早点回来！早点回来送死吗？"

165

沈千橙从未如此社死过。

想她在电视台混得风生水起，没想到秦太太做得这样尴尬，她欲哭无泪。

"你又没有告诉我你要进来。"

"你就应该提前告诉我啊！"

"秦太太，我很难预知你会来……引诱我。"

秦则崇的西装被抓得满是褶皱。

面前的女孩巴掌大的脸上泛着羞恼的嫣红，两只手都在他身上。

秦则崇不作声，又听她讲着方言似乎骂骂咧咧的，不知道是在说她自己还是在说他，一个字也没听懂。

秦则崇稍稍偏头，下颌抵在她柔顺的乌发上，闻到这些许迷人的香，哄道："他们没看见。"

沈千橙声音瓮瓮的："听见了！有什么区别。"

翌日清晨，身旁细微的动静让沈千橙醒来，不过此时已经七点，天色大亮。

看见旁边正起身的男人，昨晚刻意遗忘的社死场面又重新浮上心头，她冷哼一声。

秦则崇垂眼看她："还气？"

沈千橙拉过被子，露出两只眼睛瞪他。

秦则崇哑然失笑，忽然状似无意问："昨晚你怎么突然提前回来了？"

沈千橙胡扯："觉得你一个人待在家里太寂寞了。"

"嘴这么甜？"秦则崇瞥她。

秦则崇扣上最后一颗扣子，戴上腕表，弯腰俯身，屈指勾下她挡住下半张脸的绒被。

二人近在咫尺。

他看着她红润细腻的肌肤，她看着他漆黑的眼瞳。

沈千橙的胡言乱语被卡住："干什么？"

秦则崇捏住她下巴，在她唇上啄了一下，几秒后，忽然又重重吻进去。

随后他直起身，离开了房间，留下沈千橙一个人在房间里走神，半天后才清醒，拍了下被子："我没刷牙！"

可惜，他听不见了。

这是秦则崇第一次给她早安吻——虽然可能是安抚她。

害她刚刚心跳那么快。

文秘书今天到千桐华府时，一整个心情就是：昨晚未能参加那场会议，当真是遗憾。

　　他是后来才知道的，毕竟需要他整理细节，和其他高层们聊天时，他们说漏了嘴。

　　他看到男人下楼，将会议记录递过去："这是昨晚会议的整理记录。"

　　秦则崇随手翻开。

　　也就是在他低头的一瞬间，眼尖的文秘书瞥见他颈侧的一个牙印，小小的。

　　看来秦总昨天与太太很恩爱。

　　只是他不知道，这完全是沈千橙恼羞成怒的后果。

　　社死的一瞬间，她就忍不住对罪魁祸首下了口。

　　文秘书小声提醒："您……这里需不需要处理？"

　　他点点自己的脖子，暗示。

　　秦则崇抬手，指尖准确无误地触碰到颈侧的牙印，摩挲几秒。

　　已经不太能感觉到。

　　不过，昨晚沈千橙羞恼的模样倒是记得清清楚楚。

　　思索片刻，他嗯了声。

　　若是被别人看见，恐怕沈千橙又要翻脸了。

　　于是，文秘书看着boss让管家找来一个创可贴。

　　感觉有点像此地无银三百两呢。

　　"罪魁祸首"沈千橙回笼觉睡到八点，慢悠悠地起床去上班，心情着实不太美妙。

　　她决定以后再也不去秦氏，这样他们就不可能见到她。

　　还好，昨晚上她说话时改了音色，否则机灵的人就能听出来秦太太是新闻主播沈千橙。

　　小茶看沈千橙情绪不对，问道："沈老师，您怎么啦？"

　　沈千橙摆摆手，问："他们今天好像不对劲，有什么大事要发生的样子。"

　　小茶关上办公室的门："您不知道吧，我上回不是说电视台有大事吗，这也是我偷听到的，今天不知道哪个群里传出来的消息，咱们台要和秦氏合作了，现在各个部门都传疯了。"

　　沈千橙一口茶差点儿没咽下去："和秦氏……合作？"

　　"是啊，估计未来几年，咱们台会很热闹呢，秦总的眼光就没出过问题，咱们台要发达了！"

　　沈千橙放下水杯，她怎么没听秦则崇提过？

167

小茶打开办公室的门，正好一个主持人从外面进来："我刚刚问过了，这件事是真的。"

一整个办公区都热闹起来。

电视台和娱乐公司合作并不是稀罕事，前些年，有其他电视台和娱乐公司合作出品的电视剧和综艺都是收视热门，可秦氏从未参与过。

所以大家的第一反应是假新闻。

这位主持人名叫周柯，他叔叔和白台长是朋友。

"副台长今天在电梯里打电话的时候我听到的，应该正在洽谈中，很快就能落实了，不然也不会让我听到。"

总之，接下来的几年内，京市电视台会飞速发展。在现在这个网络发达的社会，更多人习惯看网播，地方电视台的收视通常不会太高。

冷不丁，有人问："咱们台今年开播的电视剧和节目收视率都跌出全国前十了，秦氏怎么看中的？"

有人想到之前央台花朝节活动聚餐时，秦总亲口承认万分仰慕沈千橙，还送了两道她的家乡菜。

"说不定……说不定有沈老师一份功劳呢。"

众人齐齐看向沈千橙，她正环胸，一身粉紫色及膝裙，腰线被勾勒得极其完美，露出细直的小腿。

"这么大的事，怎么可能因为……"苏月薇话说到一半，停了嘴，想起来沈千橙可能会"发疯"的行为，她改了口，"沈老师有男朋友呢，可别乱说。"

沈千橙闻言一笑。

他们越说不可能，她还就来了劲，说不定就是因为她这位"娱乐圈姐己"！

回了办公室，沈千橙给秦则崇发消息："你要和京台合作？什么时候的事？"

对面没回复。

沈千橙拍了拍他的头像，很不高兴，但打出来的字还是非常甜蜜的："老公老公，你告诉我呀。"

对面依旧平静。

沈千橙直接关机。

就不该和他撒娇，浪费时间。

沈千橙不知她发消息的时候，秦则崇的手机在十分钟前调成了飞行模式。

此时，会议桌周围坐的不只是秦氏的高层，还有京市电视台的白台长及一众高层。

168

看着主位那个面容淡漠矜贵的男人，白台长深深觉得自己这个提议当真是聪明至极。

自从知道沈千橙是秦则崇老婆之后，他就有想法推进和秦氏的合作，来个双赢。

若是被拒绝了，也没什么损失；若是成功了……就像现在，京台就会开始起飞。

当然，他也没拿沈千橙做筏子，只是提议合作，没想到秦则崇还真同意了。

文秘书在每人面前放了一份文件："各位看看还有什么要补充的，没有疑问，这便是最终协议了。"

"按照协议，秦氏与京市电视台将合作开展一系列重点文化项目，包括但不限于电视剧、综艺等，满足人民群众的精神文化需求。此次合作将从三个方面入手……"

会议室内一片翻阅纸张的声音。

秦则崇屈指，极有节奏地点在协议上。

许久后，两方在协议上签字，白台长看着男人落下签名后，长出一口气。

尘埃落定。

至于节目选人、电视剧题材等，都可以放到后面再细化。

白台长语气也轻松不少："秦总今天还带伤开会，我很过意不去。"

会议室里安静了一秒。

秦氏几位正整理文件的高层人员不约而同地停顿了。

秦则崇一派云淡风轻，莞尔一笑："既然如此，今天中午白台长请客。"

白台长笑说："行啊。"

出了会议室，秦则崇随手打开手机。

来自秦太太的未读消息两条。

大约是他没回复，她后面没再发消息。

看起来语气很正常，还叫得这么甜，估计是为了打探消息。

估摸着昨晚的气已经消了，秦则崇猜测，他挑眉，回了一句："刚定下的事。"

收到秦则崇这条消息时，沈千橙刚答应杨蕊楚的邀约，打算去她的新剧组去逛逛。

她瞄了眼时间，都过去两个小时十三分钟了。

沈千橙哼了声，指尖敲击手机屏幕，开启今日发疯文学："哥哥刚才不回我消息，是怕老婆看到吗？"

"是不是老婆最近管得很严？"

"要不你把我删了吧，被你老婆发现就不好了。"

微信消息提示音不断。

秦则崇已到达餐厅，看到内容后，微微一笑，颇有耐心地等她还能发什么。

白台长听见，没忍住侧目，于是不小心瞄到一眼，瞬间情绪从震惊到感慨。

秦则崇竟然出轨！

这着实让白台长对秦则崇的印象大变，他陷入沉思，或许秦氏这么快答应和他们合作，是在补偿沈千橙。

秦则崇对上白台长复杂的眼神，默然几息："白台长有话要说？"

白台长回过神。

他年长秦则崇近二十岁，如果不算身份，都可以当长辈了，在这方面，还是可以说一说的。

白台长咳嗽一声，话里有话："想起来上次看到的新闻，秦总和小沈装不认识，不是吵架了吧？"

这件事过去许久，秦则崇漫不经心道："没有，我和她从没吵过架。"

沈千橙单方面的吵不算，有些疑似被他无视了。

"有时候小吵怡情。"白台长笑呵呵地说，"小沈一个女孩子孤身来京市，也只能依靠你，现在正是培养感情的时候。"

秦则崇直觉有异。

白台长欲言又止，最后只忠告道："外面的野花再香，也不如家花珍贵。"

家花？野花？

秦则崇眉梢轻抬，思绪不过一转，就猜到了他这么说的原因，直言："白台长是看到微信消息了？"

白台长被点破，有些尴尬，解释道："我可不是故意的，一转头不小心看到的……"

秦则崇颔首，转而问："您没注意，发消息的人是我太太？"

秦则崇手腕翻转，屏幕对准他。

瞥见对话框上面的"千橙"和后缀的一个黄橘子表情，白台长面色古怪："原来真是我误会了。"

秦则崇轻哂："她比较爱玩。"

解决误会，秦则崇回了沈千橙："老婆没发现，我的合作伙伴不小心发现了。"

收到消息，沈千橙一脑袋问号。

秦则崇勾唇，敲击屏幕："白台长与我在一起，以为你是外面的野花。"

沈千橙："……"

这可是她电视台的台长，知道她是谁的人。

她恨恨打字："你一个老板买不起防窥膜？"

几秒后。

秦则崇："平时没人敢看。"

这不就看到了！

沈千橙无语，嘲讽他："秦总，小心哪天你的商业机密也被死对头看到，秦氏就完蛋了。"

秦则崇品了品这句话。

片刻后，沈千橙收到消息。

秦则崇："目前没有这个可能。"

秦则崇："在我任职期间内，秦氏不可能破产，至于之后能否继续辉煌，也有你的责任。"

沈千橙又回了个问号："？"

秦则崇："毕竟是我们的孩子继承。"

与这句话同时发过来的还有一份文章——《科普：从遗传学角度看，母亲对孩子的智商影响大于父亲》。

内容不言而喻，沈千橙看笑了："我这么聪明，会有问题？"

一句话发过去后，她反应过来，这才什么时候，他居然就想到下一代了！

他们目前结婚一年，她还没说自己要生孩子呢。

不过，家产这么大，可不能便宜别人。

逗完沈千橙后，秦则崇没再回复。

第九章

　　杨蕊楚的新剧是部民国谍战剧,是她在没火之前就接的一部小成本剧,她是女二号。
　　本来开机遥遥无期的,没想到她突然红了,导演立刻就看到了机会,不仅拉到了多余的投资,还提前开机,现在剧组里一派热火朝天。
　　这剧组设在京市隔壁市,坐城际和地铁没什么区别。
　　小茶今天也跟着来了。
　　沈千橙到的时候,是杨蕊楚的助理来接的,剧组里也有一个工作人员老金跟随。
　　杨蕊楚这会儿刚拍完一幕戏,飞奔到她身边:"咱们去我的房间休息,我下一场要一个小时以后。"
　　这边住的都是租的房子,还算干净。
　　杨蕊楚问:"你男朋友没有陪你来呀?"
　　沈千橙似笑非笑:"怎么,看我还不够?"
　　杨蕊楚眨眼:"这不是好奇吗,我还以为你会和秦总在一起呢,多般配的条件。"
　　"不要说我势利眼,你男朋友的工作和你不搭,你喜欢他,他是有特别好的地方吗?"
　　"长得比秦总还帅?不太可能吧,真有这么帅,早出道了,不可能还在工地上班。"
　　正说着,忽然有人敲门。
　　一个男人的声音响起:"过来送奶茶的。"
　　杨蕊楚说:"男主角段川穹。"

沈千橙来之前没有搜索这剧组的配置,也没听过段川穹的名字。

门开后,段川穹递过来三杯奶茶,笑说:"刚买的,不知道你们喜欢什么口味……"

他的目光从杨蕊楚身上后移。

这一眼,杨蕊楚就知道他突然献殷勤的目的了,沈老师还真是她的男主角杀手。

李衡走了,现在又来一个。

段川穹问:"你朋友来了,不出来看看拍戏吗?"

杨蕊楚觉得好笑,回头问:"沈老师,你想看吗?"

沈千橙站了起来,今天气温不是很高,她穿的裙子外面搭了小开衫,显得有些温柔。

她瞥了眼门口的男人,长得很清秀,如果不看戏服只看脸,看起来像在校大学生。

"待会要拍的是重头戏。"段川穹音量提高一点,看着沈千橙,"很好玩的。"

沈千橙正百无聊赖,便随意地点点头。

小茶摇头,又一个伤心人要诞生了。

段川穹递过来奶茶,小茶接了过来,给沈千橙:"沈老师,喝不喝?"

沈千橙摇头:"不渴。"

段川穹问:"不喜欢这口味吗?"

沈千橙随意点点头,她一般不喝不熟的人送的饮品。

"早知道我问问了。"段川穹有点可惜,又不好意思说,"不知道为什么,我看你有点眼熟。"

杨蕊楚扑哧一声:"什么年代了,还这样搭讪?"

段川穹被她说得耳朵都红了:"不是,我是说真的,好像在网上看到过。"

杨蕊楚说:"沈老师是京台的主持人。"

段川穹夸道:"真厉害。"

他微博一搜就搜到了沈千橙的微博号,自从上次央台公开@之后,她的微博号就不是秘密。

段川穹问:"关注了,沈老师会回关我吗?"

沈千橙十分无情:"不会。"

段川穹给自己找理由说:"一定是因为我奶茶没有买到你喜欢的口味。"

美人的待遇是极好的,导演见到"闲散人员"沈千橙一点也没有不耐烦,甚至问:"有没有兴趣出演一个角色?"

173

秦氏旗下的娱乐产业有拍摄电视剧，但沈千橙从来没去看过，她有点好奇："剧本角色不是已经写好了吗？"

"可以加的。"导演很大方。

"算了，我对演戏没什么兴趣。"沈千橙婉拒。

段川穹说的重头戏是一场吊威亚在屋顶奔跑的打斗戏，是他作为男主角耍帅的片段。

剧情是他杀了一个重要人物后，被发现并遭到追杀，十几个人追他一个人，还被他打残了一大半。

一听这剧情，沈千橙就觉得这是部"神剧"。

她弯唇，问段川穹和导演："我可以拍视频吗？不会传到网上。"

"传到网上也没事，能火最好呢。"导演巴不得她用大号发微博，免费宣传。

一听她要拍，段川穹有点紧张："那我好好表现。"

很快，开始拍摄。

沈千橙从后面屋顶跑戏开始拍，毕竟只是一个小情节，到落地结束也就一分钟。

她没仔细看，发给秦则崇，就实话实说："你们公司千万别拍这种剧情，以后我作为秦太太被问起都不好意思回答。"

此时一点半，刚刚结束午休。

秦则崇结束与白台长的午餐，回到办公室，收到了她发来视频，想起文秘书说她的行程，略猜到几分。

这也算是分享日常了？

秦则崇唇边弧度不明显，随手点开视频。

两秒后，视频里出现一个矫健的身影。

文秘书正在收拾桌上的文件，就听"嘿""哈"的男声伴随着噼里啪啦的惨叫，还有枪声。

秦总改爱好了？

他抬头看了眼，发现办公桌后的男人忽然皱起眉头。

秦则崇指尖拨动进度条，退回到五十六秒，点击暂停。

果然没看错。

屏幕上，外音一声"过"后，那吊着威亚的男生落地，对着镜头眨了下眼。

文秘书听到了一声冷笑。

退出视频，秦则崇视线落在沈千橙那句话上。

也不知道秦太太是没看到还是故意炫耀发来的，他回了一句话："从演员到剧情，都不可能在秦氏出现。"

沈千橙本来只是随意提醒一下，没想到他回答得这么正经，甚至看起来还很冷血无情的样子。

她很认真地追问："以前也没拍过吗？说不定你不清楚手下人拍成什么样了呢。"

秦则崇哂笑，心情不甚美妙，合理答复："你觉得我的工资是发给了谁？"

沈千橙："有道理，没有最好。"

紧接着，她收到秦则崇的消息："在影视城？"

沈千橙倒也没隐瞒："在杨蕊楚新剧剧组玩一下午，晚上你不用接我了。"

秦则崇神色淡漠地发过去："秦氏那么多正在拍摄的剧组，也没见秦太太有空去视察。"

他抬眸问文秘书："杨蕊楚的新剧在什么地方拍的？"

一分钟后，答案出来了。

"杨小姐的新剧组在隔壁津市，已经拍摄了十天。"

文秘书很尽职地汇报了一些这个剧组的内容。

比如剧名叫《战风云》，据说拍摄投资原本只有一百万，目前是两百万。男主角段川穹，是传媒大学大三在读生，女主角艾珠，选秀综艺落选人士，唯一一个网络有姓名的是女三号，上部剧突然热播的杨蕊楚，其余一众都是不知名群演。

连剧组人数文秘书都问到了。

秦则崇淡声："人不少，她还去凑热闹。"

文秘书听出来了，是秦太太去了，他很纠结地问："您……有兴趣投资？"

无论怎么看，这部剧都不符合秦氏的要求，除非秦总为爱昏了头，那可以理解。

秦则崇睨了他一眼，毫不留情道："如果你的眼光已经差到这种地步，可以主动辞职了。"

收到秦则崇最后那句话，沈千橙其实是动了心的。

秦氏旗下的，无论是电影还是电视剧，基本都是大制作，偶尔有小成本制作，剧组也会很优秀，不乏老戏骨和优秀演员。

比起《战风云》这个剧组，肯定会好看许多。

段川穹已经从威亚上下来，问沈千橙："刚刚拍得怎么样，我感觉没有发挥好，可是导演说过了。"

毕竟是小成本剧组，导演技术也一般，看得过去就直接过，省得浪费时间，剧组还要多花一天钱。

沈千橙压根儿没看，但肯定不能说实话，拿出完美笑容，红唇微启："很好，很厉害。"

她夸秦则崇都没这么夸。

杨蕊楚和小茶一脸看戏的表情。

趁段川穹去看导演拍摄的结果，小茶扯了扯沈千橙的裙子："沈老师，刚刚这个男主角勾引你！"

"这算勾引？"沈千橙不以为意。

小茶说："他刚才拍摄的时候，偷偷朝你眨眼，你没看到啊！"

沈千橙心里咯噔一下，立刻打开手机，将自己发给秦则崇的视频从头到尾看了一遍。

果然有。

两分钟已过，消息无法撤回。

秦则崇不会看到了吧？难怪说话阴阳怪气的，他指不定是在认为她是在炫耀。

杨蕊楚很有求知欲："沈老师吸引的怎么都是小奶狗？李衡是，段川穹也是。"

小茶认真回答："因为沈老师是明艳大美人，弟弟都喜欢这样的姐姐吧？"

杨蕊楚反驳："也不一定是弟弟，秦总作为已婚男，也很欣赏沈老师呀，秦总比沈老师大两岁吧。"

小茶想了想："说不定秦总背地里是个小奶狗呢。"

说完，她自己和杨蕊楚一起张了张嘴巴，异口同声："这样好像很可怕。"

想象不出来。

沈千橙鸡皮疙瘩起了一身，秦则崇要是能变成小奶狗，她现在就能原地飞升当真仙女。

"不要白日做梦，段男主是大学生，秦总早八百年就毕业了，差距太大，奶不起来。"

秦则崇从小早慧，一直跳级，那些天才干的事，他是一个不落地完成了。

杨蕊楚说："沈老师，你又知道了？"

小茶心想，她还真知道，毕竟是老婆。

杨蕊楚又趁机打听："你和秦总真是普通关系吗？"

"不普通啊。"沈千橙一脸高深莫测。

"什么！快说！"杨蕊楚八卦心顿起。

"就是他单方面万分仰慕我的关系。"

秦则崇又不在，拿他给自己贴金，沈千橙无所畏惧。

反正视频发了,他看到就看到了,她又没出轨,都是她太迷人了,问心无愧。他有这么个迷人的老婆,还这么专一,他应该偷着乐才对。

临到傍晚,杨蕊楚请客去吃火锅。

段川穹也不知道从哪儿跳出来,非要加入,看他实在太可怜,杨蕊楚没拒绝。

她甚至觉得,段川穹说不定比沈老师那个工地男朋友好呢。

这家火锅店的一个角落里,来拍杨蕊楚八卦的狗仔们看着同桌的沈千橙,觉得是意外之喜。

除去杨蕊楚的男助理,剩下的那个男生好像是男主角,眼睛都快黏到沈千橙身上了。

这不就妥妥的热搜题材?

他们吃完饭,出了火锅店,一眼就看到路边停着一辆豪车,司机尽职地拉开车门。

叛逆上头的她说:"迟点回去。"

司机默默想,秦总真是料事如神,他一本正经地复述:"剧组拍摄地过于偏僻,夜里并不安全,而且附近的酒店最高只有四星级,您确定要在这里多待吗?"

穿着裙子的沈千橙被风吹得摸了摸胳膊。

"回家吧,我累了。"

杨蕊楚和段川穹哑口无言,回过神来,看着车尾灯消失在夜色里。

"沈老师男朋友可真懂她。"

段川穹捕捉到重点:"男朋友?"

杨蕊楚说:"对啊,她有男朋友,我好像忘了告诉你。"

虽然不可能留宿,但是一听到司机的描述,沈千橙就觉得,还是千桐华府的房间好。

在车上,小茶幽幽道:"秦总拿捏你了。"

"你怎么知道是他说的?"沈千橙问。

"不然还能有谁?"

沈千橙一想也是。

该不会要她回去,是为了算账?毕竟白天发的视频里,有人偷偷勾引他老婆。

想到这里,沈千橙虽然不心虚,但还是决定能哄就哄一下,也不费什么力气。

于是,回京市之后,路过一家玩偶店,她当即下车,精心挑选了一只奶狗玩偶。

小茶小心翼翼地问:"您确定秦总会喜欢吗?"

沈千橙说:"这不重要,重要是我送的,他必须喜欢。"

小茶："好霸道。"

临走时，沈千橙瞥见了一只小狐狸的钥匙扣，看了几秒，她伸手取了下来。

店家还赠送了她一个配套的鼠标垫，她没仔细看，直接塞进袋子里。

到千桐华府已接近九点。

沈千橙抱着奶狗玩偶上楼，这回学聪明了，不出声地进了卧室，转过屏风，看到男人坐在床头看书。

他半垂着眼，阅读灯柔和的光下，薄唇也似乎沾了些温润的红，深邃的五官格外俊美，轮廓线条也被勾勒得温柔。

一瞬间，她放弃了原本随便哄哄敷衍过去的想法。

她确定他是在看书，没有手机，也没有平板电脑，所以，不会有任何泄漏事故发生。

在秦则崇抬眼看过来的同时，沈千橙扬起一个明媚的笑容——

"老公，瞧我给你带的礼物！虽然国际小狗日已经过去了，但我作为秦太太，要补上你的节日礼物。"她走到床边，拉着奶狗玩偶的耳朵，"你看，这像不像你？"

国际小狗日？

秦则崇合上书，扫过那小狗玩偶一双小黑豆似的眼睛，薄唇一掀："你从哪里看出来像我？"

沈千橙睁眼说瞎话，把玩偶举到他面前："哪里都很像，多可爱，你看不出来吗！"

秦则崇的鼻尖被玩偶的毛刷到，痒痒的："行，明天带秦太太去配眼镜。"

沈千橙丢了一对白眼给他，自顾自去浴室洗漱。

秦则崇轻笑一声，揪起奶狗玩偶，是一只米白色的耷拉着耳朵的狗。

明明像撒娇时候的她。

沈千橙本来以为，洗完澡后，这位"大狗"会忘了之前的事，没想到奶狗玩偶还放在床头。

在两个人中间的位置。

"放这里做什么，影响我睡觉。"她随口说了句，就要拿走。

秦则崇侧过脸，瞥她一眼："送的时候说可爱，现在还没用就说影响你。"

主灯一关，屋里只开着一盏极暗的落地灯。

沈千橙又将玩偶放回原处，声音清甜："好好好，陪你睡，满足秦二公子的心愿。"

秦则崇说:"我的心愿可不是这个。"

沈千橙当听不见,躺下闭眼。

却不料,今晚的秦则崇好像很直接,径直覆了过来。

男人的气息裹住自己,沈千橙很难没有感觉,睁开眼眸,对上他幽邃的眼瞳。

"今天在剧组玩得很开心?"

"还好吧。"

"只是还好?"

沈千橙觉得他话里有话,改口:"不好玩。"

秦则崇听着,吻住她。

次日,沈千橙起床后,回忆起昨晚的事,忽然顿悟:"秦则崇,你是不是吃醋了?"

秦则崇回头看了她一眼,没说话。

"默认就是真的,你吃醋啦。"沈千橙发现新大陆,她跟着他下楼,喋喋不休,"秦总吃醋原来是这样的,你早点说呀。"

她是个会得寸进尺的性子,他不说话,就像是默认,越这样,她越得意,说话也大胆。

说着,还在他脸侧亲了下。

进入四月后,天亮得越来越早。

快到电视台时,正坐在车上专心背稿的沈千橙听见隔壁的男人语调不疾不徐:"家里可以养狗。"

"养狗?"沈千橙怀疑他是不是因为昨晚的玩偶才兴起这个想法,"什么狗?"

秦则崇看她:"除了奶狗。"

这是头一次见他这么明显醋意,沈千橙觉得很稀奇,也觉得他有点可爱,唇角忍不住上扬。

整个部门的人都看出来沈主播今天心情很好。

"沈老师,有好事?"

"中奖了?"

沈千橙笑笑。

早间新闻直播结束后,大家的反应就变了,有个男主持说:"沈老师换男朋友的速度还挺快。"

沈千橙不知这是什么意思,她睨了那人一眼,没搭理。

小茶关上门,说:"沈老师,你又上热搜了,这回绯闻男主角换成段川穹了。"

沈千橙觉得无语:"我就是一个人主持人,怎么光拍我?"

小茶眨眼:"狗仔文案上说是去拍杨小姐的,正好你在旁边,段川穹又献殷勤嘛。"

沈千橙冒出个想法,昨天什么也没发生秦则崇都吃醋了,今天不得醋坛子打翻?

新闻是在六点多放出来的,是沈千橙他们昨天去吃火锅的视频,拍摄的角度是她的侧脸,白得发光。

狗仔的画外音:"沈千橙确实长得很漂亮,瞧把人家男主角迷得火锅都没心思吃了。"

弹幕飘过——

"姐姐好美,是我也不吃火锅了。"

"这姐怎么每次都绯闻上热搜,一个新闻主播能不能不要炒作啊,好好播你的新闻。"

"恕我直言,都不如秦二公子。"

"秦总结婚了,人家和秦太太天生一对。"

评论里路人与粉丝各执一词。

等他们退出这词条的时候,发现热搜从第五跌到了三十名,再一刷新,直接掉到了末尾,最后干脆消失了。

沈千橙本不是明星,网友们讨论一下也就过去了,直到下午,竟又有论坛爆料被营销号截图发到了网上。

"投稿,匿名,热搜上的某位主持人其实是有男朋友的,是在工地上班的,但是这位主持人绯闻没停过,在勾引男人方面是有本事的。"

评论区顿时炸了。

"真有男朋友吗?"

"有没有人来验证真假,真的这么渣吗?好心机。"

小茶捧着手机愤怒不已:"哪个人偷偷爆料啊,沈老师你什么时候勾搭别人了?"

沈千橙说:"电视台本来就鱼龙混杂,没什么秘密,已经算好的。"

小茶说:"哼,秦总看到,会不会一怒之下抓出爆料的人?"

沈千橙看了眼时间,五点了,她立刻拎起包准备下班:"待会就能看到了。"

从办公室出去时,办公区的主持人们投来目光,她目不斜视,不丢一分眼神。

徐清芷从外面进来,在电梯厅迎面碰上,安慰道:"沈老师,网上的事情不要在意。"

沈千橙弯唇嗯了声。

才怪,她才不会放过那个人。

这回的上车地点变了,是在电视台的地下停车场。

沈千橙打探:"你看到热搜没有,我昨天被拍了,你也被爆料了。"

秦则崇理了理她上车后卷起的裙摆。

沈千橙把手机递过去,给他看工地男友,故意说:"诶,我这么心机又渣,可惜秦总甩不了我,还得帮我撤新闻。"

她正得意,就听男人开口:"这次不会撤。"

秦则崇手上亲昵地捏她的脸,嘴里说出的话十分无情:"秦太太的绯闻太多,上次,这次,还不知道有几次。"

沈千橙拍开他的手,认真纠正:"哪有太多,也就两个绯闻对象,算上你这个老公,也才三个。"

秦则崇听笑了,告诉她:"造谣投稿的人,已经在找了。"他略顿,"其余的你自己辟谣。"

沈千橙不太满意,毕竟习惯了他帮她处理好一切事,但也勉勉强强接受这种分工方案。

她是当事人,亲自辟谣肯定最合适。

沈千橙思考了几秒,问:"我应该怎么发微博?我是新闻主持人,文案不能乱写。"

幸好她是地方电视台的新闻主持,不在自己的账号上还有话语权。

"不用写文案。"秦则崇开口。

"快说。"沈千橙眼巴巴望着他。

秦则崇凝视着她,气息压近:"发一张结婚证的照片,公开已婚。"

"你是不是早就在这里等着我?"沈千橙问的时候声音不高,"故意的?"

一双暧昧的狐狸眼若有若无地看着他,分明要从他脸上看出什么答案。

近在咫尺,秦则崇压低音量:"是故意的又怎样?"

这么理直气壮?沈千橙有点语塞。

她哑口无言呆愣的模样更让男人觉得可爱。

秦则崇本抬手,缓缓落到她颈侧,不紧不慢道:"澄清你抛弃正牌男友的谣言,只有这一个方法。"

沈千橙侧过脸看着他，认真说："我肯定不能公开你，不然我之前的努力不都是白做了吗？虽然我现在只是一个小小的新闻主持人，但也不想成为你的附庸品。"

到时候，没人会记得她是主持人沈千橙，只会提到秦则崇的妻子，秦太太。

"所以发结婚证肯定不能发你。"她小声问，"把你打码？"

秦则崇望了她半晌："行吧。"

听这语气，也不像是生气的样子，沈千橙放心了，又挪到他身旁，哄道："老公，我会给你打个可爱的码。"

秦则崇刚才没笑，现在笑了。

而且，他忽然发觉，自己很好哄。

沈千橙的那本结婚证早在来京市那天就带了过来，她向来是到哪儿都会把所有证件带上，以备不时之需。

她开始思考怎么拍照片："一张证就可以了吧，要不，你的那张也给我拍一下？"

"回家里拍。"秦则崇的手随意地把玩着她堆叠的裙子。

沈千橙问："还有那个造谣的，找到了怎么办？"

秦则崇嗓音微沉："你想怎么办？你是受害者，你的诉求才是最重要的。"

沈千橙轻叹一声："他造谣的不是什么大事，最多道个歉了事，也不会有什么法律惩罚。"

她大人有大量。

秦则崇问："你觉得她哪些话是谣言？"

"当然是甩了你！"沈千橙一本正经道，"就算秦总以后破产了去工地搬砖，我也不会甩了你的。"

秦则崇凝着她："真的吗？"

沈千橙被他看得心虚，但看到他那张脸，又觉可以："真的，我养你。"

男人养眼也好，可以养着当吉祥物，她又不缺钱。

秦则崇漫不经心道："一般'我养你'这种话，到最后，相看两厌，就会变成'我养的你'。"

沈千橙手摸上他的脸："怎么会！"

就冲他这张脸，看两眼就气消了，怎么会厌？

秦则崇贴着她柔腻的掌心，不禁抬眉："秦太太记得说话算话，一言为定。"

沈千橙点头敷衍："好说，好说。"

回到千桐华府内，沈千橙已将这件事忘了得一干二净。

杨蕊楚打来电话，做贼似的问："沈老师，你是不是真的打算分手了？"

沈千橙正和秦则崇在卧室，飞快地瞄了眼正洗手的男人，还好没开扬声器："没有，假新闻。"

"哦，段川穹和李衡都过来问我。"杨蕊楚说，"沈老师魅力太大，他俩可能都在等你分手。"

沈千橙按了按太阳穴，清清嗓子："你告诉他们，我这辈子都不可能分手的。"

她明显是故意，对面的秦则崇侧目。

杨蕊楚震惊："话这么绝对，为什么？"

"因为我已经结婚了。"

挂断电话，沈千橙给男人抛了个媚眼，百灵鸟似的不停唤他："秦则崇，秦则崇。"

秦则崇在洗脸，隔着毛巾嗯了声。

沈千橙比他音节多："听到我刚刚说的没有？你看，我对你多好，别人在等我，我都不理他们。"

秦则崇在她的自夸中默默取下毛巾。

"所以你要对得起我的好，不然有你好果子吃。"沈千橙用一张妩媚的表情说最狠的话。

秦则崇不禁笑了，看着她斜斜倚在洗手台低矮的半墙边，他伸手捏捏她脸颊："你的花言巧语这么多，我该信哪一句？"

"当然都信。"沈千橙眨眼。

秦则崇抽了条干净的毛巾，在她的脸上轻缓地揉来揉去："清醒一点再告诉我答案。"

沈千橙眼前一黑，去抓他的手臂，闷声："秦则崇！你想杀了你老婆吗？"

他哼笑："怎么舍得。"

沈千橙被这四个字的亲昵说得耳朵热了，漂亮的眼睛下意识地躲避他的视线。

"你把你的结婚证拿给我。"

在他面前直愣愣地转话题，也就她一个。秦则崇嘴角勾了勾，从洗手台后走出，拉着她往外走。

从民政局出来的那天后，沈千橙就再也没见过他的结婚证。

他们停在一个保险柜前，沈千橙难以置信："你把结婚证放保险柜里？"

秦则崇语调平静地告诉她："秦太太，结婚证也属于珍藏之物。"

沈千橙的心被撞了下。

她将自己的结婚证随意放在文件袋里，和毕业证等证件挤在一起，显得好不受重视。

嗯，待会拿的时候不准秦则崇跟着，不准他看到，过后她再买个漂亮盒子装着。

男人已经开始输入密码。

沈千橙扭过头避开："你就这么给我看，也不怕我把你的珍藏都给偷偷卖了。"

没想到，她的脸被捏着掰了回来。

秦则崇说："看好了，下次你自己打开。"

沈千橙就这么看着艺术品似的保险柜在她面前打开，内里流光溢彩，率先映入眼帘的是转表器。

数十支价值不菲的腕表嵌在其中。

下方的珠宝首饰放置在品牌定制的天然皮革架中，天鹅绒的内衬，煞是好看。

出乎意料，第一层只有一个精致的盒子。

沈千橙没想到的结婚证就在里面，她伸手去接。

秦则崇说："不急，先录指纹。"

指纹录了，密码也见了。

沈千橙捏着结婚证，亦步亦趋地跟着男人走出去，又问："你真不怕呀，你的宝贝可都在里面。"

"没有'都'。"秦则崇停下脚步，见她走到自己面前，他说，"你不是还在外面？"

他说这话的同时，沈千橙心里有过一秒的不好意思，什么时候了，还说情话。

"老土。"她娇嗔。

沈千橙以前觉得"宝贝儿"这词腻歪肉麻，现在被这么叫，心跳快了一分，原来还蛮喜欢。

她就是靠声音出名的主持人，自然也有些声控，凑上去亲了口："也不是，勉勉强强接受你的夸奖吧。"

"就这样？"秦则崇问。

"这样还不行？"沈千橙反问。

秦则崇没答，以行动表明一个浅浅的吻不够，按住她还未退开的后脑勺，重新深吻了下去。

猝不及防，沈千橙一手搭在他肩上，另一只捏着结婚证的手无处安放，停在半空中。

屋里的光映出两人交叠的影。

秦则崇轻轻地亲吻着她的唇珠，唇角，再是眼睛。

她深情地看向他。

秦则崇忽地笑了："先发微博。"

沈千橙很想把结婚证扔他脸上。

傍晚的京市，华灯初上，路人们点进热搜，直接刷出来一条新微博。

"沈千橙：在赶上春的江南，偶遇狐狸，寻见桃花。"

又配图一张。

只见桌面摆放两张错开叠在一起的结婚证，雪白皓腕斜斜而过，葱白手指握着一只小狐狸钥匙扣，正好遮住了结婚证照片的男方一边，露出的女方乌发红唇，微微而笑。

"哇，这个文案好有趣啊，还搭配了小狐狸，好甜。"

"简单翻译一下，在老家宁城遇到的，然后就结婚了，呜呜呜好像是闪婚呢。"

"领证日期是去年3月20日，刚去查了日历，正好春分，桃花盛开的日子，和文案好配！"

"不知道千橙宝贝的老公长什么样子，还买了个这么可爱的狐狸钥匙扣。"

"救命啊，大美人和一个工地男友结婚了吗？"

不到一分钟，沈千橙的微博评论就破了千。

评论里，有个"放大镜"网友很快被点上热评："没人注意到照片里另一个手的影子吗？一看就是男人的手。"

早早关注过沈千橙的李衡与段川穹，同时给杨蕊楚发了消息。

李衡："你知不知道沈老师已婚？"

段川穹："不是男朋友吗！！"

男朋友还有分的机会，离婚的可能性太小。

杨蕊楚心里冤，她哪里知道沈千橙是已婚。

上次沈千橙发的朋友圈文案里的"包工头老婆"，她以为是恩爱期称呼，这在情侣之间再正常不过，沈千橙平时也不像结婚的样子……

别人轰炸她，她便轰炸沈千橙。

杨蕊楚："沈老师！！你结婚都不告诉我！！"

沈千橙没理她。

思绪一转，沈千橙忽然想起初见秦则崇那天。

虽是春分,却是一个阴天,气温低,起了雾,他从雾中朝自己走来,就好像今晚,从水雾中出来。

桃花眼,狐狸相。

盅得她一时冲动进了民政局。

沈千橙捧着手机的手忽然就动了。

乐迪这会儿正在家里。

作为沈千橙的头号粉丝,他早就把她设为特别关注,一发微博就去看了。

乐迪啧啧称赞:"不错,二哥人是狐狸,却有桃花眼呢。"

乐迪小声:"我就没见二哥发过官宣文案。"

乐聿风不紧不慢地夹菜,戳破弟弟的幻想:"等他发的时候,你只会觉得自己好没文化。"

"你是我亲哥吗?"

乐聿风用筷子轻敲他头:"是你亲哥才跟你说实话,你二哥眼里只有你二嫂。"

乐迪摸着下巴,若有所思。

饭桌上,秦则崇的手机响了,是乐迪发来的消息:"二哥!二嫂秀恩爱你看到没有,把你描述得好形象!"

秦则崇搁下筷子,抽空回了句:"正常。"

沈千橙发现已婚的词条上了热搜。

不仅直接登顶第一,还缀了个"爆"字。

沈千橙震惊地咬住筷子:"我已经火到这种地步了?"

虽然她自恋,但还不至于成顶流。

她看向对面气定神闲的男人:"是不是你偷偷叫人买热搜了?"

秦则崇头也不抬:"不用偷偷。"

关于公开已婚这件事,沈千橙发现这男人格外上心。

一时之间,她竟找不到话回,目光重回微博,继续欣赏自己的主页。

看到结婚证上的领证日期,她有点感慨:"我们领证那天太快了。"

秦则崇顿住,抬眸看她,状似无意问:"所以?"

沈千橙还未察觉他的语气变化,撑着脸说:"应该找个摄影师跟拍,纪念一下。"

她嗓音娇,江南调:"阿拉结婚哎。"

秦则崇在她的声音里心静,唇角弧度浅浅,明知故问:"阿拉是什么意思?"

"我们呀。"沈千橙答。

秦则崇喜爱这句话，哄道："那婚礼的时候多拍些。"

突然提起婚礼，沈千橙一时间很难不去畅想自己的婚礼是什么样的。

沈千橙没了看微博的心思，一直到洗完澡后，躺上床，她还在想婚纱。

回神，男人在打电话。

电话那头，文秘书在询问："造谣太太的人已经找到了，是现在——"

"明天再说。"

秦则崇说话的同时，怀里靠了个美人。

沈千橙靠过去，抽走他刚刚挂断电话的手机："就知道工作，工作有什么意思。"

秦则崇没解释，低头，唇碰到她耳郭："确实没意思。"

近在耳边的热息往下蔓延，落入她的颈窝里，沈千橙忽然抬脸，在他下颌上亲了下，又报复似的退离，缩回被子里。

秦则崇怀中空空，顿了两秒。

过了会儿，他垂眸，对上露出一双狡黠狐狸眼的美人的目光，径直关了灯。

翌日，沈千橙睁开眼，房间里漆黑一片，她的头发被秦则崇压在手臂下，她又枕回他手臂上，从被窝里伸出手，摸索半天，终于摸到了手机，解锁后看了眼时间。

刚刚五点。

沈千橙打开微博。

只一夜时间，私信与评论全满了，一眼看过去，红通通的一片，甚是壮观。

"千橙老公是素人吗，要幸福呀。"

"段川穹和李衡都转发微博祝福了，营销号就知道乱写，美女不能有异性朋友吗？"

"就是有一点好奇，能让大美人这么为爱公开不怕影响事业的男人长什么样。"

"这会儿他指不定在哪个地方乐呢。"

沈千橙呵一声："在床上，都乐睡着了。"

脑袋下，手臂忽然动了。

沈千橙立刻闭上嘴，翻过身，借着手机屏幕的光亮，对上男人清晨幽邃的眼眸。

沈千橙先发制人："昨晚都没问你，你催我发微博，你自己有微博看吗？"

"看到了。"

秦则崇刚醒，音色自带温醇，颇有几分性感的迷人。

187

他扶起她的脑袋，手臂抽走，从床上坐起："就算我不看，也有很多人发给我截图。"

沈千橙也跟着坐起来，拢着被子聚在自己身前："你的朋友们都是怎么评价的？"她好奇，"要不你把手机给我看看。"

秦则崇偏过眼看她。

沈千橙本就是随口一问，正打算改个话题。

面前的被子陷了下去，手机窝在里面。

秦则崇把手机丢过来后，径直起身离开："密码是0621。"

好简单的数字。

沈千橙随便记了下，也没太在意，只是说："为了表现我们的恩爱，你的密码应该设成我的生日才对。"

秦则崇停在洗手间外，回身看她："恩爱？"

沈千橙说："我都给你写了情话，多少人看到了，你改一个密码还不乐意了。"

秦则崇轻笑，漫不经心地提醒："你可以自己改了，顺便把指纹录进去。"

沈千橙才没那个闲工夫。

他的保险柜有她的信息就可以，她没有查人手机的爱好，夫妻之间有点隐私才更好相处。

不过，秦则崇这样说，她听了还是蛮开心的。

打开微信，未读消息很多。

一眼看过去，多数是沈千橙不认识的名字，大约是生意合作伙伴，还有一个是Asa，他的英国贵族校友。

剩余便是熟悉的名字。

一个是他一晚上已读不回的乐迪，叽哇叽哇地乱叫满屏："二哥！你什么时候官宣啊！"

"我哥说你眼里都是二嫂，我怎么看不出来。"

沈千橙趴在床上，目光定在这两句话上，下意识回了一句："我也没看出来。"

清晨五点，乐迪还没醒，自然没回复。

乐聿风："难怪半天不撒新闻，原来是等着后面秀恩爱，你老婆说得对，你就是心机狐狸。"

周疏行："'偶遇狐狸'……看到这有何感想？"

沈千橙也没深想他们的意思，只以为是调侃。

她从小生活在宁城，这些人对于她来说，都只有几面之缘。沈千橙对乐聿风最熟悉，因为他是乐欣的哥哥，对周疏行也有印象，和梁今若是青梅竹马。

而梁今若，算得上是她的外甥女。

她翻了翻秦则崇和周疏行的聊天记录，这两个人说话一个比一个简洁，跟加密信息似的，估计只有他们自己看得懂。

有些图片是商业内容，她看得头疼。

沈千橙退出微信，按灭手机，正好听见秦则崇来床边取表的动静，扭头看他："周疏行能当成我的外甥女婿吗？"

秦则崇不紧不慢地戴上腕表，斩钉截铁道："会，他的结婚对象只可能是她。"

沈千橙诶一声："你知道梁今若是我外甥女这件事吧？"

秦则崇挑眉，语气随意："知道，挺有用的。"

直到沈千橙刷牙时忽然明白，秦则崇的这句"挺有用的"是什么意思。原来，秦则崇凭借和她结婚后的辈分，一跃成为周疏行的长辈了。

沈千橙洗漱完，迫不及待下楼："秦则崇，秦则崇。"

念了几声，秦则崇在餐厅扬声："听见了。"

沈千橙絮絮叨叨地坐在他旁边："你现在靠我比你兄弟的辈分高，一旦我们离婚了，你就没有这种优越感了。"

"也没有太多优越感，阿行那个人，不会让我占多大便宜。"秦则崇放下汤匙，"除非我的太太为我多加一些优越感。"

沈千橙想了想："这怎么加？"

秦则崇说："陪我一起去他家——作为长辈。"

沈千橙忍不住弯唇："他不会不认我吧？"

"他要和梁今若结婚，就不可能不认你。"秦则崇慢条斯理地喝粥，"我今天约他。"

沈千橙打量身旁动作斯文的男人，还真是幼稚，迫不及待要去发小面前炫耀了。

文秘书早等在车旁，见两个人关系融洽，他犹豫要不要现在把造谣人的事说出来。

没等他纠结好，已经听到boss的声音："昨晚的事，你现在可以说了。"

沈千橙好奇地看过去。

文秘书点头："根据目前的信息来看，投稿造谣的人是太太电视台的同事，名叫邓山。"

他递过来一个文件袋。

对于邓山，沈千橙印象不深，只记得那一次他和展明月、苏月薇走在一起，说她的朋友圈照片。

"途径合法吗？"

文秘书说："当然，您放心，这都是公开信息，我们正在拟提起诉讼。"

沈千橙压住文件："不要，秦氏一出手，岂不是都知道我和你的关系了。"

秦则崇开口："请我的私人律师。"

"请你的私人律师，那不更明显？"

秦则崇耐着性子："秦太太要配最好的律师，得最好的结果。"

沈千橙当然知道他的意思，卷起文件："你喜欢结果，我更喜欢过程。"

她一句无心话，秦则崇却心头一动。

第十章

到电视台时,沈千橙连办公室都没进,直奔演播室。

从演播室出来时,已经七点。

小茶把她的文件袋递过去,终于能聊闲事:"沈老师,昨晚你的官宣文案杀疯了。"她掩嘴,"秦总没和您吵架吧?"

沈千橙不以为意:"有什么好生气的,他应该得意才对,我这么迷人,竟然嫁给他了。"

小茶甘拜下风。

"沈老师,你昨晚的微博我看到啦,好有画面感。"徐清芷今天特意来早,就是等她。

旁边的女主持人也点头:"我都能想象得出来那种画面,江南的春天,肯定很美。"

沈千橙对她们总是很有耐心:"你们假期可以去江南旅游,宁城很符合你们对江南水乡的想象。"

"假期人都挤成人山人海,算了吧。"徐清芷叹气,"沈老师,我还以为你是谈恋爱,没想到真是结婚了。"

"你老公是比你小吗?"

"沈老师老公一定很可爱吧,不然怎么用狐狸比喻。"

一句接一句,沈千橙都没插嘴的机会。

直到徐清芷忽然又问:"对了,昨天投稿造谣你的那个人……你觉得会是我们电视台的人吗?"

满办公区的主持人几乎都抬头看过来,毕竟这种背后爆料隐私的人,可没几个喜欢的。

沈千橙扬唇:"当然是啊。"

她留下一句耐人寻味的话,转身进了办公室。

其他人还在聊:"沈老师好像很确定的样子。"

"可能只是随便说说吧,她朋友圈的照片都被传开了,怎么能抓到造谣的人是谁?"

办公室门一关,小茶就问:"秦总帮您抓到人啦?"

沈千橙意外:"你怎么知道?"

小茶:"这还用说,我都说了秦总是恋爱脑,老婆被骂了,那肯定要帮您报仇呀。"

沈千橙莞尔:"行了,中午跟我去楼下餐厅。"

小茶说:"我记得你说那里的菜难吃嘞,还去那儿干什么?"

"当然是去——"沈千橙狐狸眼妩媚妖娆,懒洋洋地拖着尾音,"报仇咯。"

乐迪一觉醒来,看到秦则崇回了消息,但看清楚内容后,却陷入了迷茫。

这回复是什么意思,二哥你自己眼里有没有千橙姐,你自己不知道吗?

乐迪打字:"二哥,你什么意思啊。"

收到他的消息,秦则崇才知沈千橙用他的微信回了乐迪,目光落在那句"我也没看出来"上。

他叫来文洋:"最近桃花还有吗?"

文秘书被问得一愣:"有的,再过几天就没有了。"

秦则崇嗯了声,扬了扬下巴,慢条斯理地吩咐:"下午送一枝新鲜桃花去京台。"

文秘书一下子就想到沈千橙那官宣文案,当即点头,必须选一枝最漂亮的。

秦则崇这才有空回复乐迪:"你嫂子回的。"

乐迪又被迫吃了今日份狗粮,心想,再也不为他俩的事操心了。

午间,天然居。

秦则崇主动约饭,虽然他只叫了周疏行一人,但并不妨碍陈澄与乐聿风见机而来。

陈澄左看右看,问周疏行:"阿崇不会是有什么事偷偷背着我们和你商量吧?"

"我怎么知道,又不是我约的。"周疏行漫不经心倒茶,饶有兴致看向对面,"有事快说。"

陈澄立刻看向秦则崇。

秦则崇略一抬眉，慢悠悠地开口："以后就是一家人了，对长辈说话要尊敬一些。"

"尤其是，不要用这种语气。"他又闲闲补充。

陈澄刚喝到嘴里的一口茶喷了出来。

乐聿风倒是很快想到了沈千橙和梁今若的那层亲戚关系，露出看戏的表情。

周疏行也没恼，只意味深长道："小心乐极生悲。"

秦则崇半侧身子倚着，无端有些闲散风流："我已婚，有一个温柔的太太，你没有，显然我乐极生悲的概率连百分之一都不到。"

陈澄看着手机里播放的偷拍视频，偌大的标题写着"疑似当红主持人职场霸凌，打骂同事"。

他面色古怪。

听到磁沉的嗓音说"太太温柔"，他按住暂停，悄悄扭头，看向正儿八经的男人。

半晌，陈澄没忍住递手机过去，插嘴："等等，二哥你看看，这是你的温柔太太吗？"

秦则崇随手接过陈澄的手机，只见屏幕上，沈千橙盛气凌人，美艳俏媚，带着几分嘲讽的笑。

他瞥了眼标题，点击播放。

因为陈澄之前在观看，所以视频是从中间开始播放的，一片杂音里沈千橙独特的嗓音格外悦耳。

"我看你勾引女人方面没什么本事，造谣同事倒是有一点本事。"

随后便是周围人的惊呼。

整个餐厅里都热闹起来，屏幕抖动，沈千橙的美貌却丝毫不受影响，反而越模糊越动人。

陈澄看着他看完后，又重放了一遍。

两遍后，秦则崇将手机丢给他。

陈澄接住："哥，你看嫂子这温柔吗？我的天，骂人还真有一套，脏字都不带，佩服，比我厉害多了。"

"你嫂子对外有力量，对内也温柔。"秦则崇赞许道。

乐聿风笑得仰在椅背上，他问："你老婆怎么回事？要是违法了可不行。"

秦则崇扫他，漫不经心说："不过是质问同事而已。"

吃过饭后，周疏行开口："先走了，下午要出差。"

在他还没离开前，秦则崇悠悠提醒："等你出差回来，到我家吃饭，未来外甥女婿。"

周疏行头也不回："秦公子的饭吃不起。"

时间回到上午，京台的午休时间从十一点半开始。

京台有食堂，电视台工作人员多数懒得出门，直接在楼下吃了。

邓山也如此。

当然，他在这里吃的原因还有一个，就是能看到苏月薇。

小茶得知沈千橙要去报仇，就追问几次对方是谁，沈千橙却卖关子没说，只让她去找主任要监控视频。

监控视频是哪天，邓山与她的"交集点"，文秘书给的文件里都标明了，十分清晰。

她又让杨蕊楚找了两个群演，按照她给的剧本去演一段情景剧。

杨蕊楚一开始不明所以，等看到剧本内容后，瞠目结舌："沈老师，你来真的？"

沈千橙说："真的，演好不差钱。"

杨蕊楚那可就来劲儿了，在剧组里找群演排演两遍，让导演用手机高清拍摄，还带转场和特写的。

一切完成后，午休时间开始，沈千橙便不急不慢下楼。

她进电梯时，其他同事们都有些吃惊："沈老师今天也在餐厅吃饭吗？"

毕竟沈千橙看起来家境好，私服和背的包都是名牌，就比如上个月她穿的一条裙子，这个月才在时装周上看到。

沈千橙微微一笑："找人。"

徐清芷作为少有和她私交不错的主持人，靠过去，低声问："是找造谣的人？"

沈千橙点点头："徐老师可不要错过了。"

徐清芷微微睁大眼，不知道她怎么找，电视台里这么多人，这对方不承认也没办法吧。

很快，她就发现自己错了——沈千橙早就确定人是谁了。

午餐时间，整个电视台一大半的人都在这里，不仅是本台工作人员，还有在这里录节目的明星与助理们。

一片纷闹中，墙上原本正播放京台自制王牌综艺的公共大屏忽然暂停，改播了。

只见四周音响里传出一个旁白音："接下来要播放的是，大型现实类节目《搭讪同事不成之反造谣》，领衔主演：邓某，本节目根据真实事件改编，如有雷同，就是真事。"

整个食堂忽然就安静下来了。

刚坐下来的邓山心里一咯噔。

屏幕上,顶着"邓某"头衔的男主持人搭讪一位女主持人,被女主持人拒绝后便多次用小号造谣,还投稿。

看到那投稿的内容,众人表情怪异。

沈千橙的新闻昨天在热搜上沸沸扬扬的,大家对这几句话都有印象。

"这个邓某是谁?"

"男主持人里,只有邓山吧……"

一瞬间,邓山感觉周围人都在看自己,他扯出一个笑:"不是我,一看就是假的。"

话音刚落,公屏播放内容变了,变成了监控视频。

画面里,邓山搭讪的行为和之前情景剧里的一模一样。

一片哗然。

邓山整个人都在发抖,一种被揭破的难堪,脸色由红转白,这么多人,他以后还怎么……

沈千橙怎么知道的?谁放的!

电视台还从来没发生过这种事情,大家被沈千橙这次的操作震惊到了。

沈千橙缓缓走进,周围人都自动让开一条路,她停在邓山桌前:"邓先生。"

她环胸而站,红唇艳丽。

"我看你勾引女人方面没什么本事,造谣同事倒是有一点本事。"

邓山脸色涨红:"你别造谣!"

沈千橙嘖了声:"论造谣哪比得上你呀。本来想说让你照照镜子的,不过你这样的丑东西照镜子恐怕也没用,我也没想到,清明节刚过你居然还在。"

邓山被说得怒火直冲,从椅子上站起来,大声:"沈老师,麻烦你好好说话,嘴巴这么毒!"

沈千橙侧过脸:"小茶。"

小茶立刻递过来一张纸。

沈千橙纤白的长指捏着那张纸,径直拍在了邓山的脸上——这是丝毫不留情的打脸行为。

"这是律师函,过后还有法院传票,准备好。"

一系列操作把周围人都看呆了。

也不知道是不是邓山脸上带油,那律师函竟然贴在他的脸上没掉下来。

他恼羞成怒,把律师函扯下来揉成一团扔了出去。

随着沈千橙窈窕的背影消失在出口,大家也终于回过神来,议论声嘈杂。

"看来真是他。"

"好恶心,没想到居然背后造黄谣。"

一个个人从邓山旁边走过,甚至还有人过来问:"邓山,沈老师说的是真的吗？"

邓山这一刻恨不得刚才律师函没扔,刚好可以把自己脸全遮住。

看热闹不嫌事大的人捡了律师函,摊开,看到公章和名字,震惊:"居然是陈大律师！好家伙……"

一时间,沈千橙成了众人嘴里的传说。

沈千橙打了邓山的脸,带着小茶去电视台外面的餐厅美美地享用了一顿大餐。

同时,白台长得知电视台的事情,脑壳疼:"秦总,小沈的事,怎么这么直接呀？"

她找他申请要大屏电视的时候说是放个情景短剧,像模像样的,他还真的信了。

秦则崇在回秦氏的路上,好整以暇问:"白台长,她有做出格的事吗？"

白台长当然说没有,从头到尾都进行了申请。

"那就没问题。"

"主要是闹大了……"

秦则崇音色淡淡:"比不过昨天热搜的造谣大。"

白台长一想也是。

吃饱喝足后,小茶翻看手机,忽然大叫:"沈老师,你今天中午被偷拍了！"

视频一看就是剪辑的,评论区两极分化。

"公共场合羞辱同事,好可怕。"

"视频怎么不放全,前面才好玩呢,全程高能,现场打脸造谣的同事。"

这个评论一出,大家才知道是因为什么事。

"先让子弹飞两天,等有完整视频再来说。"

在下午两点时,网友们发现,营销号们几乎同时把这些视频全都下架了。

同时,京台里来了一个外人。

"请问,沈千橙女士的办公室在哪儿？"

众人扭头,只见一个戴着白手套穿西装的男人捧着一个青瓷花瓶,花瓶里插着一枝桃花。

沈千橙还从没想过，自己会收到一枝桃花。

新鲜到带着露水，似乎刚从枝头折下来，灼灼桃花缀在枝叶间，插在一个青瓷花瓶里，路过无数人送到她的面前。

办公室的门还没关，同事们目光都投向办公桌后的美人，徐清芷胆大，在门口问："沈老师，你老公送的啊？"

沈千橙手点了下，花瓣颤了颤，她笑吟吟："是呀。"

徐清芷惊叹："真浪漫，和你的官宣文案配上了。"

刚才送花人走进来时，有人拍了照，私下和朋友传开议论，有人的注意力放在花瓶上："没记错的话，这青瓷瓶价值百万。"

这条消息一经传开，所有人看沈千橙办公室的目光就不对劲了——

谁会用一个百万花瓶去装一枝桃花啊！！

还这么拿着一路送到电视台，就不怕半路上碰坏摔碎吗？

大家最好奇的是，沈千橙老公不是工地搬砖的吗？包工头现在都这么赚钱的吗？他们现在辞职还来得及吗？难道她老公就是传说中那种家里有钱，然后去搬砖体验生活的人？

沈千橙望着摆放在桌上的桃花，香味不显，但好似整个春天都聚在她的办公室里。

这着实是惊喜。

沈千橙眨了眨眼睛，拍张照发给秦则崇："怎么突然送花？"

秦则崇："补上昨天不在场的桃花。"

这一刻，沈千橙觉得人间的巧合与偶然不过如此——

沈千橙从未有过如此悸动的少女心，忍不住撑着脸歪脑袋看那枝桃花。

微信里跳出一条新消息。

秦则崇："请问秦太太是否愿意于今晚与我进行一次约会，万分期待你与春天一同如约而至。"

他都万分期待了，沈千橙怎么会拒绝。

沈千橙低头，飞快打字："你都不说清楚时间与地点的吗？"

冷淡的文字与她雀跃的心情截然相反。

只过几秒。

秦则崇："约会时间从你下班开始算起。"

沈千橙正等着下一句，突然，微信上出现了"发起了位置共享"的提示。

她停了两秒,同意了。

很快,屏幕上出现两个人的位置与头像,下方是橙色与蓝色的箭头标志。

目前为止,两个人还是在各自的工作地点。

秦则崇又发来一张图片。

沈千橙点开,发现地图上有三个被圈起来的地方,但是因为地图太简约,所以其中两个并未标出具体的名字。

只有餐厅的名字是标注的。

不管怎么说,她也十分期待,问:"是室内吗?"

"室内,不会耗费体力。"秦则崇又直接地问,"秦太太问了这么多,还没有告诉我愿不愿意赴约。"

沈千橙轻哼了声:"明知故问。"

不信他看不出来,还非要问一句。

然后她才回了"愿意"两个字。

看见消息内容,秦则崇露出一丝笑意。

三点整,沈千橙给主任申请了提前下班,约会自然要提前准备,她一个早间六点档的新闻主持人没有其他的工作。

本就受了委屈,主任当然同意,还叮嘱:"好好休息。"

走时,小茶问:"沈老师,你这花不带回去吗?"

沈千橙摇头:"不带,我一天多数时间在办公室,当然是摆在办公室里。"

她空手而走,部门里的其他人都探脑袋。

真大胆,百万花瓶留在办公室里?这可是公共区域,这么放心,难不成是个假冒伪劣产品?

而在食堂被羞辱的邓山,下午还有综艺录制,必须工作。

每个人都投去目光,甚至有人明目张胆地问:"邓老师,真是你做的?"

"不是,怎么可能是我做的,沈老师这么漂亮,我一时心动想认识不正常吗?"邓山强撑出笑脸,"沈老师呢?我去和她解释。"

"沈老师提前下班啦。"

邓山重重吐出一口气,难掩阴鸷,沈千橙这么打他的脸,居然还提前下班了!

他从网络上搜索到陈律师从无败绩,只为精英人士服务,五年前成为私人律师,雇主不详。

他的脸色刷地白了。

沈千橙回千桐华府泡了澡,卷了发,还挑了一件修身的流苏抹胸裙,勾勒出姣好的身材。

　　裙子的每一条流苏上都缀着珍珠，灵动又俏皮，两朵飞袖蓬起带细闪，宛如星空。

　　从沈千橙提前下班的那一刻，她的行程都毫无隐藏。

　　秦则崇叹口气，他一向对工作从不厌烦，此刻也产生了一种无趣的情绪。

　　作为最懂boss的文秘书，带着文件三进三出办公室，每一次都觉得这办公室的气氛又差了几分。

　　文秘书站在门外摸了摸头，正在思考原因，冷不丁门从里打开。

　　"下班了，还堵在这里干什么？"秦则崇皱眉看他。

　　"没……"文秘书一个字才出口，男人就已大步走远，他下意识看手表——四点半。

　　boss提前下班了。

　　沈千橙欣赏了十分钟自己的美貌，拎着搭配的包包打算自己开秦则崇的车出门前往餐厅。

　　没想到管家在楼下等着她："太太，车在外面。"

　　沈千橙没在车上看到他，突然想起她和他的共享位置好像没关，打开一看，随着她越靠近餐厅，他也越来越近，直到重叠在一起。

　　车门打开，远处橙黄的日落还未消失，身着高定西装的男人手里握着一束粉荔枝玫瑰出现在她的面前。

　　眼前的男人眉眼俊美，气质矜贵，带着贵公子的风流与深情。

　　沈千橙眨了下眼，有种不真实感。

　　男人眉梢一挑，朝她伸手，扶她从车上下来，又递过来那束粉荔枝，声音温醇："晚上好，秦太太。"

　　音色里仿佛浸透了花香。

　　沈千橙抱住花束，鼻尖满是浓郁的香味，隔着花海看他微勾着的唇角。

　　她问道："你怎么买这么大束花？"

　　秦则崇垂眸看她，一片温柔的粉色里，女孩甜美又明艳。

　　餐厅里空荡安静，唯有中央乐队演奏乐曲的声音。

　　除了侍应生，再无旁人。

　　看来秦则崇包场了，沈千橙稍稍放心，不担心和他一起吃饭被拍上热搜了。

　　她将花摆在桌尾，也占据了不小的位置，拍了几张照，发到朋友圈里。

　　只要抬眸看向对面的男人，便能将他身后落地窗外大半个京市的夜景收入眼中。

男人高贵又优雅，那些星光也成为他的陪衬。

"待会要去哪儿？"沈千橙迫不及待打听。

"你确定要提前问？"秦则崇笑了声，与浑厚的大提琴音一同进入她的耳朵里，酥麻悦耳。

沈千橙想了想："还是算了吧。"

等到一个多小时后，被牵着进入已经闭馆的海洋馆时，沈千橙都还没能回过神来。

幽蓝的海水与光笼罩着走廊上的他们，身旁的男人眉骨深邃，也被映得神秘至极。

沈千橙回神，瞥见远处的一道身影，不由得贴近秦则崇，小声："我们后面不远处有人。"

秦则崇也学她，贴近她耳边："是你的跟拍摄影师。"

热息喷进她的耳朵里，连带着沈千橙的心底都酥痒了起来："你还请了摄影师啊。"

"你之前不是说领证的时候没有拍照？"他说。

沈千橙没想到他竟记着这种话，这种事事有回应被重视的感觉，非常舒适。

但是这和领证不一样，约会哪有带摄影师的，她指甲刮了刮他的手心："那我们要是想接吻，有个人看着……"

秦则崇偏过眼看她，似乎是考虑了两秒："让他走？"

沈千橙不想失去美照，果断拒绝："不行，到时候你让他背过去，不准看。"

因为清了场，所以里面除了他们连工作人员也不在，唯有那些还在海水里游动的鱼。

沈千橙晚上喝了酒，虽不多，经过这么一段时间，也有些微微的醉意，比之以往更张扬骄纵。

路过无数海洋生物，一群橙色水母出现在她的面前，她推搡着男人离开，靠在玻璃上，叫着要拍照，窈窕得像条美人鱼。

有那么一瞬间，秦则崇觉得，应该让摄影师转身。

沈千橙摆完造型，停在那儿没动。

秦则崇刚走过去，就被她攀住，她环住他颈，半挂在男人的身上。

礼裙的流苏珍珠碰撞到他西装外套上的纽扣，发出声音却被紧贴的身体隔住。

"想……"

沈千橙的话还没说完，秦则崇已经揽住她的腰，低头，唇压过去。

她的余光里，是幽邃深蓝的海洋，对面一条魔鬼鱼贴在玻璃上，好似在看他们。

远远看去，两个人拥在一起，在昏暗幽蓝的海底隧道。

沈千橙气音哼声，后知后觉："我还没同意，而且你都没让摄影师转过去。"

秦则崇沉缓低声："你当他是鱼。"

至于前一句，当没听见。

其实摄影师早已转身。

沈千橙没忍住笑，弯着唇，把他的领带从里面扯出来绕在手上玩，思维发散："其实我以前养过鱼的。"

他们结婚有一年的时间，交心的次数甚少，从没和他聊过学生时代，现在却兴致勃勃。

"我以前在学校里养过一盆金鱼，但是我养鱼的能力好像不行，没两天就死了。然后我就把它们埋了，埋在……"

"花坛。"他提醒。

"嗯花坛里，毕业后听说后来学校重新规划……"沈千橙抬眸，盯住他的桃花眼，"你怎么知道是花坛？"

"看到的。"秦则崇呼吸微停，轻声问，"信吗？"

沈千橙虽然有些微醺，但也没到昏沉的地步，听到这话，笑了起来。

信他才怪。

学校能挖土埋鱼的地方少之又少，他就算猜到花坛也是正常的。

时过境迁，沈千橙却记得那一天，因为那天学校里的商学院有讲座，是哪个成功人士的她却不记得了，也没关注过，而且还是下雨天。

不过她的同学们倒是很激动，一个个都跑去听了，沈千橙后来直接回了家。

沈千橙轻轻嗔他一眼："你怎么不说你暗恋我呢。"

秦则崇一顿，眸光凝着面前的美人，正要开口。

下一秒，美人看向他背后，抓着他的手往后走："那条魔鬼鱼居然偷看我们。"

秦则崇没料到是一条魔鬼鱼打断了两人。

也不知道是不是被发现，魔鬼鱼贴着玻璃缓缓下滑，然后在他们的目光注视里，把游过来的一条小鱼吃了。

"……"

"秦则崇。"

"嗯？"

"你以前和别人约会过吗？"

他扶上她的腰："没有。"

沈千橙问："我都来京市快两个月了，你怎么想起来今晚约会，熟练得完全不像第一次。"

男人随意答："或许我天赋异禀。"

沈千橙哟了声。

秦则崇有一下没一下地揉着流苏上的珍珠，状似无意的轻佻语调："秦太太当我在心里为这次约会彩排过千次万次吧。"

说出来的话轻描淡写，情绪却都藏在眼底。

以至于沈千橙有些恍惚，心脏也抑制不住为他这句话猛然跳跃起来。

无人打扰的海洋馆内，再多呢喃都只有彼此听得见。

跟拍的摄影师远远落在后头。

从海洋馆出来后，沈千橙本以为是直接回家，没想到秦则崇带她去的是他在酒店顶层的奢华套房，这一层都是他的私人领地。

"秦太太满意今晚的约会吗？"他问。

"勉勉强……"沈千橙还想拿乔，不承想，电梯门一开，就被他拉着往里走。

她礼裙上缀满的流苏珍珠撞在一起，发出细小的碰击音，叮叮当当。

纵然知道这层不会有别人，但毕竟是空寂的陌生环境，沈千橙也难忍紧张。

走廊的灯光炽热明亮，照得她眼底发昏。

她揪着秦则崇的衣服，被他掠夺气息，鼻尖呼吸到的都是他的味道。

原本的微醺，在这一刻也变成了沉醉。

翌日，沈千橙刚醒就很想翘班，可惜，她是新闻主持，不可以。

想到这，她看向床另一侧的男人："下次约会应该选第二天我不上班的时候。"

秦则崇睁开眼眸："了解了。"

沈千橙吓一跳："我还以为你没醒。"

秦则崇没赖床的习惯，起身下床："刚醒，没想到你已经在考虑下一次约会了。"

这叫什么话，沈千橙白眼，好像她很迫不及待似的。

文秘书过来送衣服时，第一眼看到的是丢在走廊上的西装外套，他默默地捡起来，然后敲门。

里面传来一阵急促的脚步声和女声惊呼："我的裙子在地上！被秘书看到我就杀了你！"

文秘书拦住从电梯里出来推着餐车送早餐的侍应生,两分钟后,他们才一同进门。

文秘书将西装外套放在椅子上,当自己什么也不知道:"早上好,秦总,太太。"

沈千橙回:"早。"

"摄影师昨晚已经将修好的图与底图发了过来,总共八十三张,成图有八十张,其中三张因为馆内灯光暗所以废弃。"

沈千橙兴趣盎然:"给我看看。"

摄影师技术很好,每一张都很漂亮,比如有一张是她靠在玻璃上,一条白海豚游过,停在她的脸侧,仿佛在亲吻。

令她止住手的是一张亲吻照剪影,幽蓝色笼罩着高低的两道人影,男人低头亲吻女人。

沈千橙背着光看不清脸,而正对着橙色水母水箱的秦则崇却清晰可见。

直到车停在电视台大楼下,沈千橙还在反复欣赏自己的美貌。

可惜,秦则崇露脸了。

秦则崇抽走她的平板,提醒:"你不上班了?"

沈千橙意犹未尽,这会儿又急急忙忙:"当然要上,还好还好,今天起得不算晚。"

下车后她想起来什么,扣开车窗,弯腰,看着里头正经斯文的男人:"这么多约会照,你挑一张发出去。"

秦则崇偏过眼:"你不打算发?"

"我发,大家觉得是我和我老公感情好,没有你秦总的份。你发,是让大家你和你老婆感情好。"

秦则崇轻笑,这两句话殊途同归。

"那你呢,什么都不发?"

沈千橙捧住男人的脸,与桃花眼对视:"当然发咯,就是不知道你能不能看见。"

秦则崇若有所思。

沈千橙松开手,哼着江南小曲往电视台大楼里去。

许久后,车窗缓缓合,车掉头往秦氏的路上,秦则崇看平板上的照片,多数是沈千橙的个人照。

他翻过几张,停在那张亲吻照上。

副驾上的文秘书刷新半天朋友圈也没看到boss发的图，琢磨着男人的心情应该不错，开口问："秦总，您是发微博了吗？"

秦则崇觑一眼，言简意赅："没有。"

文秘书轻咳一声："微博比朋友圈人多，太太是想秀恩爱了。"

想起来可能boss没微博，他认真地问："需要给您注册一个账号进行认证吗？太太微博现在有千万粉丝……"

文秘书说着登录微博，打开沈千橙的主页。

半晌，他抬头："秦总，太太在微博夸了您。"

秦则崇挑眉："念。"

文秘书欲言又止。

半天没声，秦则崇没什么耐性，语气不冷不淡："你是要年终奖加钱还是扣钱？"

"当然是加钱！"文秘书脱口而出，他立刻品鉴了微博上的那句话，"太太夸您厉害！"

秦则崇取过手机，映入眼帘的便是最上方"沈千橙"三个字，往下看去，是她两分钟前发布的新微博。

"沈千橙：清晨醒来，发现他的睫毛好长，手好大。突然很喜欢太阳刚刚升起的时候。"

是独独喜欢今天的日出，还是喜欢太阳刚升起时陪在身边的人？

秦则崇轻叹声，唇角无意勾起。

不论答案是哪一个，都可以。

车行驶在六点的京市，一盏盏路灯延至远处天边，簇拥欢迎清晨的日出。

自她调来后，秦则崇的每一个清晨都是这样的美景，和她一同见过五点的京市，六点的日出。

沈千橙发微博的时候，刚刚乘坐电梯上到部门楼层，经过长廊，便从落地窗看见清晨的京市和远处出现的橙色日晕。

上个月这个时间还不能看见日出，这个月已经可以了。

她停下脚步往下看，可惜太高，看不见楼下的具体模样，也不知秦则崇的车到了哪里。

沈千橙到办公室时，小茶正拿着一个巴掌大的小喷水壶给那枝桃花喷水。

"沈老师，您来啦。"她回头。

"从哪儿来的喷水壶？"

"徐老师的，她不是坐窗边养了盆栽，我就借过来用了。"

沈千橙凑近桃花嗅了下："真淡。"

小茶说："您看起来气色很好哦。"

沈千橙笑吟吟地拿着新闻稿下楼。

二楼娱乐中心已有许多人在忙碌，演播室内的工作人员纷纷将目光投向台后的女人。

昨天食堂那一出戏后，沈千橙的大名可是响当当。

也不知道邓山是怎么被抓出来的，但是现在没一个人怀疑这件事的真假，也震惊她的手段。

谁见过在公司里放造谣同事改编的短剧的？谁见过一个造谣事件便请了业内最负盛名的陈大律师起诉的？

这位沈老师来自江南，性格却一点不温柔，反而锋芒毕露。

随着早间新闻的直播开始，一切都归于平静。

主持人很少有六点多就到的，邓山平时都是九点才到电视台，今天他却早来了，频频看向门口。

徐清芷来时，看到他的眼神，心里好笑。

昨天还理直气壮说不是自己，在主任办公室里说自己是被污蔑的，怎么今天这么慌？

七点十分，沈千橙乘电梯回到部门楼层。

她正和小茶说话，冷不丁前面站了个拦路的人，也没理，直接蹙眉从他身旁经过。

"沈老师！"邓山重新挡住她。

沈千橙端着水杯，慢悠悠地润着嗓，小茶开口："你有事吗？"

邓山没想到一个实习生都敢和自己这么说话，强忍着，低声下气地说："沈老师，之前的事是我鬼迷心窍，我误解了你，我可以向你道歉……"

沈千橙懂了，这是怕上法院了。

她咽下一口热茶，嗓音清甜，话却冷，打断他的长篇大论："我什么时候要你道歉了？"

邓山说："沈老师，这件事本来……"

"你可能误会了。"沈千橙微微一笑，"我从始至终，就不需要你的道歉啊。"

这种人不过是迫于法律的威严才会道歉。

她沈千橙不需要道歉，需要他受到惩罚。

邓山从没有遇到过这种事情，眼睁睁地看着沈千橙越过他进入人群里。

"沈老师真高冷。"

"邓老师昨天不还是说不是自己吗，怎么今天就认了，看来是害怕去法院。"

回了办公室，沈千橙登录微博，后台一片红。

"哦哟，秀恩爱啦。"

"我总觉得千橙的老公是个大帅哥！之前营销号发的朋友圈截图，下颌线多优越啊，个子又高，高个子很少出丑男。"

"就我一人之前还在嗑心橙则灵的'CP'吗？"

心还是诚的，可惜不能告诉你。

沈千橙撑着脸，忽然在想，她什么时候才能公开自己和秦则崇结婚的事？成"国民大主持"后还是退休后？

好遥远，看来秦则崇注定要做她见不得光的工地男友了。

昨天的造谣热搜已经消失，投稿博主也自愿出来声明道歉，称没有认真审核真假。

关于沈千橙"霸凌"同事的热搜倒是还在，只不过经由更改，话题转变利于她，路人也纷纷大呼解气。

沈千橙浏览了一遍，不知道秦则崇出手没有。

她打开微信，给他发消息："你发照片了吗？"

对面没回。

自从boss三月开始六点多进公司后，公司的灯都亮得早，不过只有八点后人才会多。

此时七点半，唯有高层的灯光明亮。

文秘书将一份邀请函和拍品名单送上办公桌："昨天晚上苏富比拍卖行送来了一份邀请函，当时您和太太正在约会，所以放在我那里。"

秦则崇接过来随意翻了几页，与以往的拍卖会并无什么区别，不过是古董、字画、珠宝一类。

拍卖会时间在三天后。

秦则崇随手放置在一旁，忽然抬头："你还有问题？"

文秘书一本正经问："我为您准备了十个微博账号，名字头像各不相同，秦总您想要哪个用来秀恩爱呢？"

秦则崇听笑了，按着眉尾："一个也不需要。"

文秘书问："您不打算满足太太的要求吗？"

秦则崇慢慢悠悠说："我发现你今天话很多，这么有空，不如你这个月去带实习生？"

十秒不到，文秘书消失在办公室。

门合上后，秦则崇打开存放照片的平板。

长指刚在屏幕上滑过，微信提示音响起，他点开，唇边弧度不显，回复："还没发。"

沈千橙不乐意："怎么这么慢。"

她知道他肯定会回。

果然，对方发来彩虹屁："秦太太，我总要想一个完美的文案才能配得上你的美貌。"

看到这行字，沈千橙表示很满意，又转了话题："你昨天送的那枝桃花好像已经快谢了。"

秦则崇早有预料："今天会有新鲜的送过去。"

看来自己办公桌上的青瓷花瓶未来一段时间不会空了，沈千橙好奇："那要是桃花花期过了，你要送什么？"

"不会过期。"

简单的四个字，令沈千橙雀跃几分。

她得寸进尺，质疑："这么信誓旦旦？"

"嗯。"

沈千橙正要杠一回，蓦然收到他的新话题："昨晚拍摄的照片，喜欢哪一张？"

"我喜欢好看的。"

说了等于没说，秦则崇敲击屏幕："最喜欢的。"

沈千橙猜到他要做什么，不由得有些期待，发出去的消息却很无情："你选你喜欢的，不准问我。"

她随手点进秦则崇的朋友圈。

他没有设置时间期限，但总共朋友圈数量也不过三条，最新的一条是去年春分他发了结婚证，文案是表情里的一个太阳笑脸，评论里还有亲朋好友们的震惊与祝福。

沈千橙忽然期待值下降百分之五十，她刚刚居然在期待秦则崇写出什么优美文案来，领证当天他都能只发一个表情笑脸。

刚才只是情话哄她的吧。

那句话后，微信静悄悄的，迟迟没有回信。

在她打算息屏的前一秒，手机突兀地震动起来，沈千橙停下手，看向对话框。

秦则崇："发了。"

以及他分享的一条微博链接，陌生的ID，熟悉的头像。

头像与ID是次要的，这些都没有他的文案吸引力强，沈千橙迫不及待点进去，看完全部。

"秦太太，今春相逢，我见你来，只觉明珠灼灼，人间无此，何其有幸，目睹你的璀璨光华。"

比她的字多，句句称赞。

初看第一行，沈千橙的心跳就快了几分，直到看完最后一个字，久久无声。

她目光下移，看到秦则崇选的配图时有点疑惑，他最喜欢的难道不是他们的接吻照？

照片是抓拍的，唯有沈千橙一人，她在橙色水母的水箱前，背影窈窕，乌发掩住蝴蝶骨，香肩半露，因叫远处的他而微微侧脸，礼裙上的流苏珍珠在幽蓝的光线下依旧熠熠生辉。

沈千橙不记得自己当时要说什么了。

微醺状态下的记忆，一夜过去，很多都断断续续。

难不成，秦则崇很喜欢当时她说的话？

"秦总的表白好甜！"小茶的声音突然打断沈千橙的思路。

沈千橙吓一跳："你什么时候过来的？"

小茶后退一步，捂住嘴："我进来叫您，您不吱声，我就想看看您在干什么……对不起。"

"看都看了。"沈千橙心情正好，不以为意地笑了下，"也没什么不能看的，下次注意。"

小茶忍不住激动："沈老师，我看到微博写秦太太，照片又是你！这微博一定就是秦总吧！"

沈千橙故作淡定："啊对，他非要发微博。"

小茶可没心思去想她这个隐隐炫耀的心理，话匣子关不上："照我说，早就应该昭告天下宣示主权才对，以后就没什么李衡、段川穹了！"

"打住，这微博没认证。"

"认证很快的。秦总好会说。沈老师，你不就是灼灼大美人嘛，我当初第一眼看就这么觉得了！"

沈千橙的目光重新落回文案上，陷入思索——秦则崇怎么用微博发？这文案是他自己写的吗?

她与秦则崇领证一年，真正相处亲密也才是最近这一两个月时间，从不知道他这么会夸人!

沈千橙作为主持人的毛病又犯了，如同背稿一般，低低地快速念完，唇齿间亲昵非凡。

摆在办公桌上的那枝桃花已蔫，却掩不住室内春光。

之前的期待值过低，如今答案在眼前，对比明显，沈千橙心里有一点"小小"的惊喜。

心脏重回原位，沈千橙的心神终于从情话中回神，之前被忘在一边的疑惑重回。

秦则崇的头像是莫奈的《日出·印象》，晨雾笼罩下的日出，橙色的水光波纹，抽象蒙眬。

他的微博名是一串单词——media naranja。

沈千橙对这个ID没印象，却对头像记忆深刻。

因为在她的记忆里，还没毕业的时候，她有一个粉丝用的是这个头像。

沈千橙生在宁城沈家，沈家有哥哥沈经年主持大局，所以家里人对于她的学习与工作的方向并无要求。

从小长辈与老师们就夸她声音好听，后来她真学了播音主持。学生时代的她可要骄纵许多，总觉得自己天下第一。

然而，大一寒假去国外度假放纵，没有用心，第一的名头便被另一个女生拿了。

沈千橙第一次受挫。

她在学校里小有名气，微博也没有隐藏，深夜"emo"发微博，很多人都安慰她，却有一个人的评论是鼓励。

那个人的头像和秦则崇的微博头像一模一样。

不过，两个人的ID截然不同。

莫奈的画并不小众，很多人都知道，大约是巧合，沈千橙转眼就将这件事忘到脑后。

小茶又开口："差点儿忘了正事，主任找您呢。"

临出办公室前，沈千橙手速极快地发给秦则崇："看完了，中午一起吃饭!"

中午邀约、感叹号，可见短信主人的心情。

秦则崇垂眼看着，不禁笑了。

209

阮主任找沈千橙的事很简单，但并不小。

秦氏与京台的合作正在推进中，初步定下来的一个节目是访谈。

京台的室内综艺不少，但并没有这种纯谈话类型的节目。

阮主任虽然青睐沈千橙，但沈千橙才入行两年多，确实资历尚浅。所以，今天就是为了激励她。

沈千橙倒是对访谈节目很感兴趣，她不太喜欢徐清芷主持的那种多人娱乐综艺，她喜欢独自掌控主场的感觉。

这个节目必须拿到，一旦得到，这个节目甚至可能会成为她的专属节目。

第十一章

中午的餐厅外人来人往。

沈千橙戴着口罩和鸭舌帽进门后看到身着西装的男人正坐在窗边，侧对着门口，胳膊慵懒地搭着椅子。

"你的秘书今天没来？"她落座。

秦则崇回身，随口道："他今天工作很多。"

沈千橙问："你今天怎么发微博，我以为你要发朋友圈的。"

秦则崇抽纸巾去擦她的手，漫不经心道："文洋自作主张说你想看的是微博。"

沈千橙语气古怪："文秘书工作多，不会是因为这个吧？"

"不是这个。"秦则崇在她好奇的目光下，唇角一勾，带了点玩世不恭，"他也想看我发了什么。"

沈千橙眼里漾起笑意，冠冕堂皇开口："你给他看也没什么，又不是什么不能看的内容，恩爱嘛，就要多给人看。"

秦则崇若有所思："懂了。"

沈千橙任由他帮忙仔仔细细地擦手指，轻声问："你这么会写，怎么领证的时候就发一个表情？"

秦则崇顿住。

顷刻，他将废弃纸巾抛进远处垃圾桶，笑："你可以当作是喜不自胜，无法用言语表达。"

第一次见面就领证，哪有喜不自胜，沈千橙早已没了记忆，也不太相信。

她转了话题问："那你今天的照片要是发朋友圈，还会写这段话吗？"

"看到照片的时候，有句话很清晰。"男人伸手揉她的发顶，很轻，声音也沉静如水,"我始终相信,世界上存在美人鱼,就如你。"

简单一句话,让沈千橙眼眸发亮,早知道他这么会说,平时就应该多让他说。

吃完饭后,趁秦则崇接电话,沈千橙又点开他的微博,发现居然有人评论。

他这个号不是新建的?

沈千橙点开评论。

"哇,千橙结婚了,你也找到真爱啦。"

沈千橙点进对方微博,发现这个博主是自己的小粉丝,超话等级还蛮高。

等等,秦则崇怎么会和她的粉丝认识?

沈千橙回到秦则崇的主页,关注列表仅她一人,可见的只有上午那条秀恩爱的微博。

但是,他的点赞目录不少,她在宁城时发的微博,他就点赞过。

那时候她在做什么?和秦则崇才领证没多久,两个人见面次数屈指可数。

所以,秦则崇对她的生活了如指掌,她却对他一无所知。

沈千橙忽然有点茫然,又有点不高兴。

她抬头,看男人在窗边,忍不住团了个小纸团砸过去。

秦则崇偏过眼看她,挑了下眉,收回目光,继续通话,并把纸团捡了起来。

打一辈子电话去吧!

沈千橙拎起包包就走,丢给秦则崇一个高冷的背影。

秦则崇手里还捏着那个纸团,指腹揉了揉,一分钟后便结束了通话。

难不成是因为打电话冷落了她,她不高兴?

秦则崇先是沉默,随后溢出一声轻笑,拨通了沈千橙的电话:"就这么走了?"

电话里,沈千橙的声音一如既往的清甜:"哪能打扰秦总做生意啊,搅和了生意就是我的过错了。"

听这阴阳怪气的,秦则崇牵了下嘴角。她请自己吃饭,自己却忙着接电话确实不太合适。但她生气,反倒说明她在意吧。

"挂了。"通话结束前,沈千橙还恶狠狠地丢了两个字。

秦则崇有时挂乐聿风他们的电话也是如此,没想到,有一天这种事竟然会回到自己的头上。

再一次看到人送来新鲜的桃花时,部门里的员工们起哄道:"沈老师,你老公又送花啦。"

小茶把蔫了的花扔到外面。

沈千橙指指桌上:"既然花瓶换了白瓷的,这个就不要了。"

那人把青瓷瓶带走，一路经过无数目光，有人离得近，快速用视频拍了全身。

办公室门合上，挡住众人的探索目光。

男主持人们酸里酸气："就这么普通的桃花，几块钱都不要，就能让你们喜欢了？"

徐清芷白眼："这是心意，那你们谈恋爱，几块钱的花准备了吗？没有吧。"

女主持人们点头，很是歆羡："沈老师老公真把她放心上，花谢了还换新的，没多少男人会这么细心。"

"就是，就知道嘴巴说说，不知道行动。"

"我为我之前吐槽沈老师老公道歉。"

"难怪能俘获大美人的心，果然是有点心思的。"

而办公室里，沈千橙在给乐欣打电话："晚上一起去泡温泉？"

"好。"

挂断电话，沈千橙拨弄了鲜艳欲滴的桃花花瓣，给秦则崇发了条消息："晚上和乐欣约了。"

直到此时，秦则崇也没觉得有问题。

乐欣工作结束，直接开车到电视台楼下，大摇大摆地带走了沈千橙。

一进私人温泉池里，沈千橙就再也忍不住。

"他肯定早就关注我了，居然一声不吭，还点赞我的微博，合着我在微博发什么他都知道，我好像还有一次吐槽过他送的花，难怪第二次就见不到了。他还和我的粉丝认识，想想多可怕！"

乐欣笑得仰在池边，听了她的长篇大论，开口："可怕倒是不可怕，但是确实很不自在。"

沈千橙趴在池边，枕着胳膊："嗯，就是很不自在，我做什么他都知道。"

她的头发被包了起来，天鹅颈露在空气里，往下是光洁的背，漂亮的蝴蝶骨，水汽烘得她皮肤泛着粉色。

乐欣也转为趴着，和她面对面："毕竟你是他老婆啊，谁让你是公众人物，关注你也不奇怪。"

沈千橙被说服了一点，支起脸，眼睫眨动："那这段时间里我对他一无所知呢。"

"那你让他给你讲他一年都干了什么事不就行了。"

隔着袅袅水雾，沈千橙递了一对白眼给她。

乐欣笑得不行，直到嘴巴里被塞了一颗草莓才闭上。

嚼完，她开口："我不觉得有什么问题，这不挺好，有利无弊，和你粉丝认识，应该也是为了知道你的喜好吧，毕竟问你太直接。"

乐欣又问："他微博是哪个，给我看看。"

两颗脑袋凑在池边看同一个手机屏幕。

"秦公子这么会？"看到唯一的一条微博，乐欣睁大眼，"他给你拍的？"

"摄影师拍的。"

"约会带摄影师？真有你们的。"

"我之前抱怨了一句领证时候没跟拍。"

乐欣转头，语气难得认真："他还挺上心的嘛。"

沈千橙说："这有什么奇怪的，他和我结婚，要是不把我的话放心上，要他还有什么用？我沈千橙有的是人喜欢。"

"是是是，但别自恋过头，还有人不喜欢吃橙子呢。"

说到橙子，乐欣咦了声，她重新拿起手机，目光落在那微博ID上，总算知道不对劲在哪。

她是国际名模，对各种语言不说精通，但也知道不少，西班牙语恰在其中。

是无意，还是有意呢？或许只有本人知道了。

"咦什么。"

"没什么。"

乐欣认真看好友，把手机还给她，意味深长道："我猜，秦总可能喜欢吃橙子。你可以问他，你现在是不是他的半个橙子。"

沈千橙会错意，红着脸泼她水。

一场温泉泡完已是很久以后。

乐迪作为车的主人，打电话过来询问："姐，你什么时候回来啊，我还要出门呢。"

乐欣说："不回去了，今晚住酒店。"

"姐姐，你开车走的时候不是这么说的。"乐迪又问，"千橙姐呢？"

"也不回去了，她老公得罪她了。"

被沈千橙再次挂断电话时，秦则崇刚结束与乐聿风他们的晚餐。

乐聿风百无聊赖地说："阿行还在伦敦，不知道哪天回来。"

见秦则崇放下手机，神色淡淡，他调侃："什么表情，该不会是被老婆挂电话了吧。"

陈澄说："我刚就听见一句，嫂子说她不回家了。"

正说着，秦则崇的手机又响了。

陈澄还以为是沈千橙的，凑热闹地挪椅子靠近，结果瞄到名字是乐迪，顿时没了兴趣。

乐迪可是操心的命，一通电话就问："二哥，你和千橙姐怎么吵架了？"

秦则崇的长指摩挲着茶杯，反问："吵架？"

"我刚给我姐打电话，她说你得罪千橙姐了。你就道个歉嘛，女孩子很容易哄的……"

乐聿风问："怎么了？"

秦则崇喝了口茶，撩起眼帘："和老婆吃饭的时候接电话，她不高兴了。"

说起来，这好像是他们第一次闹矛盾。

乐聿风笑出声："小事，哄哄就好了，买个礼物。"

"知道，不用你教。"秦则崇瞥他一眼。

他摊手："反正又不是我得罪老婆，你要是买的礼物不合心意，那……啧，又独守空房了。"

陈澄大咧咧插嘴："珠宝首饰包包呗，万能礼物。"

秦则崇拎起外套起身："走了。"

"哄好说一声。"陈澄冲着男人的背影叫了声，等门关上，他说，"二哥出手，估计今晚就能好。"

乐聿风不置可否，看热闹不嫌事大，在群里给周疏行分享说秦则崇得罪老婆了。

然而，等第二天夜里刷到国际媒体拍摄的新闻，看到照片上英俊的亚洲面孔时，陈澄沉默了。

说好的买个小礼物，怎么跑去拍卖会了！

那是小礼物吗！

沈千橙压根儿不知道乐欣和乐迪玩笑的话传到秦则崇那边就成了真的。

第二天她是直接去电视台上班的，所以一直都没有发现秦则崇已经登上去伦敦的航班。

直到上午十点，她收到秦则崇的消息，说他出差两天，她也没觉得有问题。

即便他不在京市，下午的新鲜桃花也是准时送来的。

伦敦时间，下午两点。

秦则崇和校友Asa见面喝了下午茶，傍晚一同约着去苏富比拍卖会。

Asa问："你是特地过来的吗？"

"嗯，买个东西。"秦则崇颔首，把玩着一个定制的打火机，但他从不抽烟。

215

拍卖会现场人数不少，也有国际友商，他没想到还能看到老熟人——周疏行。

秦则崇歪了下头，打了招呼。

轮到双方互猜来拍卖会的目的时，他想起国内热搜上闹得沸沸扬扬的"周总不喜欢作精"的采访，怕是梁今若很不高兴。

两相对比，自己得罪沈千橙的程度比他轻多了。

秦则崇挑着眉，就连说起自己的目的时也带着轻快的劲儿，一本正经："我是哄老婆。"

周疏行回："新婚一年还得罪老婆。"

秦则崇挑着唇，慢悠悠道："你还没结婚就得罪未来老婆。"

两个人对视一眼，分开进入拍卖会现场。

沈千橙是主持人，没法戴太璀璨夺目的首饰，秦则崇选中了一套祖母绿首饰。中途看周疏行连拍不停，他闲着无事，和他微信上调侃互怼了一个来回。

拍卖会一结束，文秘书便上前："航线已经通了，现在就可以走，您要不要休息一晚？"

来时匆忙选了最快出发的航班，走时自然坐私人飞机。

秦则崇打开微信，对话还停留在沈千橙几小时前的那句"知道了"，他按灭手机。

"不用。"

五点多，沈千橙起床洗漱，下楼吃早餐。快吃完的时候，她才想起今天不用早起主持新闻，当即喝碗粥，又上楼继续睡。

直到在朦胧中听见卧室门开的动静。

她下意识拉过被子挡住脸，却想到什么，没了睡意，撑起头，果然看到床边男人的身影。

"醒了？"秦则崇低声问。

沈千橙咕哝："你今天就回来了？"

秦则崇在床沿坐了下来："我跟你说了是两天。"

沈千橙看了下闹钟上的时间，表示无法理解："你的两天和我的两天不一样，中间只有一个白天。"

估计大半的时间都在路上，也不嫌累。

秦则崇没回，将首饰的盒子放在床头柜上，温声："前天中午，我电话接了很久，是我不对。"

四目相对，男人的桃花眼微微垂着。

沈千橙刚睡醒，思路慢，声音也轻柔许多："你以为我那天走是因为这个生气吗？"

她忍不住莞尔。

盯了她几秒，秦则崇确定不是假话，也不禁好笑。

"所以我得罪的是哪个地方？"他饶有兴致问。

一提到这个，沈千橙语气强势起来："你微博那么早就关注我，都不告诉我，我要是不发现，你就一直不说是吧？"

房间里安静片刻。

秦则崇沉静开口："所以是因为这个生气？"

他抬手，轻轻捏她的脸，手里还带着清晨的凉意。

"凉。"沈千橙拍开他的手，"是啊。"

闻言，秦则崇敛了眸，许久再度开口时，语速很慢："我确实很早就关注你。"

他略顿，抬眼，看见刚才还冷着一张脸的沈千橙现在眉眼弯弯，眉梢得意难掩。

"你承认了！"

沈千橙坐直，两只手捧住他的脸。

四目交接，她心跳漏一拍，忽然想起来乐欣的话。

她鬼使神差地问："那你说，我现在是你的半个橙子，还是一个橙子？"

空气安静下来。

秦则崇眸底一暗，沉沉回应："半个。"

"知道什么意思吗？"秦则崇接着问。

"不知道。"沈千橙主打的就是诚实。

卧室窗帘紧闭，光线昏暗，仅有一盏灯开着。

床边侧坐的男人的眼神好似带有穿透力，侵入她的心脏，无法退离半分。

"给你讲故事，听不听？"

沈千橙小声道："就听一点。"

秦则崇垂目望着她，开口："西班牙语里有句话说，如果每个人都是半个橙子的话，那么我们一生中始终在找寻的也许就是当初被上帝切开的另外半个。而media naranja字面直译是半个橙子，深层寓意为心上人、灵魂伴侣、一生挚爱。"

"所以刚刚，"秦则崇伸出手，碰了碰她的耳朵，慢条斯理地继续，"我的答案是，你是我的一生挚爱。"

沈千橙启唇半晌也没能说出什么话来。

他说她是他的一生挚爱。

四目交接，寂静无声。

沈千橙还从来没被这么深情表白过，讷讷蹦出句不相干的话："故事讲完了？"

沈千橙稳住心跳，却稳不住淡粉蔓延肌肤。

她声音渐轻："关注我这么久，还用这个名字……你不是随便找的名字？"

秦则崇倾身，与她靠近，呼吸纠缠，热息微沉："随便找的会这么精准吗？"

是，沈千橙明知故问。

半个橙子，恰与她名字有关，又带有这样的深意，怎么会是随便找就能找到的。

只是，猜测秦则崇早关注她和秦则崇自己承认说喜欢她，这是完全不同的两回事。

秦则崇问："还生气吗？"

沈千橙耳朵动动："姑且信了你的话。"

秦则崇得到这一句后，倒是轻快不少，脱了外套去洗澡。

沈千橙在被子里翻来滚去，团成一团，给乐欣发消息："半个橙子的意思，你是不是早知道？"

乐欣："我是懂西语，但是我又不知道秦总的意思，你既然知道了，是他告诉你了？"

沈千橙趴在床上："嗯。"

乐欣："嘿嘿，我就说，他既然上心，肯定就是有感觉。"

她放下手机，把床头柜上的盒子抱了过来，打开一看，温润的祖母绿映入眼帘。

她合上盒子放回去，觑了一眼又一眼，秦则崇躺下来，任由她看，最后两个人对视不移。

秦则崇低低笑着，只觉她今天当真可爱，拥着她没入绒被之中。

恍惚间，沈千橙似乎听见他又在自己耳边用低沉性感的声音念着西语，可她只听懂后几个词。

她声音哝哝。

"不听……"

"你愿意做我的另一半橙子吗？"

"不懂……"

"你愿不愿意做我命中注定的灵魂伴侣？"

"不……愿意……"

沈千橙声音哽哽噎噎，断断续续，零星吐出几个字，秦则崇直接无视前一个字。

午间时分，秦则崇率先苏醒。

沈千橙缩在被子里，他撩开她遮住眼眸的长发，一呼一吸间，安静又静谧。

手机铃声响起。

秦则崇眉头一皱，快速接通。

他瞥了眼屏幕上"周疏行"三个字，还未开口，对面已经出声："哄好了没？"

秦则崇无语，按了按太阳穴。

周疏行没听到声音，猜测："没哄好？"

秦则崇呵了声："笑话！"

秦则崇靠在床头，音量压低，慢悠悠道："周总，扰人清梦不可取。"

沈千橙睡的回笼觉，只觉好吵，她推了下身旁男人，咕哝出声。

过了几秒，又骂了句："港度？"

或许是因为在睡梦中，声音微软，拖着尾音，前后鼻音也被淹没在其中。

腰间有手推搡，又不动了，秦则崇微微一笑。

她不知道，其实他去学过一段时间的宁城方言，即使他私人时间不多。

但宁城与京市地域处于一南一北，宁城方言的发音与普通话相差甚远，语速快，言语差异并非短时间就能成。

况且老师也不会教一个贵公子骂人之言。

偏偏沈千橙平时说普通话，在他面前说方言的时候都是骂人。

秦则崇在宁城待的时候，倒是听过几次，是傻瓜的意思。

秦则崇听笑了，直接挂断电话，顺带调成静音，以免又有人打扰。

扰人的声音终于停下，沈千橙也翻身回来，没再骂骂咧咧。

秦则崇空着的手抬着，任由她蹭进怀里，才缓缓落下，隔着轻拍她的背，一下又一下。

沈千橙是在十二点左右醒的。

刚醒不久就收到乐欣的消息："中午有空吗，我的小橙子。"

橙子，是现在不能提的水果。

沈千橙见到这俩字就敏感："没空。"

乐欣："真冷漠，我看到你老公和周疏行去拍卖会的新闻了，你老公买完就连夜回来了？"

沈千橙以为他只是去珠宝店品牌店买的，没想到还出国了。

她上网看了下，果然热搜与拍卖会相关，周疏行的"二十亿求婚礼物"挂在第一位。

沈千橙点进秦则崇的热搜看，果然看见他被媒体拍到的正脸，陷入沉思。

航程往返就需要二十几个小时，他怎么回来得这么快，一点也没休息？

那今天早上，秦则崇岂不是坐了十几个小时的飞机，即便在飞机上休息，也不如陆地舒坦。

直到沈千橙吃上香喷喷的排骨面，还没能回过神来。

她喝了口面汤，问："我睡着的时候，你和谁在说话？"

秦则崇说："周疏行。"

"我看到新闻了，你们两个一起去拍卖会。"

"不是一起，是碰巧。"秦则崇接着说，"他得罪你外甥女了，谁要他采访说不喜欢'作精'。"

沈千橙当然和梁今若站同一边："活该。"

秦则崇颔首："嗯。"

吃饱喝足，沈千橙本来打算下午去上班的，在家里也无所事事。

谁料，秦则崇上次说的可以养狗，是真的。

看到十几条品种不一、大小不一的狗在院子里待着等选时，她是真眼花缭乱。

管家在一旁问："太太，您看您中意哪条？"

沈千橙选择困难症要犯了，回了餐厅，秦则崇正在吃面。

"跟我去选。"她戳戳他。

于是秦则崇的饭桌改到了院子里，春日花香弥漫，还萦绕着一丝面的香味。

狗狗们鼻子尖，也闻到了，纷纷看向他，最边上的一条小狗离得最近，挪到他脚边，牵引绳拉到最大也不嫌勒。

秦则崇大约是心情好，勾着唇，用排骨吊着它，娴雅地抬手摸了摸它的脑袋。

沈千橙坐在对面，将他的漫不经心尽收眼底。忽然感觉，他这怎么那么像揉她发顶的时候的动作。

他揉她头发的时候，在想什么？

"发什么呆？"男人抬眼，忽然问。

沈千橙回神，看他的目光充满了质疑，声音也变得轻忽："你很喜欢摸狗？"

秦则崇低头看了看自己的手，若有所思，收了回来，再度看向对面日光下容颜俏丽的女孩。

"也没有很喜欢。"

沈千橙哦了声。

忽然反应过来，秦则崇怕不是以为她在吃狗的醋吧！

她开口:"我不是吃醋啊。"

秦则崇瞧她:"知道。"

沈千橙强调:"真不是。"

不说还好,一说秦则崇越觉得像掩耳盗铃,挑着眉笑:"嗯,你没有,你不是。"

秦则崇迎着光,懒散地靠在乳白的椅背上,周围是碧绿的草地,如同一幅沐浴在天光下的油画。

午间的日光热烈,他的桃花眼微微上挑,眼瞳被映出浅浅的琉璃色,藏着几分勾人。

沈千橙突然想起和秦则崇领证那天,早上是阴天,他从雾里而来,和她去了街边的咖啡馆,初次见面,相互介绍。

午间时分,清晨的雾终于散去,薄薄的初春日光穿透云层,温和地落在他身上。

于是,连午饭也没吃,她就去了民政局,连家里人都是下午才知道的,那是她最冲动的一天。

沈千橙弯着唇,故意说:"家里有大狗了,养条小狗就好。"

她指了指停在秦则崇脚边的馋嘴比熊。

管家一愣:"家里哪有大狗?"

秦则崇眉梢一抬,微微弯腰,臂弯一捞,把小比熊托了起来,修长的手指陷进白色的毛发里。

送走一群狗狗,院子里安静了下来。

"想好叫什么名了吗?"

"小秦则崇,行不行?"沈千橙开口。

"不大行。"秦则崇说。

既然要正经起名,沈千橙点开软件,打算看看别人怎么起名的,忽然想起秦则崇的微博。

依旧是前两天的样子,只不过——

她目光下移,顿住。

前两天简介上还写着"暂无简介"四个字,不知道什么时候改成了"老婆是条小美人鱼"。

沈千橙一脸震惊,夹着点匪夷所思,还有点羞耻……当然了,也有一点小雀跃。

她不禁看了看对面正逗小狗的男人,正巧他撩眼看过来,她飞速垂眸。

一分钟后,沈千橙也修改好了自己的微博简介。

第二天,早间新闻直播结束后,沈千橙刚坐下来,小茶就问:"沈老师,你的微博简介改了,秦总知道这件事吗?"

"老公是只大帅狗狗"。

为了和"老婆是条小美人鱼"对称,沈千橙还加了个"帅"字,甚至还用了叠词。

同时,秦氏。

作为唯一知道boss秀了恩爱却又不知道秀恩爱内容的文秘书,最近几天当真是抓心挠腮。他决定去沈千橙的微博找找痕迹,万一她点赞了boss的微博,不就可以顺带看见了!

看到简介,文秘书噻了声,秦总这么忙,能看到吗?作为秘书,他应该让秦总时刻掌握最新消息。

十点时,文秘书送一份报表进办公室,看了斯文男人好几眼,忍不住说:"秦总,太太她又夸您了。"

秦则崇放下报表,接过文秘书的手机,看到了上面显眼的文字。

老、公、是、只、大、帅、狗、狗。

饶是猜到她夸的内容可能出乎预料,但也没想到会是这样的,他轻笑了声。

蓦地想起自己的简介,所以……沈千橙是看到了,才修改成这样的吗?

秦则崇扶着额头,勾人的桃花眼微微挑着,肉眼可见地愉悦。

下班后,沈千橙发现衣冠整齐的男人坐在车后座。

待她上车后,秦则崇很有闲情雅致地把她的长发捋好,他的手指修长,绕着发丝,惹眼至极。

沈千橙实在受不住这勾人的动作,扯回自己的头发:"有什么好玩的?"

秦则崇却说:"挺好玩的。"

趁他不注意,沈千橙伸手去揉他头发:"我觉得你的头发更好玩。"

男人柔软的黑发被她一通乱揉,显得有些凌乱,衬着他淡笑的英俊面容,更显恣意不羁。

她眨了下眼睫,手停住。

"怎么不玩了?"他问。

明明是主动,仿佛大狗似的求主人抚摸,到他这里,偏偏一副勾人狐狸样。

沈千橙盯了半天,清醒过来:"你说得对,我的简介要改。"

沈千橙思索许久,把原本的一行字删除,再打上稍稍正经的"已婚"二字。

最后,避着秦则崇,加上"老公男狐狸精"。

秦则崇随口问:"改好了?"

沈千橙按灭手机,神色自若:"嗯,写了已婚。"

秦则崇点头:"改成已婚,可以杜绝李段之流的出现。"

沈千橙故意问:"李段是谁?"

秦则崇瞥她:"李衡,段川穹。"

沈千橙乐不可支:"你一个大老板,把人家小明星名字记得这么清楚。"

看不出来这么记仇,从前怎么不知道他是这样的?

沈千橙忽觉结婚一年,好像才开始了解秦则崇。

谁知他来了句:"天生记性好。"

"胡说八道。"沈千橙探身过去,葱白的手指捧住他的脸,让他和自己对视。她嫩白的指尖贴在男人的皮肤上,拇指还刻意点了下他的唇角。

"秦总,你就承认呗。"

秦则崇语调微沉:"承认什么?"

"吃醋。"沈千橙的手隔着衬衣点点他的心口处,"还有小心眼。"

刚进家门,沈千橙和秦则崇的手机铃声同时响起,夫妻俩各自按了接通。

小茶一接通便开口:"沈老师,你新改的简介被粉丝们发现啦!"

"这么快?"沈千橙飞速瞄向秦则崇。

那边,文秘书汇报:"太太新改的微博简介,被一个百万粉丝的营销号截图了,转发不少,现在已经许多人知道了。"

秦则崇想起沈千橙说过改成已婚了,以为只有这两个字:"挺好,但是不够。"

"啊?"

"多找几个博主宣传。"

"您真的决定了?"

文秘书本以为会得到让对方删博的答案,现在就是震惊,居然要昭告天下自己是男狐狸精。

秦则崇语气不咸不淡:"大惊小怪。"

文秘书分明听出话里几分嫌弃,他立刻答:"您放心,最迟明天,一定让所有人都看到知道!"

沈千橙听到秦则崇说找几个博主宣传,乍一听以为是在说秦氏新剧的事,而秦则崇还不知道沈千橙具体换了什么简介。

回到楼上,沈千橙先换了衣服,看到身上的浅粉色痕迹,脖颈有,耳后有,更多的是锁骨处,一直向下蔓延。

她不由得脸颊绯红，轻啐秦则崇："排皂。"

"又在骂我？"

巧的是，她久未出来，秦则崇推开衣帽间的门，正好听见这两个字，倚在边上看她。

沈千橙还没穿上家居服，侧对着门，正对着穿衣镜。

"我还没换好，你进来干什么？"

"我怎么知道你没换好。"男人挑着唇笑，视线在她纤细玲珑的身体上流连忘返。

于是沈千橙又骂了句"排皂"。

"什么意思？"他问。

"下流！"

闻言，秦则崇径直从门口走进，微微笑着，掐搂着她的腰，倾下脑袋："好。"

沈千橙去推揉他的脑袋，提醒："我们回来还没吃晚饭……"

男人当没听见她的话。

沈千橙原本按着他柔软的黑发，忍不住揪住一点，没用力，头顶灯光明亮，在她的瞳孔里映出斑斓色。

衣帽间内原本安静肃冷，如今却莫名炽热，之前被随意丢在展示柜上的耳环，因台面的微动而缓缓移动，最终掉落在地。

晚间八点，管家终于得到吃晚饭的信儿，电话里，先生声音微哑："加个碧螺虾仁。"

"有人给您送了明前碧螺春，要用吗？"

"嗯。"

沈千橙也不知道怎么的，突然就想吃碧螺虾仁，这道宁城菜最近正是时令。

以茶烹虾，茶叶的绿搭配虾仁的晶莹剔透，风雅又清新。

沈千橙嘴巴叭叭："想吃，想吃。好久没吃了，这个时候要是在宁城，家里早就准备了，春天的虾味道鲜嫩肥美。"

"不如给你开个美食节目。"

沈千橙莞尔："我嘴挑，可不是什么都吃，说不定到时候观众还骂我呢。不要不要，吃变成了工作，就很不快乐了。"

秦则崇不禁听笑了。

翌日，闹铃刚响，小茶也打来电话："沈老师！"

沈千橙撑着脑袋："什么事啊，不能等我到电视台再说吗？"

"我已经等了一夜了！沈老师，现在全网都是你的微博简介，你确定没事吗？"

沈千橙原本因困乏而微倦的狐狸眼顿时清醒，呵欠也不打了："啊？"

她一个清晨六点档的主持人，改个简介而已，话题度能变得这么高？

沈千橙翻身，看向刚下床的秦则崇。

秦则崇似有所觉，回眸望来："怎么了？"

沈千橙摇头，轻咳一声，对电话里的小茶说："等我到电视台再说，我先挂了。"

刚才初醒没注意，现在一看，手机通知栏上，好几个平台推送的新闻头条都写着她简介的新闻，好在标题上没写简介内容。

她又快速登上微博，眼前一黑。

热搜第一，爆了。

评论区里两极分化。

"之前好像听说沈千橙的老公长得又高又帅，不然怎么这么容易娶到大美人的。"

之前写的是"大帅狗狗"的截图也被翻了出来。

"从大狗变成男狐狸精，一句话不离老公，已婚就已婚，女人恋爱脑，危险。"

连带着，沈千橙的传闻也开始增多——比如，她最近天天收到桃花的事。

甚至连模糊的小视频都传了出来，有人捧着一枝新鲜桃花出现在电视台里。

突然感觉有点刺激，沈千橙看完以上新闻的感慨，她也是"顶流"了，这岂不是所有人都能看到？

包括家里人。

沈千橙扔了手机，在床上滚了圈，停下来时看到站在床边的秦则崇，正盯着她看。

她一秒安静，找好借口："我就是不想起床。"

文秘书连同公关部宣传部兢兢业业忙活一整晚，花大价钱进行全网推送。

秦氏公关部早已知道沈千橙是秦太太，但得知要宣传这样的内容，也觉得匪夷所思。

"秦总真要宣传？"

"真要，他亲口说的！"

众人缄默。

清晨五点，文秘书看见满手机的新闻推送，露出满意的神色，今年必然奖金多多。

自从太太调来京市后，他好像就在发财的边缘蹦跶，太太一定是他的招财猫。

以至于到千桐华府时，文秘书满脸笑容，不过在沈千橙面前，他什么也没说。

快到电视台时，沈千橙也心虚，她一路上瞄了秦则崇无数次。

临下车前，沈千橙在他脸上亲了口，认真说："老公，就算全世界骂你，我也会陪在你身边的。"

虽然得到一个吻很不错，但今天的秦太太不大对劲。

秦则崇侧目，慢条斯理地问："所以，为什么全世界都要骂我？"

沈千橙也就是一表心意，提前铺垫，谁知道他还刨根问底，一时噎住："这是夸张，夸张，懂吗？"

秦则崇挑了下眉："懂。"

沈千橙松口气："我去上班了。"

等她下了车，文秘书迫不及待汇报："秦总，事情圆满成功，只要是用社交软件的，都能知道。"

秦则崇点了下头，闭目养神。

虽然秘书好像变笨，但做事还是很靠谱。

早上七点，天光大亮。

摆在办公桌上的手机隔一段时间震动一次，秦则崇不理，直到秦母的电话打来。

"阿崇啊，今晚如果没有事，和千橙回来吃饭吧。"

秦则崇应下："好。"

结束通话，他点开微信，入目一片通红的未读消息，包括发小群里也在@他。

乐聿风："@Q秦总，怎么改行做狐狸精了？"

陈澄："二哥，求出一本《秦氏狐媚法》。"

乐聿风："你二哥会坐地起价，这可是狐门的独门秘法。"

就连平时不怎么冒泡的周疏行也难得在群里调侃："认识二十多年，从不知道秦公子是狐狸成精。"

狐狸精？秦则崇莫名记起沈千橙下车前的不寻常举动，隐隐有了个不太确定的猜测。

一分钟后。

他的手机屏幕上显示着微博主页。

沈千橙。

已婚，老公男狐狸精。

秦则崇凝视许久。

在秘书室的文秘书突然接到来自boss的电话，那头声线听不出喜怒："你过来。"

他心一动，难道昨晚工作完成得太漂亮，秦总要提前发奖金了？

在文秘书还没进办公室的这一分钟时间里，秦则崇退回了榜单界面，点进第一个词条。

长指滑了下屏幕，实时正在刷新。

"一会儿工地男友，一会儿大帅狗，一会儿男狐狸精，我现在就好奇这男人到底什么样！"

"好甜，两个人双向奔赴！送新鲜的花虽然是很小的事，但上班心情都不一样了。"

秦则崇的眉头微拧起。

昨晚他以为沈千橙改的简介只有"已婚"二字，这种婚姻状况，即便是宣传开，也无大影响。可没料到，她少说了几个字。

对于一个新闻主持人来说，也许可能不是坏事，但绝对算不上好事。

文秘书进来的时候，秦则崇正在与公关部经理通话："撤了，不要留任何内容。"

一脸笑容的他心里一咯噔，笑容陡然消失。

原本在来的路上，文秘书都想好了，夏天把年假请了，然后去海岛快活度假。

挂断电话，秦则崇眼神撂到办公桌对面的总秘身上，清冽开口："关于今天的新闻，你有没有要解释的？"

文秘书实在想不到自己哪里出了问题，boss要求的找几个博主，他找了好多个，超额完成才对。

他小声："没有。"

秦则崇气笑了，薄唇一掀："你宣传之前，就没觉得有些内容是不可以的？"

这话文秘书听得冤枉："秦总，昨晚上我重复问的时候，您亲口确定了。"

"新闻立刻撤了，后续你配合公关部处理。"秦则崇眉梢轻抬，"我让你找几个博主，没让你全网宣传。至于你的失职，给你两个选择，一是去分公司，二是去海外……"

"我选第三！"文秘书立刻道。

"扣除奖金。"

文秘书小声讨价还价："我能改回选第一个吗？"

"你以为我这里是菜市场？"秦则崇冷笑，面无表情吐出两个字，"出去。"

227

文秘书一脸丧气地回了办公室，很快，他便收到了会计发来的消息，一个条子上面打印出一栏——本月工资扣除1块钱。

文秘书："……"

新闻还未撤去，白台长打来电话："秦总，你这闹的……"

秦则崇轻笑，问："这样会影响我太太工作吗？"

"又不是什么负面消息，我这就是一个地方台，不过，肯定会受到一些非议。"

秦则崇嗯了声："新闻已经在撤了。"

白台长倒是疑惑："也不知道这种事怎么能传得到处都是，小沈也没这个话题度吧。"

闻言，秦则崇撑着额头。

好在白台长没有追问，转而调侃："没想到秦总居然还有这样的一面，年轻就是好啊。"

"说笑了。"秦则崇淡然一笑。

结束通话，他便收到公关部的消息，新闻正在撤，预计一小时内能全部结束，他心神一松。

待沈千橙回到部门时，热搜已经降到末尾。

不过电视台不少人都已经看到了，部门里早到的人这会儿正在议论纷纷。

看到她来，他们纷纷挤眉弄眼："沈老师，新简介很可爱哦。"

沈千橙露出个笑容。

从苏月薇身旁经过时，听见她说："新闻主持人的工作性质可不适合这些，平时还是要把精力放在工作上。"

沈千橙挑眉："不劳苏老师费心，我的早间栏目收视率稳步上升，苏老师的节目最近怎么样？"

苏月薇不说话了。

现在看电视的越来越少，节目收视率是越来越差，大家基本上都心里有数。

她既没有沈千橙那样独特空灵的嗓音，也没有她这样的话题度，主持风格也百年不变，自然会有疲劳。

沈千橙回了办公室，手机解锁，微信未读消息不少，最新一条来自于秦则崇。

秦则崇："简介修改合适一点。"

沈千橙支着下巴，打字："你不喜欢吗？写给你看的呢。"

看到这句话，秦则崇低低笑了声，回复："看到了。在我这里很合适，在观众那里不太合适。"

沈千橙其实也有点担忧，本来是打算回来改的，她正想着去删除，对话框跳出新消息。

秦则崇："删除后一句即可，前面可保留。"

沈千橙就知道，没好气地回了个敲打的表情包。

过了会儿，秦则崇回了她。

秦则崇："秦太太，对于你的心意，我万分惊喜。但在这些之前，请你将自己放在第一位。"

在看到他最后一句时，沈千橙的心忍不住一颤。

明明身处闭窗的办公室里，沈千橙却仿佛置身春日的风中，无尽的温柔绕着她。

这么一瞬间，她就觉得，自己改得不亏。

她撑着脸，皱着秀眉，忍不住去想，好像自己此时此刻是有点恋爱脑了。

许久，秦则崇收到沈千橙的回应："知道啦。"

再去看时，只剩下"已婚"二字。

第十二章

　　一个上午还没结束，一切消失殆尽。

　　沈千橙原就不是明星，网友与路人们看到话题才会热议一番，热搜消失，便只有粉丝关注。

　　展明月上午在剧组里，结束拍摄后才知道热搜的事，她看沈千橙才是狐狸精才对。

　　距离上次封墙过去许久，最近她越来越烦躁，秦老爷子对她的态度也没以前那样好。

　　她给展明昂打电话："明昂，你看到则崇哥的热搜没有？你上次不是说，他们还可以离婚……"

　　电话里，展明昂说："姐，我最近管不了这些事。"

　　自从秦则崇打了招呼后，许多人都不与展明昂合作，他的公司才刚起步，又掉回原地，甚至更差。

　　他对姐姐也难免生怨。

　　展明昂之前还觉得自己有能力，现在十分嫉妒百年世家的声誉，如果是他生在秦家，一定也可以呼风唤雨。

　　"如果你能让秦则崇消气，我自然能腾出空来。"

　　在展明昂看来，沈千橙一个女人，比秦则崇好对付多了。

　　挂断电话后，展明月半天没能想出才能让秦则崇消气的办法，现在两栋宅子压根儿就无法通过去。

　　傍晚下班，得知晚上要回老宅，沈千橙突然问："你家里人会看到新闻吗？"

　　秦则崇回："你觉得呢？"

沈千橙仰倒，嘟囔抱怨："也不知道我改简介而已，怎么就闹到热搜上去了。"

静默两秒。

她听见身旁男人沉静的语调："我的问题。"

她思绪纷转，猜到了一个可能——该不会是她跟他说已婚，他打算宣传这个吧?

秦则崇："我以为只有'已婚'二字，不知道后面还有。"

沈千橙有点心虚，这件事也有她的缘故。

但抓到秦则崇的把柄了，自然不可能轻易放过，沈千橙一脸严肃："不行，你要补偿我受惊的心灵。"

"可以，你想要我怎么补偿?"

秦则崇只沉着双漂亮的桃花眼看着她，仿佛她什么时候想到了，他才会移开视线。

沈千橙福至心灵，靠过去："既然这件事和男狐狸精有关，不如，你cos狐狸?"

四目相对，秦则崇缓缓开口："我撤回上句话。"

"你自己说的，还想反悔不承认?"沈千橙有反骨心，她枕上他肩，语气柔柔，"侬同意好伐啦?"

秦则崇眸光凝视她，考虑片刻："这个补偿太过，下次你做错事了，cos美人鱼给我看。"

沈千橙张了张唇，不可置信。

她眼波流转片刻，自己犯错那是未来的事，未来他不一定记得，就算记得，她也可以赖账。

"以后的事以后说，到时候你再提要求也不迟。"

秦则崇说："未雨绸缪。"

沈千橙看他垂着眼，已经在想象他cos狐狸是什么样子了，不禁充满期待，她唇角抑制不住地上扬。

秦则崇眼帘抬起："小狗的名字，你起了吗?"

沈千橙回神，灵机一动："叫二狐好了。"

"二胡? 你喜欢二胡?"

"狐狸的狐，二狐，我们家的第二只狐狸。"

"……行。"

作为第一只狐狸的秦则崇表示可以接受。

临近老宅时还没到六点，天色依旧亮着，远处橙红色晚霞遍布天空，映红了整个世界。

沈千橙在思考待会儿秦母问起男狐狸精的事她应该怎么回答，最好把锅推给秦则崇，就说他要她写的。

不等她深想这方法的可行性，车忽然停住，她吓一跳，抓住秦则崇的手臂："怎么了？"

秦则崇问："前面有人？"

司机也很惶恐："先生，前面突然跑出来一个女人。"

不用他说是谁，来人已经出现在视线范围内。

展明月拦住车，心也扑通扑通跳，她这是豁出去的，还好没赌错，秦家的司机够稳。

她敲了敲后排车窗。

秦则崇压根儿没看："直接走。"

司机从倒车镜看了眼："展小姐手搭在车门上，这样开走可能会拖走她。"

男人不为所动："她会松开。"

沈千橙挑眉："等等，让我听听她要说什么，万一说的是你爷爷呢。"

她按下车窗。

展明月精心准备的完美笑容在看到车里坐的是沈千橙后，僵了一瞬。

沈千橙明知故问："看我这个大美女还失望？"

展明月越过她，看向更里的英俊男人，开口："则……我能和你单独聊聊吗？"

她未说完的"则崇哥"在秦则崇冷然的目光中被咽下去，他冷淡开口："不能。"

沈千橙没忍住笑。

好冷漠一男人。

"我要说的是秦爷爷的事……"

"千橙是我太太。"

展明月大约是有所预料，只轻咬了下唇，便再度说："我知道上次你很生气，但是秦爷爷最近状态很不好，他也很难过，这件事情可以让它过去吗？"

她声音很柔。

沈千橙静静地看着。

秦则崇未有所反应，甚至连一分目光都没有落在她身上。

展明月继续道："当初是我不对，我没想到伯母这么不喜欢我，真的对不起，我是真心想道歉，但伯母不愿见我，我不知道怎么才能解开秦爷爷和她的误会。我知道以前是我给你造成困扰了，以后我不会打扰你……"

"现在就很打扰。"

她话还没说完，秦则崇便径直打断，终于看向车窗外，眼神却是凛冽的，他冷声道："我不想对一个女生说太难听的话，望展小姐要有自知之明。"

"秦家的事，自有秦家人的处理方式，不需要外人来指手画脚。我爷爷的身体状况出问题，医生会向我汇报。"

"你只是寄居，而非领养，不要认为称呼爷爷就可以成为真正的秦家孙女。"

展明月的脸色一下子就白了。

她想过秦则崇可能不会消气，但从未想过，他竟会这么冷漠绝情。

"我……"

不等她说完，秦则崇已经不耐烦了，直白说："我母亲何止不喜欢你，甚至是厌恶你。"

他看向驾驶座的司机，司机立刻准备发动汽车。

沈千橙纤细白皙的手肘搭在车窗上："展小姐，你以后再亲昵地叫我老公，我可是会不高兴的。"

展明月之前为了看向更里，一直弯着腰的。

此刻，方便了沈千橙的食指竖在她唇前，作出嘘声的示意。

"我一不高兴就会发疯，到时候做出什么恶毒的事来，那你就只能受着了。"

一直到车直接远去，展明月还没能从方才回过神来。

车内，沈千橙听身旁男人和秦老爷子那边的管家通话："明天之前，让人直接搬走。"

对面一惊："那老爷子问……"

秦则崇敛目，漫不经心道："不用通知，说我让的，如果闹起来，让他来问我。"

下班路上的文秘书接到了boss的吩咐："我不想再看到任何展家和秦家有关系的新闻。"

文秘书问："那之前暗示性的通稿需要公开澄清吗？"

秦则崇反问："你说呢？"

进入老宅时，秦则崇脚步没停，声音落下："再有无关人员逗留房子外面还不驱走，你们可以不用干了。"

管家瞪了眼低头被训的几人。

往里走入庭院中，沈千橙用手指戳了戳秦则崇的手臂："秦总好冷酷呀。"

"如果秦太太不按车窗，我都不需要浪费口舌。"

233

沈千橙摸着下巴："这件事过去一段时间了，她突然来道歉，我觉得没这么简单呢。"

如果她是展明月，不会这么迟。

秦则崇嗤笑了声："无非是利益受损了，你以为她真心道歉，为我爷爷？"

沈千橙偏过眼。

"只要利益更受损，就不会有时间乱蹦了。"男人仿佛在说什么今天天气很好的闲谈之言。

秦母不知道这些事，看见他们进来，笑盈盈地打量。原本以为这两个孩子刚结婚就异地分居，可能要磨合许久才能有感情，看现在这情况，进展够快。

秦母笑着说："听说你们养了只小狗，怎么没把小狗也带过来？"

沈千橙松开秦则崇，上前挽住她："我们是从公司直接过来的，没回家，下次带它来。"

秦母说："好好，我还想看看，叫什么名儿？"

沈千橙还没答，秦则崇已回应："二狐。"

"这个名字挺可爱的。"秦母岔开话题，"快去洗洗手，可以开饭了。"

等秦母转过去在前面走，沈千橙这才松了口气，扭头嗔视，声音压低："你巴不得人知道你是狐狸一号啊。"

今晚的家宴只有他们几个人，叔叔婶婶们并没有过来。

不管是在千桐华府，还是在老宅这边，全都很照顾沈千橙的胃口，一半都是宁城菜。

这种生活小事方面上的重视，让她很喜欢。

吃过晚饭，天才完全黑下去。

"千橙，过来帮帮我。"不远处，秦母招手，桌上摆放着数枝新鲜花朵，还未修剪。

沈千橙走过去，捻起一枝白色的郁金香。

秦母问："你来京市也有近两个月了，过得还习惯吗？"

沈千橙笑着点头："嗯，和在家里差不多。"

"那就好。"秦母修剪玫瑰枝叶，温柔开口，"当初你们两个隔得这么远，刚结婚就开始分居，生活习惯也不同。现在你搬过来，我还担心会闹出矛盾，最近总算放心了。"

"以前想阿崇早点儿结婚，他都说不急。后来突然有一天，他说起阿行去国外见今若了，提到她外祖沈家，他说沈家家教很好，女孩也很好。我一打听，可巧，你家里刚放出你要议亲的消息。"

沈千橙眨眼："那还真巧。"

如果秦则崇不在联姻对象选择范围里,她也许最后会选择宁城本地的男人。

"是啊,还好没迟。"秦母将花扦插入水,笑着说,"这叫有缘分。他以前还学了宁城话,也突然有一阵子爱吃宁城菜,这不就派上用场了。"

学宁城话?沈千橙捕捉到关键词,那她经常骂他,他岂不是都能听懂?

沈千橙问:"他学了多久啊?"

秦母说:"这你要去问他了。"

自从得知这件事后,沈千橙插花都没心情了,回去的路上也时时走神,不时看向秦则崇。

实在忍不住,她凑过去:"吹头怪脑?"

秦则崇偏过眼。

沈千橙又说了句:"侬瑟三滴啊。"

秦则崇垂眸望着她:"我哪里又得罪秦太太了?"

果然,他知道她在说他傻子。

"你还装不懂。"沈千橙没控制住,拍了一下他,"你都不告诉我。"

"你之前说的,我确实不懂。"秦则崇抬手,揉捏她气鼓的脸颊,"谁家老师会教学生骂人的句子?"

与这对夫妻此时温馨的场景不同的是,网上现在十分热闹,热搜上多了好几个展明月相关的词条。

关于展明月的新闻,都被一个叫"专业打假"的博主澄清了一遍。

两年前,展明月曾在个人社交平台上晒出一张自拍照,照片中的她佩戴了一条价值五百万的项链,然而十分钟不到她就删除了这条微博。这条微博更是为她的白富美人设添砖加瓦。

今天经过澄清,大家才知道项链另有主人,并且展明月属于未经允许擅自取戴。秦则崇在得知后,立刻让人去老宅将这条项链取回送去清洗。

还有传播最广的一个,便是狗仔跟拍展明月,跟到某区域时不敢再拍,粉丝们吹那不过是展明月的一个家罢了。

假的,豪宅不是她的。

展明月年幼时参演过不少秦氏的大制作,成了个小童星,几年前开始一次参演也没有了,营销号说是展明月现在长大了,不想靠家里,圈内盛传她是豪门千金。

今天也被辟谣澄清,由于长辈间恋爱过,展明月得到了秦氏上一任主人的帮助。

凡此种种，全部被澄清。

"我真以为她是顶级白富美……"

"上次被秦氏辟谣不是秦太太，我以为是最直接的打脸了，没想到还有这样的。"

经纪人苏姐看到热搜，手机都差点儿被打爆，只能用私人号联系展明月："你得罪什么人了吗？"

展明月刚从秦老爷子那边回小楼，压根儿不知道发生什么。

"今天网上有个人突然冒出来说你之前的人设都是假的。"苏姐再度追问，"你不是住在秦家和秦总从小认识吗？你得告诉我实话，我才好让公司公关。"

展明月一瞬间想起沈千橙，这种事，肯定是她做的。

"是沈千橙——"

"你们不是很久没见面了吗，都没有什么交集，怎么突然得罪她了？"苏姐皱眉道，"你现在什么都别管，装个病，就别出门了，免得狗仔围堵。"

"苏姐，这件事……"

展明月还没来得及说完，苏姐已经挂断电话，直接让工作室发律师函澄清并谴责，声明已经起诉。

粉丝们在微博底下安慰后，去打假号下面评论。

"准备去法院吧。"

"欺负一个小姑娘，真是太恶毒了！"

有人跳出来转发工作室微博，自称是展明月朋友："明月一直是个温柔善良的人，不知道得罪了谁，要这么黑她，她看到的时候都气哭了，本来身体就不好，差点儿又进医院……"

而辟谣博主转发最新律师函，并附上一句话："十分期待法院相见[微笑]。"

再看头像，多了个认证的标签。

再看简介，认证信息为秦氏。

这才是真正引爆网络的时刻，网友们看得目瞪口呆。

热度渐上，大家发现，自称展明月朋友的人偷偷删除了心疼展明月的小作文。

被经纪人挂断电话后，展明月就上网看了热搜，不看只觉心慌，看到心更是坠落深渊。

脸色煞白，冷汗直冒，感觉全世界都在嘲讽她。

展明月脑子一片空白，下意识地拨通秦老爷子院子里的电话。

是管家接通的:"老爷子已睡,请展小姐不要打扰。"

展明月又拨经纪人的电话,接通后还没开口,苏姐气急败坏,破口大骂:"展明月你有病吧,你跟我说都是真的我才帮你发通稿搞营销,结果全是假的!"

经纪人快气死了,刚刚公司那边都把她骂了个狗血淋头。得罪秦氏,自己的职业生涯恐怕也到头了。

自从到秦家后,展明月几乎都是顺风顺水,如今一时没缓上来,晕倒在地。

所谓墙倒众人推,晚上九点,一个富二代的生日宴会就有视频流出。

视频里,富二代坐在桌边侃侃而谈:"到现在才揭穿展明月,秦总还真是好心。当年展明月的奶奶和秦老爷子谈了场恋爱,奶奶死了后,孙子孙女死皮赖脸去秦家,当初还想改姓秦,也不觉得羞耻。"

"什么青梅竹马啊,不过是单相思。"

"姐弟俩一步登天,不仅不感恩,还借着秦家的势招摇撞骗,居然还妄想这妄想那,一个想成为秦家女主人,一个想得到秦家的一切,真是白眼狼,幸好秦总早就知道他们狼子野心。"

今晚许多人都一夜没睡,从扒出展明月营销自己是白富美到得知当年内幕,不过短短几小时。

一下子,展家姐弟在人前年轻有为的滤镜全破。

彼时,展明昂正在请港城的富商们吃饭,秦则崇断了他在京市的关系,导致那些人撤资,他便只能选择更远的港城。

时间过半,一个富商突然提出要离开:"家里有事,展总,抱歉了。"

展明昂虽然不爽,但没有表现出来,笑着送他出去。

他才刚从门口回来,一转身,看见其余的老总们都站了起来。

"展总,不好意思啊。"

"展总,我那个航班突然提前,我要先走了。"

一看就知不正常,他眼里露出不喜,面上却是疑惑:"怎么这么突然,不吃完再走吗?"

"不了不了。"

短短时间,整个包厢里都空了,展明昂脸色沉沉,锤向桌子,碗碟碰撞,汤水乱溅。

秘书慌慌张张进来:"展总,不好了……"

次日清晨,沈千橙起床后收到微信轰炸才知道网上的事情。

她看向正在刮胡子的男人,看来昨天,秦则崇是真生气了。

看在老爷子的份上,他上次只是分割了老宅,没有让她搬出去,昨天才忍无可忍。

沈千橙倚在洗手台另一侧感叹道:"我发现,你还真绝情呢。"

秦则崇放下剃须刀,抽了张她的面巾纸,沾湿,揉揉她的脸:"你怎么没发现我也很深情?"

沈千橙扯下他的手:"秦总的深情在哪里呢?"

秦则崇洗净下颌的泡沫,薄唇微动:"当然只会用在秦太太身上,你要用心体会。"

沈千橙将他往旁边一推:"我要刷牙了。"

明明这洗手台大到可以四五个人一起站,她却偏偏要待他原来的位置,和他挤一起。

今天早上,文秘书来得早,在楼下客厅。

沈千橙洗漱慢,磨磨蹭蹭下楼正听文秘书说:"展明月昨晚昏倒,一个小时前才被用人发现。"

随后是秦则崇毫无波动的闲散声线:"下次这种无关的事不用向我汇报。"

沈千橙好奇地问:"她不是有个用人很关心她吗?"

文秘书回答:"展明月的用人之前由秦家支付薪水,其他的福利很好。上次之后,就由展明月自己发工资,至于福利……就没了。"

言下之意,用人不上心了。

文秘书想了想,问:"那现在……还要展明月搬出去吗?"

秦则崇睨他:"秦家的床能治病?"

早间新闻直播结束后,沈千橙径直回了部门,里面一片热闹。

"原来白富美是人设啊。"

"话说秦老爷子居然还收留初恋的孙子孙女,展明月真是走运,过了十年大小姐生活。"

"难怪上次央台花朝节活动,秦总压根儿没搭理展明月。"

"一说到这个,我就记得她还故意让我们误会,还好秦总直接承认是喜欢沈老师的表演。"

同事们七嘴八舌地议论着。

"对了,我记得苏老师之前不是和展明月很熟吗?"突然有人问道。

苏月薇只能扯出笑容:"我也不知道,我和她只是录节目的时候才说得多,私下不怎么联系。"

苏月薇后悔不已,早知道展明月这么荒唐,她怎么可能和她走近。

沈千橙对他们的聊天没有兴趣,她看了看自己的购物物流,预计今晚就能收到。

她将十来张图发给秦则崇。

"狐狸先生,你想先穿哪个?"

手机一连震动不停,秦则崇本以为是乐丰风他们又在群里聊起天来,打开却是沈千橙的。

秦则崇点进对话框,唇角微顿。

哪个都不太想穿。

秦则崇回到最底下,抓住她的关键词:"先?"

沈千橙目露狡黠,轻快敲击屏幕:"怎么了,我好像没说只让你cos一次,既然没有说,那就是次数随我定。"

秦则崇看笑了,回了一句:"秦太太可真没良心。"

展明月本来昨晚是不回秦家的,但是得知秦则崇要回去,便临时去老宅门口拦车。

所以她昨晚在小楼晕倒时,周围也没有人。

等到用人发现时,展明月已经躺了几个小时,又吹夜风又受惊吓,半夜开始发烧。

家庭医生凌晨被叫过来给她打退烧针,天色微亮时,终于退烧。

展明昂连夜买了机票从港城回来,到小楼已经是清晨。

展明月刚刚醒过来,头脑昏沉,就听见床边难忍怒气的声音:"你又做什么了?"

她被问得一愣,片刻后记忆才重新回归,咳嗽起来:"明昂……"

展明昂一路上火气难忍,他以为港城的投资手到擒来,却没想到临门一脚出了问题,还是因为自己的姐姐。

但看到自己姐姐气色这么差,他也只能把火发在了旁边的桌上,一脚踢出很大一声,椅子被踢到墙上,又摔落在地。

"我不是才跟你说过,让秦则崇消气,让他放松警惕,不是让他发疯。"

展明月苦笑:"我不知道,我没做什么。"

她只是拦车,可秦则崇不知为何突然冷血至极,她现在算是真的信了那句话。其实不止秦母厌恶她,他也是。

展明昂烦躁不已。

展明月问:"你不是在港城吗,怎么突然回来了?"

她心想,还好有弟弟,知道她生病连夜回来。

"港城?"展明昂怒极反笑,"他们都不愿意投资了,我在那儿待着有什么用?"

展明月还没反应过来:"怎么回事,他们反悔了?"

展明昂看她天真模样,终于忍不住说:"那还不是因为你吗?我的好姐姐。"

"明昂……"展明月瞳孔一缩,"你也怨我?"

展明昂没说话,分明是默认。

展明月脸色更加苍白,头脑开始疼,忍不住说:"我哪次不是想帮你,可就是不成功,我能怎么办?"

展明昂吐出一口气:"那你以后就不要帮了,都是帮倒忙。"

展明月满眼不可置信:"如果不是因为我长得像奶奶,你以为我们这些年还能待在秦家吗?"

展明昂没否认:"你是我姐,在这里,只有我们两个才是一家人,我也没有怪你的意思,我不求你帮我多少,只求你不要给我拖后腿,这都不行吗?"

早在展明昂进入小楼后,用人就离开了房间。

刚下楼,就见外面站了乌泱泱的一群人,用人吓得差点儿惊叫出声。

文秘书示意:"嘘。"

他径直上楼。

小楼建造得很早,多以木制,所以隔音并不是很出色,刚进入走廊,就听见里面在吵架。

他挑眉,这两个人在秦家赖了这么多年,可以说是同仇敌忾,难不成是因为被曝光身世,姐弟同盟闹掰了?

他敲门,里头安静下来。

展明昂打开门,表情微讽:"秦总把我姐气病,连人都不来?"

"我今天来,是要请展小姐搬家的。"文秘书露出笑容。

展明昂皱眉:"搬去哪儿?"

文秘书一本正经:"当然是搬回你们自己家,不过展小姐生病了,还是去医院住比较合适。"

展明昂沉着脸色:"老爷子也知道?"

文秘书只说:"这栋宅子在秦总名下。"

"那就是不知道了。"展明昂稳住情绪,"秦总和老爷子之前关系僵持,现在这样,只会更僵……"

"那就不劳你操心了。"文秘书打断他,"老爷子身体不好,每天要睡到七点,如果有人打扰到他,自求多福。"

展明月见他来真的,瞬间慌了。

她在这栋小楼住了十年,早就把这地方当成自己的,怎么可能愿意离开。

她还没开口,文秘书就说:"展小姐不用担心,你的卧室会由女生来帮忙收拾。"

走了几步远,文秘书才扬声:"对了,展先生也要搬的,刚才忘了说。"

"蓉蓉,蓉蓉。"

顾妈年纪大觉少,五点就醒了,每天早晨会亲自为秦母炖一份养生甜汤,一做就是几十年。

文秘书打电话过来的时候,是她接的。她得知待会就要让展明月搬出去,径直上了楼。

顾妈凑过去:"阿崇今天让那姐弟俩搬出去,现在文洋正在隔壁呢,监督搬家!"

秦母瞬间清醒:"现在?"

"就是现在!"顾妈答道。

两人一同走到窗边,往隔壁院子看去。

"阿崇可真是的,这么好的事也不提前说一声,怎么突然让搬家?"看小楼底下人来人往,秦母说,"要是婆婆也能看到就好了。"

回想起当初,儿子秦则崇聪慧,公婆那时也算相敬如宾,生活很舒坦。

但是有一天,公公带回一对姐弟。

婆婆用姐弟俩的寄住换来秦则崇学习执掌秦氏。

顾妈说:"昨天阿崇和千橙他们回来,碰上展明月了。"

秦母看得津津有味:"我得提醒一声,可别让他们带走不该带的东西,当初妈妈的项链展明月都偷戴。"

文秘书接到电话,当即表示会注意。

他今天站在这儿,就是一根不姓展的针都不会离开秦家。

秦家没人敢拍,但往外走的几条路口都被媒体蹲了个满。

清晨六点多,只见一辆货车载着零星的几个箱子从秦家驶了出来。

后面还有两辆车,一辆车里坐的是文秘书,一辆是展明昂自己的车,展明月也坐在里面。

文秘书也没想到，展明月除了衣服以外没几样属于她自己的东西，毕竟有老爷子为她花钱。

展明昂去年出去住，但房间还留着的，东西也在。

文秘书把那些用秦家的钱买的东西都扣了下来，临走时还特意独自叮嘱管家和家庭医生将老爷子那边的电话线掐断。

狗仔们的眼睛一个比一个尖，看见展明月的脸，一顿狂拍。

"是展明月！"

"是被赶出秦家了吗？"

"她坐的车好像是她弟的，这是两个人一起被赶出来了？"

"有谁知道他们搬去哪儿吗？"

文秘书本来是想将展明月和展明昂的东西打包送到展家去，但是展明昂沉着脸拒绝了。

于是就送到了展明昂的房子。

文秘书看着他们卸东西，忽然想起来："展先生这别墅，也是秦家买的吧？"

展明昂盯着他。

文秘书微微一笑："这里，也要搬。"

展明昂垂在身侧的手握拳，半响，他平静了下来："我能买下来。"

他直接扔一张卡过去。

文秘书躲过，丝毫没有被鄙夷的愤怒："秦家愿不愿意卖，展先生还得等我通知。"

展明昂看他，笑了声："好啊。"

文秘书没再说话，让他们搬完，迅速回秦氏汇报。

秦则崇听完很平静，并且给他加了一个月的奖金。

秦母打电话过来："阿崇，以后展明月不会再回来了吧？"

秦则崇说："不会的，您放心。"

秦母心落回原地："那就好。"

展明月从秦家搬走一事迅速上了热搜，有图有视频，甚至于词条都是直接用了"赶出"两个字。

有博主发文："秦家真善良，还养了他们十年，秦家从未公开说过两个人的不是，现在忍无可忍了吧。被赶出去的理由，我只能想到一个——太贪得无厌。"

七点过后，展明月立刻往秦老爷子那儿打电话，但是一直是无人接听。

怎么不接她电话？难道连秦爷爷都不喜欢她了吗？

展明月不敢相信，可是脑海里又浮现当初封墙时秦老爷子妥协的场景。

工作室志忑了一整夜，终究是没能稳住，删了那条律师函声明。

当然，这也被持续关注此事的营销号与网友捕捉，顿时又引起热议。

下午四点半，距离下班只剩半小时，小茶都看出来沈千橙的心急如焚："沈老师，虽然我知道你急着下班，但你表现得也太明显啦，小心主任看到。"

沈千橙理直气壮："你去外面问问谁不想下班？"

虽然每天上班有些痛苦，但她不工作也会无聊，还是工作热闹。

五点一到，她立刻抱着办公桌上的花瓶与桃花走人。

美人抱花，实属美景。一路下楼，无数人投来目光。

秦则崇见到她抱着花瓶问道："不想在办公室见了？"

"是啊。"沈千橙扯了个很合理的借口，嗓音清甜，"想要明天起床第一眼就看到。"

"只看桃花？"他问。

"桃花很好。"她最近倒很喜欢。

回去这一路，秦则崇坐在沈千橙旁边，很明显地感觉到她的愉悦心情，也不免勾起唇角。

他细细想来，和她在一起，好像没有不开心的时候。

车驶进千桐华府，沈千橙拉着他下车，将他拽着往前走，男人任由她拉扯，缓步跟在她身后。

管家正在客厅里，看到他们牵着手进来，露出笑容："太太，这是今天送来的快递。"

十多个快递，除去一个因为距离太远明天才到，其他的全都整齐地摆放在地面上。

二狐正围在边上跑来跑去，看见他们进来，想直接抄近道从盒子上面一个个跳出来。

沈千橙扬声："二狐！不准动！"

虽然才养没几天，但二狐还蛮听她的话，很懂事地挪着小爪子，从盒子上挪下去，坐在对面。

她这才松开秦则崇的手，上前一步，转身面对他，笑盈盈道："现在是狐狸先生的盲盒抽选时间。"

243

秦则崇脱下外套，递给用人，目光落在满地的包装袋上，桃花眼微动，慢条斯理说："真害怕我手气差。"

手气差才好！他手气差，就是她的福利了。

不过作为秦太太，还是应该矜持一些，于是沈千橙上前，两只手才握住他的一只手："现在你有秦太太的好运加持了。"

她捧起来吹了吹。

轻轻的风从秦则崇的手上拂过，他慵懒地哂笑一声："希望秦太太言行如一。"

沈千橙睁眼说瞎话："当然。"

秦则崇眸光越过她，指了指最远的一个盒子，包装得严严实实，随意道："那个。"

沈千橙立刻让用人把盒子送上楼。

用过晚餐，秦则崇径直上了楼，沈千橙亦步亦趋跟在他后面："要不要给你化妆？"

"不要。"

"我的化妆技术很好的。"

"那也不用。"

其实沈千橙也不知道秦则崇选的那个盒子里装的是什么。

直到拆开，里面的衣服露出真容，秦则崇站在床边，神色淡淡，看不出喜恶。

一顶粉色的假发，一对狐耳，一条狐尾，赠送了美瞳，没有给衣服。

秦则崇盯了几秒，目光移到边上的女孩身上，漫不经心说："还可以，不用换衣服。"

回来还没换衣服，秦则崇穿的还是衬衣与西裤，只不过领带在楼下就已扯掉，现在纽扣解开，领口敞开。

原本柔软的黑发被粉色替代，男人调整着位置，几缕乱毛从他的长指间漏出来，发尾多出来的中长发垂在颈后。

像二次元漫画才能画出来的狐狸少年，不真实，又夺目。

秦则崇对此似无所觉，随手将那狐耳发箍戴在了头上，连整理都没有，微微歪了些。

轮到狐尾，他偏过眼看向沈千橙，头顶的狐耳也跟着动了下。

沈千橙眼也不眨，只觉得这样的秦则崇简直是狐狸精现出原形，漂亮极了。

"快戴啊。"她催促。

秦则崇捋着那毛茸茸的狐狸尾巴，将它扣在腰间的皮带上，狐尾荡着。

沈千橙忍不住往他那边走，太过入神，忘了地上的盒子，一脚踩到边缘，在她没有预料到的情况下，往前摔去。

秦则崇手臂一弯。

她挂在他臂弯里，下意识地抓住，借着他的力道，攀着他站直，这样一来，就离得极近，与拥抱无差。

沈千橙仰起脸："这是意外。"

秦则崇低头望着她，桃花眸里映出她明艳的面容，闪过兴味，声线微低："懂。"

沈千橙抱住他精瘦的腰，手摆弄着那条狐狸尾巴，"秦狐狸、秦狐狸"地叫着。

秦则崇右手背过去，按住她作乱的手，语调沉静地询问："妆不化了？"

"不化了不化了……"沈千橙的脸蹭在他的胸膛上。

秦则崇勾唇笑着，捞起她，用了力道，沈千橙骤然腾空，踮着脚，搂住他的脖子，粉色的头发蹭在她的胳膊上。

这可是粉狐狸唉！谁会拒绝一只粉毛狐狸呢！

245

第十三章

翌日,沈千橙在闹钟的提醒下睁开眼,腰间硌着他有力的手臂,抬头时,看到男人乌黑的头发,愣了下。

粉毛的记忆太深刻。

沈千橙正盯着,秦则崇已经苏醒,偏过眼和她四目相对。

"早,秦狐狸。"她说。

秦则崇喉咙里流出一句:"早,小美人鱼。"

"……"

她扭头,瞥见花瓶里插着的桃花枝,花瓣凋谢大半,剩余的也蔫了,啊了声:"花都谢了。"

秦则崇转过身,视线看过去:"换新的就是。"

沈千橙心说这可不一样:"时间过去了。"

她昨天晚上特意把桃花带回来,就是为了搭配狐狸,结果忘记用上了。

秦则崇听她咕咕哝哝说出真实目的,挑着唇角笑了。

沈千橙下楼时,二狐正在窝里睡觉,听见动静,支起脑袋,脖子上还有管家给围的花边小围兜,可爱无比。

它跑过来,冲着主人摇尾巴,尾巴短短的,白色绒毛鼓鼓的,像一个移动的棉花糖。

沈千橙蹲下来揉揉它脑袋。

二狐刚来没多久,还不记得自己的名字,但是察觉到女主人的亲昵,尾巴摇得更欢了。

秦则崇视线瞥过,随口点评:"它不矜持。"

到电视台时，小茶问："沈老师，你的花瓶带回去了，以后秦总不送花了吗？"

"不知道。"沈千橙问，"网上现在还是在说展明月的事情吗？"

"是啊。"小茶点头，"毕竟是出名的明星，起码要有三天的热度。"

下午，沈千橙就收到了秦则崇出差的消息，为期一周时间。

对她来说，一周时间很快过去。

对展明月与展明昂来说，一整个星期能发生很多事。

展明月不敢露面，最后还是没忍住用小号上了微博，看到那些留言和热搜，如坠深渊。

她打给秦老爷子的电话一直没接通，以前还抱着秦老爷子不可能放弃她的希望；现在，随着时间一分一秒过去，便知没有了希望。

展明月不敢去秦家找老爷子，怕又有别的后果。

而展明昂一直在奔波筹措自己公司的资金，一个月前他还看不上那些公司，这周他只能低声下气求投资。

同在京市，谁会选择得罪秦氏？一个是真正的贵公子，掌权人；一个是毫无根基的吸血虫。这两者间，是个人都知道怎么选择。

员工们知道公司没前途，纷纷递交辞呈。仅仅一周，展明昂的公司里走了一半人，剩余的一小半是开发软件的技术人员，等着他发钱完再走。

早在两天前，秦老爷子就发现展明月不打电话回来了。

他还不知道展明月搬家了，只知道她那晚回来了一次，然后就再也没见过。

秦老爷子问："最近明月没回来过？"

管家也一本正经告诉他："展小姐还没回来。"

秦老爷子不虞，不回来居然连电话也没有，她以前可不是这样的，每天要打一个电话的。

老爷子心想，明月可能太忙了，她毕竟是明星，忙完这阵就好了，明月可是个贴心的性格。

然而几天里，展明月依旧没有来关心他。

秦老爷子实在不高兴，干脆打电话给展明月，对方不仅没接，还挂断了，他气得冒火，失望透顶。

他可是把她当亲孙女养了十来年，她居然挂他电话！

管家默不作声。

早在上周，这座机的号码就换了。

而展明月那里，有好多陌生人打电话过来，所以她一看到陌生号码就直接

247

挂了。

"一开始老爷子问得还多，打电话没接之后，就问得越来越少，心情也不怎么样。"

秦则崇出差的最后一天，接到了管家的电话，他嗯了声，神色平静。

管家还是有点担心："要是老爷子知道了……"

知道？秦则崇轻哂。

爷爷当初能放弃感情浓厚的初恋，还是舍不得这家业，这富贵生活。想必以后也不会为了那对姐弟放弃衣食无忧的老年生活。

文秘书陪在一旁，等通话结束，才开口："他们已经准备好了，随时可以签署购买协议。"

他也是前两天被通知去找漂亮的私人岛屿才知道，boss这回出差居然要顺带买个岛。

这座岛屿是主岛，附带一个非常原生态的小副岛，还有一个绝美的拖尾沙滩。

秦则崇："十分钟后。"

海风湿咸，秦则崇站在沙滩上，看着不远处海天一线，海浪翻涌，正值黄昏，悬崖落日唯美至极。

他拍了张照片发给沈千橙。

沈千橙正在办公室里看杂志，收到消息，作为新闻主持没有双休日的沈千橙非常羡慕嫉妒。

什么工作要去海岛出差？

沈千橙在对话框里阴阳怪气："老公度假真悠闲，不像我，只能坐在办公室里，兢兢业业工作挣钱养家。"

隔了几秒。

秦则崇："如果不是一分钟前还在收秦太太的消费账单，我差点儿就信了。"

沈千橙刚刚在看最新一期的杂志，购物欲爆发，看中好几样首饰与小裙子，眼也不眨地下单。

自婚后，沈千橙的消费都挂秦则崇的卡，所以消费信息也都发给了他一份。

沈千橙主打的就是睁眼说瞎话："工作忙完了，买买东西多正常呀，买给你的！"

秦则崇弯唇笑了。

鉴于花了这男人的钱，沈千橙决定嘴巴甜一点，他现在能拍照回消息应该是不在工作。

她拨通电话，上来就叫："老公！"

办公室里没有人，也不怕他们听见。

秦则崇耳边一酥，音色如黄昏时刻的海风般缱绻温柔："怎么，没买到喜欢的？"

文秘书跟在男人后面，听不见对面说什么，但一听boss那温柔的声调，就猜到是在和太太通话。

沈千橙酝酿好的甜言蜜语差点儿被他这句话打散："你怎么知道？我还想买好多东西，不过更想等你回来和你一起选吧。"

电话那头的女声清甜，说出来的话更是动人。

秦则崇唇角勾起，弧度上扬。

她问："你明天什么时候回来啊？"

秦则崇看了眼腕表："凌晨。"

他回得快，也没算时差。

沈千橙自然认为是国内的时间，心里有了数，一本正经问："要等你吗？"

她才不会等呢，到时候睡着了就说等他等得太困了，睡了了，这叫技巧。

这是秦则崇第一次收到她这类的关心，估摸她就是随口一问，轻笑："不用。"

一切尽在沈千橙预料之内，故意说："我就要等。"

沈千橙还装模作样娇嗔："你在海岛出差可不能乐不思蜀，那里又没有美人鱼，工作完要早点回来，我一个人在家好无聊。"

尾音垂下，仿佛真的孤独又柔弱。

说完也不等他回答直接挂断，忙音响起。

虽然知道是甜言蜜语，但他很受用。

沈千橙则是立刻将秦则崇忘在脑后，联系昨天刚刚回国的乐欣："晚上我们一起出去吃大餐！"

乐欣问："今晚？你老公呢？"

沈千橙不以为意："他出差去了，管他呢，他在家我也能出来吃啊。"

乐欣吐槽："你老公天天接你下班，你有什么时间出来玩，没见过这么热衷于接老婆下班的总裁。"

沈千橙心想还真是："他应酬好像很少。"

乐欣神秘兮兮问："你知道他为什么这么有空吗？"

乐欣继续说："因为乐迪说他们约饭都在中午，我怀疑就是为了晚上空闲和你

249

共度甜蜜晚餐。"

沈千橙有些惊讶。

她没怎么和秦则崇的朋友见过面，以前因为在宁城，不认识。现在来京市，因为工作没时间。

沈千橙说："说不定只是因为家里的饭好吃。"

乐欣笑说："秦则崇听了都得郁闷。"

被乐欣这么一提，她莫名想起小茶说秦则崇是恋爱脑，难不成他真是？

沈千橙怎么看秦则崇的行为都是作为丈夫该做的。

私人岛屿的签署协议非常简单，在国外这些都是已经固定的流程，不过是时间长短而已。

文秘书陪在一旁，看boss面不改色地签下自己的名字，丝毫看不出来刚刚花了七千万美元。

协议上除去这些，还有每年的维护费用。

从问询到购买，两天时间都不到，他们很少遇见这么利落大方的买主，自然非常有礼貌。

他们用英语询问："秦总现在已经拥有这座岛屿的所属权，可以为这座岛屿进行更名，直接申请就可以。"

秦则崇若有所思："我会考虑。"

工作人员继续说："那么接下来秦总需要我们帮忙进行建造一些建筑或者别的东西吗？"

秦则崇拒绝："不用了。"

这座私人岛屿年前开发好，一直是等待购买的状态，岛上有别墅有水屋，设备与景致都很齐全。

岛上也建有飞机坪，可以直达。

秦则崇站在别墅顶楼的露台，将岛屿的每一部分都看进眼里，目光最后停在了远处延伸至海水里的水屋。

文秘书问："秦总，您打算起什么名字？需要让他们拟一些合适的名字吗？"

秦则崇漫不经心说："不用。"

文秘书提建议："岛主是太太，不如您把这个更名的权利交给太太呢，女孩子一定很开心。"

秦则崇瞥他："你又不是女孩子。"

文秘书嘿嘿笑，翻了翻行程表："景湛今天酒吧开业，还给您发了邮件，您要不……"

"不看。"

秦则崇知道景湛什么性格，一个顶流歌手，歌词倒是写得简练，私下里啰唆到能把一句话扩写成小作文。

文秘书又问："您要在这里用过晚餐再回去吗？"

"不用了。"秦则崇顿了一下，"千橙在等我。"

想起那通电话里，沈千橙说等他，百分之九十九的可能性是假的，但也有百分之一是真的。

他愿意去赌那百分之一。

下班前，乐欣告诉沈千橙她们先去做造型，然后去一家新开的酒吧，今晚有开业表演，完了再去吃晚饭。

五点一到，沈千橙就拎着包离开电视台，上了乐欣的车，两个人径直去做造型。

乐欣说："我们今晚就做狂野女孩，知道吗？"

衣服选的吊带短裙，妆容也是比平时张扬。

沈千橙原本容貌就妩媚，今晚格外明艳，波浪卷，一整个艳丽大美人。

乐欣看沈千橙变身辣妹，啧啧有声："秦则崇看了都得眼直。"

沈千橙瞥过去，一双漂亮的狐狸眼魅惑勾人，说："他平时看我也眼直呢。"

乐欣笑了起来："我发现你说这种话的时候，很有信服力，不过你也应该有眼直的时候吧？"

沈千橙眨了下眼。

两个人到达场馆的时候已经不早，人很多，五颜六色的灯光，震耳的音乐，气氛很是浓郁。

一路往卡座去的时候，周围人全都看过来。

沈千橙一眼认出不少明星。

"这家酒吧是景湛开的，我和他之前在国外还碰到了。"乐欣想起来，"说起来，他还是秦氏捧出来的顶流呢。"

沈千橙当然知道景湛。

她还蛮喜欢他的歌："能点歌吗？"

乐欣挑眉："不能，不过你要是告诉他，你是他老板娘，点一晚上也可以。"

沈千橙莞尔："我可没那癖好，传出去，他粉丝得撕了我。"

今天来捧场的嘉宾也大多数是明星，所以表演阵容相当豪华，耳朵享福，宛如演唱会。

景湛最近刚染了一头白毛，还没有开始表演，第三次询问："秦总真没回啊？"

经纪人淡定："又不是第一次了，你一个小员工，还指望大老板回信，做梦呢。"

"秦总真冷漠。"景湛端起一杯酒，"我这酒吧还多亏秦总才能买下来呢，他也有份，开业了当然要老板看看是什么盛况。"

经纪人哦了声："行行行，拍拍拍。"

景湛叮嘱："把我拍帅点，我二次利用，发到微博上，让我的粉丝也过过眼瘾。"

"好的呢，景顶流。"经纪人说，举着手机跟在他后头，一路往卡座那边去。

乐欣与沈千橙坐下这一小时内，已经有好几拨人过来搭讪，有没认出沈千橙的，听见她声音只觉得耳熟。

景湛举杯和她们碰了下，让她们随意。

他回头去隔壁时，经纪人将拍好的视频发给他："行了。"

景湛立刻把这个视频发给文秘书，又洋洋洒洒写了一大段感谢秦总支持的话。

在私人飞机上，文秘书处理了一些后续工作就开始睡觉，睡醒了正好飞机落地。

所以，他看到视频是一个小时后。

文秘书戴上耳机，点开视频，一时间音乐激荡，他跟随着镜头看着酒吧里的热闹。

然后就看到坐在卡座上正在和景湛碰杯的沈千橙。

文秘书想起来回国前，boss好像说太太在等他。

他摇摇头，默默将视频发给boss，嘴上一本正经："秦总，有太太的视频，绝美，您不看一定后悔。"

虽然有一点标题党，但文秘书自觉说的是实话。

秦则崇睨一眼秘书的真诚表情。

秦则崇本以为是沈千橙的个人视频，点开后十来秒都没进入主题，皱眉："你被景湛收买了？"

文秘书赶紧说："当然不是！您看三十六秒！"

秦则崇直接拖动进度条，终于看见了想看的人，沈千橙眼妆似乎带亮片，晶莹明亮。

顷刻，他抬腕，这个时间正是他说的回国时间。

秦则崇轻哂，他在沈千橙这里，恐怕十赌九输，还有一次很可能是运气。

嘴上说得那样好听。

所以，她是在酒吧等他呢？

直到镜头结束，秦则崇退出视频，拨通一个电话。

来了酒吧之后，沈千橙的手机就没拿出来过，周围音乐吵闹，完全听不见铃声。

秦则崇神色如常地掐断未接听的通话。

文秘书咳嗽一声，适时开口："秦总，您也还没吃，景湛的酒吧今晚开业，他说准备了很多酒和食物，您不如去那儿吃喝玩玩？"

秦则崇漫不经心地瞥了眼自己的秘书。

"秦总，景湛酒吧也不远，大约三十分钟就到了，他也一直想让您去捧场……"

秦则崇打断他："就你话多。"

文秘书听懂了潜台词，于是说："那我通知景湛一声。"

半小时后，沈千橙去洗手间前将手机从包里拿了出来，才看到有秦则崇的未接电话。

乐欣凑过来也看见了："你老公不会还查岗吧？"

"怎么可能？"沈千橙还从来没见秦则崇查岗。

沈千橙发微信："刚刚没听见铃声。"

从洗手间出来时，她竟然收到了回信。

秦则崇："猜到了。"

舞台上的歌手正在唱着一首摇滚音乐，沈千橙揉揉耳朵，打字时也颇为轻松："那你猜猜我为什么没听见。"

秦则崇甚是觉得好笑，他垂眸，回复她："可能在忙，可能手机不在身旁，也可能周围太吵，比如酒吧。"

看到"酒吧"二字，沈千橙心里还跳快了一下。

秦则崇这都能瞎蒙到？

沈千橙冒出个无厘头的想法，他该不会真知道她在酒吧里吧？但这酒吧里也没人会给秦则崇报信吧？

正在想，微信又跳出新消息。

秦则崇："猜中了？"

沈千橙："老公你真聪明。"

秦则崇："猜中了哪条？"

沈千橙才不会说："不告诉你。"

253

秦则崇望着屏幕，轻轻哂笑。

大老板要来，景湛早就做了准备，亲自在门口等着，他小声对经纪人说："你看，视频和小作文是有用的，秦总这不是来了吗，多捧场。"

经纪人深深怀疑："你确定秦总是因为你的视频和小作文来的，我怎么不信呢？"

景湛理直气壮："不然还能是什么，我这酒吧有什么吸引秦总的，总不至于是今晚花出去的酒水钱吧？"

这么说也有道理，经纪人勉勉强强信了。

就在这等候的时间里，天上开始稀稀拉拉地下起雨来，等秦则崇到时，雨势并不大。

见男人下了车，景湛举着伞上前："秦总。"

秦则崇嗯了声，和他一起往里走，漫不经心地问："你这开业活动，到几点结束？"

景湛愣了下，答："预计在十二点左右，您来了，那说不定还得迟点呢。"

深知内情的文秘书心说，秦总要的可不是为他推迟，而是早早结束，秦总要和老婆一起早早回家呢。

酒吧里只知道景湛出去迎人，能让他主动迎接的肯定不是小人物，但没想到会是秦氏那位。

外间率先看到的人都谨慎了起来。

这位可了不得，前些日子的绝情手段可还历历在目，而且平时也不出席这种场合，他们难得一见。

酒吧里灯光摇晃，昏暗乱撞，一派醉生梦死。

秦则崇打量着，人来人往，通往卡座还有一段距离。

那边的人站着，都在往这边看，端着酒杯，想要与这位喝上一杯，说上一句话。

秦则崇皱眉，耳边景湛正主动介绍着酒吧的装扮与经营，他不耐去听，问："今晚来的都是你朋友？"

景湛点头："是啊，没叫不认识的人。"

秦则崇瞥他一眼，也没听沈千橙说过认识他。

景湛被看得后颈一凉，抬头看了眼，正好经过中央空调出风口，一定是被冷风吹的。

他回神，指向远处："最好的位置在那儿，我已经留好了。"

"感觉来这里就是听演唱会的。"沈千橙来之前没吃晚饭，乐欣在那儿喝酒，

254

她吃了一块小蛋糕，又吃了点零食。

饱肚之后，她也开始点酒。

乐欣给她介绍："景湛自己本身会调酒。酒单里放在第一个的，绝对是最好的酒。"

侍应生在一旁说："这是两杯，老板设计取名的，作为情侣和夫妻的独家福利赠送。"

乐欣挽上沈千橙，笑说："我们也是情侣。"

两位大美人都对他笑，侍应生红着脸晕头转向地走了，很快就送来了两杯酒。

酒名"唯一爱人"，颜色也甜蜜。

沈千橙端起这杯酒刚送到唇边，就瞥见了一只修长的手，腕骨突起，银色表盘在光线下熠熠生辉。

沈千橙记忆里只见一人戴过这表。

嗯，她老公。

秦则崇这人没什么特别的喜好，唯独爱收藏腕表，家里保险柜里有他珍藏的一些，衣帽间里也有不少。

沈千橙仰起脸，看见男人的面容。

男人也垂目看向她，眸子里似笑非笑。

沈千橙眼睁睁地看着他从她们的卡座前面经过，落座在了隔壁。

文秘书偷偷挤眉弄眼。

乐欣看看秦则崇，又看看沈千橙，凑到她耳边："你还说你老公不可能查岗！"

沈千橙疑惑："他现在应该在飞机上才对啊。"

合着是骗她的，提前回来专门出来鬼混？！

男人坐在那儿，即便穿着简单休闲的衣服，也最出众，一举一动都散发着矜贵娴雅的气质。

周围簇拥过来几人，男女皆有。

景湛问："秦总，您喝什么酒？"

侍应生半蹲着，将准备好的东西都放在桌上，又先倒了一杯清酒。

文秘书很识趣地开口："就隔壁那酒，颜色挺不错的。"

当然要和太太喝一样的。

秦则崇嗯了声，手机振动。

他低首，打开微信，是隔壁发来的信息。

沈千橙："老公，我看到一个和你一模一样的人。"

255

秦则崇慢悠悠回复："秦太太，我没有双胞胎兄弟，或许，你看见的就是我。"

沈千橙真没想到他居然还能调侃回答，居然不主动说他怎么提前了好几个小时回来。

不回家，居然还来酒吧。

景湛亲自送来酒，殷勤介绍："我取的名，唯一爱人，您尝尝，后劲有点大，虽然是情侣酒，但秦总自然没这个限制。"

文秘书以为听错了："叫啥？"

景湛以为音乐太吵，又重复一遍。

"唯一爱人？"

秦则崇挑眉，眼神从缤纷的酒移开，侧过脸。

因景湛的出现，周围想要搭讪的小明星们自觉让开，于是这边与隔壁之间的阻碍消失，一览无余。

景湛顺着看过去，说："这条件就是摆设。"

秦则崇轻笑声，意味深长。

文秘书看看隔壁，又看看仰头饮下的boss，好家伙，三个人喝同样的情侣酒。

"你老公偷看你。"乐欣说。

沈千橙被秦则崇刚刚那句话堵到，喝了好几口，看向隔壁时，景湛已经离开，已经有明星过去搭讪，虽然没成功。

沈千橙质疑道："他跟我说凌晨回来，现在才十一点不到，他提前回来都不告诉我，还来酒吧！"

乐欣想了想："说不定告诉你的是，从酒吧回家的时间。"

沈千橙扭头："什么酒吧，要待到凌晨。"

乐欣哎呀一声："你这语气，好像秦则崇背着你干了什么不该干的事一样。说不定是知道你在这里，所以才过来的。"

"你写电视剧呢？"

"他来酒吧而已，你这么生气干什么？"

"谁说我生气了。"

乐欣不想说破好友的口是心非："好好好，你没生气，美女怎么会为臭男人生气。"

沈千橙瞥了眼隔壁卡座，正好看到文秘书拦住了过去的小明星。

她一口喝完酒，问："我去洗手间，你去吗？"

乐欣点头："我也去。"

沈千橙有些微醺，以至于她洗了手率先出去时，看见前方倚着墙壁的男人，还以为自己是出现幻觉了。

男人戴着腕表的左手垂在身侧，西裤下的长腿格外惹眼。

他垂着眼皮，不知在想什么，线条凌厉的脸上没什么表情，一副冷淡样。

听见动静，他看过来。

四目相对，沈千橙开口："秦则崇？"

她眨了几下眼，走到他面前，抬手捏了捏他的脸，手底下的触感确定是真人。

因她手上还沾着未干的水渍，微凉，又印到男人脸上。

沈千橙喃喃："真是你啊。"

"难为你还记得我叫什么。"秦则崇开口，取出手帕给她擦手，问，"喝了多少杯？"

秦则崇给她擦干水渍，却没松开，而是捏着她的手指，漫不经心地玩着。

如果是平常，沈千橙会抽走，因为这里是公开场合，很容易被旁人看见。但她今天喝了酒，思维也只停留在眼前。

沈千橙屈指挠挠他的手心，弯起唇。

就在这时，不远处的洗手间门口又响起脚步与说话声。

沈千橙差点儿忘了自己是在洗手间外的走廊上，瞬间清醒了许多。

秦则崇看她这模样，觉得有点可爱。

"没想到今晚来这儿还能看到秦总。"

"景湛是秦氏的，来这里也正常，就是，你敢过去敬酒吗，所以来了咱们也没……"

紧接着，沈千橙人就被转了个方向，背抵住墙。他另一只手捏住她下巴，低头吻上。

淡淡的酒气缭绕在他们的呼吸间，她唇上还留有先前吃过小蛋糕的果酱甜味。

从洗手间里出来的两人也没想到外面有人，嘴里的话戛然而止，目光下意识看过去。

男人身姿挺拔，将女孩圈在怀里亲吻，女孩的脸，被男人撑在墙上的手臂遮挡住，只能看到被捏住的下巴尖。

反倒是男人自己，眉眼是露出半分的，眉骨深邃突起。

明亮的光线将两个人的身形照得格外出彩。

或许是因为气场强大，不知为何，她们也不敢多看，加快脚步从秦则崇的身后走过。

一直到转过弯，她们忽然清醒了。

"你有没有觉得刚刚那个男人好像见过？"

"我怎么感觉有点像秦总……"

此话一出，两个人对视一眼，只觉得荒唐，但方才那一闪而过的眉眼是不可能看错的。

"秦总怎么可能在洗手间外面乱来？"

"只要看看秦总在不在卡座就知道了。"

往里一看，最好的卡座位置上果然没有男人的身影，猜测仿佛得到了证实。

她们喃喃，不可置信："真是秦总……"

"你是故意的吧？"被松开后，沈千橙呼吸有些促，谴责面前男人占她便宜。

秦则崇眉心微动，支起身，懒散开口："什么叫故意的？"

"明明我们可以装不认识，你非要这样。"沈千橙扭头，往里面喊了声，"乐欣，你掉进去了吗？"

乐欣这才慢慢悠悠地出来："催什么，我这不是出来了，呦，秦总，真巧啊，你也在。"

秦则崇挑眉："是巧。"

沈千橙拉着乐欣往外走，小声说："小心他吃你的醋，他刚刚还嘲讽我们。"

乐欣说："女人的醋都吃，他是醋缸转世吧。"

沈千橙也没忍住笑："他就是。"

秦则崇步子不快，走在她们后面，始终保持着三步远的距离，猜到她们在说自己，唇角一勾。

乐欣告诉沈千橙："我出来看到你俩在亲，就又进去了。"

饶是沈千橙再淡定，被她这么一说，也不免尴尬起来。

距离开业活动结束时间还有半小时，众人的注意力在舞台上的却少之又少，随着男人的回归，更心不在焉。

刚才在洗手间目睹接吻一事的两个明星，这会儿互相抓着对方的手："就是秦总！"

"等一下，那个女生穿的衣服，好像和秦总接吻的那个女孩一模一样。"

"那是沈千橙，京台主持人，我记得结婚了的，之前不还上过热搜。"

"秦总也已婚。"

两个人都停住嘴，心跳飞快。

双方都已婚，却在私下这样亲密，她们的第一反应目睹婚外情现场，秦总和沈千橙双双出轨。

秦则崇没再喝酒，而是扫了眼外圈。

两个小明星正惊讶，冷不丁被看到，心头一凛，飞快地低下头，完蛋，她们该不会就此被封杀吧。

秦则崇收回目光："文洋。"

文秘书放下食物："唉，您请吩咐。"

秦则崇没理会他的耍宝，问："那两个是演员还是什么？"

文秘书一头雾水，顺着他的视线看过去："偶像转型演员，您没印象，她们是明艺选秀出道的，之前演过明艺的自制剧，演技还算可以，比较生涩，唱歌更好。您是……想挖过来？"

"既然唱歌更好，那就挑两首歌给她们。"

文秘书瞪大眼："白送？"

秦氏的签约词作人一首歌价值不菲，一首就能让人火了，一送就两首，还不把人挖过来。

秦则崇瞥他："让她们别乱说我和太太接吻的事。"

纵然他觉得她们没看到沈千橙的脸，但有时候，以防万一是最合适的，两首歌对秦氏而言不算什么。

文秘书大惊："您和太太不小心被看到了啊？"

合着您是封人家嘴呢。

文秘书蠢蠢欲动："秦总，您也能给我点好处封我嘴吗，我知道的事可多了。"

秦则崇漫不经心："可以永远封嘴。"

"……"

文秘书到那边散台位置时，在场的人都认识他的身份，无不猜测有什么事。

两个小明星这会儿更是白着脸："有、有事吗？"

直到听见得到两首由金牌词作家写的歌，晕晕乎乎仿佛在做梦。

周围的歌手羡慕不已。

文秘书压低音量，郑重地提醒她们："我们太太和秦总是隐婚，所以你们如果看到了某些画面，请不要说出去。"

两个小明星眨着眼，飞快点头。

"我们什么也没看见！"

"对对对。"

文秘书说："看见就看见了，只要不乱猜编排就好，秦总不希望传出什么不好

259

听的谣言。"

两个小明星也不笨，立刻就明白了什么意思。

谁能想到居然是真夫妻，沈千橙居然是秦太太！

全娱乐圈都不知道的瓜，竟然让她们无意间知道了，两首歌的快乐都不及大秘密的冲击强。

秦总居然为了这么点小事，直接送她们一场"荣华富贵"。

距离结束还有十几分钟时，沈千橙要回家了。

她来时坐的乐欣的车，走的时候，乐欣死活不愿意送她："我去你家还得绕路，我不去，你坐你老公的车。"

沈千橙一本正经："你小心点，秦则崇看到我们两个喝情侣酒，他内涵我们。"

乐欣想了想，看沈千橙这微醺的巴掌脸，酒量还不如自己，提醒："宝贝，该小心点的是你才对。"

她赶紧让代驾踩油门跑路了。

车里的光要比酒吧亮上一些，她乌黑的眼瞳像是夜空，眼周闪闪发光，如同星子。

那双狐狸眼朦胧地看过来，显得尤其魅惑。

秦则崇看了许久，忽然弯唇笑了声，如果是在平时，恐怕她这会儿已经在质问他看什么，但今天迟钝了。

他坏心难掩："怎么不和你的'唯一爱人'一起回家？"

沈千橙揉了揉脸，说话的声音也仿佛含了酒似的，能醉人："你怎么连女孩子的醋都吃啊。"

秦则崇说："吃醋为什么要分男女。"

秦则崇没忍住，抬手，拇指轻轻按上她的眼尾，几个小亮片立刻贴在他的指腹上。

"我看你今天不是美人鱼，是海妖。"

沈千橙还没反应过来。

"唯一爱人"的酒劲儿这会儿也差不多上来。

他的低沉音色传入她耳里："传说，海妖貌美声甜，靠唱歌来蛊惑人心，吸引无数人类奔赴深海，走向死亡。"

貌美声甜？她可是被誉为人间百灵鸟的，长得又美，声音又动听，这词就是为她量身定做的。

极会提炼关键词的沈主播相当满意："不错。"

秦则崇收回手,看她骄矜样,不禁莞尔,挑唇轻笑:"不错什么,你又不会唱歌。"

沈千橙正处于自得状态,听见这话,可不乐意:"我会啊。"

秦则崇慢条斯理回:"不信。"

他倾身过去,捏捏她的脸,指腹停留在唇下,又缓缓移上,摩挲着诱人的唇珠。

沈千橙醉眼蒙眬,思绪不是很清醒,直勾勾地盯着他的桃花眼,点头表示真会。

秦则崇桃花眼微微挑着,眸底幽深,诱着她:"会唱什么?"

沈千橙语调飘忽,撩拨意浓:"我要是唱了,你愿意像传说里那样,为我赴死吗?"

车从繁华的路段经过,整座城市的喧嚣都被格挡在窗外,只余依稀可闻的烟火气。

秦则崇反问:"你觉得人类在没听到歌声之前,会想死吗?"

沈千橙嘴巴一翘:"那不唱了,想听歌还不想付出代价,做梦呢,臭男人。"

反正又不是她想唱。

秦则崇被她这样子逗笑了,尤其是她说"臭男人"时,娇嗔的口气,可人至极。

他拖着懒洋洋的调子:"那我好像也没有别的办法了,只能先赌上命了。"

沈千橙盈盈笑。

秦则崇好整以暇瞧她:"唱吧。"

沈千橙看了看前面的司机,又看看两个人之间的距离,她挪到男人身边,转过方向,双腿都搭在他的腿上,一手搂住他的颈,一手扩在他耳后,水润的唇贴上去。

"我要开始唱了。"

秦则崇揉着她的膝盖,看着翘在车门旁的赤足,稍稍侧了下脸:"现在的前奏已经够长了。"

沈千橙轻轻哼一声,小声地开唱:"期待一个好日子,工作不需我操心……"

轻快甜蜜的音调回响在秦则崇的耳边。

"忽然很想拥抱你,吻你措手不及……"

她仿佛是多变的妖精,上一秒是深海里魅惑众生的海妖,下一秒又是洋房里的公主。

眼波流转里的妩媚浑然天成,偏偏吟出的调子浪漫又明媚。

勾人的嗓,纯真的词。

她没有拍子,便一只手搭在他另一侧肩上,乱拍着。

"honey honey,你是否想亲亲密密。"

略带了江南音的吟吟低唱如同甜酒，轻轻柔柔地，又绵出回味无穷的娇媚空灵，让人醉而不自知，陷入深深的幻想里。

最后分不清今夕何夕，沉没于深海。

秦则崇没再听到歌声，反倒是颈间的呼吸悠悠，他侧过脸去看，她正撩着眼看他。

"唱完了。"

秦则崇手托住她的细腰，撑住："深海歌姬名副其实。万幸，我没有赌输，甘心为你赴死。"

"不过你就要孤独一人了。"他说。

沈千橙说："要不我再唱首歌，复活你？"

秦则崇哂笑，垂目与她对视，问："童话故事里，王子吻醒睡美人，怎么到我，只有歌了？"

沈千橙刚刚乱敲拍子的手抚上他的脸，令他低首偏向她，从他颈窝处仰起脸，亲了一口。

以爱赴死，以吻而活。

秦则崇屈指抬住她还未垂落回去的下巴，堵回了她快要出口的话。

沈千橙本就醉了些，又缺了氧，脑袋一片混沌，被亲了半天，最后倒在他肩头睡了。

最后回家，还是他抱回去的。

秦则崇也没忘把她那双高跟鞋给勾上，和它主人搭在他臂弯处的小腿一样，在夜色里晃晃悠悠。

进了屋里，二狐就坐在门口，吐舌等着，闻到熟悉的味道，汪汪叫了两声。

沈千橙醒了，眼睛被明亮的灯光照得眯了起来，嘟囔嗔怨："我要回海里，不要在这里。"

这里太亮了。

管家和用人都当自己什么也没看见，什么也没听见，等人往里走，低着头去准备醒酒茶了。

二楼灯没开，只有走廊的感应灯，柔光不刺眼。

秦则崇把她放下来。

沈千橙没睡，坐得好好的："要卸妆。"

秦则崇轻笑出声，又把她抱去了洗手间。

这回不是公主抱，是抱孩子姿势，她坐在他的手臂上。

沈千橙喜欢这种姿势，两只手环住，搂着他的颈，脚尖荡来荡去，像坐秋千似的。

秦则崇扫了眼瓶瓶罐罐："卸妆的是哪个？"

沈千橙瞅过去："那个，那个，那个……"

秦则崇听她一连说了好几个，拿起看见上面写的外文是卸妆，随手挑了一样。

沈千橙推搡他的手，她虽然醉酒，但关于妆容与护肤这种事是从来不会遗忘的。

"要先眼睛，然后嘴巴，然后脸。"她眨眼，又噘嘴，最后拿脸去贴他的脸。

真麻烦，秦则崇心想，可她这样乖巧，又如此亲近于他，麻烦反倒成了最最次要的。

烦琐地卸妆，精致地护肤。

沈千橙的嘴巴就没停过，咿咿呀呀的，一会儿说他力道轻了，一会儿又说他手法不对。

最后，秦则崇收起那些瓶瓶罐罐，难得松缓："你今晚喝醉了，不能洗澡，明天早上再洗。"

沈千橙哦了声："你是脏鬼。"

秦则崇气笑了，决定不和醉鬼计较，给她擦了个干净，又换了条最方便的吊带睡裙。

趁着她泡脚的时候，他去门口端进了醒酒茶，递给她一杯："喝完漱口去睡觉。"

醒酒茶说是茶，其实是用了葛根做的，更像是汤，沈千橙喝完了把杯子递给秦则崇。

她在外面泡脚，秦则崇而后进了浴室里。

沈千橙坐在外面，看着玻璃上的影子，面色潮红。

等秦则崇出来洗漱，她才刚刚自己慢吞吞地擦干脚，终于舒服了，也不抱怨秦则崇这样那样了，躺进被窝，嘴里还哼着歌。

秦则崇听不清什么歌词，见她这么兴奋，哄道："宇宙歌姬小姐，你今晚不打算睡了吗？"

沈千橙不理他。

没想到，最先入眠的是秦则崇自己，伴着声音入眠，出差一周，从未有过如此的安稳。

一夜至天亮。

第十四章

没定闹钟的沈千橙睡到自然醒,听见了起床的动静才睁开眼,湿漉漉的狐狸眼看着床边的男人。

秦则崇回头看她,挑眉:"醒了?"

沈千橙从床头柜上摸到手机,上面未读消息不少,其中小茶的消息最多。

小茶:"就是秦氏和咱们台合作的那个项目,今天开始正式推动,刚刚主任过来说的。"

小茶:"沈老师!我相信你!"

小茶:"我已经帮你准备好最近两个月的收视成绩和观众们的好评了。"

沈千橙顿时清醒起来,月初,秦氏与京台的合作协议上写的共创综艺,还有单独拟定的谈话节目,没想到进展这么迅速。

她抬眸看向男人,问:"秦则崇,你看过的京台合作的谈话节目的策划案了吗?"

秦则崇嗯了声:"前天确定的。"

沈千橙撑着脑袋半躺下,感慨:"好快啊。"

秦则崇垂目:"你想主持?"

沈千橙哼了声,实话实说:"当然啊,这可是专属个人主持的谈话节目,你去问问哪个主持人不想要。"

秦则崇看她:"你想,就会属于你。"

轻描淡写,却又独断专行的宠溺感。

不得不说,沈千橙心尖都颤了下,她嗔道:"你这句话说得好像我必须靠你才行。"

264

秦则崇恭维："怎么会，沈老师这么厉害。"

真敷衍，沈千橙笑起来。

秦则崇取了新的表戴上，弯下腰，捏揉她嫩滑的脸蛋："你觉得，我为什么选京台合作，为什么只确定大方向的协议里会有如此清晰的个人主持节目。"

沈千橙愣住。

秦则崇亲了亲她的唇，缓缓开口："需要我直言，这节目是专门为你而开的吗？"

他温柔却热烈的话，瞬间侵袭沈千橙的心脏，手没撑住，整个人倒在床上，乌发散落一床。

她之前有想过，在她调来京市后，秦氏才突然和京台合作，说不定有那么一点的原因在于她。但毕竟是商业上的事，沈千橙怎么可能自恋到认为完全因为她。

"你之前怎么不说？"沈千橙问。

"女孩子要追梦，多美好的事。"秦则崇唇角略翘，说，"我尊重你的决定。"

直到他先行下楼，沈千橙才终于回神，卷起被子蒙住脑袋，只觉得脸皮都热得不行。

沈千橙觉得自己要长"恋爱脑"了，不然她怎么会想去楼下亲吻他！

沈千橙向来行动力极强，今天也是。

她掀开被子下了床，趿着拖鞋从楼梯上小跑下去。

秦则崇正在餐厅，桌上摆放着平板。

管家和用人则是在厨房。

脚步声近而轻快。

秦则崇正握着汤匙喝粥，冷不丁沈千橙如一阵风似的，从餐厅外卷来，在他脸上啄了下。

他的手停在半空中。

微信视频里的文秘书眨着眼，看到突然被亲吻的boss竟然露出发愣的神情。

沈千橙亲完就转身跑了。

秦则崇指腹蹭了下被亲吻的地方，那柔软的触觉好像还停留在上面，他叫住她："沈千橙。"

沈千橙停住脚："嗯？"

秦则崇一挑眉："你突然过来亲我，还反问我？"

沈千橙这会儿心里其实有点不好意思，但她一向不表现出来，叉着腰，理直气壮："我是你老婆，亲你一下怎么了。"

265

"当然没问题。"秦则崇略顿,"我只想知道,为什么。"

这从未有过。

"亲你还要理由,当然是喜欢你了。"沈千橙丢下一句话,往楼上跑。

"你不吃早饭?"

"我还没刷牙!"

脚步声随即消失。

餐厅安静了几秒,秦则崇溢出声笑,眉眼染上些许温柔。

文秘书怎么也没想到,自己也就今天这个早晨没有去boss家里,居然就错过了!

幸好他视频了,否则连看都看不到。

隔着屏幕,文秘书也能看清楚表情,心里默默吐槽:秦总,您不要表现得太开心了!

沈千橙刚到电视台,小茶就迎上来,小声说:"现在大家都在讨论主持人是要选还是直接定的,如果是选,沈老师,你的资历好短,只能凭借收视率了。"

自从沈千橙成了早间栏目的主播之后,节目的收视率就从倒数上涨到前排,最近还在上涨。

现在看电视的人都不多。

一个六点档的新闻节目,更是观众极少,能被盘活,无非是沈千橙的主持够好。

沈千橙想起秦则崇的话:"很快就会定了。"

如果她不愿接受直接定,很快这节目就会公开选主持人,如果她接受了秦则崇的好意,那就是她的节目。

或许真是因为不缺资源,她才会执着于靠自己。

小茶说:"沈老师,要是你主持了这节目,我觉得以你的风格,这节目肯定收视率爆表。"

沈千橙这一刻豁然开朗。

有什么好执着的呢,她又不是没本事的花瓶主持,她有信心拿下这节目,让这节目出彩。

沈千橙笑起来:"小茶,谢谢你啊。"

小茶一脸蒙:"啊?"

沈千橙想通后,只觉得轻快不少,给秦则崇发消息,语气颇为霸道:"节目我要了!"

彼时,秦则崇正在会议室里。

巧的是，今天也在讨论和京台的合作，只不过，是京台送来的几个大型多人综艺的策划案。

他莞尔，低头回复："万分期待沈老师的节目。"

沈千橙现在一看到万分这词，就想到好久以前，他为自己捧场的那些话，这个人还真是，这么一点小小的事都记得很清楚。

她却恰恰因为这些小事而开心。

结束会议后，文秘书提醒："京台那边，已经第二次询问我们这边关于访谈节目主持人的意见了。"

秦则崇神色淡然："选我老婆。"

访谈节目定下主持人的事儿在京台像一阵风，一个上午传遍整个电视台。

阮主任笑眯眯地鼓励道："千橙，你可要拿出十分的努力来，我看好你。"

所有人都看着沈千橙。

"居然是沈老师。"

"也不奇怪吧，之前你们不就传她背后有人。"

"秦氏大老板是沈老师的粉丝，肯定优先选沈老师。"

"沈老师提高收视率能力确实很好，而且她话题度也好，这节目肯定很多人看。"

苏月薇盼了那么久，还以为是海选，没想到自己连参与都没参与，她忍不住问："主任，这是怎么定下来的？"

阮主任说："秦氏定的。"

一句话封死所有人的疑问。

人人都知道秦则崇说过万分仰慕沈千橙。

"恭喜沈老师了。"

"沈老师打算第一个邀请谁呀？"

沈千橙一个字也没透露，回了办公室。

小茶激动得不行："我就说秦总是恋爱脑！"

下午时分，沈千橙就将自己的节目名字确定为《千言万语》，并发给了阮主任。

也不知道是不是有人透露的，傍晚这件事就被营销号传了出去，不过主持人写的是她名字首字母。

然而，这一拼就能认出来。

"沈千橙资源真好。"

"期待沈千橙的节目,她性格我好喜欢,总觉得那节目会很好看!"

"所以访谈对象是什么身份,明星?还是素人?"

沈千橙十分淡定地发了条微博:"感谢大家的期待,《千言万语》将尽到'言为心声,语为心境,千万传情达意'的责任。"

"我看营销号说这节目是和秦氏合作的,那第一个要不请秦总吧,多好的嘉宾!我也不贪心,只要问够半小时就行了。"

"半小时哪里够,电视剧一集都四五十分钟,综艺起码得比得上两集电视剧吧!"

网上还在热闹时,沈千橙已经下班,坐上回家的车。

秦则崇待她坐稳,便问:"五一有假期吗?"

沈千橙想了想:"我们新闻主播哪儿有假期啊,不过可以换班的,这才周三,还没安排,干吗呀?"

秦则崇挑唇笑:"我买了个岛,想邀请秦太太一起去度假。"

他像是在说自己买了个包子。

沈千橙作为打工人,天天都不想上班:"什么时候买的,岛在哪儿,好看吗?"

秦则崇将文秘书当初的调研文件发给她:"自己看吧。"

沈千橙迫不及待打开。

一开始是航拍的视频,蓝天白云,海水清澈,宛如仙境,而后是照片,最后才是扫描的协议文件。

看到岛屿的所有权归属于人写着沈千橙三个字,她愣了下。

沈千橙望向他:"送我的啊。"

秦则崇伸手捏捏她脸:"没有海的美人鱼,怎么叫美人鱼。"

沈千橙卷翘的睫毛扇了下,欣然接受这份礼物:"那怎么叫你邀请我度假,岛是我的,我邀请你度假才对。"

秦则崇勾唇点头:"我答应你的邀请了。"

沈千橙想起来,问:"你那天在海岛,就是在买岛?"

秦则崇嗯了声,又记起:"说起来,你给我买的东西呢,账单有了,东西没有。"

沈千橙有必要证明自己这话的真假,给他看品牌专属平台的购买记录:"你自己看,在路上。"

秦则崇眼里带笑:"原来不是假的。"

沈千橙哼了声。

沈千橙一提要过假期，阮主任正好和她说："你两个多月没放假了，也确实，正好小顾产假休完了，这次回来可以替你。"

之前负责早间新闻栏目的两个主播，一个辞职了，一个休产假。其中，休产假的正是阮主任说的小顾。

当晚，沈千橙就心情美妙地准备要穿的衣服，比基尼和度假小裙子全都买了新的，风格各异。

第二天这些就全都送到了千桐华府。

周五下班后，沈千橙都不用管其他，被接去坐秦则崇的私人飞机，一路直飞到她的岛。

航程太久，她和秦则崇吃了顿西餐后就直接睡了。

到时，正好是中午。

艳阳高照，飞机还未落地，沈千橙就能看见清澈浅蓝的海水，临近沙滩的地方闪着璀璨的光。

岛上有专门服务的人员，已经等在下面，沈千橙其实不止一次去过海岛游玩，可今天不同。

这可是她的岛！

由于想吃海鲜大餐，所以沈千橙和秦则崇午饭还没吃，一到岛上，就开始上菜。

沈千橙拆着蟹，问："你吃过醉蟹没有，味道鲜美，酒香浓郁，是江南名菜。"

秦则崇慢条斯理道："醉蟹没吃过，吃过醉橙子，也鲜美。"

一被他提醒，沈千橙就想起自己醉酒后的样子，恼得把手上蟹腿壳丢了过去，精准地掉到了秦则崇的餐盘里。

吃过饭后，由于太阳太大，沈千橙只能在别墅里休息。

岛上的工作人员送来这里的原生态海洋生物，比如珊瑚、贝壳，还有许多珍珠。

贝壳有大有小，大的和沈千橙的手心差不多大，有三个，小的只有一个指节大，花纹各异。

工作人员询问要不要做成贝壳风铃。

秦则崇伸手拾起两个差不多大的白色贝壳："这两个，每个边缘穿三个孔，至于珍珠，做几条链子。"

工作人员问："孔要多大？"

秦则崇指了指最小的珍珠。

等他们走了，沈千橙问："你要这个做什么，没看出来你还有用贝壳装饰什么的爱好。"

秦则崇把玩着留下的一个极小贝壳，桃花眼一弯："贝壳可是小美人鱼的衣服。"

沈千橙戳了戳他："那是你梦里的美人鱼，我可没有尾巴。"

秦则崇笑："这里有。"

果然是有备而来。

沈千橙呵了他一声，就去看这里的鱼尾是什么样，看到实物时也惊艳不已。

银色与蓝色交织，灿灿生光，波光粼粼。

她看到这鱼尾的第一眼，就在想自己穿上是什么模样。

沈千橙上手去触摸，很高级，鱼尾上有亮片与珍珠钻石在上面，只觉得晃眼，若是在海水里，一定熠熠生辉。

傍晚时分，工作人员把做好的贝壳风铃送了过来，沈千橙把它挂在窗台上，风一吹就叮铃响。

除此之外，打孔的贝壳和珍珠链也送了过来。

秦则崇随手一穿，就将贝壳串了起来，勾在指尖晃悠："小美人鱼，你的衣服。"

沈千橙白他一眼，将贝壳抓了过来。

他们今晚住的是水屋，无边泳池自然不缺。

沈千橙的身材很好，她穿上那银蓝色的鱼尾，忍不住坐在池边拍打水面，好有趣，难怪大家都cos美人鱼。

所以秦则崇一上来，得到的第一句话是："快给我拍照。"

沈千橙背对着池边，纤薄的背露着，仅仅只有两条细细的珍珠链，蝴蝶谷振翅欲飞。

她侧过身和他说话时，身前的美景也随机展现。

漆黑的夜色背景下，唯有周围的灯光，鱼尾在水面上波光粼粼，仿佛自带满天繁星。

沈千橙说："多拍一点，视频最好啦。"

秦则崇无奈地只能看着美人鱼在自己眼前独自下了水，波浪卷的长发在水面漂浮。

几分钟过去，水里的美人鱼还不亦乐乎。

他直接结束拍摄，在水边蹲了下来。

沈千橙游到他边上，仰头，揪着他的衣摆，又抓住他的手臂，一把将他扯进水里。

水花四溅，在空中如同泡沫。

男人的手掌贴着她后颈，借着水的柔劲，将她禁锢在自己的面前，以防她游走。

他抬着她脸侧，低头去吻她，原本深入水里带出的潮湿水珠从两人的唇间滴落。

即使是在岛上度假，秦则崇也每天都有工作要忙。但他会将工作安排到上午，用一下午的时间陪沈千橙。

只不过，事有意外。

最近正处于雨季，本来天气说有雨，导致沈千橙只玩了浮潜。

今天天气预报整天都是晴天，沈千橙很开心，下午三点就要拉着秦则崇去深潜，要去看珊瑚和鱼。

临到出发前，秦则崇接到了文洋的电话，分公司出了事，需要他做决断。

他询问："明天去？"

"不要，我衣服都换好了。"沈千橙拒绝，"我自己去，明天去别的地方吧，等我回来给你带好东西。"

秦则崇："让人陪你去。"

沈千橙有潜水证，只不过秦则崇在这件事上格外坚定，并且直接叫来了岛上的专业人员。

地方不远，就在那个副岛周围，因为那边更为原生态。

处理完分公司的麻烦事，天已经暗了下来。

秦则崇一开始以为天黑了，一看时间，才堪堪五点，正是平常的日落时间。

窗外一道闪电映亮海面。

海岛下暴雨再正常不过，上一秒蓝天白云，下一秒就能乌云密布。

秦则崇下了楼，没看到沈千橙的身影，询问了管家。

管家摇头说没看到。

秦则崇最不想听到的就是这句话，沉沉地呼出一口气，拨通沈千橙的电话，铃声在客厅里响起。

她没带手机。

秦则崇大步往外走，声音冷肃："去准备船。"

管家听见这吩咐，吓了一跳，提醒："先生，雨天不能出海的，很危险……"

秦则崇出了门，声音随着风吹进来。

"还没下雨。"

早在乌云聚集时,沈千橙就发现了,立刻上了直升机,教练本想问要不今晚在副岛上过夜,发现她压根儿就没这个打算。

不过,这地方到主岛单程也要二十分钟。

等她接近主岛时,乌云密布,天都暗了,而且风很大,海浪汹涌袭来,很吓人。

沈千橙坐在直升机里感叹:"天变得好快,今天预报还说晴天。"

教练说:"雨季这样很正常。"

沈千橙手里还拎着一个透明塑料袋,袋子里装着海水,里面有一条蓝色小鱼在游动。

这是她上岸前抓的,要送给秦则崇的"好东西"。

短短几分钟时间,雨势就大了起来,噼里啪啦地打在玻璃上,驾驶座上的人开了口:"太太,风太大了,我们要在这里临时降落了。"

沈千橙点头:"行。"

他们降落的地方在岛屿背面,和别墅有一定的距离,而且没有大路,只能从边上绕。

好在路途不远,也不危险。

塑料袋里的小鱼被雨水打得受惊,在水里游来游去。

沈千橙捏紧袋口,头发都湿了,她想,还不如下午那会儿听秦则崇的取消行程,明天再去。

走了一段距离后,只见雨帘前方人来人往地穿梭。

沙滩边还有船已经被推下水了,船上亮着灯,周围漆黑,也看不清多少人。

旁边陪同沈千橙去深潜的教练也惊讶,朝沙滩边大喊:"这么大雨,怎么还出海,太危险了……"

所有人的注意力都被吸引了过来。

沈千橙用手挡着眼前的雨,踩着沙子往别墅那边走。

直到听到有人叫她。

沈千橙回头,只见秦则崇穿过大雨,猛地抱住她,她拎着装有小鱼的塑料袋的手停在半空中。

雨水里有海的湿咸味。

他的胸膛是滚烫的,将她抱得死紧,似乎要把她揉进他的身体里。

沈千橙有点无措:"秦、秦则崇?"

他松开她，直接把她打横抱起，大步往屋子里走。

秦则崇的黑发潮湿地贴在额上，很是狼狈。

直到回到屋檐下，秦则崇才放下她，第一句话就是："你出去怎么不带着手机？"

或许是太急了，显得有点凶。

沈千橙蒙住了："我潜水又不能玩手机，你凶我干什么？"

秦则崇深呼吸，平复了一下语气，声线压低了些许："不是，我没凶你。"

他俯身，贴着她的脸侧，喃道："我以为你没回来。"

早知道他应该推了工作，和她一起。

他以为她没回来？

沈千橙恍然大悟，这才知道他的急躁和岸边那动静是为了什么。他难道是打算坐船出海去找她？在暴雨的天气？

只要不是傻子都知道这样有多危险，他这么聪明，却偏偏去做了。

她的心脏充盈着复杂情绪，越涨越厉害。

"我早回来了。"沈千橙语调轻柔，提溜起塑料袋，"你看，我给你抓的小鱼。"

她的碎发黏在脸侧，一副柔弱凄惨样，却眉眼弯弯，好像阴天过后的彩虹。

什么时候了还小鱼，秦则崇都听笑了。

他垂目去看，只见塑料袋水只剩一小半，小鱼趴在最下面。

沈千橙也发现了，惊叫一声："我的小鱼！"

一定是刚才在外面雨太大，把塑料袋打破了，要是再大一点，鱼估计也溜了。

她赶紧用屋子里的碗装了剩余的海水，把鱼放进去。

秦则崇不关心鱼，直接带她上了楼："鱼有别人照顾，你先去洗澡换衣服。"

雨势变为小雨，乌云还没散去。

沈千橙洗了澡，正在被秦则崇吹头发。

她摆弄着面前的化妆镜，调整角度，照出身后的男人，问："秦则崇，你刚刚是不是很担心我啊？"

竟然敢冒雨出海，如果她没有回来，他应该这会儿在海上吧，如果他们错过，如果他出了事……

沈千橙不愿再想下去。

秦则崇撩起眼帘，和她四目相对，嗯了声。

这么简单一个回应，沈千橙还想听更多，又问："你为什么不觉得我在副岛过

273

夜,我离那里更近,这种天气,不回来也正常。"

秦则崇的手指穿过她的长发,轻柔地拨弄:"即使有百分之一的可能,也需要验证你是否安全。"

所以不顾危险吗?沈千橙想起不久前,他穿越大雨滂沱,拥她入怀,他的怀抱温暖安心。

"秦则崇,你居然这么爱我。要是我下次这样骗了你,你也会去验证吗?"

吹风机的声音轻轻地回荡在两人的耳边,玻璃外的雨滴淅淅沥沥地落下,安静下来的景色很美好。

"会。"

"第二次你也会啊?"

"会。"

她问,他就不厌其烦地回答。

沈千橙仿佛追问上了瘾,转过身,仰起脸看站着的男人:"第三次呢,狼来了的故事你听过吗?"

秦则崇揉揉她的发顶:"永远都会。"

他放下吹风机,给她梳头发。

沈千橙的狐狸眼忍不住弯了起来,打心底地愉悦。

她揪着他的衣摆,嗓音清甜:"你怎么这么好说话,我可是会仗着你的喜欢得寸进尺的。"

"那你知不知道,"秦则崇俯身,啄了下她的唇,声线如水,"在我这里,你可以一直得寸进尺。"

因为在我贫乏的生活里,你是最值得期待的惊喜。

我盼你,千次万次,旷日长久地对我得寸进尺。

沈千橙家境优渥,在许多个海岛度过假,但和秦则崇在一起的这五天是最与众不同的。

也是神奇,整个五天假期,就只有那天下了雨。往后都是晴天,连乌云都不曾见到。

他们从海岛回来时,是假期的最后一天,那条被她从深海里抓到的蓝色小鱼留在岛上养着,并且配备了超大鱼缸。

沈千橙不知道秦则崇买那么大的鱼缸做什么,这鱼才巴掌大,拍照发了条朋友圈。

乐迪看到,在底下评论:"这是美人鱼专属鱼缸吧。"

鱼缸里只有一条鱼肯定不行，于是又放了一些各异的鱼进去，唯独沈千橙的那条是蓝色。

等他们从海岛离开时，那鱼缸里已经有了珊瑚、海星等等。

他们四月的最后一天出发，回家时已经进入五月。

这个月开始，沈千橙的空闲时间就开始变多，因为早间栏目不止她一个人开始播。

另一个主播叫顾盼，比她大五岁，女儿刚刚出生。

沈千橙闲了下来，就把自己的注意力放在了新节目《千言万语》上。

在主持人定下后不久，就有秦氏的负责人到京台来专门负责《千言万语》的筹备工作。

"沈老师可以自由决定。比如风格是温柔还是犀利，比如节目一周播几天，除此之外，还有演播室的选择，如果沈老师不喜欢京台的演播室，秦氏已经为您准备了独立演播室。"

饶是阮主任都有点羡慕。

秦氏财大气粗，京台的演播室怎么比得上。

沈千橙心说怎么能直白地说不喜欢京台，多不合适，所以她直接开口："那我去秦氏吧。"

那可是一个超级大、完全专属于她的独立演播室。

小茶作为"CP粉"，这会儿"CP脑"都挡不住："秦总怕不是早就想好了，你去秦氏工作，然后天天近距离接触吧？"

沈千橙认真地思考了一下可行性。

她下午去录制节目，工作结束后可以直接和秦则崇一起回家，确实很方便。

小到如上，大到连节目的档期选择，都让沈千橙自己来挑，毕竟黄金档和非黄金档的差距是很大的。

不过，她不打算自己一个访谈节目占据黄金档。

所以，沈千橙选了十点档。

不过，京台的最近两个季度的档期都安排好了，所以，沈千橙的节目最快也要今年的最后一季度。

那就说明，她的节目最快也要十月才播出。

文秘书作为贴心的秘书，给boss献计策："虽然播出时间迟，但可以早点录制啊！"

文秘书说:"早点录制,太太就早点来公司嘛。"

秦则崇哼笑:"要你说。"

文秘书觉得自己越来越有电视剧里出谋划策的大太监感觉了:"其实,太太的演播室,也可以安排近点。"

比如说,总裁办旁边嘛。

同一时间,小茶也是对沈千橙这么说:"沈老师,秦总会不会把你的演播室安排在他办公室旁边啊?"

沈千橙好笑:"梦里可能会吧。"

小茶说:"恋爱脑可是什么都能做出来的。"

沈千橙晚上回家,问起这件事:"你给我的演播室在哪层?"

虽然秦氏的签约主持人不多,但因为有综艺制作,所以在另一栋大楼里是有准备演播室的。

秦则崇淡淡一笑:"给你单独一层?"

沈千橙攀上他的背,懒洋洋地说:"小茶说你是心里有鬼,想借着这机会和我近距离相处。"

秦则崇说:"你助理还不笨。"

沈千橙没想到他居然就承认了,搂着他的脖颈:"你可别把我的演播室安排到你办公室旁边!"

秦则崇长指搭上她的手腕,语调缓缓:"就算我同意,公司的其他董事也不会同意。"

这可惜的语气,你不会还真想过吧?

沈千橙确定了,秦则崇就是个恋爱脑!!

沈千橙抑制不住上扬的唇角:"你想得可真美。"

秦则崇扭过头,唇亲吻她的额与眉。

沈千橙娇笑:"我要是和你在隔壁,秦总得无心工作。"

秦则崇挑眉:"有道理,所以你还是留在京台吧。"

沈千橙直起上半身:"合着我和你只要在同一栋楼,都能让你无心工作了?"

秦则崇一声轻笑,拖腔带调:"秦太太对自己的魅力真是一无所知。"

沈千橙喜欢这句话:"秦总嘴这么甜,真会夸。"

秦则崇捏捏她脸:"希望秦太太不要吝啬于对我表达爱意。"

最终,秦氏为沈千橙准备的演播室还是落在了另一栋大厦里,这栋大厦与秦氏主楼的第十层有廊桥连接,方便公司的员工和那边的艺人活动。

开始装修的那天，动静不小。

"听说是要当演播室。"

"这么大的演播室？公司又有新综艺要开发了？"

萧云今天来公司录节目，问经纪人："公司有新综艺，怎么我们没收到风声？"

她虽然是新晋影后，但也不挑剔，公司专门准备演播室，这综艺必然是大制作。

经纪人眼光毒辣："不一定是综艺。"

距离沈千橙主持《千言万语》的消息已经过去两个月，基本上没有人会猜到是这档节目。

所有人都以为秦氏要准备一部室内大型综艺。

直到有天，演播室外被嵌上一块牌子，写着"《千言万语》专属演播室"。

所有人都惊了。

起初，是一个微博小号发的微博。

"公司上个月开始改造演播室，好多人都以为是要准备大综艺，一个月时间过去了，今天挂牌了。好家伙，原来只是老板追星的行为罢了，老板怎么追的不是我。"

没想到，秦氏集团的官微直接发了十八宫格的照片，并且配文——

"让我们一起期待《千言万语》的第一位嘉宾 @沈千橙。"

小茶刷到微博时直接尖叫："沈老师你的演播室好漂亮啊，羡慕死了！"

沈千橙之前只从秦则崇那儿看到过设计图，毕竟是她的节目，自然要问她的意见。

看到实拍图，她也不由得眼眸清亮。

这是她的演播室，她会在这儿录节目，在这儿成名。

沈千橙看完十八张照片，往下是评论区。

"差点儿以为这是电影画面了。"

"好好想想谁做第一个嘉宾。"

"官博都暗示得这么明显了！！这第一个嘉宾不请秦总这位粉丝说不过去吧！"

小茶在一旁怂恿："是啊是啊，说不过去，沈老师，你可一定要邀请秦总啊。"

想想就刺激。

沈千橙本是随意瞥了眼热搜词条，最后盯住。

因为她看到热搜第一的词条写着：今天沈千橙邀请秦则崇了吗？

"带大名的热搜第一。"小茶激动地拍桌子，"秦总没花钱，我把名字倒着写！"

这词条一上去，看热闹的网友们不少。

"我对秦总的形象改观了,之前看新闻只觉得贵公子,还很神秘,原来追星和我们也没区别。"

"哈哈哈气氛都到这儿了@沈千橙。"

沈千橙被演播室的照片吸引,决定亲自去看看。

小茶一听,也要跟着:"沈老师,你和秦总约好了吗?"

"不约。"沈千橙理直气壮,"遇见了就是缘分,没遇见说明没缘分。"

于是小茶迅速联系文秘书:"沈老师要去你们那儿看演播室啦!说没告诉秦总!"

收到小茶的线报,文秘书抱着份文件就敲门进了办公室。

他默默递过去,然后看着办公桌后签字的男人,眉眼俊美,却神色淡淡。

文秘书装模作样道:"秦总,官博已经发了那些照片,太太可能待会儿会来看。"

秦则崇抬眸:"你又知道了?"

当然知道,但文秘书没敢说,冠冕堂皇道:"这是我作为秘书应有的直觉。"末了,他又小声,"秦总不信,可以打赌,赌我的年假吧,今年还没用呢。"

秦则崇一挑眉,看他自信十足的样子,就知道他心里有鬼,但他乐得悠闲:"行啊,赢了多放十天,输了一天没有。"

文秘书:"好啊好啊!"

秦总真是大好人啊!

他高高兴兴地带着签完字的文件离开了,给小茶传消息:"请务必让太太过来!"

秦则崇往椅背一靠,径直拨通了沈千橙的电话:"你在来秦氏的路上?"

电话接通前,沈千橙刚刚出电视台大楼,还有点狐疑,难道他已经等不及自己去邀请他,直接来问了?

"你在电视台安监控啦?"

秦则崇说:"猜的。"

沈千橙哦了声:"我在热搜看到了图片,你那边设计好了都不告诉我,我想去看看现场。"

秦则崇轻笑声,低声开口:"想请秦太太帮个忙。"

沈千橙难得听他这么说,眉梢眼角都不禁高傲起来:"你可是秦总唉,好吧,你先说,我看情况勉为其难帮一下。"

"我和文洋打了个赌,赌你今天会不会来,赌注是他的年假,所以秦太太只要迟点到就可以了。"

沈千橙忍不住笑："你好幼稚啊。"

文秘书知道了得哭晕过去吧，老板也太过分了。

但沈千橙作为护短人士，非常尽责："那你还让我迟点去做什么，我直接明天再去，你是稳赢的。"

秦则崇声线里带笑意："和稳赢相比，还是见你更好。"

沈千橙脑补了一下，文秘书以为她没去，最后看到她去了又震惊的样子，也莫名来了兴趣。

这样的秦则崇，让她觉得鲜活。

"秦狐狸，你是幼稚鬼吧？"

秦则崇顺着她的话说："希望小美人鱼满足我这个幼稚鬼的愿望。"

沈千橙清清嗓子："好吧，谁叫我是你老婆呢。"

秦则崇唇角略翘，看了下时间："现在副楼那边人很多，你可以先去喝个下午茶，晚点我来接你？"

沈千橙说："你出钱！"

秦则崇嗯了声："当然，不管你今天消费多少。"

挂断电话，沈千橙陷入思索，文秘书怎么敢直接赌她过去的，除非他很确定。

她的视线落在跑过来的小茶脸上，若有所思："小茶，我请你去喝下午茶。"

小茶惊讶："啊？不是去秦氏吗？"

"秦氏有什么好去的。"沈千橙嘴上说着，"哪有下午茶好喝。"

文秘书都预估好了时间，就等二十分钟后，结果十分钟还没到，就收到小茶的消息——太太不来了！

文秘书欲哭无泪，深深揣测一定是秦总用了小心机，和太太私下谈好了。

他的年假就这么泡汤了……

于是，接下来的半小时时间里，文秘书再去总裁办时，脸都是丧的。

秦则崇明知故问："文秘书怎么了？"

Boss心机深沉，文秘书扯出一个艰难的笑容。

沈千橙带小茶去吃了小蛋糕，还买了两杯奶茶。

从奶茶店出来时，经过一家花店，花香浓郁，她进去看了眼，一眼看中店主插好的一小瓶粉色洋桔梗。

粉白渐变的色调，穿插几枝还未开苞的绿桔梗，春夏的气息浓郁，她直接连同那玻璃花瓶一起买走。

粉狐狸就配粉色。

小茶说:"沈老师,你桌上都有桃花了,还买花呀。"

她本来以为进了秋天,沈千橙的办公室就会换别的花,却没想到,桃花依旧在。

整个电视台的人一开始都惊讶,后来都习惯了,甚至怀疑是不是等到冬天,她的办公室都会有桃花。

沈千橙抱在怀里:"送人的。"

她可以请人送到目的地,但她想自己带过去。

直到秦则崇的司机开车过来接人,小茶终于反应过来,她还以为今天下午不去秦氏了。

车门一开,后座上的男人面容俊美,笑看她。

"你怎么在这儿?"沈千橙惊奇地问。

秦则崇笑了:"我接我的妻子,天经地义。"

沈千橙问:"你秘书呢?"

秦则崇随口答:"秘书?应该在哪儿哭吧。"

沈千橙忍住好笑,把花瓶塞到他怀里。

"拿好了。"她上车,"你为了坑你秘书,还翘班。"

秦则崇接过花,花香扑满一鼻,桃花眼眯了眯,音色清冽:"为秦太太翘班是值得的。"

沈千橙关上车门,转头眨眼,哼了声:"都这时候了,还拿你秘书做筏子,你就是想来见我呗。"

秦则崇长指拨弄了一下花朵,慢条斯理问:"花是送我的?"

沈千橙点头。

"第一次收到花。"秦则崇挑了眉梢,语调慢悠悠,"不知道是昙花一现,还是以后也有。"

沈千橙说:"有有有。"

哪有人朝老婆要花的,秦则崇是第一个!

秦则崇抬了下唇角的弧度。

到达秦氏时,沈千橙已经迫不及待想去看自己的专属演播室。

秦则崇牵住她,改了她走的方向,不急不缓说:"先去我办公室。"

沈千橙想也不想就拒绝:"不去。"

她的目光充满质疑。

四目相对,秦则崇思忖两秒:"那我让秘书把花带上去。"

沈千橙只好耐心等待。

文秘书只觉得一个天一个地,丧了半小时,为自己失去的年假哀悼,又接到boss让他下楼拿东西。

远远就见boss抱着鲜花,和身旁的女人聊天,他顿时就机灵了,笑容满面。

文秘书看着她和小茶一人一杯奶茶,猜到迟来的原因,原来是喝下午茶去了,小茶居然谎报军情。

沈千橙笑眯眯道:"文秘书,我知道你欢迎我来,但你不用这么开心的。"

文秘书说:"用的用的!"

太太可是给他带来了多十天的年假。

秦则崇把花给他,叮嘱:"放到我办公室。"

文秘书大声:"好!"

秦则崇难得失笑:"不用这么大声。"

文秘书放小音量,忍不住对沈千橙说:"我还以为您今天不来呢。"

沈千橙看热闹的语气:"怎么会呢,你老板请我喝下午茶,我既然免费喝了,也得过来探望探望。"

合着搞半天,是boss请下午茶哄走了太太,溜他半小时。

演播室在副楼,从主楼这边过去自然是要经过一段距离的,有人不认识沈千橙,却没人不认识秦则崇。

公司群里早就发了图片。

照片上,沈千橙拿着杯奶茶,一口一口吸着,偶尔颊边微鼓,原本妩媚的面容变得生动可爱。

而她身侧的男人端方矜贵,不时侧过脸和她说话。

"秦总和沈千橙!!"

"沈千橙在秦总旁边,其实还真很配,可惜都结婚了。"

"秦总一路上笑多少次了姐妹们?"

"一次,因为这一次就没停下来过……"

副楼那边多是艺人,见到秦则崇的第一反应都是想要上来打招呼:"秦总,下午好。"

"秦总好。"

看到沈千橙在秦则崇身旁,难掩羡慕。

秦总可是为了沈千橙单独建了个演播室,整个秦氏就没有比这演播室还要高大上的,设备全新。

许多演播室是公共的，沈千橙的却是专属的，这就代表她不录节目的时候，演播室就这样空着。

沈千橙接收到他们的目光，红唇微启："你看你的员工们都在想什么，在想，沈千橙真幸运，怎么就有秦总这样大方的粉丝呢，沈千橙上辈子一定是拯救世界了吧。"

她声音轻得格外空灵。

秦则崇忽然笑了下，不疾不徐说："说不定你上辈子真拯救世界了呢。"

沈千橙没想到他居然这么不害臊："你应该说，你拯救了世界，才有我这么个老婆。"

小茶落在后面两步远，和刚才追上来的文秘书对视一眼，露出一模一样的笑容。

第十五章

今天是沈千橙与秦则崇第一次在公开场合下亲密地走在一起,可以说说笑笑。

大楼外的阳光落下来,沈千橙只要一扭头,就能看到秦则崇利落的侧脸轮廓,凌厉的下颌线条,睫毛在光下很长很长。

真想亲一口。

沈千橙突然冒出来这么个想法,一回神就对上秦则崇似笑非笑的目光,嘴里的芋圆差点儿噎住。

她咳嗽一声:"看我做什么。"

秦则崇慢条斯理道:"粉丝看偶像,不是很正常?"

还真入戏,沈千橙腹诽,转移话题,抱怨:"还没到啊,这都多少步了,我上班都没走这么多路,你应该挑个近的地方,这样我就可以一进来就直接进演播室了。"

刚好到了电梯口,门打开,里面站了七八个人。

影后萧云被经纪人和助理簇拥着,旁边是其他二线艺人,都有不少粉丝。

这会儿,几个人都异常安静。

她们刚刚听到了什么,沈千橙和秦总抱怨?抱怨秦总没挑好专属演播室的地方?

仗着秦总是她粉丝,这么得寸进尺的吗?

萧云眼神落在沈千橙身上,笑着主动开口:"秦总下午好,沈老师也是。"

她带头,其他人也回过神来,立刻出了电梯。

秦则崇漫不经心嗯了声。

沈千橙回应萧云一个笑,然后继续面无表情装高冷,在一片"秦总下午好"的问好声后,进了电梯里。

待男人转过身时,萧云问:"秦总是要带沈老师去参观演播室吗?不知道我可不可以看一下,实在太好奇了。"

秦则崇不假思索:"不可以。"

周围一片安静。

萧云也从未想过自己会被这样直接拒绝,她从未和秦总相处,她以为秦总被誉为商界贵公子,最是绅士。

文秘书咳嗽一声:"萧小姐,不好意思,沈老师的演播室暂时不对外开放的。"

萧云看着电梯门缓缓合上。

也几乎是在同时,听到里面,男人的清冽声线:"这么点路都走不了,要不直接给你开在家里,你都不用出门。"

几个明星偷偷瞄了眼不说话的萧云,纷纷找借口离开。

"真开在家里也不是不行。"沈千橙还真得寸进尺,"到时候你就出去住。"

秦则崇听笑了:"白日做梦。"

沈千橙哼哼两声。

《千言万语》专属演播室这一层没有几个人,因为演播室面积占据太大,之前改造装修时,直接让其他人搬走了,所以上来时格外安静。

沈千橙伸手摸上门边的专属牌牌。

秦则崇抬了抬下巴,示意她推开门。

门一开,小茶忍不住叫出声:"好大啊!比京台的大多了!"

沈千橙环视了圈,把半杯奶茶往男人手里一塞,大步进了演播室内,转了一圈。

她站在舞台上,居高临下地看着台下的男人。

男人抬眸望着她,桃花眼微微挑着。

四目相对,沈千橙眉眼弯起,欢心雀跃的音色不掩:"秦则崇,我好喜欢!"

或许是演播室内做了处理,她的声音些许回荡,清灵纯净,像在云雾中的百灵鸟。

秦则崇走近:"看出来了。"

沈千橙走到舞台边缘,忽然从舞台上跳下来。

秦则崇猛然张开双臂,接住她,手中的奶茶杯被用力捏了下,差点儿扁了。

他肃声:"不说一声?"

沈千橙搂着他的颈:"又不高。"

她高兴的时候,说的话都是好听的:"再说,这不是还有你接住我吗,怕什么。"

秦则崇当真是没脾气。

小茶和文秘书早在一开始看了眼就回了走廊上，还关上大门，专心当两座门神。

秦则崇勾唇："演播室这么大，要我抱你走完？"

沈千橙心知肚明，哼唧一声，不能再继续这话题，她借着在他怀里，伸手扫到上方的摄像头："我录节目的时候，你不会偷偷看吧？"

秦则崇晒笑："我还需要偷看？"

好像也是，这都在他公司了。

沈千橙被他放在舞台上坐着，故意打探："关于我节目的嘉宾，必须要有咖位和话题度才行呢，景湛是你公司的，有档期吗？"

她虽然坐着，却和他平视，撞进幽邃的眸底。

男人神色淡淡答："不知道。"

吃醋了是不是，他也太容易吃醋了，沈千橙明知故问："你是他老板，你不知道？"

秦则崇觑她，喝她的奶茶，含混应了声："嗯。"

一口又一口。

她扬声："你把我的奶茶喝光了！"

"你是景湛的老板娘，有权决定他的档期。"男人的声音清冽中带着颗粒感，语调里却又夹杂几分温柔。

沈千橙猝不及防，怔愣几秒。

秦则崇看她发呆，捏她脸："不是要找他？"

指腹带着烫人的热意，沈千橙腮边微热，嘴巴一鼓一鼓："是啊，第二位嘉宾找他吧，至于第一位——"

她拖长的尾音，很容易让人联想。

"嗯？"秦则崇哼出声，松开她的脸。

沈千橙戳戳他的胸膛心口："当然是邀请我老公了，不然他可能要吃醋了。"

秦则崇语调缓慢："你老公要考虑一下。"

沈千橙抬脚轻踢了一下他的小腿："还考虑？那我换景湛吧，他肯定不用考虑。"

秦则崇直接回："是不用考虑，因为他没档期。"

沈千橙质问："你刚才还说我是他老板娘，能决定的。"

男人从喉咙里溢出声笑。

那双诱人的桃花眼弯起一点弧度，注视她，音色磁沉："员工怎么能排在老板之前上老板娘的节目。"

沈千橙被他打败了："你就直说你要做第一个呗。"

秦则崇眉梢挑着，语气沉静，却独断专行："是。现在，以后，你的第一位都要是我。"

沈千橙想了想："那不行。"

"不要告诉我，第一位是家里那只狗。"

"二狐！有名字的！你不能一吃醋不高兴，就叫它'那只狗'。"

眼见着男人脸色不对，沈千橙撑起身，在他唇上啄了下："第一位是我自己，你做第二位吧。"

秦则崇反问："如果我把你放第二位呢？"

"那可不行。"

"只许州官放火不许百姓点灯？"

"谁叫你和我结婚了？"

沈千橙感觉到唇下男人笑了。

约莫是被气的。

不然她的奶茶怎么会被他一下子喝光了！

为此，京台的新闻又增多了——

沈老师那个很有仪式感很有情调的老公，除了桌上的桃花到秋季了都还有新鲜的，又开始天天送奶茶了，杯杯不重样。

京台的季度计划公开，海报上标注《千言万语》的播出时间是深秋，热度再起。

谁会是第一个上节目的，会被问什么样的问题……

作为节目的唯一的主持人，沈千橙不仅要转发官博，还要在自己的微博开始宣传。

除去这些，开播前还有嘉宾宣传。

所以，某天下班，沈千橙很认真地问秦则崇："到时候发微博公布嘉宾，所以可能要@你的微博，要公开你的账号的。"

秦则崇漫不经心嗯了声。

沈千橙提醒："记得清清秘密。"

秦则崇偏过眼："不用清。"

"真的没有？"她将信将疑。

"关于秦太太的都不是秘密。"他说。

沈千橙听后沉默三秒,回道:"秦太太都是秘密。"

秦则崇不置可否,问:"什么时候开始宣传?"

"大概在一两个月后吧。还没确定是先录制还是先宣传,我觉得先录制比较安全。"她眼波流转,"我最近可就要开始练习采访秦总了。"

秦则崇说:"还需要练习?沈老师每天都有无数个问题,可以凑十期节目了。"

沈千橙嗔了一眼:"我的节目风格是要大胆点的,你做好准备,说不定就让你说不出话来,要不我提前给你透透稿?"

秦则崇气定神闲:"不需要。"

他自信时,周身是骨子里带的傲,极为惹眼,沈千橙很喜欢:"你说的。"

"我说的。"他笑。

沈千橙突然想起来今天的大问题:"你今天是不是花钱买热搜了?热搜上那个邀请的话题。"

秦则崇含混嗯了声。

沈千橙笑得厉害:"秦则崇,你好闲啊。"

秦则崇瞥她摇曳生姿的模样:"这不叫闲,叫让别人都知道自己不配第一位。"

进入十一月后,《千言万语》一切准备就绪。

沈千橙在这期间又跑了秦氏两趟,和小茶在舞台上试了试,颇为满意。

月尾,官博开始宣传,开始选第一期的幸运观众。

很快,五十位幸运观众被选出,随着他们给出地址,第二天,就收到路费与酒店费全部报销的回信。

可惜,录制的时间虽然透露了,其他信息却一直保密,而且录制地点在秦氏,狗仔都没法去拍,最后只在录制当天拍到了沈千橙去秦氏的照片和视频。

谁也不知道,沈千橙这会儿还在秦则崇的办公室。

她手里是采访问题的提词卡,其实问题她早已熟记于心,但凡事有万一,拿着最保险。

"秦总待会可就要上节目了。"她趴在小沙发上,"如果我问的问题过不了审怎么办?"

因访谈是正式的,所以沈千橙今天穿的是西装搭配裙子,这会儿她脱了外套,只着内里的连衣裙。

"那就在家里问。"秦则崇翻着文件,撩眼,掠过她因姿势而彰显窈窕的身形。

287

沈千橙语气嚣张又霸道："你应该说，老婆，有我在，一定会过审，谁也不能卡你的节目。"

她说完自己都笑了。

秦则崇挑眉："你以为你老公是什么人？"

沈千橙恭维："我老公是无所不能的。"

秦则崇哂笑，放下笔，往椅背上慵懒地一靠，慢条斯理道："冲秦太太这句话，我也要回答得能过审。"

下午两点，幸运观众开始入场。

虽然是京台和秦氏合作，但京台的员工完全就没机会上场，秦氏直接安排好了一切。

一入场，大家就被内场的设计惊艳到，等到了自己的位置，看到那椅子，还有上面摆放的礼品袋，都屏住呼吸。

有人已经等不及打开礼品袋，惊叫出声："有我爱豆的专辑和小卡集！"

"难怪当时要填写一张问答卡，原来是用在这里的，好用心啊。"

"里面还有巧克力。"

"我这里还有香水，好像大家的都不一样。"

有些人是随便填的，懊恼不已，谁知道会真的满足自己追星的小愿望。

虽然允许带手机，但不允许录制视频和泄露细节，所以只能拍礼物发到社交软件上。

观众们都陷在喜悦里，直到座位席的光逐渐暗下来，同时，舞台上的光打开，利落漂亮的沈千橙从里面走出，站在台上瞬间吸引了所有人的目光。

清灵的嗓音与平日主持新闻的播音腔有稍许不同，更加具有亲和力，依旧动听。

"欢迎各位的到来，我是主持人沈千橙。"

掌声四起，访谈嘉宾出场。

看着台上的男人，台下瞬间爆发出惊讶的叫声。

节目录制比沈千橙想象得要顺利，几乎没有停顿，在傍晚之前就已经结束。

观众们出了秦氏的大楼都还在震惊。

"我们下午见到的是秦总吧？"

"沈千橙问得真直接，秦总也真回答。"

可惜，签了保密协议，可以透露嘉宾是谁，却不能透露录制的节目内容是什么。

结束不到半小时，热搜高挂"秦总"二字。

幸运观众们一个劲在自己的微博上说节目很好看，问题很有意思，却不说具体内容，吊足了胃口。

小茶翻着网上的言论，嘿嘿笑：不知道吧，沈老师已经和秦总去吃烛光晚餐了！

沈千橙和秦则崇不仅去吃了烛光晚餐，还趁着没人注意，去山顶露营看星星了。

等到深夜，城市的灯光也熄灭大半，她扯着秦则崇的衬衫："困了。"

秦则崇指尖别过她的碎发，慢条斯理地说："亲会儿就不困了。"

没等她反应过来，吻先落下来。

是个温柔的吻。

秦则崇笑了声，问："还困吗？"

沈千橙心脏鼓动得厉害，也不回答这问题，而是说："我想喝咖啡。"

她又补充："要加糖。"

这索求的语气有些轻柔，顺着晚风，羽毛般刮过男人的心口。

秦则崇怎么拒绝得了。

还好他早有准备，知道这大小姐一晚上吃喝绝对停不下来，让管家备了许多东西。

沈千橙喝了小半杯就不喝了，眨着眼递给身旁的男人："喝不下了，你喝完吧。"

秦则崇这辈子就没吃过剩的，全在她这里体验了。

奶茶，咖啡，以后或许还有别的。

沈千橙看他仰头一口喝完，笑眯眯说："谢呀侬。"

秦则崇放下杯子，伸手捏捏她的脸："也就在这时候说句好听的，光谢谢怎么够。"

沈千橙今天的节目这么顺利，格外好说话，乖巧无比："老公，爱你哦。"

真轻易，听起来就不走心。

秦则崇抵了抵腮。

没过多久，节目官博正式公布嘉宾，并放出了一张预告海报，海报中，是秦则崇与沈千橙面对面而坐，互相注视。

同时，沈千橙也发布了一条微博——

"有幸和你谈了一场。@media naranja"

网友们顿时眼前一亮！

陌生ID和账号！绝对是秦总本人了！

大家都来不及占据评论第一，直接顺着链接点进去，入目便是那惹眼的简介。

"我看到了什么，老婆是条小美人鱼！！！"

往下一滑，仅有的一条微博内容映入眼帘，评论转发一下子炸了。

"秦总原来早就秀老婆了。"

"好美好美，就是光太暗了，这身材曲线绝了！"

文秘书偷偷发消息："秦总，需要帮您的微博认证吗？"

Boss回应："认证了，好像我的美人鱼会消失。"

文秘书又提出建议："您也可以单独置顶一条微博写太太是美人鱼，比简介更瞩目。现在会员可以置顶两条！"

白小小啊了声，戳他："完蛋，文秘，有人认出来太太和沈老师是同一个人了！"

"这么快？"

文秘书皱眉，天底下没有不透风的墙，他知道早晚这件事会被网友们发现，但没想到这才一天不到。

白小小说："她的小作文写得好有道理，我如果不知道，看了也觉得是同一人。"

她把对方的微博分享到群里。

这条微博已经有几百条评论，博主名叫"向日葵三朵"，洋洋洒洒写了几百字，所以才能被她刷到。

"作为心橙则灵的'CP粉'，我今天好像发现了秘密：沈千橙和秦太太或许是同一个人！

"不要说我是'嗑CP'嗑疯了，我是有证据的，虽然这证据没有那么直接，但大家看完就知道了。

"第一点，四月的时候，千橙改微博简介上了热搜，最开始的'老公是只大帅狗狗'和秦总现在的'老婆是条小美人鱼'是完美对称的，可惜不知道是谁先改的，咱就是说，谁家单纯的偶像和粉丝会这样啊，不怕另一半吃醋吗？

"第二点，秦太太这张照片是侧脸，但打光问题，看不到五官，我拿了一张千橙类似的侧脸图叠图了一下，基本能对上，头发的长度也是一样的，美女们相似不会到这种程度吧，只有同一人才可以解释。

"第三点，秦总的微博名叫media naranja，我查了这个词是西班牙语，半个橙子的意思，表示灵魂伴侣、心上人。沈千橙是橙子，秦总取这么个名字情有可原，但不怕秦太太吃醋吗？如果两个人是同一个人，那这就是最完美的名字。

"第四点，划重点！千橙在宁城已经出道近一年时间，但来京市后，秦总才大张旗鼓追星，他是怎么追上的，难道是每天凌晨就起床，才发现千橙这么个宝藏的吗？

"是的，他就是六点上班的！我同学的姨妈的女儿在秦氏打工，秦氏传言，从二月末开始，大boss每天六点多就到公司了，谁家总裁六点上班啊，当然是为了配合老婆的作息啊！

"不知道你们知不知道，央台那边有个传闻，秦总曾公开说，万分仰慕千橙，如果秦太太是千橙，那这可真有意思。"

不仅如此，博主还放了配图，包括两个简介拼图，还有照片的叠图。

沈千橙看到那小作文，哑口无言。

小茶津津有味地看着："沈老师，大家都发现了，要不你们就公开了吧。"

沈千橙下意识说："那岂不是人人都以为我靠他才走到这一步。"

小茶看她，实话实说："可是，你现在和秦总的名字也联系在一起啊。"

沈千橙心烦意乱，给秦则崇打电话，抱怨他不应该六点去公司。

秦则崇垂眸，询问："在你心里，外界的非议和我可以陪你一起去上班，哪个重要？"

"当然是一起去上班。"

听着电话那头娇媚的声调，秦则崇唇角勾起，不紧不慢道："那就不要管那么多。"

沈千橙突然被发现另一个身份，一时间有点烦躁和慌乱，和秦则崇一通电话，又好像不觉得有什么了。

挂断电话前，她听见男人沉静的低音——

"希望我的名字和你联系在一起，是一件让你开心的事，而不是烦心事。"

各大营销号都在观望，不敢转发"向日葵三朵"的微博，生怕得罪了秦氏那位。

文秘书还没进办公室，就接到boss的电话："网上的事不用管，当没看见。"

他下意识回："秦总，不否认也不承认就是默认。"

秦则崇嗯了声，又吩咐："去给我的微博认证。"

于是，下午时分，正在逛微博的粉丝们就发现大佬的微博变了，不仅有了认证标识，还多了个真名秦则崇。

唯一不变的是，真名后缀依然是media naranja。

"这词对秦公子是重中之重，我坚信小美人鱼就是橙子！"

"有时间认证，都不澄清秦太太是沈千橙的传闻，所以就是同一个人吧？"

"秦总为了给偶像的节目营销，还真是努力。"

评论区里，各持观点的两方人吵了起来。

而此时，正主已在讨论公开事宜。

秦则崇告诉她："顺其自然。"

沈千橙睨他："你现在肯定在想，应该怎么公开。"

秦则崇挑眉，不置可否，捏捏她脸："我在想，怎么才能让秦太太心甘情愿向粉丝们介绍我。"

他总是爱做这个动作。

沈千橙的嘴巴被捏得嘟起，眨眼："我觉得在社交软件上介绍你太随意了，要重视才对。"

秦则崇眉骨轻抬，看着她的眼睛："那你要在哪里介绍，开一个发布会？"

沈千橙被他逗笑："开这种发布会也太奇怪了吧，得选一个良辰吉日。"

秦则崇好整以暇："国人讲究双日吉利，明天是农历初六，不如就明天。"

沈千橙被他逗笑了。

她认真思索，算了算时间："我的生日快到了，今年办个生日会怎么样？"

秦则崇直白道："你的出道两周年纪念日来得更早。"

沈千橙惊讶："你怎么知道？"

"这又不是秘密。"

沈千橙发动撒娇技能："你难道不想作为我老公在我的生日会上出现吗？"

不得不说，秦则崇很吃这套。

迟点就迟点吧，反正都等了这么久，也不急于这一时。

热议之时，《千言万语》准时开播。

虽然是晚上十点，但大部分人都没睡，这节目是直接上线视频平台的，和电视台同时开播，预约量早就过了好几百万。

沈千橙一出场，就让观众们的眼前一亮。

等到秦则崇出现在舞台上，弹幕一片感叹号。

"这俩人站一起好养眼啊。"

"我真觉得有夫妻相！"

一开始的问题还算普通，毕竟这是个正经的访谈节目，比如询问秦氏赞助有潜力的导演的计划。

秦则崇虽然回答得简略却很直接，最后，他的嗓音掷地有声："希望中国电影与电视可以越来越好。"

后面的问题越来越轻松，沈千橙问："可以说说您有过多少个女朋友吗？"

观众们看得翘起唇角。

秦则崇双手交叠，放于腿上，慵懒随意，眸底似笑非笑，望进沈千橙眼里，似乎在问她是不是在满足自己的好奇心。

沈千橙理直气壮地回视。

秦则崇勾唇，不疾不徐，气定神闲地回答："没有过女朋友，只有一个妻子。"

沈千橙也很满意，唇角不禁弯起，转而问了个正常问题："那你现在有什么特别想实现的事情吗？"

镜头给到男人。

"现在？"

"嗯，现在。"

秦则崇目光始终在她脸上，轻笑，俊美面容蛊惑人心："想听我太太说爱我。"

"笑得好勾人！"

"忽然就信了网上传言了，她就是秦太太吧。"

"沈千橙你快说！"

屏幕里，满屏弹幕。

屏幕外，巨大的投影仪，音响环绕。

看到这里，沈千橙拉过被子蒙住脸。

秦则崇却拉下被子，露出她的脸，重复道："想听。"

沈千橙是仰躺着的，她一睁开眼，就看见男人的脸，眉骨深邃，高鼻薄唇，桃花眼轻佻。

屋子里没有开灯，只有投影的屏幕上出现的光，落在他的黑发上，映出柔和的轮廓。

好似五颜六色的梦境。

秦则崇往下滑了滑，脸与她越靠近，压在她面前，热息交缠，他开口："秦太太还没有说呢。"

沈千橙瓮声："那一刻都过了。"

这都录制节目过后一星期多了。

"那一刻过了。"秦则崇难得见她羞涩，声音沉缓，"可我在这一刻，想要实现的愿望还是同一个。"

沈千橙眼睫颤了一下，她的眸光定在近在咫尺的俊美面容上。

"秦狐狸。"她开口。

"嗯？"他早接受这个称呼。

沈千橙与他对视，放柔声音："我不知道以后，只知道，这一瞬间，我有点爱你。"

秦则崇溢出一声醇厚的笑："才有点？"

他的不满足简直写在脸上。

以为爱是很随意说出来的话吗？沈千橙眨了下眼，轻哼声："平时生活里的很多瞬间，我都有点爱你，一点点加起来，就是很多。"

秦则崇说："是吗。"

虽是问，却是肯定的语气，带着股自得。

沈千橙抬头撞了下他的额头："不是。"

秦则崇当没听见这两个字，挑眉，重新调高了投影的音量。

节目里进入新的话题。

未曾想过会听秦则崇在节目上提到"老婆"，沈千橙佯装镇定，不着痕迹地转了话题："秦总平日无往而不利，那么，有没有过无助的时候？"

男人神色如常，却是迟了几秒才敛着眸，开口："有。"

"几年前写过一封信，严格来说，应该是明信片，最终石沉大海，没有回音，因为当时的收信人不需要这封信。"

沈千橙从屏幕上收回视线，扭头问："节目里都没仔细问，你还会写信呢？"

"没有联系的人，写信是最好的方式。"

"既然没有联系，怎么会有写信的必要？"

秦则崇望着沈千橙，半响，他弯唇："你说得对。"

"以后你写给我，我肯定回你。"

节目的最后一个问题，是沈千橙笑着问出口的："秦总这么优秀，是怎么粉上我的呢？"

这可让网友们激动不已。

台上，秦则崇似是思索，薄唇荡出一点弧度："没有怎么，无条件喜欢。"

伴随着秦则崇最后的一句"无条件喜欢"，访谈结束，第一期节目的播出圆满成功。

次日一早，沈千橙没有直播早间栏目，刚踏足办公室，就被小茶告知收视率"破2"。

现在节目造势都结束了，第一期也播完了，双方都没有出来澄清，这不就是默认吗？

要知道，秦氏可是公认的辟谣最快的！

有博主大胆评论："默认就等于事实，姐妹们，放心，我们橙子一定是小美人鱼！"

外人不知，"小美人鱼"的传闻都传到了秦老爷子的耳朵里，他那天差点儿将鱼食碗打翻。

京市热热闹闹，乐家举办了一场宴会。

乐老爷子正是因为秦则崇和周疏行两人皆这么早结婚还如此恩爱，立刻借机鞭挞自己家的两个孩子。

今晚来往的宾客皆是有头有脸的人物，不少单身名媛都在，大家都知道目的是什么。

乐聿风苦不堪言，绕到秦则崇与周疏行那边："你们俩平时就不能低调儿点吗？"

秦则崇拒绝背锅："我很低调，外人都不知道我老婆是谁。"

周疏行也说："正经谈恋爱，为什么要低调？"

他瞥了眼秦则崇。

秦则崇想到沈千橙之前说要在生日会上公开介绍他，不由得桃花眼一弯，与他们酒杯相撞，慢慢悠悠道："下个月请你们参加我老婆的生日会。"

周疏行与乐聿风对视。

周疏行漫不经心问："所以，秦公子是以什么身份去参加？"

秦则崇嘴角噙着一丝笑意，眉眼幽邃，慢条斯理回："作为生日会主人的丈夫出席。"

生日会在下个月，先到来的是沈千橙的出道两周年纪念日。

这时间其实是算上她的实习时间了，毕竟她学的是播音，还在学校期间，就已经去宁城电视台实习。

这期间，《千言万语》又播了两期，嘉宾都是大咖，而沈千橙的问题也全都是观众们感兴趣的。

大胆、张扬，是她的代名词。

沈千橙的粉丝每天都在增加，"出道纪念日"前一周，粉丝们已经在紧锣密鼓地开始准备。

而她本人则是十分轻松。

毕竟出道两周年也不是个很大的日子，老公还出差去了。

但粉丝们精心准备了视频与应援，沈千橙非常感动，打算下班后订个餐厅庆祝一下，拍视频发美照回馈粉丝。

餐厅还没订，家里的管家先打来电话，说先生已经为她准备好了庆祝的晚餐。

沈千橙惊讶又期待，秦则崇人在国外，还有这心思？

她推开门后，看到的是装扮过的客厅，有她以前的照片，也有现在的照片，海报以及一个精致的蛋糕。

沈千橙开心不已。

几分钟后，她发了条微博，文案是：

"很久以前，第一个鼓励我的粉丝。"

配图存自学生时代的微博截图，只有一句话。

"别否定自己，你会站在最山巅。"

山巅已是顶峰，他却不吝啬地多加"最"字。

发完微博后，沈千橙对着蛋糕拍了好几张照片，正打算吃，却在挪动时发现蛋糕下压着一个信封。

来自秦则崇。

他给她写了一封信！

没有邮票，没有寄出。

写于出差前的某天，只为今日。

"我现在正以难以压制的愉悦心情给你写信，当你看到信里写的是一些唠叨的句子时，会不会觉得无趣？

"昨晚后半夜我做了个梦，关于你的。不是什么好梦，就不告诉你了。早晨醒来，看到橙色的阳光和你，让我觉得自己富可敌国。

"结婚那一天，你说我们去领证，这种事怎么能叫女孩子开口？然而我无法拒绝，并为此心动许久。

"桃花盛开的春天，会想到你，空气湿润的江南梅雨天，又会想到你。这些想法总是挤满了我的脑子，去见你时，我总是在想，准备的礼物你喜不喜欢？

"在你没来京市的那一年里，我偶尔会觉得，你不来，是不喜欢我还是不想见到我？好在现在终于有答案了。

"你来那天，我在回国的飞机上辗转反侧。这春天，还有什么比你的到来更重要、更吸引我。

"凡·高曾说：'橙色和黄色是普罗旺斯的纯净阳光。'橙色总是代表蓬勃的热情，如你，带给我以外的惊喜。

"不知道你喜欢什么情话，但我愿意穷尽一生来回答。

"还有，你喜欢凡·高橙的婚礼吗？"

沈千橙读完这封信时，蛋糕上插的两根蜡烛已经燃烧了一半，二狐并排着爪子，昂首看她。

秦则崇昨天清晨离开的，那这封信是在昨天早上写的吗？

她那时候好像还在睡觉。

沈千橙一股脑地冒出来好多想法，目光与手指都从未离开过那张薄薄的信纸。

这是她第一次收到手写的信，在这样一个写信没落的时代，她收到了来自丈夫的信。

沈千橙有种被珍重于心的感觉。

她把手伸向二狐："你喜欢你哥哥吗？"

二狐听不懂话，只是将爪子搭在她的手心里，吐着舌头。

"怎么会不喜欢呢？"沈千橙说。

当然喜欢，很喜欢。

沈千橙视线下移，他最后一句突然问她婚礼，是决定要举办婚礼了吗？

凡·高橙的婚礼会是什么样子的？

既然是橙色，一定很热烈吧。

沈千橙收回手，仰靠在沙发上，忍不住叫了声。烛火的光是暖色的，映出她绯红的面容。

第十六章

"在想什么？"Asa挥了挥手，"秦，你今天一直在走神。"

他和秦则崇是校友，也是多年好友，自从上次之后，已有几个月没见，这次秦则崇出差，他约他吃饭。

秦则崇低笑声："在想我的妻子。"

Asa拖长了调子，并很想给他一对白眼："你昨天才离开，不用向我这么炫耀你的爱情。"

秦则崇垂眸切牛排，缓缓开口："我离开前写了封信，她现在应该看到了，所以我无法控制不去想。"

Asa笑眯眯："反正你也不缺生意这么点钱，不如现在就回去，可以不需要想了。"

他的建议非常合理。

秦则崇失笑，不紧不慢道："我还有一件事没有做，等做完了，我就会回去。"

Asa问："什么？"

秦则崇说："来换一颗钻石，还需要你的帮忙，15克拉橙色的钻石，你应该有所耳闻。"

Asa挑眉："那颗15克拉的艳彩橙？我记得十年前的拍卖成交价是三千多万美元，秦，十年后价格只会更高。"

纯正的橙钻在世界上极为少见，就连专家都说过，如同大海捞针，已知的纯正橙钻都被收藏家留着。

秦则崇点头："价格不是问题。"

Asa当然说没问题，他可以为他引荐介绍，以秦则崇的能力，想必应该能得到想要的结果。

国内时间正是晚上。

沈千橙看完一封信,又吃了蛋糕,琢磨着给秦则崇写一封信,她可是答应过会给他回信的。

只不过,要写什么呢。

在她为信的内容纠结时,粉丝们在评论她的微博。

"橙子这微博截图一看就是很早以前的。"

"我一直以为橙子这么自信,没想到也有沮丧的时候,还好那时候有人鼓励她,不然我们现在说不定都看不到节目了。"

"这个叫'不喜欢下雨天'的粉丝说话好有感觉。"

沈千橙发微博的次数不多,粉丝很快就找到了那条微博,底下评论只有几条。

然而当他们打开评论区时,截图里那条评论的发出者ID不是"不喜欢下雨天",而是一个熟悉的名字——秦则崇。

后面还是特殊的半个橙子西语。

"这是秦总吗?"

"五年前秦总就已经认识橙子啦?"

"所以橙子也不知道?"

"肯定不知道啊,知道的话,文案都不会写这个吧?"

"秦总还真是暖心哈哈哈哈!"

一连串问题充斥粉丝们的心,一经传播,连其他营销号们都忍不住,开始发相关新闻了。

有评论提出疑问:"等等啊,当年人家还是学生,秦总就粉上了?"

有粉丝不辞辛苦找到答案:"五年前,沈千橙还是学生,秦总提前留学毕业,回国掌管秦氏。我查过沈千橙毕业院校的官网,当年有一场讲座,秦总是受邀人。"

"懂了,一见钟情。"

"这样我更觉得橙子是秦太太了呢,秦总不可能放过千橙去和别人结婚吧?"

今天是沈千橙出道周年,即便是因为考试太忙的老粉柠檬也登上了许久没有登录的微博为她祝福。

看到关注列表里最新的这条微博里的图,她认识"不喜欢下雨天",当初他发布老婆的照片时,她还评论过。

当即评论微博:"他看到一定很开心。"

想到这,柠檬立刻准备点开关注列表,打算告诉"下雨天"这件事,只不过,当她看到变化的名字时，整个人都惊了。

秦则崇为什么在她的关注列表？！

柠檬蒙了半天，点进对话框里，发现他们还有聊天记录。

所以，当年向她询问沈千橙相关的人是秦总？！

柠檬和沈千橙同校，可以说是她的小粉丝。柠檬一直都知道这个男粉。但她从没想过，这个男粉是秦则崇。

可惜因为换手机，柠檬没有了最初的聊天记录，她只有零星的记忆，秦则崇当年很关心沈千橙。

她激动地去超话发帖："秦总居然是我认识的那个老粉，他当年承认过喜欢橙子！"

这会儿人正多，都来评论。

"秦总是暗恋橙子吗？"

"好甜，希望秦总是暗恋成真！！"

柠檬直接私信秦则崇："原来您是秦总，那秦太太是橙子嘛！！"

秦则崇刚刚和Asa到达庄园，那位宝石收藏家正在这里度假，得知他们的目的是买他的宝石，他并不愿意。

收藏家直接说："秦，我很喜欢这颗钻石。"

秦则崇早有预料，否则这颗钻石不会这么多年都留在他的手里，他递过去一份文件。

文秘书默默在心里想：可一定要成功啊！

看完内容，收藏家对其中的利益确实很心动："秦，我很好奇，你用这些换一颗钻石，是不是太浪费？"

秦则崇勾唇："不浪费，它最大的价值是橙色。"

"你也是要收藏吗？"

"不，它会是我妻子的礼物，因为她的名字里有橙色。"

收藏家讶然，哈哈笑。

他不舍了片刻，最终同意交换，一颗收藏的钻石得到了难以置信的价值，是他赚了。

秦则崇轻笑："多谢了。"

乐迪看到热搜时都惊呆了，打电话给自己亲哥："哥！哥！你看到热搜了吗！二哥这么早就认识千橙姐？！"

乐聿风想了想："我也不清楚，他确实去过宁城不少次，具体的得问周疏行。"

周疏行正在他身旁，毕竟中午一起吃饭，闻言，偏头说："嗯，他暗恋他老婆。"

小茶看到热搜都惊呆了，她总觉得秦总是恋爱脑，但可从来没想过秦总暗恋沈老师这么多年。

与此同时，一个宝石收藏家在社交媒体上放出一张和秦则崇的合照。

照片上，除了秦则崇与他之外，还有最显眼的一颗硕大的橙色钻石，熠熠生辉。

没过多久，一个转载新闻和翻译过的文案出现在推荐首页：

"来自中国的秦换走了我心爱的宝石，我本来不愿意，令我改变主意的是他说妻子的名字有橙色。哈哈，希望他的妻子会喜欢这颗宝石。"

这文案够直接了！

这钻石的颜色是橙色的，还说了秦总是送给名字里有橙色的老婆的，那不就是沈千橙吗！

此时，沈千橙正咬着笔在写信，桌上的手机振动就没停过，她忍无可忍，拿了过来。

未接电话和未读消息一堆。

她一打开微信，小茶又打来电话："沈老师，你终于接电话了，我打了好多个，你在干什么，你快看热搜啊！"

"我在写信。"

"写什么信！哪有看热搜重要！快去快去！"

沈千橙挑眉，直觉有大瓜。

反正秦则崇今天也不回来，写信可以迟点，吃瓜可不能迟。

她打开微博。

只见主页发现那里的词条好几条全都是她和秦则崇的名字。

沈千橙惊奇地点开热搜榜单。

"大少爷的暗恋史意外曝光"

"秦则崇 暗恋"

"沈千橙 小美人鱼"

什么情况，秦则崇和她结婚的事被发现了？

等她看到秦则崇和暗恋两个字联系到一起时，沈千橙仿佛想到了什么，指尖好半天才点进去。

秦则崇居然暗恋她！

如果不是亲眼看到网友们列举出来的证据，沈千橙很难想象这件事是真的。

秦则崇远在京市，又家世优秀，怎么会暗恋一直生活在宁城的她？

但事实摆在眼前，秦则崇的微博号几年前就评论过她。

她记得上次秦则崇微博底下评论的女生是自己的粉丝，那发言明显是认识秦则崇。

至于学校的讲座，在校期间每学期的讲座实在太多，她基本都没去听过。

秦则崇就算是受邀人，怎么看到她的？

她一点印象都没有。

好在网友给了截图，写明了讲座是哪一时期，沈千橙点开大图，愣了一下。

商学院那天邀请某位成功人士，很多同学都去了，她没去，因为她的金鱼死了，趁大多数人都不在的时候，她冒着雨，把金鱼埋在了花坛里。

而她在半年前曾和秦则崇提到过。

秦则崇当时说他看到了，当时问她信吗。

她怎么想的，她想，信才怪。

沈千橙撑住脸，心不禁一怦，所以其实那时候如果她说信了，追问下去，也许就能早早知道？

她似乎还吐槽了一句"你怎么不说你暗恋我呢"，没承想这句话竟然是真的。

沈千橙握拳轻捶了下桌面，难以言明的雀跃以及惊讶，导致她不知如何应对。

她的手机再度响了起来。

这回是乐欣拔得头筹："秦则崇这狗贼！竟然惦记你这么多年都没被人发现！你怎么也瞒着我！"

"我也不知道。"沈千橙撇嘴，"你在京市都没发现，我在宁城怎么知道。"

"有道理。"乐欣疑惑，"但你们以前也没怎么见过啊，你还说领证是你第一天见他。"

沈千橙张了张唇："我记忆是这样的，可能他看我太漂亮了，一见钟情了？"

"他买钻石，估计要向你求婚了。"

"不知道，他也没跟我说。"

沈千橙对钻石的喜爱程度一般，拥有不少，但还真没有橙钻。

她伸出手，在闪烁的烛光下看自己的纤长手指。

沈千橙发散思维，15克拉的钻戒，又是橙色，她平时戴着会不会太招摇了？

作为花朝节当天的当事人之一，苏月薇深吸一口气，难怪沈千橙一直有恃无恐，合着把她们当猴耍！

宁城沈家这会儿比网友们还蒙。

"秦则崇这小子暗恋我家囡囡？"沈父看新闻一愣一愣的，"说得好像真那么回事。"

沈母笑眯眯："说明囡囡太优秀！"

沈父："不行，我得问问怎么回事，当年不是我们囡囡选他的吗，该不会两个人上学就早恋了吧！"

沈母不同意："囡囡那时候都大学了，早哪门子的恋！"

沈父想着："囡囡上学早，那时候才十九岁，说不定他俩毕业后怕我们不同意囡囡远嫁，联合演戏给我们看！"

文秘书的微信这会儿就没停过弹出的消息，他瞄了眼信息，大吃一惊。

作为总秘，他居然不知道boss的暗恋太太。

难怪之前不透露微博，是因为上面有大秘密，文秘书忽然明了了，露出笑容，他咳嗽一声："秦总。"

秦则崇正对着光看那颗橙钻，阳光反射，映得格外耀眼，漫不经心回："什么事？"

文秘书故作淡定："您暗恋的事被发现了。"

秦则崇的手顿住，眼瞳被闪烁的光刺到，偏过头，目光落在他身上："谁？"

"所有人！"文秘书嘿嘿笑，"您微博以前的评论被发现了，太太的粉丝出来指证，五年前就认识您……"

他长篇大论说完网上的论据。

秦则崇指腹捻着钻石，摩挲着，声调有些低："所以，现在她也知道了？"

"只要太太不断网。"

秦则崇垂眸，可惜，不能当面看到沈千橙的表情。

文秘书抵抗不了好奇心："秦总，您真的暗恋五年了吗？当初您是怎么喜欢上太太的？还有……"

秦则崇觑一眼："你话真多。"

文秘书说："我愿以年假为代价来换取答案。"

秦则崇径直将橙钻收了起来，放进了兜里，漫不经心道："可惜我对你的年假没兴趣。"

文秘书："……"

沈千橙已然没心情去写回信了，作为被暗恋对象，她现在正刷秦则崇暗恋自己的新闻，根本停不下来。

沈千橙终究是没忍住，偷偷问文秘书："你老板现在在干什么？"

文秘书立刻瞄了眼，回禀消息："秦总正在玩手机。"

沈千橙嘴角扬起，还没打出下一句话，也就在这时，她收到一条微信消息。

秦则崇："明早见。"

沈千橙问："明早是几点？"

秦则崇回了具体时间，五点，又要她早点睡。

沈千橙腹诽，你暗恋我这么久我才知道，现在让我早点睡，能睡得着吗？

她给文秘书发消息。

"文秘书，你家老板现在在干什么？"

"文秘书，你家老板平时有没有跟你说过怎么暗恋我的事啊，有没有什么细节？"

"文秘书，给我拍一张现在的秦总。"

末了，最后一条。

"文秘书，我作为你的老板娘，虽然不能直接加减你的奖金，但可以吹枕头风，你老板暗恋我，所以你务必弄清楚你的真正服务对象。"

文秘书看完，摸了摸还算多的头发，觉得自己的未来极其危险，太太以前还很善良，知道boss暗恋她后，居然变这样了！

他顶着死亡危险，出声："秦总，能给您拍张照片吗？"

秦则崇头也不抬："不能。"

文秘书哦了声："那太太看不到了。"

"谁看？"

"您的老婆。"文秘书露出一口白牙。

秦则崇翻纸页的手停住，侧过脸，桃花眼掠过去，眯了眯，哼笑一声，语调平静："拍一张也没关系。"

沈千橙收到的照片里，男人是闭着眼的，微微仰着，下颌优越，鼻梁高挺，好像已经睡着了。

刚刚还给她发消息，这才几分钟就睡着了。

沈千橙哼了声，带着秦则崇的那封信上楼。

二狐跟在她后面摇着尾巴。

沈千橙不许它上楼，揉着他的脑袋："明早你哥哥回来发现，你就完啦。"

秦则崇不喜欢狗掉毛，也不允许二狐进卧室，偶尔没拦住上楼，他也能忍。

二狐汪了声，乖乖在楼梯脚下停住。

信已经没有暗恋往事吸引沈千橙，等明早，她要好好问问。

清晨，沈千橙昏昏醒来，迷蒙睁开眼，看到了秦则崇。

她快眨了几下眼，适应了卧室里的地灯，终于看清了床边坐着的俊美男人，一头黑发凌乱。

秦则崇视线搁在她身上，音色清冽："醒了？"

沈千橙立刻坐了起来："秦则崇你居然暗恋我！"

她眼眸明亮，像清晨的露珠。

可能是起来太猛，睡裙的吊带松松垮垮地滑落在胳膊上。

"然后呢？"秦则崇颇为淡定，不疾不徐问。

沈千橙唇角弯起，就想逗他："我当初要是没选你，你岂不是会暗恋失败，你就不怕？"

想想那场面，也不知道秦则崇会是什么心情。

他顺手屈指，把她那细细的吊带勾了上去，撩开乌发，温热的手指触碰到细嫩的皮肤。

秦则崇笑："不怕。"

如果没有选他，那就让别人知难而退。

没有人了，自然只有他。

"凡·高画了三年向日葵，就说向日葵是属于他的花。我暗恋五年，怎么不能说，沈千橙是属于我秦则崇的花？"

他的语气很平静，却能听出轻狂与势在必得。仿佛在说，他看上了就是他的。

沈千橙心怦怦跳，恍然间想起他告白那次也是如此，忍不住唇角弯了起来："哪有你这样比喻的。"

秦则崇挑眉："有什么问题？"

沈千橙说："秦则崇，你弄清楚，你是暗恋，说得好像我这五年一直是你女朋友，谁家暗恋者这么狂，独你一个。"

秦则崇倾身靠近，周身的晨露被卧室烘净，音色低沉："谁家暗恋者能直接把人娶回家？"

这男人还在这骄傲起来了。

沈千橙追问："你说说，你怎么喜欢上我的？在哪儿喜欢上的？哪月哪日？"

秦则崇盯住她："这么好奇？"

沈千橙点头。

秦则崇偏偏吊她的胃口："我回来还没休息。"

看他慢条斯理地解扣子，沈千橙的脑袋里冒出一个问号："你坐私人飞机没休息吗？"

男人起身往洗手间走，漫不经心的话由远及近："秦太太真霸道，多休息一刻也不行？"

沈千橙看了眼时间，忙下床去洗漱，又一边打电话给顾盼："顾姐，我今天有事，可以请你代个班吗？"

顾盼这会儿正在喂女儿喝奶，闻言，她笑道："行啊，新闻稿在你办公室？"

沈千橙松口气，嘴巴甜甜的："在，小茶那儿有钥匙，等明天我请你吃饭。"

顾盼说："吃饭就不用了，你要是能跟我说说你和秦总的缘分，我还是很感兴趣的……"

挂断电话后，沈千橙走近浴室，借着磨砂玻璃还能看见秦则崇的身影。

沈千橙一把推开门，热水烘出的水汽与雾扑面而来，潮热难挡。

视线逐渐清晰，沈千橙准备逼问的话卡在了喉咙里。

秦则崇站在她的目光注视下，隔着水汽，轻飘飘的眼神看过来："你要鸳鸯浴？"

沈千橙想也不想拒绝。

秦则崇神色自若："出去记得带上门。"

沈千橙倚着门边，理直气壮地打量他："我是你老婆，凭什么要走？"

秦则崇将额前的湿发捋起，恣意中带着漫不经心。

"你今天不用上班？"他问。

沈千橙下巴轻抬，哼道："不用。"

下一秒，她直接被男人拉进了浴室里，他另一只搭在开关上的手同时按住，水流顿时消失。

一贴上，沈千橙单薄的丝绸睡裙便湿了，紧紧贴着玲珑有致的身躯。

沈千橙盯他半天，捧住他的脸，啄了一下："你看这里的水雾，像不像领证那天的雾。"

沈千橙继续说："我那天一看到你，就决定和你结婚，我都告诉你了，你就告诉我，你怎么喜欢上我的。"

秦则崇知道她喜欢自己这张脸，但听她亲口说，当初领证也是这原因，怡然自得。

"领证那天，我以为要下雨，其实我不喜欢下雨天。"

宁城地处江南，夏季多雨，俗称梅雨天。

五年前的那个六月，宁大的大四生即将毕业，校长和商学院的院长邀请来了年纪轻轻就担任秦氏掌权人的秦则崇。

为了说服秦则崇，商学院的院长特意请了往届优秀校友帮忙。

讲座定在六月二十一日。

当天是雨天，小雨。

秦则崇没有坐校方安排的车，对宁大又不是很熟悉，走错了方向，从另一个校门进的，那里靠近宿舍区。

最终只能停下等校领导接。

秦则崇按下车窗，手臂搭着，撑着脸，漫不经心地看着校园景致。

一个抱着玻璃鱼缸的女生打着伞从他的车旁走过，裙摆被风吹起时也掠过他的手肘。

司机说："鱼都死了呀。"

秦则崇百无聊赖地瞧着那姑娘停在花坛边，从包里取出一个巴掌大的折叠小铲。

小铲是奢牌，花里胡哨的装饰品，挖了几下就断。

她扔到一边，用手扒开剩下的土，把金鱼埋进土里，嘀嘀咕咕地说着什么，是宁城话。

校领导终于赶到，一句秦总还没说出来，顺着他看的视线方向，看见了祸害花坛的女生。

这不是影响学校形象吗！

校领导立刻叫出声："那位同学，你做什么？"

"张主任，还不去管管。"他低声对身边的人说，又转向男人，"秦总，让您笑话了。"

秦则崇收回目光："不碍事。"

车驶离原地，经过那花坛。

主任正在那儿斥责："沈千橙，你今天怎么没去讲座，不是通知了全校同学都过去，你在这破坏花坛？"

"我才不要去听讲座，破坏就破坏了，哎呀，明天我重新栽上，保准花更多。"

主任被气得说不出话来。

秦则崇侧眸，看到那女孩一双狐狸眼弯着，将手伸进鱼缸里搅和，把泥巴洗干净。

校领导解释："其实我们学校的人都是很爱护校园的，沈同学估计是摘花回去养……"

看完全程的秦则崇挑了下眉："她也是商学院的？"

"不是，学播音的，平时家里娇惯，爱玩。"校领导没说太多，沈家的人他也不敢瞎说，很快转了话题。

那天，秦则崇在宁城留了一晚。

因为晚上的雨比白天还要大，整个空气都潮湿，回京市的航班取消不少。

文洋买的是第二天下午的机票。

所以他第二天空闲，去周疏行推荐了的一家餐厅，在餐厅的落地窗前，看见马路对面的沈千橙。

彼时，周疏行正在与他通话："反正你也回不来，可以替我去沈家拜访。"

秦则崇哼笑："我又不是沈家女婿，要去你自己去。"

隔着雨幕，沈千橙站在路边正对着这边笑，眉眼弯弯。

秦则崇敛眸，看着她空手从花店离开，他视线重回花店，店主正在将那些花都搬下来。

周疏行说："你不是很闲吗？"

秦则崇说："谁说我很闲？"

周疏行不紧不慢地嗯了声："我倒想听听秦公子在没去过的宁城能有什么忙事。"

秦则崇没说，起身结账，径直去对面的花店买了束花。

店主问："您要自己送还是我们帮忙送？"

"自己。"秦则崇停顿两秒，"刚才订花那姑娘什么时候回来？"

"她不回来了，让我们直接送去。"店主秒懂，"不好意思，我不能透露她的地址。"

秦则崇轻笑："明信片有吗？"

店主点头："有的。"

秦则崇取了支笔，写上几句话，末尾附上联系方式。

他指间夹着那张明信片，反着放在桌面上，嘴角略翘："一起送给刚才订花的女孩。"

等人离开后，店主包裹好他选的花束，将明信片放进去时，不经意看见上面的内容。

男人的字苍劲有力，恣意不羁——

"下雨天太糟糕了，希望下次见到你是个晴天。"

"你现在是沈家女婿了！"

重回床上的沈千橙听到这儿，很得意，他大话说得那么早，最后还不是打了自己的脸。

他还真看着她埋金鱼。

沈千橙只记得埋这个行为，不记得自己当初碰见了谁，也不记得说了什么。

秦则崇哂笑："重点是这个吗，是我没等到你的回信。"

没想到他的第一封信是写给自己的，可沈千橙毫无印象，难不成是没收到？

她的学生时代追求者众多，从不记得秦则崇的名字出现过。

其实以秦则崇的手段，拿到她的联系方式轻而易举，他偏偏不，还等她去联系他。

沈千橙理直气壮："拜托，是你暗恋我，还要我回信？学校里暗恋我的人那么多，我哪里回得过来？"

沈千橙长得漂亮，性格直爽，又兼宁大广播站的工作，喜欢她的人一大把，收到的礼物不计其数。

即便是收到花，她也不会去仔细看。

"不回复挺好。"秦则崇慢条斯理道，"否则，指不定有人捷足先登。"

沈千橙抬着下巴："才两眼你就发现了我的优秀，秦则崇，你很有眼光。"

秦则崇失笑，也没否认。

沈千橙问："你肯定不止这两次吧？"

她不信，仅仅两面就会让他惦记五年，更何况是没有交流的两面。

秦则崇不紧不慢嗯了声，他垂眸："我估计你也不记得，有一次你在国外的机场广播帮忙找人，我听了全程。"

沈千橙绞尽脑汁想起来一点。

她出去旅游，有一次碰到一对中年夫妻，两个人和旅行团失散，孩子还跑丢了，他们也不会英文，急哭在机场。

她借了机场广播，播了好几遍，帮忙叫回了孩子。

秦则崇听出来声音，却没见到人。

回国后，秦则崇要到了沈千橙的联系方式，电话拨过去时，是沈千橙接的。

但她的身旁还有别人，是一个男人，亲昵地叫她的名字，她也撒娇了两句，两个人关系明显不一般，很亲密。

秦则崇便结束了电话。

他从小到大想要什么都有，是喜欢，但还没下作到抢别人的女朋友。

秦则崇将一切归结于喜欢她的声音。

他开始听沈千橙的广播，尽管是无趣的校内广播，一些鸡毛蒜皮的校园小事。

习惯就是这么养成的。

直到她在一次广播里提到她自己的微博。

秦则崇关注了她的微博。

她的生活很悠闲，也很鲜活，即使几个月不见，他也能想象出她说那些话时的表情。

从校内广播开始，到沈千橙去宁城电视台实习，然后转做的电台广播。

不久后，秦则崇参加了一个经济论坛，见到了温文尔雅的沈经年，认出来他的声音，才知道那个男人原来是她的哥哥。

沈千橙听得一愣一愣的。

所以，他才突然出现在结婚对象待选名单里，所以他当初才偷偷关注自己，学宁城话，尝咸豆浆。

沈千橙不记得当初的陌生电话了，她蓦然想起来一件事："你那个……那个手机密码0621，是第一次见我！"

秦则崇点点头。

沈千橙弯腰趴在他胸膛上，咕哝了一句："秦则崇，你之前为什么不告诉我？要不是粉丝们认出来，你是不是一辈子不说？"

"我要的是你的喜欢，不是感动。"秦则崇与沈千橙四目相对，"知道吗？"

"知道啦。"沈千橙笑了，她碎碎念，"那你现在觉得下雨天怎么样，你见到我是下雨天，你竟然说下雨天糟糕，你应该爱屋及乌，从此爱上下雨天。"

"我现在，会无所顾忌地冲进雨里。"

秦则崇亲了亲她，抱着她重新睡了回笼觉。

醒来时阳光明媚。

沈千橙正拿着那颗橙色钻石，对着洒进来的阳光看，钻石在卧室里反射出异样的色彩。

秦则崇倚在床头，静静地看她："想做求婚戒指还是婚戒？"

当初他们领证太匆忙，秦则崇并没有准备，他的礼物这么多，也没有过钻戒。

沈千橙毫不犹豫道："当然是婚戒。"

他们都结婚了，她也不可能一直戴订婚戒，当然是戴婚戒。

她在手指上比画了一下，装模作样问："我戴这么大颗的婚戒去上班，不会被说虚荣吧？"

秦则崇下了床，漫不经心道："难不成为了你的同事们，去故意买个小的？"

沈千橙当然摇头，人人都知道她老公买了这橙钻，她戴出来也是理直气壮的。

楼下餐桌已经收拾好，但是为她出道周年纪念准备的海报等东西都还没有撤走。

秦则崇一路经过沈千橙的美照。

他看到茶几上的信纸与笔，上面只有"To秦则崇"几个字，就知道她估计是还没写下去就知道了暗恋的事。

乐聿风已经迫不及待地和秦则崇约了顿饭，乐迪死活要跟着。

中午时分，来餐厅吃饭的人不少，很热闹。

"看热搜了吗？沈千橙的老公暗恋她那么多年，好浪漫啊。"

"先别管别人啦，景湛生日快到了，咱们的城市大屏应援进度到哪几个城市了？"

"我问问后援会会长。"

听了一耳朵，文秘书灵机一动："秦总，要不您也给太太整个大屏应援，全国，不，全球的人都能看见。"

秦则崇望向窗边，玻璃面上映出的他，过于明媚的日光将发色染成了金色。

秦则崇抬手揉了下头发，凌乱更显不羁。

看到秦则崇推开包厢门进来，乐聿风立刻阴阳怪气："哎哟，我们的暗恋王来了！"

"总比没有女朋友的人好。"秦则崇波澜不惊地说了句。

他的眼神落在了乐迪的身上，这小子染了头蓝色的头发，还真像个小爱豆。

陈澄笑嘻嘻："我家长辈都知道了这件事，跟我打听你的暗恋情况。"

周疏行气定神闲："想当初我让你代我拜访沈家，你不去，怎么说的，'我又不是沈家女婿'。"

乐聿风忍不住笑。

乐迪凑过来："二哥，你早说啊，我姐和千橙姐关系那么好，早说一年，说不定早娶一年。"

乐聿风勾唇："秦总也有今天！"

秦则崇漫不经心地笑："我的今天有老婆，还养了一只狗，比你的明天好。"

乐聿风："……"

秦则崇转向乐迪："什么时候染的头发？"

乐迪摸了摸自己的蓝毛，听这语气不排斥，兴奋道："前两天，帅吧，我昨天和他们去骑摩托时，一堆姑娘尖叫呢。"

秦则崇轻笑。

这顿饭局主要是追问他与沈千橙的事，具体细节他当然不会透露，但大致上说得也差不多。

周疏行他们听完后，心满意足地离开了。

沈千橙的生日在11月26日，正好是下周六。

她问过秦则崇京市哪些地方适合办生日会。

秦则崇想了想："让文洋去联系。"

文秘书动作神速，第二天就给了沈千橙答案，选取了三个地点，一个是话剧中心，一个是顶尖咖啡厅，一个是景湛的酒吧。

沈千橙选了景湛的酒吧。

景湛想也不想就同意，开玩笑，那可是他的老板娘，而且这酒吧的本金也有秦总的一部分。

周五时，沈千橙在微博上公开宣布准备举办一场生日会，门票到时会在秦氏的官方网站获取。

评论区热闹极了。

"划重点：秦氏官网。"

"已经毫不遮掩了哈哈哈哈。"

"这次生日会肯定很不一般，我一定要拿到门票，是花钱买吗？"

"好期待，秦总会去吗？"

"老婆过生日，不能不露脸吧！"

一些媒体私下联系秦氏拍摄事宜，不过被拒绝了。

就连京台的同事们也打听："沈老师，去你生日会要什么条件啊？买票就行？"

沈千橙倒也没隐瞒："门票不用花钱，但要回答几个问题，再审核一下粉丝身份，过了就行。"

大家一听，来了兴趣，小茶握拳："我肯定能拿到。"

沈千橙莞尔："你是我的助理，走后门。"

第二天，生日会门票便在秦氏官网占据了主页面，偌大的单人美照制成的海报，宣传部相当上心。

问题有十个，选择题五个，问答题五个。

最后一个问题居然是——沈千橙对秦总说几次爱他。

次日，通过的人就收到了短信，截图发到了网上："我回答的是数不清了，居然过了！"

评论里有人附和。

"我猜不到多少次，就写了很多，没想到居然也过了。"

"我写了一大堆祝福语，秦总怎么不看看我？"

"我答的是无数次，秦总的小心思已经暴露无遗了，我敢说，这次生日会他肯定会出席！"

转眼周一，又是上班的第一天。

无数上班族离开家，进入街道和广场时看到焕然一新的城市，都吃了一惊。

一夜之间，沈千橙的大屏广告遍布整个京市。

"这是全城应援吧。"

秦氏、周氏和乐家他们的大楼外也都是沈千橙的生日海报。

沈千橙今天上班迟，没有和秦则崇一起，她在车上接到小茶的电话："沈老师，秦总好有钱！现在全世界都知道你过生日啦！"

沈千橙扭过头，正好从一处站台路过，对上那上面自己的照片，她愣了下。

车已经驶离原地，站台迅速退后，很快映入眼帘的是路口的商场4D屏，上面也是她沈千橙。

从她到电视台的途中，经过了无数自己的脸。

沈千橙没想到，有生之年，她也当了一次"偶像"，在她的生日还没到的时候。

等她到京台时，被目光洗礼已经足够镇定。

小茶发了几张照片给她，沈千橙打开，彻底惊住。

从来都不曾有过多余内容的大厦上，竟然出现了一张她的照片，她当初参加央台花朝节节目的桃花花神照，而在不远处，"秦氏集团"赫然在目，每一个经过、进入的人只要抬头就能看见。

下一张照片里是另一个类似的画面，只不过秦氏换成了周氏。

沈千橙给秦则崇发消息："你怎么说服周疏行的？"

秦则崇："这还需要说服？"

沈千橙怎么感觉他很得意的样子。

很快，秦则崇再度回复："他得到了我的经验。"

沈千橙又打探："你有准备好我的生日礼物吗？"

"谁会在生日前问这个？"秦则崇，"在生日之前都是秘密。"

沈千橙哼了一声，思来想去，也没发现秦则崇最近有什么动静，难不成是早就备好的礼物？

313

沈千橙生日当天，她请了假。

早晨醒来，她还没睁开眼，就听到秦则崇的声音："生日快乐。"

沈千橙立刻清醒："我的礼物！"

秦则崇眉峰一挑："晚上才有。"

沈千橙看他已经换完衣服，眨着眼："你还上班？今天可是你老婆的生日。"

秦则崇戴上腕表，调整了下位置，慢条斯理道："不努力工作，怎么支付秦太太的应援花费。"

沈千橙问："那你几点下班，我的生日会可是六点就开始。"

秦则崇思索几秒："我到时候直接过去。"

沈千橙只以为他工作狂，躺回床上，嗓音清甜："老公，祝你上班快乐。"

秦则崇听她敷衍的祝福，牵了下唇，弯腰，捏捏她的脸，轻轻亲吻她。

"这是第一个礼物。"他说。

"那我总共有几个礼物？"沈千橙眼波流。

秦则崇唇线弯着，一个字都没说。

这男人吊胃口真有一手，沈千橙只好按捺住好奇心，心想到晚上就知道了。

楼下，文秘书没忍住，第三十一次查看boss今天的行程。

昨天，经boss的吩咐，文秘书把今天的行程重新更改，下午公事的行程全部取消，然后加了一项私人行程。

秦总竟然让他预约了今天下午做造型！

文秘书琢磨，秦总对今晚是相当上心，只为了能在老婆的生日完美亮相。作为最贴心的秘书，他总是要思考各种可能的，比如万一造型师一个手抖，那今晚的生日会……

他摇摇头，甩开不好的思绪。

秦则崇瞥了一眼，看他的表情变化："你有事？"

文秘书咳嗽一声："是这样的，今天下午的造型预约，一共有三位造型师可以选择，您要不要让他们过来这里？"

秦则崇想也不想："不用。"

在家里弄，一是沈千橙今天可能不出门，二是乱糟糟的。

他随手打开三个造型师的资料与客人图，上面都有详细的介绍，目光定在名为夏伦的造型师上——很受女生喜爱。

秦则崇扭头问文秘书："戒指怎么样了？"

文秘书立刻道："今天早上那边告知已经好了，今天就可以拿，我早点儿去取回来还是让他们送？"

秦则崇歪了下头，懒散道："下午我自己去取。"

文秘书小声："您确定吗？一般做造型都要几个小时打底。"

秦则崇拨通了乐迪的电话："你最近还是一头蓝毛？"

乐迪不明所以："啊对。"

"这造型当初做了多久？"

"好像三四个小时吧。"

秦则崇嗯了声，结束通话。

乐迪捋了把头发，一分钟，打回电话："二哥，你是不是要换个发型去嫂子的生日会啊！"

秦则崇问："怎么不叫千橙姐了？"

乐迪说："这不是在和您通话嘛，和嫂子通话，我肯定就叫姐了。二哥你不要转移话题，你问我头发，肯定是吧！"

秦则崇懒得听他废话："挂了。"

乐迪忙叫道："等等，二哥，你要不告诉我，我就告诉千橙姐你特地去做造型，惊喜没啦！"

秦则崇听笑了："怎么，你要威胁我？"

今天可是千橙姐的生日，乐迪有保护伞，胆子大极了："二哥就告诉我呗，要吹什么发型啊，渣男锡纸烫？日系碎盖？还是男人最帅的大背头？"

"染粉。"

直到电话挂断，乐迪还没回过神来。

染粉？

粉？

今天一整天，夏伦的店都是关门闭店的，他在京市是出了名的造型师，门槛很高，更多时候是想给谁做就给谁做。

心情好，顺眼的明星也给做，出圈的造型数不胜数，无一例外，都是称赞。

心情不好，就是大佬来，也不给做。

当然，这大佬也是分人的。

昨天接到文洋的电话预约，夏伦就知道秦总肯定是为了他老婆今天的生日会，他立即就来了兴趣，一晚上灵感爆发，设计了好几个造型。

下午一点，终于迎来唯一的客人。

当夏伦得知染粉的第一个反应和乐迪一模一样："只是染发？是粉色不是

315

橙色？"

他眼神不住地往男人的黑发上瞄，真想象不出来秦总顶着头粉毛的场景。

一头粉毛多炸裂啊！

秦则崇挑了挑眉梢，强调："桃花的粉。"

夏伦默默吞下好奇心："好的。"

染橙色还有人尽皆知的理由，染粉是为什么，秦总要满足老婆的少女心吗？

"我昨天为您设计了几个造型，您要不先看看喜欢哪一款，待会儿就可以开始。"

秦则崇手搭在他递过来的本子上，指腹漫不经心地点了点，撩起眼皮："听说大背头最帅？"

"最帅"俩字已经暴露您的目的咯。

下午四点多，临近下班，秦氏的员工们得知秦总中午离开公司后就没回来过，顿时在群里讨论开。

"秦总翘班这么早啊。"

"指不定这会儿和老婆在甜蜜过生日呢。"

"秦总最近太火，和秦总长得像的人都能火。"

大群里顿时出现一张照片。

照片里，只见一个年轻男人坐在车里，手肘搁在车窗边缘，长指搭着下颌。

男人的侧脸俊美，逆光将他的轮廓照得柔和，雅痞背头，粉发招摇，一缕发丝搭在深邃的眉尾处，日光照耀，更添不真实感。

这个大群里有上千人，结果半天才有人吱声。

"和秦总还真有点像。"

"我怎么觉得就是秦总呢？"

"这也太像了，而且车都一样，秦总是有这个车的吧？"

因为是路边拍摄，所以并没有人拍到车牌。

所有人的注意力都在车里男人的脸上，也没人分注意力去想拍摄地点是在京市最负盛名的珠宝店。

就连秦母都被人问："蓉蓉啊，有人和你儿子长得很像。"

秦母看到照片，第一反应也是这人和我儿子怎么一模一样，然而做母亲的，下一秒就认出来这是亲儿子。

她偷偷给儿子发消息："我还以为你那早死的爹在外头有风流债，怎么突然染头发了？"

秦则崇刚取完戒指，回复："您怎么知道的？"

秦母："照片都被拍到了，还问我怎么知道的。"

秦则崇蹙眉，没想到会被拍到，解释了两句，给沈千橙发消息："在哪儿？"

沈千橙正在做造型："酒吧里呢，我在化妆哦！"

可见心情美妙。

秦则崇弯唇："我过去。"

他下意识去捋头发，又收回手。

秦则崇到酒吧时，直接从后门进的。

没到入场时间，酒吧里暂时只有工作人员，大部分都在前面，后面只有一小部分。

看到男人的时候，一句"秦总"都叫得卡了起来。

他们没认错吧？

文秘书问："化妆间在哪儿？"

他们见文秘书在一旁，才确定自己没叫错人。

沈千橙这次生日会定下的主题是公主派对，所以造型是仙蒂瑞拉，两个钻石发箍嵌在乌发间。

月牙白色的礼裙，裙摆曳地，星光熠熠，配以水晶鞋。

景湛这酒吧各种设施都很全，化妆间也很大。

回复完秦则崇的消息后，沈千橙就已经戴上蕾丝手套。

小茶哇了声："刚刚我看到网上传了张照片，有个男人和秦总长得很像，还是粉毛呢！"

她举着手机。

因为化妆师在给沈千橙的眼下点上闪钻，所以她只能余光去看，离得有点距离，她只看到一点。

确实有一点像。

小茶说："要不是我天天见秦总，我真以为这就是他，这粉毛帅哥和他眉眼好像啊，不过手要是拿掉，说不定就不像了。"

沈千橙收回目光："肯定没粉毛秦则崇帅。"

小茶怼着沈千橙狂拍："绝美！闪瞎秦总的眼！"

沈千橙从镜子里看她，明艳生姿，高贵又典雅："我哪天没有闪到他的眼？"

小茶笑说："依照我对秦总的恋爱脑程度猜测，今天是沈老师你的生日，说不定秦总会闪瞎你的眼呢。"

沈千橙眉眼一弯:"他一个男人,又没有什么造型,最多化个王子骑士妆咯。"

她就没见秦则崇化过妆。

敲门声响起。

"进来。"

话音落下,门便被推开。

化妆师刚刚收了手,沈千橙终于能动脑袋,扭头去看,一片璀璨明光中,粉色格外惹眼。

她的眼瞳倏地睁大。

第十七章

男人朝她走来。

他的黑发变成了粉色，发根是白色渐变，往后梳起，略微凌乱，显得漫不经心玩世不恭。

化妆间里几个人都惊呆了，小茶揉揉眼，这不是她刚刚给沈老师看的粉毛帅哥吗？

原来真是秦总！

这哪是闪瞎沈老师的眼，得闪瞎所有人的眼吧！

秦则崇停在沈千橙面前，低着头，桃花眼挑起，慢条斯理问："认不出你老公了？"

化妆师的刷子没拿稳，掉在地上。

啪嗒。

沈千橙猛然惊醒，仰脸看着男人，闭上眼，又睁开，粉还是那个粉，秦则崇也还是秦则崇。

秦则崇溢出声笑。

他弯腰，和她面对面："是我。"

近在咫尺，真实可见，沈千橙伸手小心去触摸他的头发，不是假发。

"这不是生日限定皮肤吧？"

秦则崇望着她不加掩饰的期待，克制住吻她的冲动，几秒过后，才道："暂时限定。"

沈千橙不满意这个答案，但好歹秦则崇没说死，就还有改主意的时候。说不定她撒个娇，这男人就改主意了。

秦则崇直起身，淡声："你们先出去。"

几个人一溜烟地跑没了影。

虽然她们也很想留下来看，但看这情况，夫妻俩恐怕要温存腻歪，可不敢当电灯泡。

沈千橙忽然见他站起，也跟着站了起来，端详他。

一头粉发的秦则崇这会儿更像是玩世不恭的风流贵公子，也像动漫里的贵族少年。

沈千橙一双狐狸眼里都映着粉色，又抬手摸了摸他的头发，手感真好。

沈千橙想起早上的对话，揪着他衣服："所以，这算是我的第二个生日礼物吗？"

秦则崇勾唇："嗯哼。"

面前的公主容貌昳丽，优雅华美，已经珠光闪耀到他的眼瞳里都被星光充满。

沈千橙搂住他的颈，眼尾一扬："永久吧，永久吧，不要限定。"

她不停唤他。

沈千橙理由充分："我以后每年都要过生日呢。"

秦则崇似笑非笑，夏伦和他提醒过，漂过的浅发色掉色很快，别说一年，一个月都不可能和现在一样。

他压下下巴，问："看久了不厌？"

沈千橙这会儿正是迷恋的时候，眼睛里全是他，嘴巴也甜得不得了："当然不厌啊，看一辈子都不厌。"

厌的时候再让他换。

秦则崇抬了抬眉，也没说信，也没说不信。

沈千橙见他不为所动，凑上去亲他。

秦则崇明知她的意思，却故意提醒道："你的妆都化好了。"

"扫兴。"沈千橙用手心固定住他的脸，啄了一下，含糊道，"待会再化就是了。"

秦则崇眼里的热烈，在这一刻猛然恢复，按住她后脑，重重吻了上去。

自从化妆间的门关上之后，走廊上的说话声就没有停过。

小茶一眼看到外面的文秘书，立刻过去："文秘书，秦总知道他的照片被传到外面去了吗？"

文洋点头："早就知道了。"

小茶捧着脸，"哎，还好我一直待在化妆间里，不然还第一时间看不到，秦总也太帅了。"

文洋也打探："怎么，太太什么反应？"

"当然很喜欢。"小茶回答。

文秘书露出了然的笑容。

一年之前他是压根儿想不到，有朝一日这少女心的称呼居然会落在boss的头上。

化妆师也没挪步子，吃瓜的心忍耐不住："秦总……怎么突然染头发了，还是粉色？"

小茶说："当然是我们沈老师喜欢！"

文秘书轻咳一声："还有一段时间生日会才开始，你们先出去吧，有需要的时候再叫你们。"

距离生日会还有将近一小时，酒吧外已经有人提前到了，毕竟秦氏说了负责酒店和路费，外地的粉丝都提前一天来的。

网上传的照片自然也被她们看到。

"好可惜，这人不是秦总，我还真想看秦总染了粉毛是什么样子。"

"应该和这张差不多吧，不过这张只有上半张脸，可能只是个氛围帅哥。"

"那秦公子肯定不一样，他是真帅哥。"

柠檬作为老粉，也在其中，她开口："想想就行了，秦总可是要管秦氏的，什么身份，肯定要稳重，这辈子都不可能染这种颜色。"

见人越来越多，文秘书对保安负责人说："提前入场吧。"

一进酒吧，众人就呆住。

他们之前虽然从门票上看到了是公主派对，但真正亲眼看到童话般梦幻的场景，还是惊艳到了。

明明是深秋，临近初冬的天气，酒吧里却是一片姹紫嫣红，其中最惹眼的便是向日葵。

各种品种的花与气球等将整个酒吧装饰得宛如婚礼现场，每隔一段距离都有沈千橙的立牌与海报。

他们闻着花香进入里面，落座后立刻拍照。

今晚的生日会是不禁止拍照录像的，只要求不乱拍不带大设备以及拍照不要影响别人。

生日会还没开始，网友们已经看到了现场图，不由得更期待。沈千橙的节目都那么刺激，生日会不可能无聊的。

而这会儿，沈千橙正在重新补口红，余光看倚在镜边的男人，目光总是不由自主被吸引。

秦则崇慢悠悠道:"第二十三遍。"

他居然闲到数她看他的次数。

沈千橙说:"你有空数,不如擦擦嘴巴,都沾上口红了。"

秦则崇插着兜,眉眼懒散俊美,不疾不徐道:"那不正好让大家看看,沈老师生日会都忍不住。"

外面小茶的声音响起:"沈老师,时间快到啦。"

沈千橙扬声回:"知道了。"

秦则崇这才不慌不忙地用纸巾捻了下唇瓣,在粉发的衬托下,一个简单的动作也变得撩人。

眼见时间越来越近,最后两分钟时,粉丝们都已经坐了下来,看着最前方的舞台。

其他处灯光昏暗下来。

就在他们等着沈千橙亮相时,只见有人走向前方的卡座,男人很高,挡住视线。

直到男人越来越近,转身坐下。

坐在第二排位置的粉丝们捂住嘴,差点儿叫出声。

"是秦总?"

"网上的粉毛帅哥?"

能来生日会现场,又和秦则崇长得一模一样的,怎么可能有第二个人,原来网上传的粉毛帅哥是秦总!

所以秦总是为了老婆过生日,特地去做了个造型?

只是,卡座间有距离,加上他们坐在后方,最多也就看到个侧颜,但也足够晃神了。

一传十十传百,很快,场内场外的粉丝,连同模糊的视频都一起传了出去。

直到沈千橙提着大裙摆走上舞台,精致完美的公主造型才让粉丝们回过神来。

她弯弯唇,嗓音清甜:"谢谢大家今天来给我过生日,今晚一定要玩得开心。"

活动环节很快开始。

几个环节游戏,都是些简单的小游戏,被选中的粉丝喜不自胜,上台不经意间往台下一看,就看见了最佳位置上闲散优雅的男人。

见惯了黑发的秦则崇,何曾见过如此玩世不恭的贵公子。

粉丝眼睛都瞪大了,还有沈千橙近距离的美颜暴击,哪里还有动力游戏获胜,稀里糊涂输了。

沈千橙笑得眼睛都眯起来。

几乎每个人的反应都差不多，有一个在问答环节上台时，都不记得自己要问的问题，脱口而出——

"秦总的头发是特地为橙子你染粉的吗？"

台下霎时热闹起来，有人尖叫拍手，有人吹口哨。

沈千橙清清嗓子，眼波流转："我觉得，我来回答，你们恐怕会觉得不过瘾吧？"

"不过瘾！！"

"要听当事人回答！"

粉丝们这会儿胆子大极了。

沈千橙走到舞台边，弯腰探身，将话筒递出去。

"我的粉丝要你说。"

全场默契地安静下来，许多人举着手机都在拍。

秦则崇没接话筒，而是微微倾身，慢条斯理地开口："除了秦太太，我还能为谁。"

磁沉悦耳的音色回荡在酒吧里。

粉丝们激动得快要晕过去，就知道今天的生日会有看头，这不就来了吗！

然而更有看头的还在后面。

他们亲眼看着沈千橙朝台下伸出手，原本坐着的男人站了起来，被她拉上了台。

舞台灯光明亮，那粉白发格外显眼，男人挺拔的身姿站在沈千橙旁边，当真是公主王子。

如此视觉盛宴，大家怎么能眨眼。

"给大家介绍一下，这位，"沈千橙抬起被秦则崇牵住的手，"他是我的狐狸先生。"

"哇！"

"啊啊啊！"

他们拍摄的手机都开始晃。

知道秦总会来参加，但不知道沈千橙会这样公开。

台下，有社牛粉丝仗着人多，大声："秦总有给橙子准备了生日礼物吗？"

秦则崇不紧不慢道："有。"顿了两秒，他又说，"其他礼物仅限寿星查看。"

散场时，大家都意犹未尽，叽叽喳喳。

酒吧里，文秘书赶走了其他人："今晚不用整理，你们明天再过来处理。"

小茶当然可以留下来，此时她和文秘书待在拐角里，偷偷问："秦总是有什么私人惊喜吗？"

文秘书高深莫测道："待会儿你就知道了。"

沈千橙正端着小茶之前送过来的水杯喝水，润嗓子，喝了几口，杯子被秦则崇直接拿走。

"你干什么？"她问。

这语气也比平常娇了许多。

秦则崇淡笑："现在只有我们，足够安静，领证是你主动，这次该我问。"

关于求婚的方式、地点，他想过许多，最后还是选择了今天，在她生日这一天。

他牵住她的手，取出那枚橙钻定制的戒指，在她漂亮眼眸的注视下，单膝跪地。

沈千橙顿时明白。

她喜欢他在独属于他们两个人的时间求婚。

秦则崇郑重开口："千橙，请问你是否愿意做我的妻子？"

沈千橙唇角上翘："当然。"

即便是早就知道答案，秦则崇还是愉悦。

戒指的尺寸与沈千橙的手指刚好契合，她戴上后在光下看了好一会儿，又看向秦则崇："不是说好做婚戒吗，怎么还是求婚了？"

秦则崇轻笑，又取出一枚钻戒："你想戴这个？"

如果是平常，沈千橙觉得没什么，但是今天有了对比，她就不想再看常见的钻戒了。

她把这枚戴到另外一只手上，看着两只手，忍不住笑了起来："这个还是先收起来，等我到时候厌了再换。"

秦则崇不置可否。

收起来？等以后好看的会越来越多，她只会遗忘。

拐角处的小茶亮着眼："原来是求婚，秦总也太会了，沈老师压根儿就没想到。"

文秘书这会儿已经在看手机。

这会儿生日会已经结束，消息都已经被粉丝们透露了出去，甚至有舞台视频。

很快，一条评论冲到热评第一："秦总的发色是粉白渐变的，桃花狐狸没跑了，你们记不记得沈千橙之前的微博？"

当初可以说是让全网印象深刻。

不管是"赶上春的江南"，还是"遇见狐狸，寻见桃花"，都是太美好的意象。

沈千橙已经和秦则崇回了千桐华府。

她的生日礼物全都堆积在家里，有秦则崇准备的，也有乐欣他们送的，还有沈家送来的。

沈千橙第一个拆开的是秦则崇的礼物，他的确是不止一个礼物，简直是要趁今天把所有的生日都一起过了的感觉。

她拆到第八个的时候，手都累了。

男人坐在那儿，悠闲地望着这边，沈千橙果断指使他："秦则崇，你来帮我拆。"

秦则崇好整以暇问："是帮，还是直接代替？"

沈千橙说："夫妻之间不要纠结这种小细节。"

每个礼物都拆开后，沈千橙让用人把一些摆出来的放在外面，一些收起来。

最大方的自然是秦则崇，其次便是家里人了，她一夜之间，资产又增加许多。

没有什么比收钱更快乐的了。

沈千橙看着礼物，笑得狐狸眼都眯起来。

秦则崇瞥了眼腕表上的时间，已经接近十二点，他径直起身："该休息了。"

沈千橙还没回答，就被他打横抱起。

不过，她一看他那张脸，就不生气了。

沈千橙的唇角都抑制不住地弯起。

秦则崇问："你是有多喜欢我这张脸啊？"

沈千橙笑眯眯看着他泛红的眼尾："很喜欢啊。"

秦则崇问："单单喜欢脸？"

他看似问得随意，沈千橙却知道他不是随口问的，亲了一下："喜欢脸，也喜欢人。"

她认真道："你的脸打动我的眼，你的人打动我的心。"

秦则崇笑了起来。

现在是深秋，却宛如春天，男人的唇上沾了她的口红，像吃过花，染上花液似的，潋滟生光。

沈千橙只觉惊艳："你知道你现在是什么吗？"

"什么？"

"衔花的狐狸。"

325

秦则崇低眉，声线低沉："我听过一句话，行过江南，见过百花，无一胜你。"

秦则崇轻咬了下她的唇珠，甜润诱人。

沈千橙蓦然想起，他当初用凡·高向日葵，将她比喻成他的花，竟无意间契合了。

他是衔花狐狸，衔的是她这朵花。

一夜胡来，次日天光大亮。

沈千橙醒得早，一睁眼便看到身旁男人的粉发，夜里看是一种感觉，白天看是另外一种感觉。

正看着，秦则崇睁眼了。

"早。"

"早。"

两个人都没有起床的意思。

沈千橙从被子里伸出手，玩着他的头发。

秦则崇没动，忽然开口："尽早举行婚礼怎么样？"

沈千橙的手停住，没想到他居然说这个："怎么突然说这个，尽早是多早？"

秦则崇挑眉："能多早就多早。"

沈千橙白了一眼："都领证了还在乎婚礼多早，你是不是就想让大家看咱俩站一起？"

秦则崇不置可否。

"明年春天吧。"沈千橙认真打算，"可以留时间选婚纱，婚纱照也要拍得美美的。"

秦则崇嗯了声。

冬天都来了，春天也快了。

"那过了年就得忙了。"沈千橙又想起来一件事，"去年在你家过的年，今年过年轮到你去我家了。"

秦则崇莞尔："好。"

"你沾了我的光，去了就是长辈。"沈千橙兴致勃勃，"和你同辈的可是我堂哥，别人都叫他沈三爷呢。"

秦则崇打趣她："不知道沈小姐在宁城名媛里排第几，我好随你，也能被称一称秦几爷。"

沈千橙故意道："那就不姓秦了，得冠我的姓，叫沈秦氏。"

秦则崇不以为意："也行。"

今天的秦氏相当热闹，就连分公司的高层都带着文件坐飞机过来看秦总的新

326

发色。

秦则崇直接一个不见:"以为我这里是菜市场吗?"

文秘书一转达,众人十分失望。

不过几天后,他们就不失望了,因为秦总丝毫没有染黑的迹象,还招摇地顶着粉发去了宁城。

至于掉色,自然不可能出现在他的头上,夏伦已经变成秦则崇的专属造型师了。

现在网上的风向已经变成——秦总的下一个发色会是什么?

并且这个问题还开了投票,最后,在一片"赤橙黄绿青蓝紫白"等等颜色中,"橙"以最高票荣获第一。

文秘书将投票结果发给boss,他比谁都好奇秦总到底什么时候换发色。

只可惜,石沉大海,会计还通知他被扣了一块钱工资。京市的烤肠都涨价了,他还被扣钱了!

过年前半个月,沈千橙提前回了宁城。

因为秦则崇的公司事多,他要在除夕前两天才能走得开,所以这次是她一个人先回的。

秦则崇落地宁城的时候,还在下雪,沈家不仅来了接他的人,还带来了沈千橙的一封信。

时隔半个月,他已经迫不及待想要见到妻子了,结果只等到一封信。

临近傍晚,外面的天色昏沉,往外走的时候,秦则崇等不及拆开了信封,漂亮的字映入眼帘。

"To秦则崇,

"别问为什么今天才回信。

"现在是冬天,我倒是想把春天永远送给你,这样每次一想到你,人间就是四月天,桃花就落满京市。

"你说我是你的花,江南的花能开到京市,今天你来,京市的雪也落到江南了。

"我知道你想听什么,本来想亲口说的,但你一直不来,只好写信告诉你。除了我很想你之外,今天和平时没有区别。"

大雪纷飞,即使打了伞,也落在秦则崇的身上。

一朵雪花落在信上,很快化为水渍,秦则崇收了信,进入车内,空气顿时暖和起来。

虽然沈家老太太还在，但底下如今已经分家，并不住在老宅，所以秦则崇现在先去沈千橙家。

他到时不少用人都欢心雀跃。

"姑爷！"

"姑爷来啦。"

叽叽喳喳的声音此起彼伏。

文秘书小声说："秦总，太太家可真热闹。"

秦则崇不置可否。

大约就是这样温馨的环境才养出来沈千橙的性子吧。

秦则崇一落地，沈千橙就得到了消息。

"姑爷还没上车就拆了信，正在往家里来……"

沈千橙已经将近半个月没见他，习惯了这一年和他同进同出，现在还真有点想他。

当她放下书，推开窗。

未料，正好看到男人从院门进来，沿着池塘那边的长廊一路往这边走，一步步到了她的卧室窗前。

屋外冰冷，屋内暖和。

秦则崇眉梢还带着冷意，把她大开的窗合上一半："这么冷的天，开这么大做什么？"

沈千橙又打开，搭着窗框，踮脚在他唇上亲了一下。

冰凉的。

秦则崇本就因为她的信心动不已，见到妻子的人，都还没听她说一句话，就得了一个吻。

他也顾不得这是在外面，当下就继续吻了下去。屋子里的热气一股脑地往外散，驱散他周身的冰凉。

"小姐——"

对面的院门处突然有人叫。

沈千橙忙不迭推搡了下秦则崇的胸膛。

小悠站得远，只看到男人停在自家小姐的窗前，过了几秒，看出不对劲来，她红着脸离开了。

她离开不过几分钟，秦则崇就搭着窗进了卧室。

沈千橙嗔怪："谁家姑爷翻窗进的。"

328

秦则崇笑说:"沈家。"

曾几何时,他还说自己不是沈家女婿。

沈千橙问:"你去见我爸妈了吗,还是直接到我这儿来的?"

"还没有。"秦则崇叹了口气,又擒住她的目光,"你在这时候给我写信,不是存心让我失礼的?"

沈千橙当然不承认:"是你自己定力差,我就写了一封回信而已,你就迫不及待啦?"

秦则崇嗯了声。

变成沈千橙哑口无言了。

她当然存了撩拨他的心,谁叫他半个月都不来宁城见她。

沈千橙把小悠叫回来。

小悠瞄了几眼两个人的嘴唇,说:"夫人让您和姑爷去前院呢,说不急,可以吃饭的时候再去。"

估计已经料到他俩要温存半天。

秦则崇望向沈千橙:"现在去吧。"

他这次来不只是过年,还有商讨婚礼的事,之前虽然和沈家在电话里说过,但总归是见面谈更好。

沈千橙的父亲是沈老太太的二儿子,沈千橙的母亲唐苒和他是青梅竹马,婚后只生了她一个。

看到女婿的发型,即使是之前看到过照片和视频,唐苒这会儿也不由得多看两眼。

作为母亲,她还能不知道女儿是个颜控,从小到大就喜欢好看的,人也是。

但沈父不高兴。

宝贝女儿远嫁,去年还好,一直住在自己家,今年去京市一住近一年,他都看不到,见了秦则崇就哼了声。

秦则崇早有准备,三言两语哄好了岳父,还让岳父兴致勃勃和他讨论婚礼的筹备事宜。

"你是想婚礼一次,但酒宴是两次,宁城京市各一场?"

"我是这么想的,两地的习俗不太一样,我和千橙目前想的是,婚礼不在京市和宁城。具体的一些细节,到时候我母亲会亲自来宁城商谈,一切不是问题,爸妈可以尽管提。"

晚上时,沈父忽然说:"今年除夕我们去老宅过,以前我们是晚上吃年夜饭,今年改成中午了，我们一早过去。"

沈千橙解释："我堂嫂除夕晚上要去参加春晚。"

秦则崇有所耳闻，毕竟这段时间临近过年，网上都是春晚的新闻，他就算再忙，也不可能脱离世界。

他挑眉："堂哥在家？"

秦则崇还想和沈经年交流一下商业上的经验。

"现在在，晚上就不在了。"沈千橙想也不想，"我堂嫂在哪儿堂哥就在哪儿，他就是跟屁虫。"

秦则崇捏捏她脸："也就你敢说你哥。"

沈千橙弯唇："我嫂子也敢，不过她估计说不来这些话，我嫂子说话温温柔柔的。"

除夕当天，关青禾并没有回宁城，所以老宅的年夜饭时间，秦则崇只见到了沈经年。

沈千橙吃着秦则崇剥的橙子，调侃道："堂哥，你怕是这会儿心都飞到京市去了吧。"

沈经年一笑："我瞧着则崇没来，你的心也在京市，我上次去你家，你好像在看则崇的采访？"

沈千橙对上秦则崇似笑非笑的目光，再也不开口调侃堂哥了，免得自己的事被抖落得更多。

吃过饭，沈经年就启程去京市。

沈千橙以为秦则崇忘记了这件事，没想到二人单独相处时，秦则崇问："看我的采访？"

年前不久，秦则崇参加了秦氏的年会，他作为秦氏的主人，自然会被采访。

足足两个多小时的年会视频。

沈千橙当时一个人在家里看得津津有味，谁知道沈经年正好来找沈父，撞上了。

她瞄他："公开的视频还不准看啊。"

秦则崇塞了一瓣橙子进她嘴里："当然能，但是你作为秦太太，为什么不去现场？"

沈千橙说："那里东西不好吃。"

没想到秦太太拒绝的理由居然是这个，秦则崇听笑了，垂眼："橙子好吃，但我半个月都没吃了。"

听他这语气，沈千橙就知道"此橙非彼橙"。

年夜饭吃得早，陪了长辈一下午，傍晚时分，沈千橙干脆拉着秦则崇出去逛街。

虽然大多数店关门，但也有除夕还在营业的，而且今年宁城还有灯会，都是手工做的灯，造型各异，五彩缤纷。

沈经年的赞助促成了这一灯会，扩大了规模。

沈千橙戴着围巾，还戴了顶毛线帽，整个人只有眼睛露在外面，秦则崇戴的围巾和她是情侣款。

这会儿才七点，人还不多。

秦则崇的一头粉发在灯会的光线下没有那么惹眼，但他的眉眼足够吸引人。

两个人到灯会里没多久就被路人拍到了："偶遇秦总和橙子逛灯会，还在吃糖葫芦。"

有人回复："巧了，我偶遇了周总和公主。"

沈千橙和梁今若是都裹得严严实实，秦则崇和周疏行反倒没有什么遮掩，口罩也因为吃东西摘掉。

网友们激动了。

"今晚大家集体秀恩爱吗，我刚刚在春晚后台花絮里看沈三爷给老板娘描眉呢。"

"宁城的沈三爷和老板娘去京市上春晚秀恩爱了，京市的秦总和周总在宁城秀恩爱。"

"三对夫妻一起上热搜，沈三爷和公主的妈妈是一家，橙子也姓沈，真巧，说不定是一家人。"

灯会有不少小吃，两个人都还没有吃晚饭，沈千橙进了一家饺子店，她点了八个饺子，秦则崇点的数量是她的三倍还多，把店里的宁城人都看呆了。

小茶发来信息："沈老师，你和秦总逛灯会又上热搜啦。"

沈千橙往热搜上瞄了眼，不仅有自己，还有沈经年给关青禾描眉、周疏行与梁今若逛灯会的词条。

"周疏行现在和昭昭也在逛灯会。"沈千橙看向秦则崇，眼角眉梢都得意，"想不想逞威风，去你兄弟面前过过长辈的瘾？"

秦则崇悠悠道："都听沈小姐的。"

沾老婆的光成了好友的长辈，他一点不虚。

吃完饺子，他们从店里出来时，外面的人越来越多，一小半是吃过年夜饭出来看热闹的，一大半是看了网上的热闹。

沈千橙夸下大话后，发现自己不知道周疏行他们在哪儿，这灯会人挤人的。

秦则崇干脆直接给周疏行打电话："在逛灯会？"

电话那头，周疏行同样问他："你不也在？"

显然，关于他们两对夫妻同逛灯会的事，对方都知道了。

沈千橙凑过去，扬声："周疏行，带昭昭过来啊。"

周疏行并不是很想。

因为他了解，秦则崇一心和老婆约会，还能想起来打电话给他，绝对没好事。

但梁今若兴致勃勃："正好把你介绍给我们老沈家。"

周疏行瞥她："你知道现在过去，我会经历什么吗？"

梁今若当没听见，拉着他往外走。

四个人碰面的时候在灯会后半段，在一个水上长廊，沈千橙正在吃关东煮，拿杯子的人自然是秦则崇。

一见面，秦则崇和周疏行互相对视，周疏行手里拿着一份梅花糕，两个人都波澜不惊。

而沈千橙和梁今若坐在那儿，一个妩媚一个张扬，灯会的昏黄灯光从远处而来，姝色动人。

有路人拍下这一张图。

"给老婆服务的男人。"

"秦总和周总站一块儿，秦总的发型太时尚了哈哈哈哈，周总能不能学学，去染个色！！"

"公主可能会招架不住嘻嘻。"

殊不知，这会儿气氛和网上猜测的截然不同。

"叫人。"秦则崇好整以暇开口。

周疏行面无表情："做梦。"

秦则崇抽了根沈千橙的关东煮出来，咬了口，慢条斯理地调侃："你这叫不敬长辈。"

看他尾巴都翘了，周疏行无语，似笑非笑："嗯，叫我过来，就是为了逗这个威风？"

秦则崇慢悠悠点头。

周疏行似笑非笑："你能给多少压岁钱？"

秦则崇喷了声，谴责道："外甥女婿怎么眼里都是钱，太寒我这个姨夫的心了。"

周疏行挑眉:"嗯,我见钱眼开,没办法。"

他们两个离得近,沈千橙和梁今若自然听得见对话内容,小声吐槽:"他们俩闲得慌。"

"还是事情太少了。"

沈千橙问:"今年过年怎么想起来在这儿过的?"

梁今若往栏杆上一靠:"我这也算回国的第一年,除了周家就是外公家里了,想陪陪外公他们。"

因为这边是长廊,经常有人通过,而且他们最近总上热搜,所以也没停留太久。

沈千橙和梁今若约了明天上门拜访老爷子和老太太,这才各自带着斗嘴的幼稚老公离开。

从长廊上往回走,梁今若发现梅花糕被周疏行吃了,抓着他又重新回去买:"之前让你买两份,你说你不吃!"

周疏行顿了下:"阿崇嘴里一直在吃,我被他带的。"

他转移话题:"我给你要了压岁钱。"

梁今若果然被带走注意力。

同时,沈千橙问秦则崇:"逗上威风了吗?"

秦则崇想了想:"逗了一半吧。"

"剩下一半呢?"

"被周疏行讹钱了。"

沈千橙:"……"

秦则崇颇为淡定:"也不亏。"

离开长廊时,天上开始飘起雪花,本来很小,等他们到了灯会出口时,雪花纷纷扬扬。

灯会举办地点是在园林里,出口处也是入口,白墙黛瓦间,蜡梅芳香缕缕,白雪点缀在嫩黄的花朵上。

两个人都没带伞,沈千橙戴了毛线帽,只有睫毛偶尔会沾雪即化,秦则崇没捂这么严实,发上眉梢都落了雪。

她调侃:"你现在是雪狐了。"

秦则崇收了拨弄的手:"雪狐有粉色的吗?"

沈千橙莞尔一笑,意动怂恿:"那要不你染白色吧!"

秦则崇轻轻拍了下她的帽顶,勾着唇,却无情开口:"想都不要想。"

远处,打算离开灯会的游客拍下一张照片发到网上,配文——

"看雪落京城，永赴江南花。"

景美人更美，评论区难得正经。

"一眼看过去，太有感觉了，偶像剧海报。"

"江南美人和京城公子哥绝配嘛。"

"想起来那句话，谁说京城的雪落不到江南的。"

有情感博主转发这微博，重新配了一句话。

"你生于江南，我长于京城，当我爱你时，冰雪也会消融。"

等沈千橙看到这张图时已经是第二天，大年初一。

秦则崇留在沈家过年，当然是住在沈千橙的卧室里，这不是第一次，但他第一次如此满足。

他们当初领证很快，瞒了有一个月时间，这一个月的谈婚论嫁，秦则崇都住在给客人安排的庭院。

江南的庭院之间弯弯绕绕，隔得很开。

半个月不见，秦则崇和沈千橙难免荒唐，第二天连早餐都没有吃。

好在长辈们昨天晚上都还在老宅，所以顾不上单独回来的他们，只要中午去吃个饭就行。

关青禾也已经从京市回来。

秦则崇还是第一次见堂嫂，瞧着就没什么心眼，再得知婚约换人的事，就知道堂哥沈经年心眼有多少。

有那么一秒，他觉得自己和沈经年也没什么区别。

沈千橙和秦则崇一起去给梁今若的外公贺新年，碰到周疏行和梁今若，两个人又是明里暗里地你来我往。

等回到京市，已经是初五。

婚礼请柬已经开始制作发出去。

沈千橙连着播了近一个月的新闻，到二月下旬才空出时间请假去拍婚纱照。

秦氏的员工们都还不知道这件事，连着两天得知boss没来公司后，总算有人回过神来。

大群里又热闹起来。

"咱们秦总的婚纱照会出现几种发色发型，有奖竞猜。"

"这不好吧，我猜至少两种。"

"肯定有小美人鱼场景哈哈哈。"

文秘书看着他们的讨论，按灭手机，抬头看向不远处。

身后波澜壮阔的海天一色，穿着粉婚纱的女孩趁摄影师换电池偷偷去吻穿西装的男人。

轻薄的头纱被海风吹得扬起，半遮住了男人的侧脸，朦胧中透出凌乱的银白发。

有人已经收到了伴手礼，往社交平台一晒，大家都知道这一对璧人要办婚礼了。

婚礼既不在京市，也不在宁城，而是在海城。

网友们一看地点，想法几乎都是相同的——因为"老婆是条美人鱼"吧。

昂贵精致的伴手礼"出圈"同时，也有人注意到另一件事。

"橙子和沈三爷真是一家人啊！"

"好家伙，咱们橙子是隐藏的白富美。"

"橙子那气质一看就不是普通人啊。"

有人趁着关青禾还没离开宁城，就去"如梦令"里问："老板娘，你和橙子是什么关系啊？"

关青禾也没否认，莞尔："千橙是我妹妹。"

由此，沈千橙的身份人尽皆知。

京台里的同事们都瞠目结舌，沈千橙也是能瞒，他们也想参加婚礼，然而被邀请的只有几人而已。

婚礼当天，天还没亮，庄园里就忙碌了起来。

乐欣特地从国外回来当伴娘，沈千橙化妆时睡了一觉，于是接亲时精神奕奕。

秦则崇化身"财神爷"，一路畅通无阻抱到了沈千橙。

到婚礼现场时，嘉宾已到齐。

虽然没有邀请媒体，但有婚礼摄影，无人机与摄影机围绕，不错过一秒镜头。

沈千橙的婚纱是重工制作的鱼尾裙，从白渐变到裙摆的银色，点缀了珍珠与钻石，远远看去，真如深海里的人鱼公主。

而秦则崇就是岸上的白毛狐狸。

他当初问她喜不喜欢凡·高橙的婚礼，今天的婚礼是满眼的橙，连婚戒也是。

就连时间也是日落时分。

而另一边的天上有悄然出现的半月。

这个悬崖婚礼，唯独他们是白与黑。

所有人鼓掌祝贺时，沈千橙听秦则崇说了句只有她听见的话："我的小美人鱼。"

悬崖之上，银河之下，山水明月见证，我们相爱一生。

当晚，沈千橙就发了九宫格婚礼图到微博上。

说起来，除了那次秦则崇上她的节目外，这是她第一次在自己的微博上发秦则崇。

她刚放出去，很多人就转达搬运，不到几分钟，神图瞬间刷遍各大社交软件。

秦则崇拍婚纱照那时，发色就染成了银白，但普通人见不到，只有模糊的图能看到。

今晚是高清大图。

九张照片里，七张是有人的，女人优雅昳丽，男人清贵俊美，合照更是张力满满。

秦则崇推门而入，他今天喝了酒，周疏行倒没灌太多酒，但乐聿风他们是绝对的损友，此刻也有些醉意。

沈千橙正数着钱："结个婚就发财啦。"

秦则崇端起桌上的醒酒汤："没结婚你也不穷。"

"那不一样。"沈千橙坐起来，转过头看他。

他撩眼时，轻飘飘的一眼都勾人摄魂。

看久了他的发色，只觉得像时尚的男大学生，或者舞台上的绝美偶像，少年感十足。

二狐在外面挠门。

秦则崇不堪其扰，开门后就见小白狗坐在门口，脖子上还系着一个黑色领夹，今天也是一只绅士狗。

"汪！"

二狐屁颠屁颠地要从男主人腿边进来。

沈千橙伸出手："过来。"

秦则崇低着头，挡住它："出去睡。"

二狐蹭蹭他的裤腿，顿时狗毛就粘了上去。

秦则崇揉揉太阳穴，小腿抵着二狐的身体，把它推到了门外，冷漠无情地关上了门。

沈千橙控诉："二狐好歹今天也给你帮忙了。"

秦则崇转过身，气定神闲道："谁家新婚夜还有狗在？"

"这都结婚两年了，还新婚夜呢。"沈千橙翻了个身，坐了起来，朝他招手。

男人近身。

秦则崇:"也不见你腻。"

沈千橙一边揉他的头发一边说:"天天捏我脸,也没见你腻。"

秦则崇挑眉,也是。

她低头,在他脸上亲了亲。

"我不认识你的时候,你见到我都是下雨天,后来我们见面都是晴天了。"

第一次互见领证那天,更是阴转晴。

秦则崇嗯了声。

现在即便是下雨天,他也是喜欢的。

浓密的乌发垂落,散在秦则崇的脸边,挡住了他们亲昵相吻的唇,只露出精致的眉眼。

醒酒汤是喝了,但酒没有醒。

床上铺的乱七八糟的东西被扫落,掉在地毯上。

第十八章

沈千橙和秦则崇的婚礼结束后并没有直接离开海城,而是在庄园里过了两天才回到京市。

但网络上关于他们的新闻热度却还高居不下。

一个是婚礼,一个是沈千橙的家世。

宁城沈家可是百年名门,与秦家般配,这一曝光,一些明里暗里的造谣顿时消失了个干净。

就连如今混迹在小剧组里的展明月看到这新闻也不由得愣神,她从来不知道这些,因为秦家不会告诉她。

之前和秦老爷子联系上,可老爷子的态度转变极为迅速,不冷不热,后来越来越冷淡。

在秦家的生活就像是她的一场梦。

婚礼过后不久,又是一年春分。

秦则崇终于再度出现在公众视野,参加了一场金融活动,结束后遭到媒体记者围堵。

这可是婚礼后他第一次公开露面,媒体问的十个问题里自然八个都和婚礼有关。

有记者被点中,第一句便送上祝福:"秦总新婚快乐……"

秦则崇挑了挑眉,银白发色在镜头里耀眼夺目,纠正他的话语:"是两周年快乐。"

当晚,秦则崇积灰的微博上放了一张结婚证的照片,和当初沈千橙微博上那张几乎相似的构图。

和他微博里都是老婆相比，秦太太可就无情了，微博上基本都是工作相关。

唯独那微博简介变来变去——

老公今天可可爱爱。

和老公去约会了，勿扰。

每个简介都是昙花一现，但粉丝们都会截图保存。

一直到花朝节，终于安定了下来。

今年的花朝节，沈千橙不再扮演花神，京台今年自己举办了一场晚会，把沈千橙的名字报了上去。

沈千橙摆烂："我什么都不会。"

白台长只要收视率，说："那你上去诗朗诵一首。"

沈千橙和秦则崇吐槽："台长为了收视率疯啦。"

秦则崇语气耐人寻味："所以你打算准备表演什么？"

沈千橙听出不对劲："你要去啊？"

"为什么不去，我还没见过秦太太表演。"

"既然老公你去，我勉强表演一下吧。"

沈千橙嘴巴甜起来，也是让人心动，秦则崇顺势恭维："我感到不胜荣幸。"

她随口说："跳个舞吧。"

秦则崇想起她去年晚会上跳的折扇舞，那次是他第一次见沈千橙跳舞，虽然她是摆烂式跳舞。

"又要划水了？"

"什么叫划水。"沈千橙哼了声，"我那次只是选了一支简单的舞蹈而已。"

秦则崇嗯了声。

沈千橙说："该不会大家都是这么想的吧？"

秦则崇挑眉："你可以去问问大家。"

沈千橙上网搜了下去年的晚会，当年她的舞蹈视频直接出了百万直拍，现在评论都还在。

"笑死我了，好像我年会表演的样子。"

"橙子美则美矣，就是跳得太划水了。"

沈千橙关掉手机："我是个尽职的主持人。"

去年确实赶鸭子上架，她是主持人，又不是明星，所以选的舞蹈和曲子都最简单。

"那我今年选个难的吧。"她说。

秦则崇饶有兴趣："怎么难法？"

沈千橙说："当然是高难度动作的，还是和去年一样的折扇舞好了，洗刷我的划水之名。"

秦则崇颔首。

去年他以为沈千橙从此讨厌表演节目，于是也没收集折扇，只能再找容羡换些。

说来也是神奇，容羡正好是宁城世家公子哥，和他是同学，沈千橙也是宁城的。

只不过，毕业后两个人的交集就变少了，偶尔有交流也是因为曲一曼。

容羡和曲一曼当年也是娱乐圈顶尖"CP"，富家少爷和灰姑娘小明星。可惜，容羡因和家里人争夺家产，怕他们伤害曲一曼，所以和她分手，把她送到了秦氏发展。

后来容家稳定，曲一曼一路成影后，她在哪儿，他就在哪儿，但她也没原谅过他。

全网都在看他们会不会破镜重圆。

少数人才知道秦则崇和容羡是好友，就连曲一曼一开始都不知道，所以以为容羡是丢了她。

秦则崇觉得他们两个是给自己找事，互相有情，早点复合享受甜蜜生活才对，人这一生有多少时光。

他浪费了那几年，已经很后悔，好在最终得偿所愿。

次日，秦则崇就联系了容羡："我记得喜欢收藏折扇，你那儿现在能用的有多少把？"

容羡十分失望："我还以为你有一曼的消息，居然又是扇子，你找我除了扇子就没点别的？"

秦则崇淡定道："没有。曲一曼的消息，你不是在网上都能看到，还用得着我说？"

容羡提不起神，随口说："有一屋子，你要做什么？"

秦则崇思忖，十把应该够用了吧？

"我老婆跳舞要用，你就送十把过来好了。"

容羡拒绝："谁家跳舞要用十把扇子，你老婆是有十只手吗，你做梦呢。"

"多了我好挑。"

"那可能你看不上眼，有些古董扇只是技艺好。"

"给你多写几个字，别管我要多少。"

容羡想了想："行吧，写什么？"

"你过两天就知道了。"

秦则崇擅长书法，但从不轻易在外面写，没几个人知道他的墨宝也价值千金。

第二天，从宁城来的折扇被送到千桐华府。

同时，除了给秦太太的纸扇之外，还有一把空白折扇，两面都是只有浅色的水墨背景。

去年，容羡要求秦则崇在空白折扇两面题字，一面写"上上签"，另一面写"破镜重圆"。

不知道的还以为是在算命。

有这功夫，不如多哄哄曲一曼，当时的爱情赢家秦公子相当嫌弃地给他题了字。

今年容羡改了主意，让秦则崇写上"唯一'C位'曲一曼"。

秦则崇估摸他要拿去应援或者炫耀的。

容羡收藏的折扇都价值不菲，时代到国家都不尽相同，工艺极致，沈千橙下班回家看到桌子上那些，都花了眼。

"你买的？"

"换的。"

沈千橙偏过眼："几个字？"

秦则崇微微一笑："还是七个字。"

"容总的东西也太好骗了。"沈千橙都快忘了秦则崇擅书法这回事了。

她没有选那些贵重的古董扇，而是从琳琅满目的折扇里挑了一把晚清粤绣折扇，扇面双面刺绣精美，扇骨上浮雕重工，细细一嗅，还能闻到檀木香。

沈千橙越看越喜欢，展开欣赏。

秦则崇坐在沙发上，好整以暇道："我换扇子花了七个字。"

他没说接下来的话，但沈千橙都能猜到他想做什么，无非是想要她撒个娇，说句好话，或者亲亲。

这男人好哄得很。

沈千橙合上折扇，推了他一把。

秦则崇被推得靠在沙发背上，下巴被扇尖挑起，微仰颌，桃花眼垂着看她，唇角勾起。

沈千橙动作挑逗，语气却柔媚："公子的大恩大德，小女子无以为报，唯有为公子跳支舞，不知公子意下如何？"

"公子我，允了。"

她怀疑秦则崇都没看过什么舞蹈表演，一天到晚都在看新闻，偶尔的节目也是老艺术家的。

还不是她想跳什么就什么。

沈千橙转过身子，背对秦则崇，赤足上了茶几。

腰肢弯下，长发也垂落在空气里，纤长的胳膊仿佛柔软无骨，却又在下一个动作时有着莫名的力量。

客厅顶的光汇聚在她的身上，轻盈的腰肢转着，裙摆荡起飞舞，回眸惊艳。

短短一舞结束，沈千橙脸不红气不喘，径直从茶几踏到了沙发上，踩在秦则崇身边。

秦则崇手腕微动，触上她的脚踝。

"应该系点配饰。"他语气里的遗憾清晰可闻，"叮当作响，大约更有感觉。"

沈千橙垂眼，微微一笑："看秦总这模样，本小姐认真起来，相当颠倒众生。"

秦则崇颇为顺她："是。"

沈千橙被哄开心了，对他也放松不少，还想和他讨论一下节目上选什么曲子。

没想到男人的心思压根儿就不在上面。

等到第二天，沈千橙也没能想到合适的舞曲。

得知沈千橙又要打算跳舞，部门里所有人都露出"你来真的吗"的表情。

谁不知道沈千橙是暴躁打工人，巴不得除了工作以外没有任何多余的活动。

连小茶都问："沈老师，你这次跳什么舞？"

沈千橙说："折扇舞啊。"

这是和去年一模一样？势要当个划水大王？

就连白台长都叮嘱主任："让小沈好好表演。"

除了少数人，就连粉丝们都觉得沈千橙今年的节目怕和去年差不多，也是要认真地划水罢了。

直到花朝节活动当天，看到舞台上一袭舞裙翻飞的沈千橙，不仅是台下，连看直播的网友们都惊呆了。

"这是我家橙子吗？"

"舞蹈生路过，这舞没个几年功力跳不出来，呜呜呜，橙子柔韧性也太好了吧。"

白台长惊艳难掩，说："小沈这次下功夫了啊。"

活动还未结束，沈千橙和她的舞就直接上了热搜，视频播放量不停上涨。

粉丝们敲锣打鼓告知所有人，橙子十八般武艺，大家不知道还多着呢。

沈千橙看到词条时，很满意。

她才没有划水呢。

至于十八般武艺，那也没有，但几种还是有的，毕竟从小沈家也会让他们学点兴趣。

沈千橙学得最久的是舞，其余如琴画等都有学过。

学最短的是书法，这是沈家人人都要学的，正所谓字如其人，沈老太太不许他们写字没风骨。

一星期后，在曲一曼参加的国际电影节相关照片和视频里，沈千橙看到秦则崇这回写的七个字是什么。

容羡招摇地摆着那纸扇。

从今年起，京台早间栏目又换了新的主持人，所以她只要保证自己的访谈节目的质量就可以。

估摸着最近一两年都很轻松，沈千橙干脆决定备孕。

不想的反而是秦则崇，他们才结婚多久，他二人世界都还没有享受几年。

沈千橙还美其名曰：“你看，周疏行养猫，你养狗，周疏行结婚比你迟，你就不想先周疏行一步有宝宝？”

秦则崇答：“不想。”

谁要在这上面比早，周疏行和梁今若认识二十多年，他和沈千橙可没有，怎么也要多乐几年。

然而他的回答没有用，坚持了几天过后，沈千橙实在太过热情，他就难以抵挡。

两个月后，沈千橙把检查结果拍在了秦则崇的桌上。

"你有崽了！"

秦则崇闭了闭眼。

他拿过单子，才刚怀孕，上面什么都看不出来，但一种"已为人父"的感觉却萦绕心头。

沈千橙半天没等到回答："一个单子，你都能看这么久，你看出什么花了吗？"

秦则崇放下检查结果，看沈千橙还如以前那样自在："应该等我一起去的。"

"那目标太大，会被发现的。"

"你一个人就小了？"

"反正已经去过了。"

秦则崇默然。

家里的家庭医生毕竟不是妇科的专科医生，他直接联系了老宅那边，秦母震惊

343

了："怎么突然怀孕了？"

秦则崇问："突然吗？"

如果不是怕影响两个人，秦母都想搬过来陪到生产后，现在只安排了专科医生。

晕乎劲儿过了几天，秦则崇开始期待起来，又向周疏行炫耀："我要有女儿了。"

周疏行："你想得太早。"

秦则崇淡然道："不早，八个月而已，你就不止了。"

周疏行挂断电话。

秦则崇也不气，认定周疏行是恼羞成怒。

家里的二狐都是公的，最好是来一个小公主，这样才能平衡。

小茶每天都对着沈千橙的肚子说话。

四个月时，她再录节目时，粉丝们也看出来了，沈千橙大大方方地在微博上公开怀孕这件事。

沈千橙的口味多变，这阵子喜欢吃甜的，过阵子喜欢吃辣的。

甚至连审美也变化了，比如今天喜欢秦则崇的黑发，明天看了个照片，就让他染个别的色；周疏行戴了猫猫耳钉，她也想让他戴。

秦则崇觉得她是故意的。

沈千橙当没听见。

于是，秦氏众人就看着boss和以前越来越不一样。

倒是在这时候，梁今若怀孕的消息传了出来，她和周疏行在医院的照片直接被拍到了。

久违的聚餐，在陈澄的广和馆。

乐聿风说："你俩会亲上加亲吗？"

秦则崇睨一眼："不可能。"

他们从小一起长大，周疏行他儿子肯定和他一样，哄人说不定都还要找长辈要经验。

周疏行瞥他："也不是不可以。"

家里可以多几个公主。

乐迪看看两人，随口说："说不定两个都是儿子都是女儿，你们不要争啦……"

收到两对不善的眼神，他闭上嘴。

自从沈千橙怀孕后，秦则崇就减少了出差的次数，基本上每天和普通打工人一样，朝九晚五上下班。

二狐的作息时间都没他的时间准。

盛夏期间，两个人还回宁城住了两个月，在这里不像京市那里关注度高，只是梅雨天有些麻烦。

老板在宁城，文秘书作为总秘，自然要经常两地跑。

这天，沈千橙终于难得碰上他："文秘书，你这样有没有很累，要不，我让你老板给你放假？"

文秘书忙摆手："不用不用。"

吃早餐时，沈千橙问秦则崇这件事："文秘书可真认真啊，你也太压榨他了。"

秦则崇慢条斯理道："我付了三倍的工资。"

见她没吃什么东西，他转了话题："没胃口？"

沈千橙只喝了一点粥："突然想吃柿子。"

她也只是随口一说，毕竟现在柿子还没熟，而且柿子寒性，就算吃也不能吃多少。

早餐过后，沈千橙正在亭子里看锦鲤，听见脚步声，看到秦则崇带了一盘西红柿过来。

"要不要剥皮？"他问。

沈千橙拒绝："不要，我又不吃。"

秦则崇自己随意挑了个咬了口："你不是要吃柿子，这才几分钟就不想吃了？"

沈千橙恍然大悟，难怪他突然带西红柿过来："我要的是树上的柿子，和西红柿不是一个东西。"

秦则崇生在北方，不清楚这种叫法，还以为沈千橙是因为孕期主意多变才不想吃的。

看他吃，沈千橙馋了，又改口要吃。

不仅酸，还带着一点甜，她一连吃了两个，西红柿对身体有好处。

沈千橙在宁城过了最热的两个月才回了京市。

孕前期时，她录制了很多期《千言万语》，所以后期正好正常播出，不影响工作。

二狐好久没有看到主人，一个劲儿地蹭着她的小腿。

沈千橙总觉得它是懂事的，自从怀孕后，这小狗都变温柔安静了不少，走到哪儿跟到哪儿。

她有时候在沙发上午睡的时候，二狐就待在她旁边一起睡，偶尔坐起来贴贴她的肚子；之前孕吐严重，二狐就歪着脑袋冲她汪汪叫，围着她打圈转，急得厉害。

"好了好了,不要蹭了。"

二狐乖乖坐下来,不太明白女主人的肚子怎么变大了。

沈千橙现在才孕中期,她平时身体好,除了孕吐以外,没有别的不良反应。

虽然没什么主持工作,但她照常去京台打卡上班,没事就坐在办公室里看新闻。

她的办公室早焕然一新,沙发换了,大得像张床,可以直接躺在上面睡觉。

秦则崇其实觉得她也没有主持工作,在电视台待着属于浪费时间,但她乐此不疲。

文秘书献计:"您可以借调太太来秦氏。"

秦则崇递了个赞赏的目光。

隔天,沈千橙不仅打包去了秦氏,连工资都发双份的——她又不傻,当然要。

至于她的新办公室?在秦则崇旁边。

文秘书如今找人都学会了先敲秦太太的办公室。

沈千橙不太懂秦则崇的想法:"你换个地方工作有什么不一样吗?都是忙。"

"当然不一样。"秦则崇缓缓道,"在这里更轻松一些。"

枯燥的工作和近在咫尺的妻子,永远是不同的。

沈千橙最近爱上了嗑瓜子,每次上班嘎嘣响就没停过,含混道:"你不嫌吵吗?"

"当背景音乐了。"秦则崇又提醒,"少吃点,当心上火。"

沈千橙说:"我都有吃下火的东西。"

秦则崇无言以对,哪有人这样吃的。

有一次她在办公室睡了一觉,醒来看办公桌后的男人对着电脑屏幕,干脆摸着瓜子嗑了起来。

远程在线的分公司高层听到奇怪的声音,问:"秦总,您那边是有什么吗?"

秦则崇面不改色:"我太太在嗑瓜子。"

听见说话声,沈千橙的嘴巴一停,瞪着眼,他又开会不告诉她,又被别人听到了!

结束会议,秦则崇对上她不善的眼神,勾唇笑:"嗑瓜子又没什么不能暴露。"

不知道这件事是怎么传出去,没过两天,连粉丝们都知道秦太太迷上了在秦总办公室嗑瓜子,纷纷留言。

"能直播嗑瓜子吗?"

"我不介意你带货瓜子的,放放图啊。"

"说不定是秦总嗑的,甩锅给橙子。"

沈千橙的椅子就在秦则崇边上,她踢了踢他的小腿:"现在全世界都知道我怀孕嗑瓜子了。"

秦则崇伸手捏捏她脸,目光落在她红润的唇瓣上:"别嗑了,你想嘴巴起泡?"

沈千橙最近确实感觉嘴巴干干的,被他这么一说,压住了蠢蠢欲动的心。

不能嗑瓜子,单玩手机冲浪有什么乐趣。

沈千橙是个坐不住的性格,即便大着肚子也想到到处走走,还真如粉丝的意开了直播。

沈千橙的直播甚至有人举着手机,她什么都不用做,只要走就行。

"你们想看什么?"

沈千橙路过一个练舞室,饶有兴趣地停了下来,推门看到的是六个年轻男生。

是新生代歌手徐永和他的五个舞伴。

他不久后要发新歌,现在正在编舞练舞,新歌劲爆,练歌穿的也是背心,动作更是惹火。

沈千橙停住脚步:"我们就看这个!"

弹幕止不住。

"橙子眼睛都亮了。"

"秦总呢,你老婆看男人啦。"

"你们看,徐永的动作是不是都变得僵硬了。"

"老板娘带崽欣赏帅男跳舞。"

徐永这会儿注意力都没法集中。

谁不知道秦总最宝贝他老婆,还容易吃醋,秦太太看他跳舞,万一秦总把自己雪藏了怎么办。

但老板娘在,他们也不能不跳,徐永灵机一动,停了下来,打算去多穿件衣服。

沈千橙问:"怎么不跳了?"

徐永装模作样:"冷气太足,我们去加件外套。"

"哈哈哈哈哈,徐永笑死我了。"

"要不先把额头上的汗擦了再说?"

秦则崇经文秘书提醒,点进直播间的时候,他的大名在直播间的滚动条上彰显无遗。

"你老公来了!"

"注意表情！"

"谁家跳舞穿外套的？"沈千橙没注意到，随口吐槽了一句退出练舞室，这回可算看到满屏的弹幕。

她立刻改了口："嗯，是我们秦氏的，这叫稳重，大家一定要多支持。"

秦则崇都不好意思戳破她。

沈千橙装模作样在这栋楼里逛了圈，还和曲一曼聊了会儿天，导致她的直播间不仅有秦则崇，还多了容羡。

如果不是她直播间关闭了送礼物功能，怕是这会儿满屏都是礼物的特效。

网友们全程看得津津有味，这直播才叫真直播，一点也不含糊，连美颜都没有。

一个小时后，她才关闭直播。

回办公室的路上，沈千橙得知，徐永被提醒了一遍，新歌和舞蹈是保密的。

秦太太看也不行。

沈千橙回了办公室，一见秦则崇，直接说他："你怎么这么小心眼啊。"

秦则崇漫不经心回了句："你怀孕不适合看劲舞，容易心情起伏太大。"

好在秦太太的爱好多变，孕六个月时，开始想要去剧组凑热闹，美其名曰带恩恩看剧。

秦则崇能怎么办，只能让人保护着。

孕七个月时，已经进入深秋，沈千橙的肚子大了许多，总算安静了下来，安心待在办公室里做胎教。

有音乐，有读书……

秦则崇甚至习惯了在这样的环境下办公，有时她去医院孕检，他一个人还不习惯。

孕八个月时，冬天悄然来临，虽然距离产期还早，但秦家早早准备好一切。

沈千橙和梁今若没事儿就交流怀孕经验，毕竟她比梁今若早怀几个月。

新年在二月，是打算在京市过，她现在不宜长途，再加上去年是在宁城过的，今年轮到秦家。

秦老爷子去年独自过了个年，总算消停了，后来气色又恢复了不少，开始和老友们每天钓鱼下棋。

对于沈千橙这一胎，他也期待。

进入一月后，沈千橙就预感快了，果然没过多久，一个周末，她就羊水破了。

彼时，秦则崇还在公司。

他到医院时，沈千橙刚进产房，只来得及见到关门前的一面，这比不见还要焦急难忍。

　　他不知等了多久，终于听见开门声，以及医生护士的声音："恭喜，是男孩。"

　　男孩也行，秦则崇想，反正都是他和沈千橙的崽，只可惜，太小看不出他爸妈遗传的美貌。

　　沈千橙在睡觉，他就没出声。

　　一直到晚上，沈千橙才堪堪醒来，一睁眼对上秦则崇的目光，眨了下眼："你还在这啊。"

　　秦则崇说："我不在这在哪儿？"

　　沈千橙扭头看宝宝，他早就醒了，小手小脚动来动去，眼睛亮得像葡萄，看得她心都化了。

　　"真乖，不愧是我生的，和我一样。"

　　秦则崇眉梢一抬，不置可否，反正他也不知道她小时候乖是真是假。

　　宝宝大名是一早就起好的，叫砚修，小名取了好几个，沈千橙都还没决定。

　　小砚修也不知道是随了谁的性子，不吵不闹，只有饿了和拉了才会哭叫两声，平时要么睡觉，要么睁眼划动小手小脚。

第十九章

　　沈千橙干脆给他取了"闹闹"的小名，希望他能活泼点，然而并没有什么用，该静还是静。
　　她迷上了捏儿子的脸蛋，终于明白秦则崇为什么喜欢捏她脸，因为实在手感太好。
　　"我们俩这么活泼，怎么儿子不随我们？"
　　秦则崇看她："你怎么知道你小时候活泼？"
　　沈千橙当然不知道。
　　秦母的到来解开了两人的疑惑："阿崇小时候也是，一天能说两句话都是好的了。"
　　沈千橙立刻找回场子："好啊，原来是随你！"
　　秦则崇淡定："又不是坏事。"
　　安静有安静的好处，沈千橙的日子很舒适。
　　秦则崇没能拥有女儿，倒是两个月后，梁今若生了个女儿，周疏行有了个小公主。
　　周家小公主大名周元杳，小名杳杳，和闹闹相反，活泼得厉害，见了谁都"啊啊啊"地打招呼，沈千橙去看的时候，她还对她吐泡泡。
　　秦则崇心道真可爱，他儿子就不会吐泡泡。
　　闹闹在家睡得安稳，还不知道他爹在攀比这种东西。
　　又一次聚餐时间。
　　这次的席位上，两位荣升为爸爸。秦则崇还把闹闹带了过来，小闹闹扭头看来看去。

看得乐丰风他们颇为嫉妒，新的一年，他还是没有女朋友。

秦则崇转向周疏行，悠悠然开口："去年说的亲上加亲还算话？"

周疏行反问："我说过？"

秦则崇呵了声："也不知道当初谁说的'也不是不可以'，现在翻脸不认了。"

周疏行自然记得自己的话，漫不经心道："我只是考虑，又没同意。"

闹闹才几个月大，还在吃奶，和他爹出来溜一趟就成了富翁。

当然了，秦则崇也是要还回去的。

他还蛮喜欢杳杳，虽然才丁点大，但看起来就知道和周疏行的性格完全不一样。

秦则崇有点羡慕周疏行，香香甜甜的女儿多可爱。

沈千橙生孩子的事当然瞒不住，很快外界就知道了闹闹的存在，偏偏夫妻俩都没有发图的意思。

他们没打算让闹闹暴露在公众面前。

"网上传的是男孩，不知道真假。"

"咿呀，那和周总的女儿岂不是就青梅竹马啦。"

"不早，咱们周总和公主不也是青梅竹马！"

秦则崇摸着下巴，把从文秘书那儿得来的评论区截图发给了周疏行，得到了三个字的回复。

周疏行："拉黑了。"

秦则崇："淡定，儿女自有儿女缘分。"

周疏行："你儿子入赘吧。"

秦则崇还等着杳杳到自己家来把她当女儿呢，儿子去他家了，他的"女儿"不就飞了？

晚上回了家，他捏捏闹闹的小脸："儿子，你要努力。"

秦则崇琢磨着，得从小培养儿子，最起码的，嘴巴要会说，人也要会行动，不能光说不做。

沈千橙无语："你要不再生个女儿吧。"

秦则崇压根儿没想过这一件事，生孩子没那么简单，怀孕期间就那么受累，更何况生了以后。

而且谁能保证二胎是女儿呢。

儿子也好，他的一根手指被闹闹握住，唇角淡起一抹笑："一个就够了。"

随着闹闹逐渐长大，他这名字也彻底成了摆设，因为他还是和小时候一样安静。

除此之外，大家都看出来他小小年纪就表现出了聪慧，他的安静更像是懂事。

会说话以后，他就咿咿呀呀地开始学叫人，先是妈妈，再是爸爸，嗓音很稚嫩。

沈千橙录节目也会带他一起，开始工作的时候，就让秦则崇的秘书把他带去爸爸那里。

小人故作大人样可爱极了，整个秦氏的人都知道小人是秦总的孩子。

明星们也不敢拍照，只是难免在微博上文字描述一下，导致网友们对闹闹更好奇。

闹闹的眼睛像秦则崇，其余地方像沈千橙，小小年纪已经长得漂亮精致，任谁看了都得夸两句。

过了几个月，又懂了点事的闹闹看到秦则崇的办公桌上摆着两张他和沈千橙的婚纱照。

照片里没有他。

因为沈千橙要记录闹闹的每个成长阶段，所以每隔一岁，闹闹就被带着拍写真照，他也知道照相。

此时看到爸妈的合照，他小声问秦则崇："爸爸，你们照相的时候为什么不带上我？"

秦则崇颠颠他："你那时候还没出生。"

闹闹问："没出生不能拍吗？"

秦则崇失笑："当然不能，就像你杳杳妹妹不在，你怎么拍她。"

闹闹似懂非懂。

第二年，闹闹就开始去幼儿园上小班，虽然他和杳杳是同年，但早出生几个月，比她早上学。

只不过小班的孩子基本都还不懂事，他的安静反而显得有些突出，他也不在意，每天上学放学很准时。

杳杳开始经常见不到他，她在家顽皮得厉害，周疏行够宠，自己的手机也让她玩，还教她。

不过她偶尔会按到别人的微信对话框。

有一次，秦则崇接闹闹放学时就收到过一条语音，打开就是杳杳稚嫩的说话声："你好！"

他好笑地回了条语音。

杳杳开心极了,和他聊起天来:"秦叔叔,我是杳杳呀。"

秦则崇哄了她一会儿,告诉她:"你的闹闹哥哥刚放学,你要不要和他玩?"

杳杳乖巧:"好呀!"

秦则崇教她怎么接通视频通话,然后拨过去,镜头里只看到小姑娘的手指挡住镜头。

看到他的脸,杳杳很兴奋。

秦则崇很有耐心地教她转换镜头。

杳杳捧着手机,也拿不稳,好半天才弄好,小姑娘的脸占满了屏幕,好笑又可爱。

秦则崇偏移镜头,对准儿子,杳杳果然开心打招呼:"哥哥,我是杳杳。"

闹闹说:"我知道。"

杳杳说:"我学会打电话了,以后我天天打电话,闹闹哥哥,你要接电话呀。"

闹闹一本正经:"我没有手机。"

杳杳说:"我也没有,我爸爸有,你爸爸有吗?"

她虽然年纪小,但自从会说话后,嘴巴就没停过,很喜欢说话,不仅语速快,还特别话痨。

她说两句话,闹闹通常才说一句话。

等周疏行拿回手机,和秦则崇的对话框全是语音,还有个视频通话记录。

他发消息过去:"哄我女儿什么了?"

秦则崇:"别造谣。"

周疏行:"呵。"

又过了一年,杳杳终于上幼儿园了。

不过闹闹这时候已经进入中班,他更懂事了,也开始希望大家都叫他的大名。

砚修逐渐取代闹闹,唯有平时在家里、在杳杳的嘴里才能听到。

开学前一天,杳杳又用她爸爸的手机给秦叔叔发消息,秦砚修也知道她第二天要来上学。

只不过,中班和小班不在同一层楼。

秦砚修坐在教室里,还能听见楼下小孩子们叽叽喳喳的声音以及此起彼伏的哭声。

不知道杳杳在不在里面。

他征得老师的同意,去楼下走了一趟,看到周疏行和梁今若在走廊上,便回了教室。

353

秦砚修等了两节课，也没等到杳杳找他。

一直到打疫苗那天，还是他主动去了小班那边的队伍，杳杳和其他同学们在聊天，半天才看到他。

秦砚修哼了声。

杳杳胳膊被打了针，被老师们叮嘱许多，问他自己今天是不是不用写作业了。

秦砚修无情地告诉她：还要。

杳杳抬起小胳膊："哥哥，你可以呼呼吗？"

秦砚修说："不可以。"

杳杳很乖地哦了声。

她很少这么乖巧，秦砚修没忍住，捏了捏她的脸，他经常看爸爸对妈妈这么做。

杳杳嘴巴嘟起来，噗噗两声装吐泡泡，一双大眼睛看着他。

秦砚修给她的小胳膊吹了两口。

幼儿园的课基本都是玩，有一门手工活动，老师说要和家长一起做，周一的时候交上来。

不凑巧的是，秦则崇不在家，秦砚修就和妈妈一起完成了一项纸搭的小屋子。

第二天，杳杳来秦家做客。

她看到了那小屋子："哥哥，你能帮我也做一个吗？我想要一个城堡，妈妈说公主住在城堡里。"

杳杳坚信自己是公主。

之前在幼儿园大礼堂里看公主动画片的时候，听他说坏人捉走公主，还觉得自己会被抓走。

秦砚修心说你又住不进纸糊的城堡。

这次没有大人帮忙，他动手能力再强，做出来的小城堡也是不怎么好看的。

杳杳揣在怀里抱回家了。

周一的时候，她把城堡带到了教室交给老师，还叮嘱道："老师，你要还给我呀。"

老师笑眯眯："好。"

告诉她今天回去记得让帮忙做手工的爸爸妈妈一起过来。

杳杳一听，着不得叫哥哥，她现在买了电话手表，每天都得拨电话："哥哥，老师让你明天和我一起去。"

秦砚修奇怪："老师为什么管一起不一起。"

杳杳年纪小，话也带不明白："就是老师说的！"

她以为他不愿意："哥哥拜托拜托！"

嘴巴甜得周疏行越听越不对劲，问："为什么要哥哥和你去？你跟我说说，老师怎么说的？"

杳杳不记得原话，断断续续表达了大致意思。

女儿手工课没告诉他们，现在去学校也不要他们了？

要不是今晚听到她打电话的内容，他都不知道学校里有过这一亲子活动。

合着亲子活动没"亲"到他身上。

秦则崇忍俊不禁。

周疏行觉得很有必要和她好好解释家长的含义："你的家长是我和你妈。"

杳杳疑惑："哥哥不是吗？我还以为哥哥也是我家长呢。"

秦则崇出声："别听你爸爸的，杳杳说是就是，哥哥不说话就是没意见。"

秦砚修张嘴的话还没说出来，就被秦则崇捂住了嘴。

周疏行冷笑一声："不听我的听你的？做梦。"

秦则崇挑眉："说不定哪天就美梦成真了呢。"

周疏行挂了电话，好好教女儿去了。

秦则崇松开手，捏着小砚修的脸："儿子，你要多和杳杳妹妹一起玩，知道吗？"

秦砚修认真道："杳杳在小班，我们不能一起玩。"

而且，杳杳之前去上学都忘了他，和自己的同学玩得很开心。

秦则崇好笑："下课呢？时间是挤出来的，要把握可以利用的每一分每一秒。"

"整天就知道拐小孩。"沈千橙走过来，把小砚修抱走，"你爹天天想把杳杳拐回来。"

秦砚修在妈妈怀里还有点害羞，自从长大以后，他就不怎么被大人抱了，现在搂着沈千橙的颈，心里很开心。

他虽然才三岁多，但也知道拐是什么意思，幼儿园每学期期末的时候，都会有防拐骗活动。

秦砚修趴在她的肩头看沙发上的秦则崇："爸爸，老师说拐是坏的，你不能当人贩子，我会举报你的。"

秦则崇气笑了。

沈千橙乐不可支："咱们闹闹真是遵纪守法好崽崽。"

幼儿园课程其实大多都没什么真正的教学，更多是带孩子一起玩，教一点拼音和英语。

砚修是班里话最少的孩子。

杏杏鬼灵精怪,她不爱哭,童言童语天真又可爱,又生得像小公主,很得同学老师的喜爱。

这两个小孩关系好,全幼儿园都知道。

杏杏人小腿短,下课那点儿时间还爬楼梯去楼上找哥哥,等她到中一班门口,离上课也不远了。

秦砚修正在教室里看书,就听见她的声音:"哥哥!"

他一扭头,小姑娘正在门口喘着气。

等秦砚修到她跟前,老师已经打算过来叫孩子们回教室上课了,她瘪着嘴:"我才刚到呢。"

秦砚修把自己的水杯给她:"中午我会去找你,你平时不要乱跑。"

杏杏捧过水杯就是一大口,她爬楼梯都累了,当然也渴:"哥哥的水比我的好喝。"

昨天晚上爸爸告诉她,在学校里好好听课,没事不要打扰哥哥上课,她怎么会打扰,她又没有上课时间找哥哥。

秦砚修手里的吸管都还没放进去,她都喝完了。

走廊上的老师听到这话,也狐疑,学校里的水都是一样的,难不成他的不一样?

老师出声:"周元杏同学,要上课啦。"

杏杏揪着秦砚修的衣服:"我才和哥哥说两句话呢。"

秦砚修摸摸她脑袋:"下节课我去找你。"

杏杏:"好吧。"

她准备下楼,却发现秦砚修把水杯放了回去,又回到她面前:"走吧,我送你回去。"

杏杏开心:"好耶。"

老师跟在后面,生怕他们俩摔了,看着秦砚修拉着杏杏回了小班,还叮嘱她好好听课。

老师都被逗乐了。

秦砚修说话算话,下课后真去楼下找了杏杏,两个人坐在教室里一起看书,虽然杏杏看不懂。

但她就坐在他边上,叽叽喳喳地问东问西。

幼儿园的放学时间很早，所以平时都是秦则崇来接，今天也不例外，直接把他带到了秦氏。

"今天怎么样？"

秦砚修想了想："和杳杳一起看了书。"

秦则崇微微一笑："我是问你自己。"

秦砚修哦了一声："和以前一样，我还以为爸爸要问杳杳。"

"你是我儿子，我自然是问你。"秦则崇抱他到腿上，温声道，"以为我只喜欢杳杳吗？"

秦砚修嘴巴抿抿笑了："才没有。"

秦则崇说："和你妈妈一样口是心非。"

秦砚修还不太明白口是心非这个意思，但爸爸说他和妈妈一样，那就是夸他！

他待在办公室也安静，秦则崇觉得他可能太无聊了，就让他和文秘书一起出去玩。

文秘书把他带去了另外一栋楼，那里都是光鲜亮丽的艺人。

秦砚修逛了圈，和他打招呼的哥哥姐姐叔叔阿姨越来越多，个个笑得开心，他有点招架不住，又回了办公室。

爸爸每天管这么多人，真辛苦。

秦则崇看自己儿子望着自己，也不知道是不是错觉，他总感觉看出了崇拜的眼神。

又一年过去，今年期末过后，秦砚修被沈千橙送回宁城去住了三个月，过了暑假。

几个月不见，虽然有视频联系，但杳杳还是很想他，开学后她也升了中班，比以前还黏人。

一次下课，学校安排去礼堂看电影。

秦砚修本来想带点糖果的，他的口袋里时时为杳杳准备了糖果。

但今天他发现，带的十颗糖变成了九颗糖。

秦砚修停住脚步："掉了一颗糖。"

杳杳说："掉了快捡起来呀。"

她也弯腰在地上看，没看到有什么糖，哥哥的东西她上心得很，就差扒开瓷砖找了。

秦砚修有点无语，把她拉起来："是丢了。"

杳杳站起来："那你干吗说掉了。"

357

秦砚修在宁城住了一个暑假，说话习惯自然也更改了，估计她会追问到底，直接认错："我说错了。"

杏杏果然不再纠结。

等晚上回到家，秦砚修才知道，那一颗糖是妈妈送他上学的时候拿走吃了。

他就不烦恼了。

第二天也是巧，沈千橙和梁今若送他们上学，在学校门口碰上了。

沈千橙捏捏儿子的脸；"下午让你爹来接你。"

秦砚修下意识顺着她的话："我爹今天不忙吗？"

沈千橙被他逗笑："他不忙。"

秦砚修一下车，就被杏杏扑了个满怀，还在他脸上亲了一口："早上好，哥哥。"

好在他也不是第一次被杏杏袭击了，还能淡定。

只是在看到杏杏后面的梁今若时，不由得背过手，怎么大人也在呀，那都看到了。

他咳嗽一下："早上好，杏杏。"又低声，"下次不要这样了。"

杏杏不解："我爸爸说早安吻是每天必须的。"

秦砚修："我不是你爸爸。"

杏杏歪着头，显然没当回事。

秦砚修有点脑壳疼。

当天晚上，杏杏又打来了电话。

周疏行很难拦得住女儿，毕竟她既会哭，还会撒娇。

秦砚修话少，即使是打电话，也是杏杏在说话，比如问他在干什么，问他叔叔在家吗等等。

如此半小时后，电话终于要结束，杏杏被梁今若提醒该洗澡了。

秦砚修点点头："那你去吧。"

虽然她看不见。

杏杏说："哥哥要是能和我一起洗就好了，我每次都一个人洗，太无聊了。"

秦砚修："我们不能一起。"

"为什么？"

"我是男生你是女生。"

"爸爸也是男生妈妈也是女生，他们为什么可以一起洗澡？"

秦砚修眉头微微皱着，在思考应该怎么回答她，他从来没想过这个问题。

他的爸爸妈妈有时候也一起洗澡。

秦砚修抽丝剥茧，发现相同点，眉头舒展，告诉她："可能要结婚了才可以。"

杳杳啊了一声，原来是这样啊，兴奋道："那我们结婚了就可以一起洗了！"

秦砚修一时间有点无言以对，没法反驳。

"我们不可以。"

"为什么不可以？"

听到他们对话的梁今若叉腰扬声："周疏行！"

杳杳看着妈妈上楼了，小声说："我妈妈又要去和爸爸吵架了，不知道多久才会下楼。"

秦砚修问："他们吵很久吗？"

杳杳说："好久好久，叔叔他们会吗？"

秦砚修嗯了一声。

杳杳小大人似的，长叹一口气，保证道："我以后肯定不会和你吵架的。"

秦砚修笑了下。

又听到她信誓旦旦："就算吵，也不会很久的。"

幼儿园的生活就这么过了一年，翻过年去，秦砚修也结束了大班生涯，可以开始上小学了。

小学和幼儿园有一段距离，走路也要十分钟左右，所以他们下学期就不在一起了。

一整个暑假秦砚修都没告诉杳杳，让爸爸妈妈他们也别说，她知道了肯定要哭。

快开学前，终于瞒不住。

秦砚修特地到她家里，陪她玩了一天，离开前才告诉她，他要去上小学了。

杳杳一开始还不太懂："小学是哪里？"

秦砚修轻声："不是幼儿园了。"

杳杳似懂非懂。

又听他说："以后下课你也不能找我了，我们不在一个地方，你一个人要听老师的话，不要乱跑，也别和人打架。"

上学期她班上有个小男孩欺负小女孩，被她揍了一顿，秦砚修到的时候，她头发都散了，最后还是他帮她扎的辫子。

一听不能一起，杳杳就明白了，嘴巴扁扁，还没哭，但语气委屈巴巴的："哥哥，你怎么能这样子，我不喜欢你了。"

359

她背过身去，嘴上这么说，转身的动作慢得像蜗牛，半天了还用余光瞄他。

秦砚修忍不住想笑，按住她的肩膀，把她转回来："以后你上小学，我们又能一起了。"

杳杳好哄得很，一转眼表情就是晴天："好呀，那我继续喜欢你吧。"

临走前，秦砚修走到一半，又回去叮嘱："你可以喜欢学校里的女孩子，不可以喜欢男孩子。"

杳杳点头表示懂了，又反问问："哥哥你呢？"

秦砚修说："我都不喜欢。"

杳杳一听，这哪行，自己也是女孩子呢，立刻说："不行，你要喜欢女孩子的，要喜欢我！"

秦砚修揉揉她脸："嗯。"

"你等我去找你呀。"

"不用，我会去见你的。"

彩蛋：蜜月

都说旅行可以检验感情，因为在旅途中会暴露很多的缺点，说这话的大多都是情侣，沈千橙思量着，夫妻也是一样的。

她和秦则崇结婚的时候匆忙，还没有产生太多感情，最多是秦则崇暗恋她，当时自然也就没有蜜月这一回事。

某天清晨，沈千橙听到他问："想过蜜月吗？"

沈千橙本来刚换了衣服准备离开，又倒退几步，看向床上的人："你想了？"

秦则崇一本正经点头。谁不想和老婆一起出去玩，还没有任何人打扰，最好是去到一个没有认识人的地方。

沈千橙还真有点被勾起想法，微微一笑，走到床边，捧着他脸亲了一下："那请秦先生好好计划一番。"

在她的想法里，这个蜜月计划可能最起码要十天半个月后才能准备好。没想到下班前一小时，一份文档就发了过来。

上面罗列了十几个地点供她选择，还配了图片，细节上更是充分，沈千橙看得哪里都想去。

她回复秦则崇："秦总行动力超强。"

又加了一条揶揄他："上班时间写无关东西是不是不合适！"

秦则崇回复："有谁发现吗？"

沈千橙："老板娘发现了！"

过了会儿，她的手机里收到短信，是大额转账，秦则崇还在微信上提醒她："可以不告诉别人吗？"

沈千橙表示很识趣，不会告诉别人。

明明只有他俩才知道，却在微信上装模作样地玩起角色扮演来。

沈千橙又问："带儿子去吗？"

秦则崇回复："是我们度蜜月，又不是他。"

臭小子还是待在家里上学吧。

小砚修还不知道这件事就被亲爸定下了未来。

蜜月的地点最后定的不少，等于在多个国家旅行，有海岛，沈千橙想去潜水，有陆地，还有可以看见各种动物的地方。

为了这次的蜜月旅行，沈千橙连着将未来两个月的专访都提前录了，还好她现在不是早间新闻的直播主播，否则还真走不了这么久。她突然加快了频率，也被不少粉丝发现，都在疑惑她怎么这么勤快？毕竟她可是个绝不加班的人。

有粉丝偷偷猜测："橙子该不会是又怀孕了吧？"

就像当初怀秦砚修的时候，沈千橙一口气录了好多期，他们看的全是存货。

这个说法得到了很多人的赞同，毕竟他们都结婚几年了，谁能猜到他们孩子都生了还跑去度蜜月。

直到出发前一天，看着他们准备好的行李，小砚修察觉了不对劲。

但他不到三岁，都是小孩子的想法："妈妈爸爸也要和我一起去上学吗？"

今年上了幼儿园，他还是很快乐的。

沈千橙蹲下来，揉了揉儿子的可爱小脸："我和你爸的幼儿园在别的地方，砚修只能自己去上。"

小砚修眨了眨眼："好吧。"

他天真地以为这是真的，等第二天玩家里的平板时，无意点进了爸爸的微博账号，看到了他妈发的照片和视频。

大海、海豚……她妈妈穿着漂亮的衣服在海水里玩，还往爸爸的身上泼水。

他还看不懂文案上的字，家里阿姨读给她听："好喜欢这样明媚的阳光~"

小砚修是小小的脑袋，大大的疑惑。

周疏行和梁今若的女儿杏杏还过来问他："闹闹哥哥，为什么我爸爸妈妈不去度蜜月啊？度蜜月是什么意思？"

这下小砚修知道是被骗了。

而另一边，沈千橙和秦则崇正玩得开心。面前是波光粼粼的大海，身旁是自己的爱人，就算是在这里待上一天，也觉得很美好。

秦则崇穿的是沙滩裤，但是口袋里总是鼓鼓的，里面装着小零食，专门投喂沈千橙。

海鸥在海面上盘旋。

"我回去不会长胖吧?"沈千橙嘴巴里嚼着零食问。

"应该不会,你每天都游泳。"秦则崇倒不是哄她,"再说,肉点又有什么问题?"

沈千橙说:"网上都说我怀孕了,我要是长肚子了,那真是跳进黄河也洗不清了。"

秦则崇嗤了声:"简单。"

沈千橙以为秦则崇会发条澄清,没想到他选的是秀恩爱,只发了两个字:"蜜月。"

粉丝们不乐意了,蜜月没有美图吗?怎么已经省略到只有两个字,谁度蜜月不配图?

微博的评论里全是大哭的表情。

冷漠的秦总不为所动,目光追随着在海面上游动的美人宛如一条美人鱼。

想看他老婆的美照?等着吧。

图书在版编目（CIP）数据

得寸进尺 / 姜之鱼著. —北京：九州出版社，
2024.4
　　ISBN 978-7-5225-2711-6

　　Ⅰ.①得… Ⅱ.①姜… Ⅲ.①长篇小说－中国－当代
Ⅳ.①I247.5

　　中国国家版本馆CIP数据核字（2024）第055481号

得寸进尺

作　　者	姜之鱼　著
责任编辑	牛　叶
出版发行	九州出版社
地　　址	北京市西城区阜外大街甲35号（100037）
发行电话	（010）68992190/3/5/6
网　　址	www.jiuzhoupress.com
印　　刷	三河市中晟雅豪印务有限公司
开　　本	700毫米×970毫米　16开
印　　张	23.25
字　　数	430千字
版　　次	2024年4月第1版
印　　次	2024年4月第1次印刷
书　　号	ISBN 978-7-5225-2711-6
定　　价	49.80元

★ 版权所有　侵权必究 ★